La maîtresse du corsaire

KAT MARTIN

La maîtresse du corsaire

BestSellers

Titre original THE DEVIL'S NECKLACE

Traduction française de MARIE-JOSE LAMORLETTE

Photos de couverture

Femme
© TOBY CANHAM/2007 GETTY IMAGES

Paysage marin & bateau
© JAMES BRERETON/THE BRIDGEMAN ART LIBRARY/GETTY IMAGES

83/85 boulevard Vincent-Auriol 75646 PARIS CEDEX 13.

Service Lectrices — Tél. 01 45 82 47 47
www.harlequin.fr

ISBN 978-2-2808-1111-8 — ISSN 1248-511X

A ma famille et à mes amis de partout.
Puissiez-vous tous avoir une vie longue et heureuse.

1

Londres, 1805

L'heure de son rendez-vous approchait.

L'inquiétude fit tambouriner le cœur de Grace et trembler sa main quand elle pénétra dans sa chambre et referma la porte sans bruit. La musique d'un quatuor à cordes montait du salon, en bas. La soirée, une soirée de gala qui avait coûté une petite fortune, était encore une des inlassables tentatives de sa mère pour la marier à un aristocrate vieillissant de la haute société. Grace était restée aussi longtemps qu'elle l'avait pu, s'obligeant à soutenir des conversations ennuyeuses avec les invités de sa mère, puis elle avait prétexté une migraine et s'était retirée. Elle avait des affaires pressantes à régler cette nuit-là.

Dehors, le vent d'hiver fouettait des branches mortes contre le rebord de la fenêtre, tandis qu'elle ôtait ses longs gants blancs. Ses paumes étaient moites. L'incertitude lui nouait le ventre, mais sa décision était prise et elle ne pouvait plus reculer à présent.

S'empressant de rejoindre le cordon d'appel et quittant en chemin ses pantoufles en chevreau, elle sonna sa soubrette, puis leva les mains pour dégrafer son collier de perles et de diamants. Sa main s'attarda, caressant la douceur des perles et les facettes des pierres intercalées entre elles.

Ce collier était un cadeau de sa meilleure amie, Victoria Easton, comtesse de Brant, et Grace y tenait tout particulièrement. C'était sa seule possession de valeur.

La femme de chambre, Phoebe Bloom, passa sa tête brune par la porte.

— Vous avez sonné, miss ?

Grace lui décocha un sourire indulgent. Phoebe était une jeune fille écervelée mais toujours pleine de bonnes intentions.

— J'aurais besoin d'aide, Phoebe, s'il vous plaît.

— Bien sûr, miss, répondit celle-ci, se hâtant d'entrer.

Il ne fallut pas longtemps pour retirer la robe. Grace enfila sa robe de chambre matelassée et congédia la soubrette pour le reste de la soirée. En bas, la musique continuait de jouer. Grace pria de pouvoir remplir sa mission et revenir à la maison avant que quiconque découvre son absence.

Dès que Phoebe referma la porte, Grace quitta sa robe de chambre et passa vivement une simple robe de drap gris. Elle souffla la lampe à huile posée sur la commode et celle qui se trouvait à côté du lit, plongeant la pièce dans l'obscurité. Ensuite, elle glissa un oreiller sous les couvertures pour donner l'impression qu'elle dormait, au cas où sa mère viendrait voir, attrapa sa cape et la jeta sur ses épaules.

En se dirigeant vers la porte, elle prit son réticule, la bourse lourde de l'argent qu'elle avait reçu de sa grand-tante, Matilda Crenshaw, baronne Humphrey, et un billet pour une cabine à bord d'un paquebot qui irait vers le nord à la fin de la semaine.

Relevant sa capuche pour couvrir ses cheveux auburn,

elle vérifia qu'il n'y avait personne dans le couloir, se glissa dans l'escalier de service et quitta la maison par une porte qui donnait dans le jardin.

Son cœur battait fortement et elle avait les nerfs à vif quand elle atteignit Brook Street. Elle héla un fiacre et se hissa sur le siège des passagers.

— La taverne du Lièvre et du Renard, s'il vous plaît, dit-elle au cocher, en espérant qu'il n'entendrait pas le tremblement de sa voix.

— C'est à Covent Garden, pas vrai, miss ?

— En effet.

C'était un petit établissement discret, lui avait-on dit, choisi par l'homme dont elle comptait acheter les services. Elle avait extorqué son nom à son cocher moyennant quelques souverains en or, tout en veillant à ne pas lui révéler la nature de son affaire.

Le trajet lui parut une éternité tandis que le fiacre parcourait les rues sombres de Londres, cahotant sur ses roues de bois, les sabots du cheval résonnant sur les pavés. Enfin, elle aperçut l'enseigne du Lièvre et du Renard.

— J'aimerais que vous attendiez, dit Grace au cocher tandis que la voiture s'arrêtait devant la taverne. Je ne serai pas longue.

Elle lui pressa une poignée de pièces dans la main. Le vieil homme grisonnant, au visage à moitié couvert par une épaisse barbe grise, hocha la tête.

— Tâchez de ne pas l'être.

Priant qu'il soit encore là quand elle reviendrait, et prenant soin de garder sa capuche sur sa tête, Grace passa par l'arrière de la taverne ainsi qu'on le lui avait demandé, ouvrit une porte qui craquait et entra dans la salle commune faiblement éclairée. L'endroit, au plafond bas, était enfumé, avec de lourdes poutres et des tables au bois éraflé. Un feu brûlait dans une cheminée de pierre noircie et une des tables était occupée par un groupe de clients qui affichaient un air peu amène. Au fond de la salle, un grand homme massif coiffé d'un chapeau à large rebord et vêtu d'un manteau trônait à une autre table. Il se leva quand elle entra et lui fit signe de le rejoindre.

Grace déglutit et inspira pour se donner du courage, puis se dirigea vers lui, ignorant les regards curieux tandis qu'elle prenait place sur la chaise qu'il lui offrait.

— Vous avez apporté l'argent ? demanda-t-il sans la moindre formalité.

— Etes-vous certain d'y parvenir ? rétorqua-t-elle, tout aussi directe.

Il se redressa comme si elle l'avait insulté.

— Quand Jack Moody donne sa parole, on peut compter dessus. Vous aurez ce que vous demandez.

La main de Grace trembla lorsqu'elle tira la bourse de son réticule et la tendit à Jack Moody. Il versa une poignée de guinées en or sur sa paume, un sourire sinistre relevant ses lèvres minces.

— Tout est là, dit Grace, essayant d'ignorer les plaisanteries salaces et les rires grossiers de leurs voisins, heureuse qu'ils soient occupés à boire et à lutiner les vigoureuses servantes qui semblaient les distraire.

Une odeur de ragoût de mouton trop gras lui souleva le cœur et elle fut prise d'une vague de nausée. Elle n'avait jamais rien fait de tel auparavant, et pria de ne jamais avoir à recommencer.

Jack Moody compta les pièces, puis les remit dans la bourse.

— Comme vous dites, tout est là.

Il se leva, le visage caché en partie par le rebord de son chapeau.

— Le plan est au point. Dès que je donnerai le mot

d'ordre, ce sera fait. Votre homme sera loin de Londres demain matin.

— Merci.

Jack souleva la bourse, faisant tinter les pièces.

— Ceci vous dipense de tout remerciement, jeune fille.

Il désigna la porte d'un signe de tête.

— Mieux vaut que vous filiez maintenant. Plus on tarde, plus vous risquez d'avoir des ennuis.

Grace ne répondit rien, se leva à son tour et jeta un coup d'œil prudent vers la porte.

— Et tenez votre langue, ajouta-t-il d'un ton lugubre. Ceux qui parlent quand il ne faut pas ne vivent jamais bien longtemps.

A ces mots, un frisson la parcourut. Elle ne mentionnerait plus jamais le nom de Jack Moody. Hochant légèrement la tête en signe d'acquiescement, elle serra sa cape autour d'elle et sortit silencieusement par la porte de derrière.

L'allée était sombre et sentait le poisson pourri. De la boue giclait sous les semelles de ses bottines. Relevant l'ourlet de sa jupe et de sa cape, Grace pressa le pas dans l'obscurité, regardant devant et derrière elle, se méfiant d'ennuis éventuels. Lorsqu'elle atteignit l'avant de la taverne, elle aperçut le fiacre et le vieil homme assis sur le siège du cocher, et elle lâcha un soupir de soulagement.

Le retour lui parut encore plus long que l'aller. Les lumières brillaient toujours aux fenêtres de chez elle quand elle traversa le jardin. Gravissant vivement l'escalier de service, elle se faufila le long du couloir et dans sa chambre. L'orchestre avait cessé de jouer, mais elle entendait des éclats de rire tandis que les derniers invités s'en allaient.

Grace soupira en dénouant sa cape et en la suspendant au crochet près de la porte. A la fin de la semaine, elle quitterait elle-même la maison pour se rendre à Scarborough, chez lady Humphrey, bien qu'elles ne se soient jamais rencontrées. Si l'évasion de cette nuit réussissait, le scandale qui éclabousserait tout Londres au matin serait retentissant. Même si elle ne devait pas partir avant deux ou trois jours, un voyage d'une certaine durée s'imposait.

Grace songea à l'homme qui se trouvait à la prison de Newgate, le vicomte Forsythe, qui croupissait dans un cachot humide et comptait les heures avant l'aube, moment où il monterait les marches de la potence. Elle ignorait s'il était coupable ou innocent, ignorait s'il méritait ou non son jugement.

Mais le vicomte était son père et, bien que personne ne connût leur véritable relation, rien ne pouvait changer ce fait. Il était son père et elle ne pouvait simplement pas l'abandonner.

Grace fixa le plafond au-dessus de son lit et pria d'avoir fait ce qu'il fallait.

2

Une semaine plus tard

— Je le vois, capitaine ! Le *Lady Anne* ! Il est là… à tribord, à gauche du mât de misaine.

Debout près de son second Angus McShane, le capitaine Ethan Sharpe pointa sa longue-vue usée dans la direction que celui-ci lui indiquait. A travers l'obscurité, la lentille capta la lueur de lointaines lumières jaunes qui brillaient derrière une rangée de hublots à la poupe du bateau.

Les doigts d'Ethan se crispèrent autour de la longue-vue tandis qu'il inspectait sa cible. Un vent glacial soufflait sur le pont, ébouriffant ses épais cheveux noirs et engourdissant la peau de ses pommettes, mais il s'en rendait à peine compte. Enfin, sa proie était en vue et rien ne l'en écarterait.

— Virez de bord, monsieur McShane. Donnez des ordres pour intercepter le *Lady Anne*.

— Bien, capitaine.

L'Ecossais aguerri était au service d'Ethan depuis qu'il avait commandé son premier bateau. Obéissant à son capitaine, le vieux loup de mer arpenta le pont en criant des ordres à l'équipage, et les matelots se mirent au travail. Les voiles commencèrent à frémir, puis se gonflèrent. Le gréement tinta et cliqueta tandis que le *Démon des mers* virait de bord ; les planches du lourd navire grincèrent, puis la coque adopta le cours voulu et fendit l'eau.

Rapide et élancée, la goélette mesurait quatre-vingts pieds de long. Elle traversait les vagues sans plus d'effort que les otaries qui la suivaient. Elle avait été construite dans du vieux chêne, dans le meilleur chantier naval de Portsmouth, conçu pour un marchand qui n'avait pu rassembler les fonds lorsqu'il avait été terminé.

Ethan était intervenu et avait acheté le bateau à un prix plus que raisonnable, même s'il savait qu'il n'en aurait pas besoin longtemps. Une dernière mission, une dernière affectation avant qu'il assume les devoirs de sa nouvelle position en tant que marquis de Belford.

Une dernière affaire personnelle qui ne le laisserait pas en repos tant qu'il ne l'aurait pas réglée.

Sa mâchoire se durcit. Le *Démon des mers* était le deuxième bateau qu'il commandait depuis qu'il avait démissionné de la Marine royale huit ans plus tôt et entamé une carrière de corsaire britannique.

Il commandait le *Sorcière des mers,* alors, un navire aussi bien équipé, et doté du meilleur équipage qu'un homme pouvait avoir. Ses hommes avaient disparu, perdus dans la bataille ou morts dans une puante prison française, le *Sorcière des mers* pourrissant dans une tombe glacée au fond de la mer.

Ethan chassa ce souvenir de son esprit. Ses hommes n'étaient plus là, sauf Angus, qui se trouvait à l'époque en Ecosse auprès de sa mère malade, et Ned aux Longs Os, qui avait réussi à échapper à ces scélérats de Français et à retourner à Portsmouth.

Les hommes d'Ethan avaient été capturés et tués, son bateau pris, et cependant il était toujours vivant, onze mois de ses vingt-neuf ans lui ayant été irrémédiablement volés. Il en gardait une légère boiterie et des cicatrices, souvenirs de son interminable séjour en prison. Quelqu'un paierait et paierait cher, se jura-t-il en silence comme il l'avait fait mille fois.

Inconsciemment, il serra le poing.

Et ce quelqu'un était en ce moment à bord du *Lady Anne*.

Grace Chastain prit la chaise à haut dossier sculpté que lui offrait Martin Tully, comte de Collingwood. Le comte, un homme mince et séduisant d'une trentaine d'années, aux cheveux châtains et au teint clair, était un bon compagnon de voyage. Grace l'avait rencontré son premier soir à bord du *Lady Anne,* le paquebot qui l'emmenait de Londres à Scarborough où elle prévoyait de passer un long séjour auprès de sa grand-tante, la baronne douairière Humphrey.

Lady Humphrey, la tante de son père, avait proposé son aide en cas de besoin. Grace n'avait jamais compté accepter cette offre, mais l'emprisonnement de son père avait dramatiquement modifié les circonstances et elle avait eu recours à l'assistance et à l'argent de sa grand-tante pour libérer le vicomte.

Grace pria que, d'ici son retour à Londres, les choses se soient calmées. Elle pria que rien de son implication dans l'évasion de son père une semaine plus tôt n'ait filtré et qu'elle demeure en sécurité.

La porte du salon s'ouvrit. Elle leva les yeux et vit le capitaine Chambers entrer dans la pièce élégante, lambrissée d'acajou. Homme d'un certain âge, petit et robuste, aux cheveux gris dégarnis, il attendit que le reste des passagers fût assis, puis il prit place en haut de la table recouverte d'une nappe blanche — le signal pour que deux hommes d'équipage en uniforme commencent à servir le repas.

— Bonsoir, à tous.

— Bonsoir, capitaine, répondit le groupe en chœur.

A présent que Grace et sa soubrette Phoebe Bloom voyageaient sur le paquebot depuis quelques jours, la routine en vigueur à bord n'était plus si intimidante. Et les passagers, en particulier lord Collingwood, étaient tous des compagnons agréables.

Grace jeta un coup d'œil au comte, assis près d'elle à la longue table en acajou. Il conversait avec la dame assise à sa droite, Mme Cogburn, une matrone bien en chair qui allait voir son frère dans le nord. Mme Cogburn était veuve, ainsi que Mme Franklin, son amie. Parmi les convives, il y avait aussi un riche marchand de soie de Bath et un couple de jeunes mariés qui se rendaient en Ecosse chez des parents.

Lord Collingwood rit à une remarque de Mme Cogburn, puis ramena négligemment son attention sur Grace. Son regard parcourut sa robe de soie vert d'eau, ses boucles auburn relevées sur sa tête, et s'attarda un instant sur sa poitrine avant de revenir à son visage.

— Si je puis me permettre, vous êtes particulièrement séduisante ce soir, miss Chastain.

— Merci, milord.

— Et ces perles que vous portez... Elles sont tout à fait remarquables. Je ne crois pas avoir jamais vu un ensemble aussi bien assorti, ou d'une nuance aussi riche.

Inconsciemment, Grace porta la main à son collier. Il valait une fortune et elle aurait probablement dû refuser ce cadeau, mais Tory avait insisté et le bijou était si beau. Dès que Grace l'avait mis à son cou, elle n'avait pu résister.

— Elles sont très anciennes, dit-elle au comte. Du

XIIIe siècle. Elles sont liées à une histoire assez tragique.

— Vraiment ? Peut-être me la raconterez-vous un jour.

— J'en serais heureuse.

Le capitaine se mit alors à parler, rapportant les progrès qu'ils avaient faits dans leur traversée, puis énumérant les délices qui composeraient le menu du souper. Les verres de vin furent emplis et des plats en argent apparurent, chargés de légumes, de viande et de poisson.

— Eh bien, ma chère miss Chastain, comment avez-vous passé votre journée ?

Lord Collingwood s'écarta tandis qu'un serviteur posait un bon morceau de poulet au citron dans son assiette.

— Si le temps avait été plus clément, j'aurais fait une promenade.

Mais ce jour de février avait été gris et froid, et la mer agitée. Par chance, Grace ne craignait pas le mal de mer, contrairement à sa soubrette et à plusieurs autres passagers.

— De fait, j'ai surtout lu.

— Quel livre ?

— Un de mes volumes favoris de Shakespeare. Aimez-vous lire, milord ?

— Oui.

Il avait des dents légèrement irrégulières, mais le sourire qu'il lui adressa n'était pas désagréable.

— Et moi aussi, j'apprécie le Barde.

Il se lança dans un discours sur *Le roi Lear,* son œuvre préférée.

Grace s'y joignit, disant qu'elle aimait surtout *Roméo et Juliette.*

— Ah, une romantique, remarqua le capitaine en intervenant dans la discussion.

Grace sourit.

— A dire vrai, je ne me suis jamais considérée comme telle, mais je suis peut-être *un peu* romantique. Et vous, capitaine Chambers ? Quel livre de Shakespeare a vos faveurs ?

Le capitaine n'eut pas le loisir de répondre, car la porte du salon s'ouvrit brusquement et un marin corpulent apparut en haut de l'escalier. Il descendit et s'empressa d'aller parler au capitaine.

Grace ne put entendre ce qu'il disait, mais une minute plus tard le capitaine se leva.

— Si vous voulez bien m'excuser, mesdames et messieurs, le devoir m'appelle.

Devant le murmure qui s'élevait dans la pièce, Chambers les rassura d'un sourire.

— Je suis sûr qu'il n'y a pas de quoi s'inquiéter. Entretemps, je vous en prie, continuez à profiter de votre repas.

Il sortit et les conversations reprirent. Personne ne semblait particulièrement soucieux, même si les passagers étaient visiblement curieux de savoir ce qui se passait.

— S'il s'agit de quelque chose d'important, déclara le comte, je suis certain que nous l'apprendrons quand le capitaine reviendra.

Le groupe bavarda aimablement durant le reste du repas et, une fois le dessert terminé, lord Collingwood invita Grace à faire une promenade sur le pont.

— A moins, bien sûr, qu'il ne fasse trop froid pour vous.

— J'adorerais marcher. Prendre l'air me semble être exactement ce qu'il me faut.

A l'approche du souper, le temps s'était éclairci et, bien qu'il fît toujours froid, la mer était moins démontée.

Lord Collingwood escorta la jeune femme sur le pont,

jusqu'au bastingage, et elle inspira une longue goulée d'air marin. Elle sentait le mouvement de la mer, mais les vagues étaient moins hostiles et un fin croissant de lune se levait au-dessus de l'eau, semant une traînée argentée du côté de l'horizon.

Grace renversa la tête en arrière pour admirer les étoiles, étincelantes dans le ciel noir.

— Voyez-vous ce groupe d'étoiles, là ?

Elle indiqua un endroit au-dessus du grand mât.

— C'est Orion, le chasseur. Ces trois étoiles forment sa ceinture. A côté, là, c'est la constellation du Taureau.

Le comte haussa les sourcils.

— Très impressionnant, ma chère. J'ai moi-même étudié quelque peu les étoiles et vous avez parfaitement raison. Vous aimez contempler le ciel, miss Chastain ?

— Oui, beaucoup. C'est un de mes passe-temps préférés. De fait, j'ai un petit télescope portable dans ma malle. J'espère faire un peu d'astronomie en amateur quand je serai à Scarborough.

Lord Collingwood lui décocha un sourire en coin.

— Cela paraît divertissant. Je passerai par là à mon retour. Peut-être pourrais-je vous rendre visite.

Grace lui jeta un coup d'œil. Il était beau et bien élevé, riche et membre de l'aristocratie. Elle avait senti son intérêt pour elle dès le départ, mais elle n'en ressentait pas pour lui. Bien qu'elle appréciât la compagnie d'un homme, rares étaient ceux qu'elle trouvait assez attirants pour les considérer plus que comme des amis. Parfois, elle se demandait si elle avait une tare quelconque.

— Vous seriez le bienvenu à Humphrey Hall, bien sûr. Je suis sûre qu'une visite serait plaisante.

Plaisante, certes, mais guère plus. Elle songea au grand amour de Roméo et Juliette et se demanda si elle éprouverait un jour de tels sentiments.

La brise se renforça, délogeant une mèche de cheveux auburn et la plaquant sur sa joue. L'air était glacial, et sous sa cape doublée de fourrure, Grace ne put s'empêcher de frissonner.

— Vous avez froid, observa le comte. Je pense qu'il est temps de rentrer. Peut-être voudrez-vous vous joindre à moi dans le salon pour une partie de whist.

Pourquoi pas ? Elle n'avait rien de mieux à faire.

— Ce serait charmant…

Elle s'interrompit en entendant des voix d'hommes, des membres de l'équipage qui couraient sur le pont. Quelque chose semblait se passer de l'autre côté du bateau.

Lord Collingwood leva la tête.

— Regardez ! Il semble qu'un autre navire approche.

— Un autre navire ?

Une pointe d'inquiétude s'insinua en Grace. Ils étaient en guerre, après tout. Un vaisseau qui s'approchait dans l'obscurité n'était peut-être pas de bon augure pour le *Lady Anne*. Elle laissa le comte la guider vers la proue afin qu'ils aient une meilleure vue.

— Vous ne pensez pas qu'il s'agisse d'un navire français ?

— J'en doute sincèrement. Nous naviguons près des côtes.

Il jeta un coup d'œil derrière eux.

— Nous devrions peut-être retourner dans le salon.

Grace se laissa conduire dans cette direction, même si elle n'avait pas vraiment envie de partir. Dans le clair de lune, elle apercevait l'éclat blanc de voiles juste à bâbord de leur bateau. Le navire les avait presque atteints et son inquiétude monta d'un cran.

— On dirait un schooner, déclara lord Collingwood.

Le vaisseau était long et bas sur l'eau, ses deux mâts

jumeaux, très hauts, s'élevant majestueusement au-dessus de la mer. Le comte distingua le drapeau anglais flottant à l'arrière du bâtiment élancé au même moment que Grace, et elle entendit son soupir de soulagement.

— Rien à craindre, finalement. Ce bateau est l'un des nôtres.

— Oui, apparemment…

Mais, en songeant à la raison de son voyage, le malaise de Grace s'accrut.

— Je suis désolé d'interrompre votre traversée, capitaine.

Ethan Sharpe se tenait près du bastingage, parlant à Colin Chambers, le capitaine du *Lady Anne*.

— Mais je suis venu pour une affaire importante concernant un de vos passagers.

— Vraiment ? De quel genre d'affaire parlez-vous ?

— Une des personnes que vous transportez doit être interrogée à propos d'une infraction à la sécurité nationale. Elle doit être ramenée à Londres sur-le-champ.

— Elle ?

— Je crains qu'il ne s'agisse d'une femme.

Le capitaine Chambers fronça les sourcils.

— Et vous dites que cette femme est recherchée par les autorités ?

— Oui, j'en ai peur.

Ce n'était pas vraiment la vérité. Le gouvernement n'avait jamais entendu parler de Grace Chastain. Ethan était l'un des rares à savoir qu'elle était responsable de l'évasion du traître Harmon Jeffries, vicomte Forsythe, l'homme qui l'avait livré aux Français et lui avait coûté son bateau et son équipage.

Mais ses sources étaient entièrement dignes de foi. Miss

Chastain avait payé un individu des bas-fonds, complice de deux des gardes de Newgate, pour que ceux-ci ferment les yeux pendant que Jeffries s'échappait. D'après ses informations, Grace Chastain était la maîtresse du vicomte. Elle était coupable de l'avoir sauvé de la potence.

Non, ce n'était pas le gouvernement qui voulait l'interroger.

C'était Ethan.

Il était déterminé à trouver Jeffries — et tôt ou tard il le ferait. Pour l'heure, il pensait que l'homme menait tranquillement une vie de luxe et de confort en France, mais il avait besoin d'en être certain. Cela mis à part, jusqu'à ce qu'il trouve le moyen de capturer l'évadé, quelqu'un devait payer.

Et cette personne serait Grace Chastain.

— Je dois voir vos papiers, capitaine Sharpe, dit le capitaine Chambers.

— Bien sûr.

Ethan était disposé à coopérer autant qu'il le pouvait raisonnablement. Il ne voulait pas créer d'ennuis — il voulait juste la femme qui avait aidé le traître. Il montra au capitaine son certificat de corsaire anglais, qui le mettait au service de son pays. Cela parut satisfaire Chambers.

— Et le nom de cette passagère ? s'enquit ce dernier alors qu'ils suivaient le pont vers le salon.

— Grace Chastain.

Le capitaine s'arrêta net.

— Il doit y avoir une erreur. Miss Chastain est une jeune personne de qualité. Elle ne peut être impliquée dans une affaire aussi ignoble que…

— Aider un traître à s'échapper ? Libérer l'homme responsable de dizaines de morts ? Cela fait partie des questions qui demandent une réponse. Maintenant, capitaine, si vous voulez avoir la bonté de me conduire à miss Chastain, nous mènerons notre affaire à bien et vous pourrez reprendre votre route.

Chambers avait toujours l'air dubitatif.

A quelques pas derrière eux, Angus McShane posa une grosse main sur la poignée du pistolet glissé dans sa large ceinture en cuir. Ethan esquissa un léger mouvement de tête, indiquant à son second de faire signe à la troupe d'abordage de se tenir prête. Grace Chastain quitterait le *Lady Anne,* d'une manière ou d'une autre.

— Par ici, capitaine Sharpe, s'il vous plaît. Voyons ce que la dame a à dire.

Suivant le capitaine, Ethan descendit l'escalier qui menait dans le salon principal. Les passagers étaient assis dans un décor opulent, trois d'entre eux installés sur un canapé garni de tapisserie, deux autres devant un échiquier en ivoire. Le reste lisait ou jouait aux cartes. Un homme se leva quand le capitaine s'approcha de la table de jeux.

— Qu'y a-t-il, capitaine ?

— Rien qui vous concerne, milord. Voici le capitaine Ethan Sharpe du *Démon des mers.* Apparemment, le capitaine veut dire un mot à miss Chastain.

Pour la première fois, Ethan se focalisa sur la femme assise à la table de jeu, tenant un pli de cartes d'une main gracile. Il s'était attendu à voir une femme séduisante. Après tout, elle était la maîtresse entretenue d'un homme riche.

Mais Grace Chastain était bien plus que jolie. Elle était incroyablement belle, avec des yeux émeraude et une peau crémeuse. Ses cheveux étaient auburn, d'une nuance cuivre foncé striée d'or, et même sous sa chaste robe de soie le haut d'une poitrine ronde et tentante apparaissait au-dessus de son modeste décolleté.

Elle était plus jeune qu'il l'avait imaginé ou, du moins,

le paraissait, mais ce n'était certainement pas une jeune fille innocente. Toutefois, elle n'arborait pas l'habituelle expression blasée d'une gourgandine aguerrie.

Non, Grace Chastain était superbe et féminine, pâle maintenant qu'elle se levait. Une grande et mince jeune personne qui, dans d'autres circonstances, lui aurait paru terriblement attirante.

A la place, tout ce qu'il éprouvait pour elle était du dégoût.

— Pouvons-nous sortir, miss Chastain ? demanda-t-il en s'efforçant de garder une voix polie, et en la gratifiant d'une légère courbette à peine moqueuse.

— Puis-je vous demander de quoi il s'agit, capitaine Sharpe ? s'enquit-elle.

Il jeta un coup d'œil au grand aristocrate qui se tenait face à elle, prêt à prendre sa défense.

— Comme je l'ai dit, je crois que cette conversation gagnerait à rester privée.

Elle pâlit encore plus, mais ses pommettes conservèrent un rose délicat.

— Naturellement.

— Peut-être devrais-je venir avec vous, ma chère, proposa son compagnon.

Elle parvint à lui sourire.

— Ce ne sera pas nécessaire. Je suis sûre que cela ne prendra pas longtemps. Je serai très vite de retour pour finir notre partie.

Sûrement pas.

Elle se dirigea vers l'escalier, suivie par le capitaine et Ethan. Une fois sur le pont, le capitaine Chambers expliqua brièvement de quoi il retournait.

— Je suis navré, miss Chastain, mais le capitaine Sharpe prétend que vous devez être interrogée dans une affaire de sécurité nationale.

Elle fronça ses sourcils cuivrés et prit une expression troublée.

— Je crains de ne pas comprendre.

Ethan lutta pour contrôler son humeur. Elle savait pourquoi il était là, mais elle avait visiblement l'intention de poursuivre sa comédie. Eh bien, il en ferait autant.

— Je suis certain que vous n'avez pas la moindre idée de tout ceci. Néanmoins, l'affaire requiert des clarifications. Je crains que vous ne soyez obligée de venir avec moi.

Les dernières traces de couleur disparurent de son visage. Elle eut l'air d'être sur le point de s'évanouir, et il jura en lui-même. Une femme pâmée ne ferait que rendre l'inévitable plus difficile pour eux tous.

Mais Grace Chastain ne se pâma pas.

A la place, elle redressa subtilement les épaules. Elle avait visiblement décidé de prendre la chose avec impudence, de jouer la victime innocente. D'une certaine manière, Ethan admira son courage.

— Je suis passagère à bord de ce bateau. Je ne puis croire que vous vous attendiez à ce que je parte, tout simplement. C'est tout bonnement impossible. Je vais rendre visite à ma tante, lady Humphrey, à Scarborough. Si je n'arrivais pas, elle en serait affolée.

— Le capitaine Chambers pourra s'expliquer pour vous. Lorsque l'affaire sera résolue à la satisfaction de tout le monde, vous pourrez reprendre votre voyage.

Il la poussa en avant, vers l'échelle de corde accrochée au flanc du bateau qui descendait vers un petit canot attendant de les transporter jusqu'au *Démon des mers*. Il était impatient de la mettre en sûreté avant que des troubles éclatent.

Le capitaine Chambers s'avança, leur barrant le passage.

— Je suis désolé, capitaine Sharpe. Je suis forcé de

partager l'avis de miss Chastain. Je suis sûr que vous avez une raison valable à tout cela, mais je ne puis vous permettre d'emmener cette jeune femme de mon bateau. Tant qu'elle est à bord du *Lady Anne,* miss Chastain est sous ma protection.

Un bruit résonna derrière eux, des pieds qui foulaient le pont. Six matelots armés de l'équipage du *Démon des mers* sortirent de leur cachette, pointant des pistolets chargés sur la poitrine du capitaine.

— Je crains, capitaine Chambers, que vous n'ayez pas le choix.

Ethan empoigna Grace Chastain, passa un bras autour de sa taille et la tira en arrière, contre son torse. Les pistolets restèrent pointés sur le capitaine.

Il s'adressa à la jeune femme :

— Comme je l'ai dit, vous devez répondre à certaines questions. La vérité vous sera mieux extorquée sur mon bateau.

Il l'entraîna jusqu'à l'échelle de corde. Il la sentait trembler, percevait sa peau glacée, mais elle ne tenta pas de s'échapper. Peut-être craignait-elle de mettre la vie du capitaine en danger si elle faisait un mouvement.

Et elle avait raison car il avait bien l'intention de l'emmener à n'importe quel prix.

— Et… et mes affaires ?

— Nous n'avons pas le temps. Vous devrez vous en passer.

Il la traîna sur les derniers pieds qui les séparaient de l'échelle. Elle poussa un petit cri de surprise quand il la fit pivoter, se pencha et la hissa sur son épaule.

— Que faites-vous ? Reposez-moi !

— Du calme. Je vous porte juste jusqu'au bas de l'échelle. Avec cette robe, vous n'y arriverez jamais.

Elle ne dit rien de plus, même s'il pensait qu'elle en

mourait d'envie. Elle avait visiblement peur pour le capitaine, quelque chose qui l'étonna, car il n'aurait pas cru qu'une femme de sa moralité se soucie de quelqu'un d'autre qu'elle.

Il ne fallut pas longtemps pour arriver au canot. Ethan la laissa choir sur un siège, drapa une couverture en laine sur ses épaules et prit place à la poupe de la barque. Ses hommes dévalèrent l'échelle, s'assirent et prirent les avirons.

— Mettez-y du vôtre, *lads*. Nous ne voulons pas d'ennuis si nous pouvons l'éviter. Le plus tôt la dame sera à bord du bateau, le mieux ce sera pour nous tous.

Il jeta un coup d'œil à Grace, vit que sous la couverture son corps tremblait toujours d'un mélange de choc et de peur, mais elle fixait son bateau avec une expression résignée. Il était clair qu'elle savait pourquoi elle était emmenée. S'il avait eu le moindre doute — ce qui n'était pas le cas —, son silence l'aurait convaincu de sa culpabilité.

Ils arrivèrent au bateau sans incident. Le *Lady Anne* était un vieux trois-mâts à gréement carré, un navire lourd et gauche. Dès que le *Démon des mers* mettrait les voiles, le paquebot n'aurait aucune chance de le rattraper.

Quand le canot se rangea le long de la coque, un des marins jeta un cordage pour l'amarrer tandis que les autres grimpaient à l'échelle menant au pont.

— Je peux y arriver toute seule, dit Grace en levant les yeux vers l'échelle de corde.

Ethan fut presque tenté de la laisser essayer.

— Vous allez monter comme vous êtes descendue.

Elle ouvrit la bouche pour discuter, mais il ne lui en laissa pas l'occasion. De nouveau, il se courba et la chargea sur son épaule, puis il entama l'ascension.

A l'instant où ses pantoufles touchèrent le plancher, elle pirouetta vers lui.

— Très bien, je suis ici, maintenant, comme vous l'avez exigé. Vous avez proféré je ne sais quelle bêtise à propos de la sécurité nationale. Je présume que vous avez l'intention de me ramener à Londres.

Un sourire dur incurva les lèvres d'Ethan.

— Pour finir. Avant, nous longerons la côte vers le sud et mettrons le cap sur la France.

La surprise élargit les grands yeux verts de Grace.

— Qu… quoi ?

— J'ai des affaires à régler avant de m'occuper de vous.

Elle déglutit et parut se ressaisir.

— J'exige de savoir pourquoi vous m'avez amenée ici. Que voulez-vous de moi ?

C'était la question qu'il avait soupesée depuis qu'il avait découvert son identité, à Londres. La question qu'il avait eue à l'esprit dès qu'il avait posé les yeux sur elle à bord du *Lady Anne*.

— C'est tout le problème, non ?

Au lieu d'exprimer de la peur, ses yeux brillants étincelèrent d'un feu inattendu. La couleur était revenue sur ses joues et ses cheveux luisaient comme des flammes sous le clair de lune.

— Qui êtes-vous exactement, capitaine Sharpe ?

Il regarda ce beau visage de traîtresse et une bouffée de désir le traversa.

— Vous voulez savoir qui je suis ? Eh bien, je suis le diable incarné et vous, ma douce, allez me payer ce qui m'est dû.

3

Grace resta rivée au pont du *Démon des mers*, la peur envahissant tout son être. Elle pouvait entendre les battements forcenés de son cœur, sentir sa poitrine oppressée qui l'empêchait de respirer. Le capitaine se tenait devant elle, ses longues jambes écartées pour résister au roulis, un sourire froid et triomphant sur les lèvres. Elle dut user de toute sa volonté pour ne pas lui montrer combien elle était terrifiée.

Juste Ciel, elle aurait dû le combattre ! Elle aurait dû refuser de quitter le bateau, appeler à l'aide, supplier les passagers et l'équipage de venir à son secours. Mais elle n'avait pas voulu que le capitaine Chambers soit blessé, ou même tué à cause d'elle.

Elle était coupable d'un terrible crime, et durant le bref instant terrifiant où le capitaine aux cheveux de jais était entré dans le salon, il avait été clair qu'il savait ce qu'elle avait fait.

Qui était-il ? Le diable, avait-il dit, et Grace le croyait. Si elle fermait les yeux, elle pouvait encore voir la révulsion sur son visage tandis qu'il la regardait. Et la haine. Elle n'avait jamais vu des yeux d'un bleu aussi glacé, ni une mâchoire si dure qu'elle semblait sculptée dans de la pierre.

Il était grand, avait de longues jambes nerveuses, l'épaule

pressée contre son ventre quand il l'avait transportée était large et solide. Il n'y avait pas une once de graisse sur son dos musclé, elle le savait, son visage s'échauffant au souvenir de ce contact intime.

Sa peau était mate, son visage hâlé, avec de petites rides au coin des yeux. Des rides dues au soleil, pas au rire, elle en était sûre. Elle ne pouvait imaginer le diabolique capitaine riant de quoi que ce soit, hormis, peut-être, de la souffrance d'autrui. Ses traits étaient durs et exempts de compassion, brutaux, cruels même.

Et cependant il était beau. Avec ses cheveux noirs ondulés, ses sourcils sombres et sa bouche bien dessinée, il était l'un des plus beaux hommes qu'elle avait jamais vus.

— Suivez-moi.

Les mots tranchants la pénétrèrent, s'insinuant dans sa transe. Doux Jésus, pourquoi l'avait-elle laissé l'obliger à quitter le *Lady Anne* ?

Elle rassembla son courage.

— Où m'emmenez-vous ?

— Il vous faut un endroit où dormir. Vous resterez dans ma cabine.

Elle s'arrêta net, figée, et le pont qui tangua à ce moment-là la fit vaciller.

— Et où exactement allez-vous dormir ?

Sa bouche s'incurva à peine.

— Ce bateau n'est pas très grand. Je crains que vous n'ayez à partager la cabine avec moi.

Grace secoua la tête et recula inconsciemment d'un pas.

— Oh, non. En aucune façon, vous ne dormirez dans la même pièce que moi.

Il haussa un sourcil noir.

— Alors, peut-être préférerez-vous dormir sur le pont.

Je peux l'arranger, si tel est votre souhait. A moins que vous ne dormiez avec l'équipage. Je suis sûr qu'aucun marin ne verra d'inconvénient à partager sa couchette avec vous. Qu'en sera-t-il, miss Chastain ?

Elle fixa son visage implacable et fut prise d'un accès de nausée. Elle était complètement à la merci de cet homme. Au nom du Ciel, que pouvait-elle faire ?

Elle regarda frénétiquement autour d'elle. Il n'y avait nulle part où aller, où se réfugier. Une demi-douzaine de marins se tenait en demi-cercle autour d'eux. L'un d'eux sourit et elle vit les chicots noirs de ses dents. Un autre avait une jambe de bois, un autre encore était imposant et couvert de tatouages.

— Miss Chastain ?

Le capitaine était sûrement le moindre mal, même si elle n'en était pas entièrement certaine. Au signe de tête qu'elle parvint à peine à faire, il pivota et se mit à marcher. Elle força ses pieds à bouger, les jambes tremblantes tandis qu'elle le suivait dans l'escalier qui descendait vers ses quartiers à la poupe du bateau. Au bas des marches, il se tourna et lui tendit la main, l'aidant avec une courtoisie qui était plus moqueuse que galante.

Il ouvrit la porte de sa cabine pour la laisser passer et elle pénétra dans une pièce luxueuse, bien plus impressionnante que le minuscule espace qu'elle partageait avec Phoebe à bord du *Lady Anne*.

— Je présume que vous approuvez.

Comment ne le pourrait-elle pas ? Les cloisons étaient en acajou poli, comme la table et les chaises, le bureau et la bibliothèque. Une large couchette encastrée, en acajou également, s'étendait sous une rangée de petits hublots carrés qui donnaient à l'arrière du bateau, et un feu brûlait dans une petite cheminée en coin. Le parquet ciré, recouvert d'un épais tapis persan, brillait à la lumière de lampes en laiton fraîchement briquées.

Elle se força à lever les yeux vers lui.

— Vous avez un goût splendide, capitaine Sharpe. On pourrait même dire raffiné.

Elle ne put déguiser une trace de sarcasme dans sa voix.

— Contrairement à mes manières, miss Chastain ?

— C'est vous qui le dites, capitaine, pas moi.

Il prit un ouvre-lettres en argent sur son bureau et le tourna dans ses longs doigts minces.

— Je suis intrigué, miss Chastain. Tout à l'heure, quand nous nous sommes rencontrés, vous avez semblé à peine surprise de mon arrivée. Je suppose que c'est parce que vous aviez conscience qu'il pourrait y avoir des conséquences aux actions que vous avez perpétrées à Londres.

Elle garda une expression neutre et pria qu'il ne s'aperçoive pas que ses mains tremblaient.

— Je n'ai aucune idée de ce dont vous parlez. Je suis venue avec vous parce qu'il était clair que vos hommes tireraient sur le capitaine Chambers si je ne le faisais pas.

— Alors, vous vous souciez du sort du capitaine, pas du vôtre.

— C'est exact.

— Pourquoi pensez-vous que je suis venu vous chercher ?

— Je n'en ai aucune idée.

— Vraiment.

— Absolument aucune.

— Peut-être pensiez-vous que j'avais l'intention de demander une rançon pour votre retour.

Il s'avança vers elle, grand et sombre, une panthère sur le point de bondir.

— Est-ce le cas ?

Espérant que ses doigts engourdis voudraient lui répondre, elle leva les mains pour défaire la fermeture de son collier.

— Si oui, peut-être accepterez-vous ceci à la place d'une somme d'argent. Je vous assure que ce collier vaut très cher.

Mais il était terriblement difficile à ouvrir, comme si les perles étaient dotées de leur propre volonté.

Le capitaine s'approcha d'elle.

— Je peux peut-être vous aider.

Le fermoir céda instantanément, et le collier tomba dans sa main.

— Ravissant.

Il passa les doigts sur les perles.

— Je me demande comment vous avez eu ceci.

— C'était un cadeau. Prenez-le en paiement et ramenez-moi sur le *Lady Anne*.

Il rit, un son âpre et désagréable.

— Un *cadeau*. D'un admirateur, sans doute.

Il fit passer les perles d'une paume dans l'autre, soupesant leur poids, appréciant leur texture satinée, puis il les laissa tomber d'un geste détaché sur son bureau.

— Votre argent ne m'intéresse pas, miss Chastain.

De froids yeux bleus la parcoururent de la tête aux pieds, et un sourire glaçant releva les coins de sa bouche.

— Néanmoins, je pourrais considérer d'autres formes de paiement.

Son regard pâle s'arrêta sur la courbe de sa poitrine, à peine dénudée par le haut de sa robe vert d'eau.

— Je vais être occupé un moment. Je suggère que vous vous mettiez à l'aise pendant mon absence.

Il ramassa le collier sur le bureau, ses longs doigts se refermant dessus.

— A plus tard, miss Chastain.

Grace le regarda traverser la cabine et fermer la porte derrière lui. En entendant le loquet se mettre en place, elle relâcha le souffle qu'elle retenait. Les larmes qu'elle avait combattues enflèrent dans ses yeux et roulèrent sur ses joues. Elle les essuya vivement, déterminée à ce que personne ne les voie, et surtout pas *lui*.

Elle avait pensé qu'il comptait la ramener à Londres, dans l'intention de la présenter aux juges pour faire face à l'accusation d'avoir aidé un traître à s'évader. Elle avait toujours su que cela pouvait arriver, qu'elle pouvait être prise et emprisonnée pour ce qu'elle avait fait.

Mais elle ne pouvait abandonner son père. Même si elle le connaissait à peine et ignorait s'il était coupable ou innocent, elle ne pouvait tout simplement pas le laisser pendre sans rien faire.

Ethan, les jambes écartées, posait les mains sur le bastingage. Il fixait l'eau noire, l'esprit empli d'images de Grace Chastain. Ses pensées d'elle se mêlaient au souvenir de ses hommes d'équipage, des hommes courageux, certains mariés et pères de famille, qui avaient combattu à son côté au fil des années.

Il entendait encore leurs cris à travers les murs de la prison.

— La fille n'est pas ce que j'imaginais.

Il n'avait pas entendu Angus s'approcher de lui.

— Juste une demoiselle qui ne doit pas avoir plus de vingt-trois ans, peut-être moins.

— Son âge n'a pas d'importance. Elle a libéré un meurtrier. Il est possible qu'elle ait été de connivence avec lui dès le début. Et il y a une chance qu'elle sache où il est.

Angus hocha la tête.

— Oui, c'est bien possible.

Ethan regarda de nouveau la mer. Un fin rayon de lune venait jusqu'à eux tandis que le bateau fendait l'eau. Un vent glacial soufflait sur le pont, pénétrant ses culottes, son épaisse redingote de drap et sa chemise à manches larges.

— Peut-être qu'elle l'aimait.

La mâchoire d'Ethan se durcit.

— Il avait une femme et des enfants. Cette fille est une catin.

Angus appuya son corps solide au bastingage.

— Je suppose que c'est vrai aussi.

Il joua avec une peluche de sa redingote.

— Maintenant que vous l'avez, qu'allez-vous faire d'elle ?

Ethan pivota.

— Elle était la catin de Jeffries. Cette nuit, elle m'offrira ses services.

Angus ne dit rien, mais Ethan nota son regard réprobateur.

— Allez-vous la forcer ?

Il secoua la tête.

— Je n'en aurai pas besoin. Elle est à vendre, non ?

L'Ecossais enfonça son bonnet sur son large front.

— Si elle paye votre prix, la libérerez-vous ?

Ethan le dévisagea comme s'il avait perdu l'esprit.

— La libérer ?

Il souffla.

— Quand j'aurai eu ce que je veux, quand je serai sûr qu'elle ne peut nous aider à le retrouver, je la ramènerai à Londres et la remettrai aux autorités. Elle a commis un crime, Angus. Elle mérite d'être punie pour ce qu'elle a fait.

Le vieil homme grogna.

— J'ai idée que la demoiselle sera bel et bien punie avant de retourner à Londres.

Il se détourna et se dirigea d'un pas lourd vers l'échelle qui descendait à ses quartiers.

Ethan jura doucement. Angus n'était pas avec eux lors de ce dernier et fatidique voyage. Seuls Ned aux Longs Os et lui-même avaient combattu au côté de l'équipage du *Sorcière des mers,* contre la frégate à trente-cinq canons qui les guettait au large des côtes brumeuses de France. Le navire de guerre savait exactement où les trouver. Son capitaine avait eu vent d'informations secrètes conduisant à la capture du *Sorcière des mers,* de son capitaine et de son équipage.

Harmon Jeffries avait vendu son pays, et sa maîtresse avait organisé son évasion.

Ethan songea à la femme qui se trouvait dans sa cabine. Il était bien plus de minuit. Elle dormait probablement. Il l'imagina nue dans son lit, étendue sous lui telle une offrande, et son corps réagit. Le désir le traversa et son sexe se durcit.

Il l'aurait. Il marchanderait ses faveurs et prendrait son plaisir jusqu'à ce qu'elle le supplie d'arrêter.

Jusqu'à cette nuit-là, il s'était toujours comporté en gentleman avec les femmes. Il avait bien traité les maîtresses qu'il avait entretenues au fil des années.

Mais Grace Chastain était différente. Elle méritait de payer et il avait l'intention de s'en charger.

Effrayée, incertaine et harassée, Grace luttait pour rester réveillée. Après le départ du capitaine, elle s'était pelotonnée sur une chaise et guettait le moindre bruit, sûre que son ennemi allait revenir à tout moment.

Ce diable d'homme avait été clair dans ses intentions. Il voulait lui voler son innocence, la violer comme le barbare qu'il était. Mais elle ne lui faciliterait pas les choses. Il avait beau être grand et fort, elle était intelligente et déterminée. Elle le combattrait jusqu'au bout, lui résisterait jusqu'à son dernier souffle.

Les heures passèrent. Elle entendait les coups de l'horloge du bateau qui sonnait toutes les demi-heures, et il ne revenait toujours pas. Le roulis et le tangage du navire commencèrent à la bercer, ainsi que le doux bruit des vagues contre la coque. Elle s'efforça de garder les yeux ouverts, se pinça pour s'empêcher de s'endormir.

Mais le temps s'écoula et le sommeil l'attirait comme le chant des sirènes. Ses yeux se fermèrent lentement. Elle n'entendit pas la porte s'ouvrir doucement, ne perçut pas le bruit des hautes bottes noires du capitaine tandis qu'il pénétrait dans la cabine.

Ethan se tenait au milieu de sa cabine. S'il s'était attendu à trouver Grace Chastain dévêtue et confortablement installée dans son lit, il s'était lourdement trompé.

La jeune femme était pelotonnée sur la chaise de son bureau, son ouvre-lettres en argent serré dans sa main en un geste de défense. Sa tête retombait sur sa poitrine et la couverture posée sur ses épaules avait glissé par terre. Ses cheveux étaient légèrement emmêlés, ses lèvres entrouvertes dans son sommeil. Elle paraissait jeune, innocente, et plus tentante que toute femme qu'il avait jamais vue.

Il se dit de la réveiller, de conclure un marché pour l'usage de son corps voluptueux, mais quelque chose le retint. Sa fatigue était inscrite sur chaque trait de son visage. Et qu'elle était effrayée, même si elle avait fait de son mieux pour le cacher, était encore plus clair.

Il devrait être heureux qu'elle souffre, pensa-t-il. C'était ce qu'il voulait, la raison pour laquelle il l'avait amenée sur son bateau. Il avait l'intention qu'elle paye et ne serait pas satisfait tant qu'elle ne l'aurait pas fait.

Et cependant, il se retrouva en train de traverser la cabine, d'ôter l'ouvre-lettres de sa main, de la soulever dans ses bras et de la porter sur le lit. Il rabattit les couvertures, l'allongea tout habillée sur le matelas et la couvrit.

Il était presque aussi fatigué qu'elle. Peut-être valait-il mieux attendre, se dit-il. Demain, ils passeraient leur accord et il prendrait ce qu'il voulait. Il se dévêtit, ne gardant que son caleçon, et, torse nu, il souffla la lampe et s'allongea de l'autre côté du lit, calant l'oreiller sous sa tête.

« Demain », songea-t-il, hanté par l'image de son corps nu étalé sous lui. L'anticipation se mêla à l'épuisement et il glissa dans le sommeil.

Le lendemain arriva plus tôt qu'il ne s'y attendait. Le soleil n'était pas encore levé quand Ethan entrouvrit les yeux, et que l'impression que quelque chose n'était pas à sa place s'insinua en lui. Il ne lui fallut qu'un instant pour se rappeler que sa délicieuse prisonnière dormait à côté de lui, la douce et chaude sensation d'un corps de femme pressé contre lui n'étant pas quelque chose qui lui arrivait si souvent.

Bien qu'elle dormît encore comme une bûche, le charmant postérieur de Grace Chastain était niché contre son ventre, sa douce chaleur traversant la fine soie de sa robe et son propre caleçon. Il était dur, constata-t-il, palpitant du désir d'être en elle. Que ferait-elle, se demanda-t-il, s'il relevait sa robe froissée et se mettait à la caresser doucement ? Elle avait un tempérament aussi enflammé que ses cheveux. Il se demanda encore s'il pourrait attiser cette sorte de passion au lit.

Elle n'était pas neuve à ce jeu, ce qui pourrait servir sa cause ou lui nuire selon le genre d'amants qu'elle avait eus au fil des années. Il promena légèrement une main sur sa hanche, savourant ses douces courbes féminines, la rondeur de son postérieur. Puis il fit descendre sa main le long de sa cuisse, de son mollet, atteignit l'ourlet de sa robe…

Un cri outragé qui s'éleva de l'autre côté du lit. Elle bondit de la couchette comme si elle avait pris feu et tournoya pour lui faire face, ses pieds minces écartés, ses mains tendues devant elle comme si elle affrontait un monstre de l'enfer. Il faillit sourire.

— Ne me touchez pas !

— Je crois que vous avez exprimé très clairement votre dégoût de tout contact.

Il roula sur le côté du lit, attrapa ses culottes, les enfila et les boutonna.

Elle se rua sur le bureau et chercha frénétiquement le coupe-papier. Ethan se maudit quand elle le saisit et le tint devant elle pour se protéger.

— Vous n'avez pas besoin de cela. Je ne vais pas vous faire de mal.

— Vous… vous essayiez de… de…

— Du calme. A la façon dont vous étiez blottie contre moi, j'ai pensé que nous pourrions tous les deux prendre du plaisir.

Dieu du Ciel, elle était superbe. Avec ses cheveux auburn croulant sur ses épaules et ses joues avivées par la colère… Le seul fait de la regarder le durcit de nouveau.

Il s'approcha un peu plus, mais pas assez pour l'effrayer.

— De fait, j'espérais que nous pourrions parvenir à une sorte d'arrangement.

Elle le considéra d'un air méfiant, serrant toujours l'ouvre-lettres dans sa main.

— Quel genre d'arrangement ?

— Je suis un homme, miss Chastain. Les hommes ont certains besoins. Je suis sûr que vous en avez conscience.

Le coupe-papier trembla dans sa main.

— Voulez-vous… voulez-vous dire que vous comptez que j'assouvisse vos *besoins* ?

La bouche d'Ethan s'incurva légèrement.

— Je ne le dirais pas exactement de cette façon. Comme je l'ai dit, je pense que cela pourrait être agréable pour nous deux. Et profitable pour vous, également.

Elle fronça les sourcils, soupçonneuse.

— Vous parlez d'une sorte de marché.

— Oui. Si vous êtes d'accord et que je suis satisfait de vos « services », je pourrais être disposé à intercéder en votre faveur auprès des autorités, quand nous regagnerons Londres.

Elle déglutit. Pour la première fois, Ethan s'aperçut qu'elle luttait pour ne pas pleurer. Pourquoi cela l'ennuya, il n'aurait su le dire.

Elle humecta ses lèvres et il remarqua qu'elles tremblaient.

— Non.

— Juste non ?

Elle secoua la tête. Elle paraissait innocente et vulnérable, et la voir ainsi contracta curieusement la poitrine d'Ethan.

— Si vous essayez de me forcer, je me débattrai de toutes mes forces.

Elle le ferait. Il le voyait sur son visage. Il lisait sa détermination dans ses yeux derrière le fin voile de larmes.

— Je ne vous forcerai pas, dit-il doucement. Ce n'a jamais été mon intention.

Mais il ne la lâcherait pas non plus si facilement. Elle

était la maîtresse de Jeffries et il la voulait. Terriblement. Tôt ou tard, il l'aurait.

— Comment... comment savoir si vous dites la vérité ?

— Je suis beaucoup de choses, miss Chastain, mais pas un menteur. Posez ce coupe-papier.

Elle resserra les doigts sur le manche.

— Je vous ai dit de le poser.

Il s'approcha, commençant à se sentir irrité. Il n'était pas habitué à ce qu'on désobéisse à ses ordres. Il ne le tolérerait pas de la part de Grace Chastain.

— Restez en arrière. Je vous préviens.

— Et je vous préviens aussi. Lâchez cet ouvre-lettres ou vous en subirez les conséquences.

Elle mordit sa lèvre inférieure, si charnue, et cela donna à Ethan envie de l'embrasser. Juste Ciel, il ne se souvenait pas d'avoir éprouvé un tel désir pour une femme. Qu'elle appartienne à Harmon Jeffries le faisait la convoiter encore plus.

Il fit un pas sur la gauche et Grace en fit un sur la droite, serrant toujours la lame dans sa main.

— Vous cherchez les ennuis, miss Chastain.

— C'est peut-être vous qui en aurez.

Alors, Ethan sourit. Un rare sourire sincère qui lui fit une étrange impression. Il esquissa une feinte sur la gauche, plongea sur la droite, attrapa son poignet et lui arracha le coupe-papier. Il le jeta à travers la pièce tout en attirant rudement Grace contre son torse, puis il enfouit les doigts dans son épaisse chevelure auburn et s'empara de sa bouche en un baiser profond et ravageur.

Une intense chaleur le traversa, en une puissante bouffée de désir. Il l'embrassa un moment de plus, après quoi il la lâcha et s'écarta, voyant que ses grands yeux verts étaient élargis par la surprise et l'incrédulité. Son cœur tambourinait, son érection palpitait. Il fut satisfait de constater à la façon dont la poitrine de Grace se soulevait et s'abaissait, et à la vive rougeur de ses joues, qu'il n'était pas le seul à avoir été affecté.

— Réfléchissez à ce que j'ai dit, déclara-t-il doucement. Peut-être qu'un pacte avec le diable ne serait pas si mauvais.

Se détournant d'elle, il ramassa le reste de ses habits, prit le coupe-papier et se dirigea vers la porte, la refermant sans bruit derrière lui.

Grace fixa la porte par laquelle son ravisseur avait disparu. C'était un sauvage. Un barbare. Elle ne pensait pas qu'il tiendrait parole, n'avait aucune raison de le croire.

Seigneur, comme elle souhaitait être de retour sur le *Lady Anne*.

Inconsciemment, elle porta ses doigts à ses lèvres. Bien que son baiser fût bref, il avait été extrêmement insistant, un baiser dur et destiné à punir qui aurait dû la révulser. A la place, son cœur battait très fort et la tête lui tournait. Elle craignait même de s'évanouir. Il n'y avait eu aucune gentillesse dans son geste, rien de doux ou de tendre. Pourtant, c'était un baiser qu'elle n'oublierait jamais.

Comment cela se pouvait-il ?

Elle songea au marché que le capitaine lui avait proposé. Il était évident qu'il était au courant de l'évasion de Newgate qu'elle avait organisée, et cependant ils ne voguaient pas vers Londres, mais s'en éloignaient. Elle savait qu'elle devait être terrifiée — et elle l'était. Néanmoins, il y avait quelque chose en elle qui refusait de plier devant lui.

Son estomac gronda. Grace repoussa en arrière ses cheveux emmêlés et alla jusqu'au miroir en pied dans le coin. De lourdes boucles auburn tombaient sur ses épaules et sa robe vert d'eau était froissée et abîmée. Elle la releva et déchira une bande de dentelle de sa camisole pour attacher ses cheveux. Elle aspirait à prendre un bain et à manger, et se demanda si le capitaine Sharpe comptait la punir en la laissant mourir de faim.

Comme en réponse à ses pensées, on frappa doucement à la porte. Pensant à la protection que lui offrait le coupe-papier, elle jeta un coup d'œil envieux au bureau, mais l'arme n'était plus là.

Elle soupira et alla à la porte. Si le capitaine ou ses hommes voulaient lui faire du mal, ils auraient pu le faire la nuit dernière. S'arrêtant un instant, elle prit une inspiration pour se calmer et ouvrit.

La dernière chose à laquelle elle s'attendait était de voir un jeune garçon blond debout dans la coursive, tenant un plateau.

— Bonjour, miss. Le capitaine a pensé que vous aviez peut-être faim. Il vous envoie ceci pour votre petit déjeuner.

Une odeur de porridge tout chaud montait du bol posé au centre du plateau. Une grosse orange coupée en tranches se trouvait à côté, avec une tasse de thé fumant, un pot de crème et de la molasse à ajouter au porridge. Grace pouvait à peine le croire.

Elle en eut l'eau à la bouche.

— Eh bien, le capitaine avait raison, j'ai faim. C'est généreux de sa part d'avoir pensé à envoyer ce plateau.

Généreux — à moins qu'il s'agisse simplement d'une ruse pour l'amener à accepter sa proposition. Auquel cas il en serait pour ses frais.

— Comment vous appelez-vous ? demanda-t-elle au garçonnet qui n'avait pas plus de douze ans et était petit pour son âge, avec des yeux aussi verts que les siens.

Soudain, elle remarqua la béquille de bois coincée sous son bras gauche.

— Freddie, miss. Mon nom est Freddie Barton.

Grace ignora la troublante béquille et afficha un sourire.

— Très bien, Freddie. Vous pouvez poser le plateau là-dessus.

Elle indiqua une petite table Sheraton ronde, jouxtée de deux chaises assorties, songeant combien il était étrange que ce diable de capitaine emploie un garçon de cabine infirme.

— Oui, miss.

Freddie se dirigea vers la table et Grace fronça les sourcils en voyant sa jambe gauche déformée. Puis un bruit s'éleva dans la coursive et quelque chose fit irruption dans la cabine par la porte entrouverte, frôlant de si près la jambe malformée du garçonnet qu'il faillit tomber.

— Fichu Schooner !

Freddie posa le plateau sur la table d'un geste hésitant et Grace suivit son regard vers le gros chat roux et tigré qui s'était réfugié sous la chaise.

— Vous aimez les chats ? demanda-t-il, les yeux fixés sur la queue du matou qui dépassait.

— Oui.

Le jeune garçon parut rassuré.

— Schooner ne vous dérangera pas. Et c'est un très bon chasseur.

Grace réprima un sourire.

— Alors, je suppose que je n'ai pas à m'inquiéter s'il y a des souris dans la cabine.

— Non, miss.

Freddie regarda de nouveau la queue rousse qui s'agitait d'un côté à l'autre.

— Quand il voudra sortir, Schooner vous le fera savoir.

— Je n'en doute pas.

— Le capitaine a dit que je dois m'occuper de vous. Si vous avez besoin de quoi que ce soit, appelez-moi.

Elle avait besoin d'une foule de choses — comme descendre de ce bateau —, mais elle ne pensait pas que Freddie puisse l'aider. Elle alla à la table et considéra la nourriture, son estomac grognant de nouveau. Elle avait faim, mais elle avait plus besoin d'informations que de vivres, et le garçonnet pouvait être un puits de renseignements.

— Depuis quand travaillez-vous pour le capitaine Sharpe ?

— Pas longtemps, miss. Le capitaine vient juste d'avoir un autre bateau. Mais mon papa naviguait avec lui. Il s'est fait tuer avec le reste de l'équipage il y a un certain temps.

— Je suis désolée, Freddie. Que s'est-il passé ?

— Eh bien, ils se battaient contre les Français. Ces damnés bâtards ont capturé le bateau et jeté le capitaine, mon papa et les autres en prison.

Il rougit en s'avisant qu'il avait utilisé des mots grossiers.

— Votre pardon, miss.

— C'est bon, Freddie. Apparemment, c'étaient vraiment de mauvaises gens.

Le garçonnet s'appuya sur sa béquille.

— Le capitaine a perdu le *Sorcière des mers* et tout son équipage — sauf Angus et Ned aux Longs Os. Vous devriez entendre les histoires que Ned raconte. Il dit que le capitaine Sharpe s'est battu comme un démon. Il dit que le capitaine…

— Je pense que la dame en sait assez à son gré sur le capitaine, dit une voix grave, depuis le seuil. Va-t'en, Freddie. Angus a besoin de toi.

Le jeune garçon rougit d'un air fautif, se tourna et sortit

de la cabine en s'appuyant sur sa béquille, la maniant avec une telle habileté qu'elle semblait attachée à son corps. Il ferma la porte et Grace se força à faire face au grand homme qui se tenait à côté.

— Votre porridge refroidit.

Elle jeta un coup d'œil au plateau.

— Oui... Merci pour ce repas.

Son air sombre indiquait qu'il regrettait de l'avoir envoyé.

— J'ai pensé que vous deviez garder vos forces. Je peux vous le dire de première main, la nourriture en prison est moins savoureuse.

L'estomac de Grace se crispa. Elle devait se rappeler que cet homme était son ennemi. Elle avait commis un crime, certes, mais Ethan Sharpe n'était pas un magistrat. Il n'avait pas le droit de la juger.

Son appétit disparu, elle s'assit néanmoins pour manger. Ignorant le bruit de ses pas dans la cabine, elle parvint à finir le porridge, mais son estomac se rebella devant l'orange.

Le capitaine vint se placer à côté d'elle.

— Mangez l'orange. Vous ne voudriez pas avoir le scorbut et perdre toutes ces jolies dents blanches ?

Grace pinça les lèvres pour retenir une réplique bien sentie. Ce qu'elle mangeait ou ne mangeait pas n'était pas son affaire. D'un autre côté, elle avait entendu parler des dangers du scorbut. Elle se consacra à l'orange.

Elle était délicieuse, sucrée et juteuse. Avec un soupir de plaisir, elle s'essuya la bouche de la serviette posée sur le plateau et repoussa sa chaise. Le capitaine s'était assis à son bureau et écrivait dans une sorte de registre.

Grace alla se poster derrière lui.

— Je veux savoir pourquoi vous m'avez amenée ici. Je veux savoir ce que vous projetez de faire de moi.

Il se tourna, déplia sa haute silhouette et la domina. Elle eut l'impression d'avoir provoqué une panthère dans sa cage.

Ses yeux bleu clair la transpercèrent.

— Et moi, je veux savoir pourquoi vous avez aidé un traître à échapper à la potence.

Et voilà, c'était enfin dit.

— Qu'est-ce qui vous rend si certain que je l'ai fait ?

— J'ai mes sources… Des sources très sûres. Tout comme Harmon Jeffries avait les siennes.

Entendre le nom de son père prononcé avec un tel venin crispa plus encore son estomac. Elle n'avait découvert que récemment l'existence de son père, avait seulement appris à le connaître par les lettres qu'il lui avait envoyées au fil des années, des lettres que sa mère avait cachées. Ces missives l'avaient touchée ; elles lui avaient prouvé que, au lieu de l'abandonner comme elle l'avait cru, son père ne l'avait jamais oubliée.

Elle l'avait aidé à s'échapper, avait commis un crime ignoble aux yeux de la loi, et maintenant elle ne pouvait se permettre de se laisser pousser à des aveux. Elle n'avait aucune idée de qui était vraiment cet homme et de ce qu'étaient ses intentions.

Elle ignora sa question aussi platement qu'il avait ignoré la sienne.

— J'exige que vous me conduisiez à Scarborough. C'est là où je me rendais quand vous m'avez si grossièrement enlevée. C'est là que je veux aller.

Il rit sans humour.

— Vous êtes une surprenante jeune femme, miss Chastain. Etonnamment pleine de ressources et définitivement divertissante. Il se trouve que je commence à apprécier notre petit jeu du chat et de la souris.

— Eh bien, je ne l'apprécie pas, moi. Pas du tout.

— Non ?

Ses yeux la parcoururent, glacés comme la mer, toutefois elle put sentir la chaleur intense qui couvait en eux, la faim qu'il avait d'elle.

— Avec le temps, peut-être…

Le souffle de Grace se coinça dans sa gorge. Elle se détourna de lui, soudain consciente de son état négligé. Elle lissa une mèche de cheveux décoiffée, souhaitant désespérément pouvoir prendre un bain et se changer.

Son geste dut trahir ses pensées.

— Dans un jour ou deux, nous ferons escale pour reconstituer nos provisions. Je verrai ce que je peux faire pour vous trouver quelque chose à porter.

Elle haussa le menton et le regarda en face.

— J'ai tout ce qu'il me faut — dans ma cabine du *Lady Anne*.

La mâchoire d'Ethan se durcit.

— Malheureusement pour vous, vous n'êtes plus à bord du *Lady Anne*.

4

Deux jours de plus passèrent. Grace était assise sur le lit du capitaine dans sa robe froissée, Schooner sur les genoux. Le gros chat roux ronronnait bruyamment, un bruit étrangement réconfortant. Elle était prisonnière à bord de ce qui ne pouvait être appelé qu'un bateau pirate, voguant Dieu savait où, son sort toujours pas déterminé.

Elle ne pouvait comprendre pourquoi elle n'était pas plus effrayée.

Elle soupira en caressant distraitement le pelage de Schooner. C'était peut-être parce qu'elle avait survécu jusque-là sans dommage et sans être trop mal traitée. Portant la chemise de nuit d'homme en coton que Freddie lui avait fournie et ne voulant toujours pas faire confiance à son ravisseur, elle s'était endormie chaque soir comme le premier jour, assise sur la chaise à dossier droit du bureau. Et chaque matin elle s'était réveillée dans le lit du capitaine, couchée sur le côté sous les couvertures. La seule différence était que chaque fois elle s'était réveillée seule.

Grace savait qu'il avait été là, dormant à côté d'elle comme la première nuit. Elle pouvait voir la marque de sa tête sur l'oreiller, sentir son léger parfum masculin qui lui évoquait la mer.

Sa vraie frayeur ne concernait pas ce que le capitaine

pourrait lui faire, mais ce qui arriverait s'il la ramenait à Londres et la remettait aux autorités. Pour l'heure, le bateau suivait un cours qui l'éloignait de la capitale, et tant qu'ils ne voguaient pas vers Londres il restait un rayon d'espoir.

Au moins, Ethan Sharpe avait eu la correction de lui prêter un peigne et une brosse. C'était une parure ravissante, en argent incrusté de nacre. Probablement le cadeau d'une de ses maîtresses. Grace était simplement reconnaissante de pouvoir brosser et natter ses cheveux.

Ces deux derniers jours, elle avait peu vu le diabolique capitaine. Elle en était reconnaissante aussi. Avec ses regards brûlants et son froid dédain, il n'offrait guère une compagnie agréable. Toutefois, même avec Freddie et Schooner pour l'aider à passer le temps, elle se sentait nerveuse et souffrait de rester confinée. Elle arpentait la cabine avec l'impression que les parois se refermaient sur elle, et son irritation grandissait. La luxueuse pièce n'était pas une cellule de prison, mais elle lui faisait le même effet.

La prochaine fois qu'elle le verrait, elle exigerait qu'il la laisse sortir sur le pont. Elle était habituée à prendre pas mal d'exercice, soit en faisant les boutiques de Bond Street, soit en se promenant dans le parc. Durant la journée, elle entrebâillait un des hublots au-dessus du lit, mais ce n'était pas la même chose qu'être dehors, sentant les embruns sur son visage et emplissant ses poumons d'air marin. S'il n'y avait eu l'équipage disparate du bateau, elle serait déjà montée toute seule.

Grace pivota au pied du lit et repartit dans l'autre sens. Elle entendit un léger coup frappé à la porte, reconnut la petite main de Freddie et alla ouvrir. La surprise la saisit quand elle vit la baignoire en cuivre emplie d'eau fumante portée par deux matelots, l'un d'eux étant l'homme tatoué.

— C'est de l'eau de pluie, miss.

Freddie s'écarta pour laisser entrer les marins.

— Nous avons eu un grain hier soir. Ça nous a permis de remplir les citernes. Le capitaine a pensé que vous aimeriez peut-être prendre un bain.

Grace faillit soupirer d'aise à cette idée.

— Où le voulez-vous, miss ?

— Ce serait bien devant la cheminée.

Elle se hâta dans cette direction, et se tint en retrait tandis que les deux hommes posaient la baignoire face aux flammes qui couvaient.

— Il y a des serviettes dans le placard, là, indiqua Freddie. Vous voulez que je vous en sorte une ?

— Je le ferai. Merci, Freddie.

Le jeune garçon et les marins quittèrent la cabine et Grace porta son attention sur la baignoire. Le soir, elle était obligée de se déshabiller pour enfiler la chemise de nuit et faisait l'inverse le matin. Mais s'asseoir toute nue dans une baignoire au milieu de la cabine du capitaine demanderait beaucoup plus de courage.

Elle considéra le petit baquet. Elle sentait la chaleur qui montait de l'eau, la vapeur sur sa peau. Elle prit sa décision. Passant les mains dans son dos, elle se mit à défaire les boutons de sa robe, mais ils étaient petits et difficiles à atteindre.

— Maudites fermetures, marmonna-t-elle en souhaitant que Phoebe fût là pour l'aider.

Elle se contorsionna, essayant de libérer les derniers boutons.

— Je pourrais peut-être vous assister.

La voix grave venait de l'autre bout de la cabine. Elle

avait été tellement absorbée par sa robe qu'elle n'avait pas entendu entrer le capitaine.

Il n'attendit pas sa réponse, et se contenta d'aller à elle avec ses hautes bottes brillantes. Elle avait déjà noté une légère hésitation dans sa démarche, sans doute due à une ancienne blessure. Il cachait bien cette petite boiterie, mais elle était plus prononcée lorsqu'il était en colère ou perturbé.

Elle ne parut pas le gêner lorsqu'il retira sa redingote et la jeta sur le lit, restant vêtu de culottes noires ajustées et d'une chemise blanche aux manches larges. Il avait l'air d'un pirate, rappelant Barbe-Noire ou le capitaine Kidd, et peut-être en était-il un.

Il l'avait prise par la force, non ? L'avait enlevée contre son gré du *Lady Anne* ?

Elle sentit ses doigts sur sa robe. Il défit les boutons avec une adresse qui indiqua à Grace qu'il avait l'habitude des vêtements féminins. A l'instant où la robe s'ouvrit, elle s'écarta de lui, tenant son corsage sur sa poitrine.

— Merci, dit-elle avec raideur. Maintenant, si vous voulez m'excuser, j'aimerais profiter du bain que vous m'avez si aimablement fait envoyer.

Il lui décocha un de ses sourires impudents.

— Bien sûr. Je resterai ici pour ne pas vous déranger.

Les sourcils de Grace se haussèrent brusquement.

— Vous n'avez sûrement pas l'intention de rester dans la cabine pendant que je me déshabille ?

Mais un coup d'œil à ses yeux bleus avides lui révéla que c'était exactement ce qu'il comptait faire.

— Je vous ai fourni le bain. Je veux quelque chose en retour. En tant qu'homme qui apprécie la beauté féminine, je souhaite vous regarder vous baigner.

— Vous êtes fou.

— De fait, je pense que je suis tout à fait sensé. Nous partageons cette cabine. Tôt ou tard, nous aurons tous les deux à utiliser la baignoire.

Elle rougit, pensant qu'elle avait besoin de l'utiliser maintenant. Elle n'avait jamais été aussi négligée en présence d'un gentleman. Mais, bien sûr, le capitaine n'était guère un gentleman.

— Et ce n'est pas comme si vous n'aviez jamais été nue devant un homme, ajouta-t-il.

La rougeur de Grace s'accrut. Comment osait-il penser une chose pareille ? Elle avait été embrassée par deux hommes — trois avec lui. Elle avait voulu savoir à quoi cela ressemblait. Mais son expérience physique s'arrêtait là.

Elle pouvait le lui dire, même s'il ne la croirait probablement pas. Jusqu'ici, elle avait bien caché son jeu. Apparemment, il en savait moins sur elle qu'elle l'avait pensé. Dans l'immédiat, il serait sans doute à son avantage de laisser les choses en l'état.

— En tout cas, je n'ai jamais été nue devant vous et je tiens à ce qu'il en reste ainsi.

Il haussa ses larges épaules.

— Comme vous voudrez. Je vais dire aux hommes de remporter la baignoire.

Il se dirigea vers la porte.

— Attendez !

Elle mordilla sa lèvre inférieure, regardant la baignoire et mourant d'envie de se sentir de nouveau fraîche et propre.

— Nous pourrions peut-être faire un compromis.

Il leva un sourcil noir.

— De quel genre ?

— Eh bien… si vous vous détourniez le temps que

j'entre dans la baignoire, je me sentirais peut-être moins exposée.

Il jeta un coup d'œil de Grace à l'eau fumante, puis la regarda de nouveau et sourit.

— Très bien, si cela peut vous mettre à l'aise. Je tournerai le dos jusqu'à ce que vous soyez dans l'eau.

Il le fit, les bras croisés sur sa poitrine. Grace ferma les yeux, essayant de rassembler son courage. Elle avait besoin de ce bain. Elle ne laisserait pas ce diable d'homme l'en priver.

Se dévêtant prestement, elle grimpa dans le petit baquet en cuivre et ramena ses jambes sous son menton. Le bruit de l'eau avertit Ethan. Il attendit quelques secondes de plus, lui laissant le temps de s'installer, puis il se retourna.

Il inspecta son corps avec une telle attention qu'elle sentit ses joues s'enflammer. Après quoi, il alla au placard et en sortit la serviette qu'elle avait oubliée, ainsi qu'un morceau de savon. Il était parfumé à la lavande, certainement pas destiné à son usage.

— Vous aurez besoin de ceci quand vous aurez fini, dit-il en posant la serviette sur le dossier d'une chaise. Et ce savon peut vous être utile.

Elle tendit le bras pour attraper le savon qu'il lui lança et vit ses yeux s'obscurcir.

Ses joues s'embrasèrent encore plus lorsqu'elle s'avisa que, en faisant ce geste, elle lui avait laissé apercevoir ses seins.

— Vous offrez une image tout à fait fascinante, miss Chastain.

Grace lui jeta un coup d'œil méfiant quand il s'approcha de la baignoire et s'agenouilla à côté.

— Vous voudrez sans doute laver vos cheveux, dit-il d'une voix un peu rauque.

Elle resta parfaitement immobile tandis qu'il dénouait la

bande de dentelle qui attachait sa natte. Il sépara les lourdes mèches de ses doigts et les étala sur ses épaules.

— Vous avez des cheveux magnifiques, déclara-t-il doucement. De la couleur des flammes et aussi doux que de la soie.

Elle ne dit rien, mais une onde de chaleur s'insinua dans son ventre. Elle sentait ses mains, ses longs doigts minces qui frôlaient sa nuque, dégageant délicatement une mèche. Elle eut la chair de poule et la chaleur de son ventre se répandit dans ses membres.

— Donnez-moi le savon, dit-il, le prenant de ses mains tremblantes avant qu'elle puisse l'arrêter. Je vais vous laver le dos.

Oh, Seigneur Dieu !

— Vous… vous ne pouvez vouloir faire cela !

D'autres paroles de protestation se formèrent sur sa langue, mais elle semblait incapable de les prononcer. Et si elle essayait de s'écarter de lui, il pourrait voir encore plus de sa personne. Elle se raidit en sentant sa main dessiner lentement de petits cercles avec le savon sur la peau de son dos.

— Détendez-vous, Grace. Je ne vous ferai rien que vous ne voulez pas…

— Je ne veux pas que vous me touchiez.

— … à part vous aider à vous laver.

Il trempa le linge dans l'eau et elle huma un parfum de lavande. La chaleur du bain s'immisçait dans ses muscles raides, et contre sa volonté elle commença à se détendre. Comme dans une sorte de transe, elle ferma les yeux et sa tension diminua.

Le linge passait doucement le long de son cou et dans son dos. Il savonna ses épaules, fit glisser le linge mouillé sur ses bras. Il la rinça puis passa lentement devant elle pour lui savonner la gorge et la poitrine.

Grace rouvrit brusquement les yeux tandis que le linge descendait, encerclait un sein, s'insinuait dans le sillon de sa poitrine, encerclait l'autre sein, passait sur ses mamelons. Ils se durcirent sous l'eau, et une chaleur intense et une étrange moiteur s'emparèrent des tréfonds de son être.

— Arrêtez ! s'écria-t-elle. Vous… vous devez arrêter tout de suite !

Elle tremblait. Elle croisa les bras sur sa poitrine, embarrassée par sa réaction inattendue, en colère contre lui de profiter ainsi de la situation.

— Cela ne faisait pas partie du marché. Je ne vous ai pas autorisé à prendre des libertés.

Il haussa les épaules.

— Je voulais seulement me rendre utile.

Mais un léger sourire incurvait ses lèvres et ses yeux pâles étaient plus sombres que jamais. Tandis qu'elle l'étudiait depuis la baignoire, son regard tomba sur la bosse qui apparaissait sous l'étoffe de ses culottes. Cela arrivait quand un homme était excité, elle le savait, et la peur commença à l'envahir.

— De grâce, je vous le demande. Laissez-moi achever mon bain en paix.

Un long doigt lui caressa la joue.

— Etes-vous certaine que c'est ce que vous voulez ?

Elle humecta ses lèvres tremblantes.

— Oui, parfaitement certaine.

Pendant un long moment, il ne bougea pas, resta juste où il était, près de la baignoire. Puis, avec un soupir, il se leva.

— Je vais m'assurer que vous ne soyez pas dérangée.

Elle se força à prononcer un mot.

— Merci.

Elle le regarda traverser la cabine. Le soulagement l'envahit quand la porte se referma derrière lui. Sous l'eau, la pointe de ses seins était encore dure comme un diamant. Son ventre frémissait toujours. Ce que ces brèves caresses avaient provoqué était effrayant.

L'eau refroidissait quand elle s'arracha enfin à ses pensées troublées, parvint à finir de se baigner et à laver ses cheveux. Durant tout ce temps, elle ne cessa de se demander comment elle avait pu laisser arriver une chose pareille.

Mais elle ne trouva pas la réponse.

Il ne parvenait pas à la déchiffrer. Par le passé, Ethan s'était targué de bien comprendre les femmes. Son frère aîné, Charles, lui avait expliqué les réalités de la vie quand il était encore un jeune garçon, et avoir une sœur lui donnait un aperçu du fonctionnement de l'esprit féminin. Dans sa jeunesse, il avait souvent passé du temps avec Sarah et ses amies et se sentait à l'aise en compagnie des femmes. Au long des années, il avait eu un certain nombre de maîtresses.

Mais Grace Chastain l'emplissait de confusion. Il la croyait une catin, et cependant elle jouait les innocentes. Ses bravades contrastaient avec l'expression vulnérable qui passait parfois sur son visage, avec les larmes qu'elle cherchait à cacher. Elle le déstabilisait constamment et il n'aimait pas cela. Pas du tout.

La nuit dernière, après l'épisode du bain, il avait partagé la cabine de son premier matelot au lieu de se retirer dans la sienne. Angus s'était bien gardé de poser des questions. Et même s'il l'avait fait, Ethan n'aurait su que lui répondre.

Peut-être craignait-il que s'il avait dormi près de Grace

Chastain comme les nuits précédentes, la tentation de la posséder aurait été trop grande. Il savait maintenant ce que cachait sa chemise de nuit d'emprunt, connaissait exactement la douceur de sa peau, la rondeur de ses seins. Il connaissait la forme et le poids de chacun d'eux, la couleur rose de leur pointe.

Il avait dû faire appel à toute sa volonté pour ne pas la sortir de la baignoire et prendre un de ces seins lourds dans sa bouche. Il avait eu envie de passer les mains sur son ventre, ses hanches, ses cuisses, désiré écarter ses longues jambes fuselées et s'enfouir en elle.

Ethan inspira pour se calmer. Le baiser qu'il lui avait volé le premier jour avait été une torture suffisante. Maintenant, rien que de penser à ses courbes minces et voluptueuses, il se durcissait et c'était la dernière chose qu'il voulait.

Debout sur le gaillard d'arrière, derrière le grand gouvernail en teck, il regarda l'eau. S'il dormait à côté d'elle, il ne serait peut-être pas capable de résister à la tentation de la faire sienne. Il ne pourrait peut-être pas contrôler sa concupiscence, et penser qu'elle avait ce genre de pouvoir sur lui l'irritait. Ce n'était pas ce qu'il avait prévu.

Et il était déterminé à reprendre le contrôle de lui-même.

Le lendemain, ils atteindraient Odds Landing, le petit village côtier au sud-est de Douvres. Il achèterait quelques toilettes à la dame et s'en servirait pour conclure le marché qu'il avait eu l'intention de sceller dès le début — un marché qui, espérait-il, mettrait fin à son dérangeant besoin.

Il sourit presque. D'ici à demain soir, Grace Chastain partagerait avec lui son corps attrayant, ainsi que son lit.

— Capitaine ?

Il leva les yeux et vit son second matelot, Willard Cox, gravir l'échelle jusqu'à lui. Cox était un homme d'une quarantaine d'années, grand et costaud, au torse et aux épaules très musclés. Apparemment, il avait acquis un peu d'éducation et, étonnamment, savait lire, écrire et compter. Il avait une cicatrice en travers de la joue et une autre sur le dos de la main, mais, autrement, il n'était pas déplaisant à voir. Ethan n'avait jamais navigué avec lui auparavant, et même si Cox avait fait du bon travail jusqu'à présent, il se gardait de le juger trop vite.

— Nous avons reçu le signal, sir. Vous pouvez voir la lanterne, là, à bâbord de la proue.

Ils étaient assez près de la côte pour apercevoir une lumière jaune. Ethan avait attendu ce signal. Demain, à Odds Landing, il devait rencontrer un homme nommé Max Bradley, qui travaillait pour le ministère britannique de la Guerre. Avec le cousin d'Ethan, Cord Easton, comte de Brant, et l'un de ses meilleurs amis, le duc de Sheffield, Bradley avait organisé l'évasion d'Ethan, après presque un an, de l'horrible prison française.

— Renvoyez le signal, monsieur Cox. Dites-leur que la rencontre aura lieu comme prévu.

— Bien, sir.

Cox redescendit l'échelle et Ethan songea au rendez-vous du lendemain.

Il avait accepté une dernière mission pour le gouvernement britannique. Pendant des années, on s'était inquiété des forces navales de Napoléon, mais dernièrement cette inquiétude s'était accrue. Les militaires pensaient que le Petit Caporal rassemblait une armada encore plus importante et que, une fois que les navires seraient achevés, la flotte servirait à envahir l'Angleterre.

C'était le travail d'Ethan de parcourir la côte, de rechercher des informations jusqu'à ce qu'il puisse découvrir la réalité des choses, d'une manière ou d'une autre.

Il jeta un coup d'œil au rivage, vit de petites lumières qui brillaient aux fenêtres de la localité d'Odds Landing, au loin, et pensa à Grace Chastain. Pour la deuxième nuit de suite, il dormirait dans la cabine d'Angus. Il imagina les emplettes qu'il ferait le lendemain et les concessions qu'il avait l'intention de recevoir en échange, et se jura que ce serait la dernière nuit qu'il passerait dans un autre lit que le sien.

— Je veux aller avec vous.

Grace fit face au capitaine, tandis qu'il rassemblait ses affaires et se préparait à quitter le bateau.

— Je ne puis supporter de rester un jour de plus confinée dans cette cabine.

Il lui jeta un coup d'œil.

— Vous préféreriez une cellule de prison, peut-être ?

Elle pâlit, mais se ressaisit et tint bon.

— J'ai besoin d'exercice. Je ne suis pas habituée à rester enfermée.

— Je pensais que la plupart des femmes préféraient éviter le soleil.

— Eh bien, je ne suis pas la plupart des femmes.

Il haussa un de ses sourcils noirs.

— C'est plus qu'évident.

Grace ignora la trace de sarcasme.

— Si je promets de ne pas essayer de m'échapper, me laisserez-vous aller avec vous ?

Il souffla.

— Que vaut la promesse d'une traîtresse ?

Le cœur de Grace s'emballa.

— Une traîtresse ? C'est ce que vous pensez de moi ? Que je suis une traîtresse ?

Juste Ciel, elle n'avait jamais envisagé que son crime ferait l'objet d'une telle accusation ! Dieu l'en préserve, on pendait les traîtres ! Elle ne le savait que trop bien.

Le capitaine fronça les sourcils.

— Vous avez pâli. Vous n'aviez pas mesuré que le fait d'aider un traître à s'évader pouvait vous conduire à être considérée vous-même comme une traîtresse ?

Elle déglutit et secoua la tête.

— Non, je... Il était...

Elle ne pouvait lui dire qu'Harmon Jeffries était son père, l'homme qui l'avait engendrée, mais pas celui qui l'avait élevée. Le vicomte, son père naturel, avait une femme et des enfants, et il fallait tenir compte de sa mère et de son mari. Le scandale serait intolérable pour eux tous. Elle s'était juré de garder le secret jusque dans sa tombe et elle avait l'intention de tenir parole.

— C'était un ami, dit-elle. Je ne pouvais le laisser pendre sans rien faire.

Elle ne put ignorer la trace de dédain dans la réponse du capitaine.

— Il devait être un ami très proche, vraiment, pour que vous preniez un tel risque.

Grace s'avisa alors qu'elle venait d'admettre son crime. Dieu du Ciel, à quoi avait-elle pensé ? Ethan Sharpe n'était guère un homme à qui se fier.

Elle marcha vers la rangée de hublots au-dessus du lit, essayant de calmer ses peurs. Le bateau était ancré à quelque distance du rivage. Elle pouvait voir le village à flanc de colline au-dessus de la crique.

— J'aimerais toujours vous accompagner. Je suis avide de prendre l'air et d'avoir l'occasion d'étirer mes jambes.

— Je ne peux prendre ce risque. Mais je vais vous dire ce que je ferai. A dater de maintenant, je vous emmènerai sur le pont au moins une fois par jour. Cela vous contentera-t-il ?

Elle n'avait pas vraiment compté qu'il la laisse aller à terre, pas après le mal qu'il s'était donné pour l'avoir à bord de son bateau. Elle devait s'estimer heureuse de cette concession.

— Je suppose que c'est mieux que rien.

Il finit de charger ses affaires et quitta la cabine. Grace regarda par le hublot. Une poignée de marins s'installait à bord de deux barques et commençait à ramer vers la rive, probablement pour regarnir les garde-manger du bateau. Le capitaine était assis à la poupe d'un canot et la jeune femme souhaita de nouveau avoir pu aller avec eux.

Toutefois, le fait que le navire s'arrêtait lui donnait de l'espoir. Le *Démon des mers* avait jeté l'ancre dans cette crique pour refaire ses réserves. Il ferait certainement d'autres escales le long de sa route et, finalement, le capitaine accepterait peut-être de la conduire à terre. S'il le faisait, elle pourrait peut-être trouver un moyen de s'échapper.

Il était évident qu'elle ne pouvait rentrer à Londres, mais lady Humphrey connaissait sa situation et avait accepté de l'aider. La baronne pourrait peut-être arranger sa fuite du pays.

La mère de Grace lui avait expliqué que lady Humphrey, la tante d'Harmon Jeffries, veuve, avait élevé son père après la mort de ses parents. Elle l'aimait comme un fils et, bien que le vicomte n'eût jamais reconnu Grace comme sa fille, il avait parlé d'elle à la baronne. Grace se demanda ce que cette dernière dirait lorsqu'elle découvrirait qu'elle avait été enlevée du *Lady Anne*.

Elle se laissa choir de nouveau sur la couchette du capitaine. Quoi qu'il advienne, elle avait survécu jusqu'ici et refusait de perdre espoir.

Ce n'était tout simplement pas dans sa nature.

Un vent humide et glacial soufflait sur l'eau quand les canots se rangèrent le long du quai au bout de la grand-rue. Un ciel gris et lourd pesait sur le village ce matin-là, les gens restant chez eux, à l'abri du mauvais temps.

Le col de sa redingote remonté contre le vent, Ethan descendit de la barque et laissa ses hommes vaquer aux tâches qui leur étaient assignées. Sa première priorité consistait en sa rencontre avec Max Bradley et il gravit la colline vers leur lieu de rendez-vous, une taverne appelée Le Cochon et la Mule.

Lorsqu'il en franchit la porte, pénétrant dans la salle à plafond bas, noircie par la fumée, il aperçut Bradley assis à une table dans un coin près de la cheminée, finissant son petit déjeuner.

Ethan traversa la salle, quitta sa redingote et la jeta sur le dossier d'une chaise avant de tirer un autre siège pour s'asseoir.

— C'est bon de vous voir, Max.

— Vous aussi, mon ami. Je constate que vous avez enfin un peu engraissé. Voulez-vous vous restaurer ? Le pâté à la viande et aux rognons est excellent.

Max était aussi grand qu'Ethan, avec des cheveux également noirs, mais raides et tombant sur son col. Il avait une dizaine d'années de plus que le capitaine, dans les quarante ans, et un visage buriné, aux traits durs et émaciés. Au total, il avait l'allure d'un homme que les autres évitaient de contrarier.

— Non, merci. J'ai mangé avant de quitter le bateau. Quelles nouvelles apportez-vous ?

— Pas grand-chose. Aucune trace de Jeffries, si c'est ce que vous demandez.

Max travaillait surtout sur le continent. Son français était impeccable et il se mouvait comme une ombre dans les tavernes, les salles de jeux et les bordels des bas-fonds français, rassemblant des informations utiles contre l'armée de Napoléon.

— L'homme est un scélérat futé, dit Ethan. Il est probablement à l'abri quelque part, menant la belle vie dans un château quelconque.

Il envisagea de mentionner la maîtresse de Jeffries, prisonnière sur son bateau, mais Bradley était un homme du gouvernement et Grace Chastain était une affaire personnelle, pas encore résolue à sa satisfaction.

— Qu'en est-il de vous ? s'enquit Max. Avez-vous trouvé du nouveau à propos de la flotte française ?

— Rien pour l'instant. Je vogue vers Brest. D'après la rumeur, on y construit des bateaux.

— On dit aussi que des navires font route vers le sud, peut-être aussi loin que Cadix.

— Je verrai ce que je peux découvrir.

— Soyez prudent, Ethan. Jeffries n'est peut-être plus une menace, mais cela ne signifie pas que les Français ne sont pas informés. Ils ont leurs espions, comme nous avons les nôtres. Vous avez des ennemis en France. Votre évasion les a ridiculisés. S'ils vous reprennent, ils ne vous laisseront pas vivre jusqu'au lever du soleil.

— Le *Démon des mers* est le navire le plus rapide que j'aie jamais eu. Il est léger et très maniable. Néanmoins, je n'ignorerai pas votre avertissement.

Max se leva et tapa sur l'épaule d'Ethan.

— Si vous avez besoin de moi, laissez un message ici. Le tavernier est un ami entièrement fiable. Je passe voir ce qu'il y a pour moi aussi souvent que possible.

Ethan se contenta de hocher la tête. Il regarda Max Bradley franchir discrètement la porte et disparaître dans la rue comme s'il n'avait jamais été là. Même s'il tiendrait compte de la mise en garde de son ami, il avait besoin de déterminer combien de navires étaient construits et quelle était leur destination.

Une fois que cette mission serait accomplie, il retournerait à Londres pour endosser ses devoirs de marquis de Belford, et Grace Chastain serait jugée pour ce qu'elle avait fait. D'ici là, il avait son propre contentieux à régler avec la jeune femme, un contentieux qui impliquait des actions différentes de celles que lui demandait Max.

Longeant la grand-rue, il examina la rangée de magasins qui bordait le trottoir, la boucherie Dalton, la boulangerie Emory, une modiste à l'enseigne du Bonnet bleu. Il aperçut enfin une boutique de couturière, le Magasin d'Habillement. Il marcha dans cette direction.

Une clochette tinta au-dessus de la porte quand il pénétra dans le petit salon de réception et qu'une femme à l'ample poitrine, avec trop de rouge sur les joues, sortit pour l'accueillir.

— Bonjour, sir. Que puis-je pour vous ?

— Je cherche des toilettes pour une dame. Sa malle s'est perdue et elle n'a plus que la robe qu'elle portait. J'espérais que vous pourriez m'aider.

— Bien sûr. Si vous m'amenez la dame, nous pourrons l'habiller en un rien de temps. D'ici à deux semaines…

— Je crains que cela n'aille pas. Nous reprenons la mer cet après-midi. J'ai besoin des robes d'ici là.

Les joues de la femme virèrent au rose vif.

— Mais c'est impossible ! Je ne pourrai jamais coudre même une seule robe en si peu de temps.

— Je me rends compte que c'est beaucoup demander, mais je suis prêt à payer pour l'inconvénient. Je vous donnerai le double de ce que vous facturez habituellement.

— Ce n'est pas une question d'argent, monsieur… ?

— Capitaine Sharpe. Mon navire, le *Démon des mers,* est ancré au large.

Ethan n'avait pas encore l'habitude d'utiliser son titre, marquis de Belford, même s'il lui vint à l'idée que ce serait peut-être utile en cet instant.

— Eh bien, capitaine Sharpe, une telle somme ne serait certainement pas de refus…

Elle jeta un coup d'œil vers la pièce fermée par un rideau, derrière elle.

— Je suis sûre que la dame doit être dans tous ses états, de ne pouvoir se changer.

— Elle en est très contrariée, comme vous l'avez justement deviné.

Il leva une main pour indiquer la taille de Grace.

— Elle est assez grande, à peu près comme ceci, et mince — à part la poitrine.

La couturière rougit de nouveau et sourit d'un air entendu.

— Je vois. Et je suppose que n'importe quelle toilette serait mieux que d'avoir à s'en passer.

Elle se pencha par-dessus le comptoir, ce qui fit presque sortir ses seins volumineux de sa robe.

— Je couds pour toute sorte de cliente, dit-elle sur le ton de la confidence. Une dame de la nuit a commandé un certain nombre d'articles il y a quelques mois, mais le moment venu, elle n'a pas pu les payer.

Une dame de la nuit. Un sourire dur incurva les lèvres d'Ethan. Grace était la maîtresse de Jeffries. Cela semblait convenir tout à fait.

— Les robes ne seront peut-être pas exactement à sa taille, mais avec quelques modifications, elle devrait pouvoir s'en accommoder.

— Je les prends.

Ethan s'assit dans une bergère recouverte de damas pour attendre que ses achats soient prêts, et quelques minutes plus tard la couturière écarta le rideau et revint avec une pile de boîtes. Il paya la note en remarquant qu'elle avait été doublée et empila les cartons contre son torse.

— Cela a été un plaisir, dit la couturière rayonnante. Revenez quand vous voudrez, capitaine.

— Je le ferai, répondit Ethan, même s'il doutait d'avoir de nouveau besoin de vêtements de catin.

Il était tard dans l'après-midi quand l'équipage acheva de transporter des tonnelets d'eau douce, de hareng fumé, de bière et quantité d'autres vivres à bord du navire. Ethan était fatigué, mais impatient d'être à bord. Impatient de voir la réaction de Grace aux toilettes qu'il lui avait apportées.

Songeant à la robe en satin écarlate bordée de dentelle noire qu'il avait aperçue dans une des boîtes, il doutait néanmoins que le marché qu'il avait à l'esprit serait aussi facile à conclure qu'il l'avait espéré.

5

Grace arpentait la cabine. Par deux fois, elle l'avait quittée et avait gravi l'escalier qui menait au pont, pour trouver le vieil Ecossais buriné, le second du capitaine, Angus McShane, debout près du bastingage. Chaque fois, il l'avait regardée et avait secoué la tête.

— Désolé, demoiselle. Le capitaine a dit que vous deviez rester dans sa cabine.

— Et personne n'ose désobéir à ses ordres, n'est-ce pas ?

— En effet, demoiselle. A moins de vouloir avoir la marque du fouet dans le dos.

Grace avait fait demi-tour et était redescendue dans la cabine, claquant la porte derrière elle, puis elle était restée assise en bouillant intérieurement. Ce confinement permanent la rendait folle. Si elle ne sortait pas bientôt de cette cabine, elle ne répondrait plus de ses actes.

Une heure plus tard, alors que l'après-midi touchait à sa fin, la porte s'ouvrit brusquement et le capitaine entra. Elle essaya d'ignorer la façon dont sa présence emplissait la pièce, dont son cœur s'emballait en le voyant. Il posa sur le lit la pile de boîtes qu'il portait.

— C'est le mieux que j'ai pu trouver. Ces robes auront probablement besoin de quelques modifications, mais j'imagine que vous pourrez vous débrouiller.

— Vous m'avez apporté des vêtements ? demanda-t-elle d'une voix excitée. Oh, grâce à Dieu !

— J'ai deux ou trois choses à faire. Je reviendrai un peu plus tard.

Il la laissa avec les toilettes et elle s'empressa d'aller soulever les couvercles.

La première boîte contenait plusieurs camisoles en linon blanc. La femme à qui elles avaient été destinées devait être plus grande qu'elle, car lorsqu'elle les tint devant elle, elles couvraient à peine sa poitrine. Mais elle pouvait raccourcir les brides sans problème. Curieusement, cependant, si elle le faisait, elles lui arriveraient juste au bas des reins. Il y avait également dans la boîte de longs gants noirs et un boa en plumes rouges, avec plusieurs paires de jarretières en dentelle. Les unes étaient noires et les autres rouges. Grace fronça les sourcils. Elle n'avait jamais vu des jarretières de cette couleur.

Elle ouvrit la deuxième boîte et se retrouva face à un flot de satin écarlate. Elle saisit l'étoffe et la sortit, et vit qu'il s'agissait d'une robe avec de petites manches en satin noir et une bordure assortie.

C'était la robe la plus laide et la plus voyante qu'elle ait jamais vue.

Elle la jeta sur le lit et ouvrit la boîte suivante. Elle contenait deux autres robes, l'une de soie bleu saphir bordée de dentelle noire et l'autre en crêpe orange également gansée de noir. Cette dernière arborait de hideuses petites manches ballon orange et, quand elle la déplia, elle s'aperçut que le décolleté échancré était si profond qu'il exposerait le bord de ses mamelons.

Elle poussa un cri outragé. Comment osait-il ! Elle jeta la robe orange par terre et la piétina furieusement. Puis elle la ramassa et entreprit d'arracher les manches ridicules, sa satisfaction grandissant au bruit de l'étoffe déchirée.

Il lui avait acheté les toilettes d'une fille de joie !

Elle mourrait avant de les porter.

— Que faites-vous donc, sapristi ?

Grace marcha sur le capitaine et lui mit la robe orange sous le nez.

— C'est peut-être le genre de toilettes que portent les femmes de votre connaissance, mais elles ne me conviennent pas !

Empoignant l'autre manche, elle l'arracha brutalement et la lui jeta au visage. Lorsqu'elle posa la main sur le décolleté, il retint son bras.

— Je vous ai dit que c'était le mieux que j'avais pu faire. Cela m'a coûté une fortune de vous les acheter.

— Ce sont des robes de catin. Trouvez quelqu'un d'autre pour les porter.

Elle saisit l'encolure entre ses doigts et commença à déchirer le corsage en deux.

— Posez cette robe.

— Très volontiers.

Elle la jeta à terre et la piétina plusieurs fois, puis elle alla prendre la robe rouge et noire.

— Déchirez cette robe et je vous jure que vous le regretterez.

Grace lui décocha un sourire mauvais.

— Oh, je ne pense pas. Je crois que je serai très contente de m'en débarrasser !

Elle s'empara de la manche et le défia avec, prête à arracher les offensantes fronces en satin noir.

— Ne faites pas cela, l'avertit-il doucement.

Elle haussa le menton et saisit plus fermement le tissu. Il se déchira bruyamment et un trou béant apparut.

— Maudite soyez-vous !

Le capitaine se rua en avant. Grace glapit quand il l'attrapa par le bras et la tira vers le lit. Elle se dégagea, recula et le souffleta aussi fort qu'elle put. Au lieu d'éprouver de la peur, elle ressentit une vive bouffée de satisfaction.

Ethan Sharpe parut sidéré. Durant quelques secondes, il resta bouche bée. Puis il serra la mâchoire et ses yeux prirent la couleur d'une mer gelée.

— Vous allez être grandement désolée d'avoir fait cela, Grace.

Elargissant les yeux devant la fureur qui se lisait sur son visage, elle se précipita vers la porte. Il fut sur elle en un instant, la ramenant en arrière jusqu'au lit. Il s'assit sur le bord et la jeta sur ses genoux. Elle était grande et vigoureuse, mais il la contrôla aisément. Grace piailla quand elle sentit sa paume s'abattre brutalement sur son postérieur, les coups rudes traversant sa robe de soie.

— Lâchez-moi !

Une rage incandescente l'envahit. Une autre fessée tomba avant qu'elle reprenne ses esprits — suffisamment pour lui attraper la jambe et lui mordre cruellement le mollet.

— Bon sang, femme !

Bondissant sur ses pieds, il la releva brusquement et la planta face à lui. Il respirait avec difficulté, son regard bleu était enflammé.

Grace le regardait, le souffle court, aussi furieuse que lui. L'envie de se battre l'avait démangée depuis le soir où il l'avait enlevée du *Lady Anne*. Elle n'allait pas reculer maintenant.

— Je jure que vous êtes la femme la plus impossible que j'aie jamais rencontrée ! J'en fais deux comme vous et vous êtes ma prisonnière ! Par tous les diables, donzelle, n'avez-vous pas le bon sens d'être effrayée ?

— Je suis effrayée ! Je suis aussi écœurée et fatiguée

de vos grands airs. Et je meurs de rester enfermée dans votre maudite cabine ! Je crois que je deviens folle !

Ethan la dévisagea, incrédule. Sa joue le brûlait encore de son soufflet. Il sentait la trace de ses dents sur son mollet. Il n'y avait pas un homme à bord de ce bateau qui aurait eu le courage de le combattre comme elle l'avait fait.

Sa bouche s'incurva sous l'effet d'un amusement inattendu. Il considéra son état dépenaillé, l'éclat farouche et très déterminé de ses yeux, et pensa qu'il n'avait jamais vu une créature aussi superbe. La forme de ses courbes voluptueuses quand il l'avait couchée sur ses genoux et la chaleur de son postérieur sous sa main étaient encore frais à son esprit. Il était dur et la désirait douloureusement. Il ne se souvenait pas d'avoir convoité une femme aussi fortement.

— Je ne puis décider si vous êtes la femme la plus courageuse que j'aie jamais rencontrée, ou la plus sotte. Faites ce que vous voulez de ces robes. Peut-être pouvez-vous en sauver assez pour vous procurer au moins de quoi vous changer. Je vous ferai porter des aiguilles et du fil, si cela vous intéresse.

Pendant leur lutte, les cheveux de Grace s'étaient défaits et ils tombaient maintenant en lourdes boucles autour de son visage. Sa robe était froissée et tachée, et cependant elle lui faisait face avec un port de reine, la tête haute, ressemblant plus à une comtesse qu'à la criminelle qu'elle était.

Il se racla la gorge, s'efforçant de recouvrer un semblant d'autorité.

— Plus tard, si vous voulez, je viendrai vous chercher pour vous escorter sur le pont.

Les épaules de Grace gardèrent leur raideur, mais il put voir son soulagement sur son visage. Elle parvint à hocher la tête.

— Je l'apprécierais.

Ethan s'inclina légèrement, pivota et quitta la cabine. Une fois dehors, il prit une profonde inspiration pour se calmer. Si Grace Chastain l'avait déstabilisé auparavant, elle y était encore mieux parvenue cet après-midi. Elle l'avait combattu telle une tigresse, comme peu d'hommes osaient le faire, tout en gardant sa dignité.

Il se retrouva en train de sourire, d'un de ses rares sourires sincères. Il ne pouvait s'empêcher d'admirer son courage. Ou de savourer ses farouches débordements de passion. Si seulement il pouvait endiguer cette passion, en faire un usage beaucoup plus agréable…

Il semblait urgent qu'il y parvienne. L'idée qu'il avait ressassée les dernières nuits lui revint avec encore plus de clarté. Il avait beau la désirer ardemment, il n'était pas le genre d'homme à utiliser la force. Tandis qu'il apprenait à mieux la connaître, à apprécier son tempérament, cette notion lui plaisait encore moins.

Mais la séduction était une autre affaire.

Il n'avait pas oublié sa réaction lorsqu'il l'avait embrassée, ni la vue de ses mamelons se raidissant sous ses caresses dans la baignoire. Plus il y songeait, plus la perspective de la séduire le tentait. Finalement, elle réchaufferait son lit et l'avoir là de son plein gré rendrait la victoire encore plus douce.

En outre, il y avait la possibilité que lorsqu'il aurait gagné un peu sa confiance, elle lui confie où se trouvait le vicomte à l'heure actuelle.

Sa décision était prise. Il lui avait promis une promenade sur le pont et avait l'intention de tenir parole.

Ce serait l'occasion parfaite pour mettre son plan en action.

Quand on frappa à sa porte, Grace se redressa sur sa chaise. Elle travaillait sur la robe de soie saphir, se servant de la dentelle noire de la robe orange pour modifier le décolleté en ajoutant un fichu, et rétrécissant les ridicules manches froncées pour les rendre plus flatteuses.

Néanmoins, c'était une robe à porter le soir, et non le jour. Heureusement, au fond de la dernière boîte, elle avait découvert une simple jupe en mousseline grise et un corsage en coton blanc, une toilette que sa bienfaitrice pensait sans doute porter chez elle quand elle ne « travaillait » pas. L'ourlet devrait être arrangé, mais la taille allait parfaitement. Et le corsage offrait un ruban coulissant qui permettait de l'ajuster. Elle avait passé l'ensemble avec un certain soulagement et fait de son mieux pour rafraîchir sa robe vert d'eau.

Ainsi vêtue, elle posa son ouvrage et alla répondre, se demandant de qui il pouvait s'agir. Elle connaissait les coups légers de Freddie et le capitaine ne se donnait pas la peine de frapper.

Elle fut surprise de trouver son ennemi intime attendant patiemment dans la coursive, comme s'il était un prétendant et non son geôlier.

— Je vous ai promis une promenade. Le ciel s'est éclairci et les étoiles brillent… si vous êtes toujours intéressée.

Grace avait déjà terminé un lourd dîner composé de mouton rôti, de choux, de pudding en sauce et de bière. Sortir de la cabine paraissait divin.

— Merci, cela me plairait beaucoup.

S'il pouvait se montrer cérémonieux, elle aussi. Lorsqu'il lui offrit son bras, elle posa les doigts sur la manche de sa redingote et le laissa la guider dans l'escalier.

— Je vois que vous avez trouvé quelque chose à porter, finalement.

Elle lissa le devant de sa jupe, se rappelant ne pas être

reconnaissante. S'il avait fait apporter ses malles, elle ne se serait pas retrouvée sans habits, pour commencer.

— Ce n'est pas très élégant, mais c'est mieux que rien.

Il y avait aussi une cape de drap, pratique, qu'elle n'avait pas vue tout d'abord. Il la lui prit de la main et la drapa sur ses épaules.

— Je suppose que je devrais vous remercier, en fin de compte.

Il sourit et se baissa pour frotter l'endroit de son mollet où elle l'avait mordu.

— Je regrette seulement que vous n'ayez pas ouvert cette boîte en premier lieu.

Les lèvres de Grace s'incurvèrent malgré elle. Il la taquinait — elle pouvait à peine le croire — et elle ne put s'empêcher d'être amusée.

— Il aurait mieux valu, en effet. Mais en réalité, c'est le fait de rester confinée qui était le problème, plus que les robes.

— Alors, je suis content de pouvoir faire quelque chose à ce sujet.

Ils se promenèrent sur le pont, Grace au bras du capitaine, et firent au moins trois fois le tour du bateau. Elle trouvait agréable de se dégourdir les jambes, de sentir les embruns sur son visage et de humer l'air marin.

Elle étudia l'homme qui marchait près d'elle, plus grand que la plupart des hommes qu'elle connaissait. Avec ses sourcils noirs bien dessinés, son nez droit et sa bouche sensuelle, elle devait admettre qu'il était incroyablement beau. La raideur de sa jambe était à peine perceptible tandis qu'ils musardaient agréablement, et elle se demanda comment il avait été blessé.

Elle avait envie de lui poser des dizaines de questions.

Qui était-il ? Comment avait-il découvert son rôle dans l'évasion ? Qu'allait-il faire d'elle ?

Mais elle craignait que si elle le faisait, ils se querellent et qu'elle soit renvoyée dans sa cabine. Elle n'était pas encore prête à y retourner.

— Freddie dit que vous êtes un corsaire.

Ils s'arrêtèrent près du bastingage.

— Freddie parle trop.

— Un corsaire est un bateau ou un homme approuvé par le gouvernement pour attaquer des navires ennemis. N'est-ce pas exact ?

— Je travaille dans l'intérêt de l'Angleterre, oui.

— Vous êtes donc un pirate.

Un coin de la bouche d'Ethan se releva.

— En quelque sorte, je suppose.

— Freddie vous vénère. Il pense que vous êtes incroyablement courageux.

— Freddie est un enfant.

— J'ai été surprise, quand je l'ai vu la première fois, que vous ayez à bord un jeune garçon infirme.

Il haussa ses larges épaules.

— Le *lad* fait son travail. C'est tout ce qui compte.

Mais Grace pensa que peu d'hommes se chargeraient d'un enfant handicapé et se demanda si le capitaine pouvait posséder un côté moins dur qu'il n'y paraissait.

Elle leva les yeux vers les étoiles, déterminée à garder la conversation légère, et espérant gagner autant de temps sur le pont qu'elle le pouvait.

— Une belle nuit. Voyez-vous cette constellation, là ?

Elle pointa le doigt sur la droite.

— C'est le Taureau. Dans la mythologie grecque, le taureau est le déguisement sous lequel Zeus veut conquérir Europa, sa bien-aimée.

Ethan haussa un sourcil.

— Vous vous intéressez à la mythologie grecque ?

— Seulement en ce qui concerne les étoiles. Les cieux me passionnent depuis longtemps. Croyez-le ou non, je sais même comment naviguer en utilisant un sextant.

— Comment en êtes-vous venue là ?

— Le frère de mon père était navigateur à bord d'un bateau appelé le *Rose irlandaise.*

Pas son vrai père, mais le Dr Chastain, le médecin marié à sa mère, l'homme qui l'avait élevée.

— Ce bateau transporte des passagers le long des côtes d'Irlande. Quoi qu'il en soit, oncle Philip m'a instruite quand j'étais beaucoup plus jeune.

Son oncle, bien plus aimable avec elle que son père l'avait jamais été. C'était seulement ces derniers mois qu'elle avait compris pourquoi. Compris qu'un autre homme l'avait engendrée et que, à cause de cela, le mari de sa mère lui en avait voulu toute sa vie.

— Si vous connaissez les étoiles, alors vous devez reconnaître cet amas, là.

Il se pencha plus près et le regard de Grace suivit la direction qu'il indiquait.

— Persée.

— Oui..., acquiesça-t-il doucement. Il se trouve près de sa future belle-mère, Cassiopée.

Elle sourit, curieusement contente qu'il sache cela.

— Et aussi de sa future épouse, Andromède.

Elle le sentait à côté d'elle, grand et mince, dégageant un pouvoir et une force indéniables. Il se tenait si près qu'elle percevait l'intense chaleur de son corps, voyait luire le clair de lune sur les cheveux de jais de sa tempe.

Elle étudiait son profil quand il se tourna et baissa les yeux sur elle. Un instant, leurs regards se croisèrent et se soutinrent. Grace s'interrogea sur l'agitation qu'elle lut dans le sien, juste avant que sa bouche se pose doucement sur la sienne.

Son corps tout entier devint rigide. Elle commença à s'écarter, mais au lieu du baiser dur et exigeant qu'elle attendait, ses lèvres frôlèrent simplement les siennes, puis il rompit le contact.

Il inspira profondément et relâcha lentement son souffle.

— Il est temps que je vous ramène, dit-il.

Grace n'avait pas remarqué combien il faisait froid, ni vraiment senti le vent mordant qui s'était levé.

— Merci de m'avoir amenée sur le pont.

— Je tiens parole, miss Chastain. C'est quelque chose que vous découvrirez. Dorénavant, vous pourrez monter quand vous le voudrez, à condition que M. McShane ou moi-même vous accompagne.

Une bouffée de soulagement envahit Grace. Son emprisonnement, au moins dans la cabine, était terminé.

Elle lui dédia un sourire de gratitude.

— Merci.

Cela semblait être une concession importante. Après tout, elle était une criminelle. Il pouvait l'enfermer dans la cale, s'il le voulait.

Il ne dit rien de plus et elle non plus. Elle s'appuya à lui lorsqu'il la guida dans l'escalier menant à leurs quartiers.

Il était bien après minuit quand elle l'entendit pénétrer dans la cabine. Elle portait sa chemise de nuit d'emprunt et était allongée sur le côté au bord du lit. Elle l'entendit encore commencer à se dévêtir et son cœur se mit à battre plus fort à la pensée de ce qu'il pourrait faire.

Mais il se contenta d'ôter ses vêtements de dessus et se coucha de l'autre côté du lit, comme il l'avait fait auparavant. Elle essaya de ne pas penser à son baiser, aussi léger qu'une plume, et de ne pas s'interroger sur sa signification.

Néanmoins, elle ne sombra dans un sommeil troublé que juste avant l'aube, une fois le capitaine habillé et parti.

Angus McShane traversa le gaillard d'arrière d'un pas tranquille pour aller parler au capitaine, qui se tenait derrière le gouvernail. Il connaissait Ethan depuis des années, l'avait servi sur son premier bateau. Huit ans plus tard, ils étaient toujours ensemble, bien que le capitaine fût devenu un homme très différent.

Les mois qu'il avait passés en France, battu et torturé dans une prison puante, l'avaient changé et durci, et le faisaient paraître plus âgé qu'il ne l'était.

Il était troublé, à présent, Angus le voyait par ce froid matin de février, et l'avait été depuis qu'il avait amené la demoiselle à bord.

Angus soupira intérieurement. La vengeance rongeait un homme. Et elle n'était jamais aussi satisfaisante qu'on l'imaginait.

— Vous vouliez me voir, capitaine ?

— Oui. Je voulais vous informer que j'ai dit à miss Chastain qu'elle pouvait monter sur le pont quand elle le voulait, à condition que vous ou moi l'accompagnions.

Angus leva un de ses épais sourcils gris.

— Je pensais que vous vouliez la punir.

Ethan haussa les épaules.

— Elle n'a pas un tempérament à rester enfermée. Je suppose que je le comprends mieux que quiconque.

Et maltraiter une femme, même si elle le méritait amplement, n'était pas dans la nature du capitaine, songea Angus.

— Vous avez bien fait, *lad.*

Angus se tourna pour regarder la mer. Un groupe d'albatros volaient au-dessus d'eux, se dirigeant vers la côte. Le soleil brillait sur l'eau et les vagues miroitaient comme autant de pierres précieuses. Le ciel était aussi bleu que les fleurs sauvages des Highlands par un beau matin de printemps.

— Vous étiez de mauvaise humeur ces derniers temps, dit Angus. Je pense que vous n'avez pas encore couché avec la demoiselle.

Ethan passa une main dans ses cheveux noirs.

— Vous l'avez dit une fois, elle n'est pas ce que vous imaginiez. Et pas non plus ce que je pensais, Angus. Elle est beaucoup plus naïve. Jeffries a dû la séduire. Je gagerais qu'il est le seul homme à l'avoir touchée, et pas si souvent.

— Alors, vous projetez de la laisser tranquille ?

La mâchoire du capitaine se durcit.

— Elle a une dette envers moi. Elle me doit les hommes que j'ai perdus pour avoir aidé le traître responsable de leur mort. Elle n'a plus son innocence et j'ai l'intention de la posséder. Ce n'est qu'une question de temps.

— Et que ferez-vous, ensuite ?

Ethan contempla la mer. Un gros poisson argenté jaillit de l'eau et replongea dans une gerbe d'éclaboussures.

— Il faut que je découvre si elle sait où se trouve Jeffries. Et j'ai besoin d'en apprendre plus sur elle. Alors, je prendrai ma décision.

Angus hocha la tête. Ethan Sharpe était un homme correct. Le moment venu, il prendrait la bonne décision. Mais le vieil Ecossais n'était pas certain de ce que serait cette décision.

*
* *

Une semaine passa lentement. Comme le capitaine l'avait promis, Grace avait libre accès au pont, à partir du moment où le premier matelot M. McShane ou Ethan lui-même l'accompagnaient.

Le vigoureux vieil Ecossais était gentil, découvrit-elle, un ami de longue date du capitaine qui ne craignait pas d'exprimer ses opinions. Ou de poser des questions insistantes.

— Pourquoi avez-vous fait cela, demoiselle ? Vous ne saviez pas ce qui arriverait si vous aidiez cet homme à s'évader ?

Grace soupira tandis qu'ils se tenaient près du bastingage.

— Il fallait que je l'aide. C'était... un ami. Je ne pouvais pas le laisser pendre.

— Vous l'aimiez, donc ?

Elle savait qu'Angus posait une question bien différente, mais la réponse demeurait la même.

— Je suppose que oui, en un sens.

Il semblait impossible qu'elle aime un père qu'elle n'avait découvert que quelques semaines auparavant, mais chaque année il lui avait écrit une lettre, lui parlant de sa vie, lui disant combien il souhaitait qu'ils puissent être ensemble.

Bien que sa mère ait caché ces lettres, trois mois plus tôt la vérité était finalement sortie au grand jour. Son vrai père s'était soucié d'elle, avait envoyé de l'argent pour son éducation. Il avait voulu l'élever comme sa fille. Même s'il n'avait jamais fait partie de sa vie, il ne l'avait pas oubliée.

Comment aurait-elle pu lui tourner le dos ?

Le capitaine Sharpe posait des questions, lui aussi, et s'efforçait d'ordinaire de ne pas aborder de sujets trop sensibles.

— Vos parents vivent-ils à Londres ?

— Oui. Mon père est médecin. Nous ne nous entendons pas très bien.

— Pourquoi ?

« Parce que je ne suis pas sa vraie fille et qu'il me déteste pour cela. »

— Il n'approuve pas ma façon d'être. Il me trouve trop directe.

Entre autres choses.

— Vous êtes très directe. Plus que n'importe quelle femme que j'ai rencontrée.

Les joues de Grace s'échauffèrent.

— C'est un défaut, je suppose.

— Pas nécessairement.

Il lui releva le menton.

— Je commence à me rendre compte qu'une femme qui n'a pas peur de donner son avis me plaît.

Elle le regarda dans les yeux, se demandant si ce qu'il disait était vrai, ou s'il essayait simplement de gagner sa confiance afin d'obtenir des informations.

— Vous mâchez rarement vos mots vous-même, dit-elle, et il sourit.

Il semblait sourire un peu plus souvent, pensa-t-elle, s'interrogeant sur la cause de ce changement.

— En effet.

Ce fut seulement l'après-midi suivant qu'il aborda le sujet de l'évasion.

— Nous savons tous les deux que vous êtes coupable. Vous l'avez reconnu. Si vous disiez aux autorités où trouver Jeffries, elles pourraient se montrer plus clémentes avec vous.

Elle haussa un sourcil dans sa direction. C'était la question qu'elle attendait de sa part depuis longtemps.

— Est-ce la raison pour laquelle vous me laissez

monter sur le pont, et vous montrez si agréable ces derniers temps ? Parce que vous voulez que je vous dise où se cache le vicomte ?

Il détourna les yeux.

— En partie, peut-être.

— Au moins, vous êtes honnête.

— Savez-vous où il est ? Si oui, dans votre propre intérêt, vous feriez bien de divulguer cette information.

— J'ignore où il est. Et même si je le savais, je ne vous le dirais pas. Mais en réalité, je n'en ai pas la moindre idée.

Il la considéra comme s'il essayait de décider s'il devait ou non la croire. Puis son expression changea subtilement.

— Vous dites la vérité, n'est-ce pas ? Vous ne savez pas où il se cache.

— Je ne lui ai jamais parlé après son arrestation. Il a probablement quitté le pays. C'est ce que je ferais à sa place. Pourquoi le trouver est-il si important pour vous ? Vous pensez qu'il est un traître. Je peux comprendre pourquoi le gouvernement veut le retrouver, mais ceci me semble être une affaire personnelle. Que vous a fait le vicomte ?

Il crispa si fortement la mâchoire qu'elle regretta presque d'avoir posé la question. Puis il inspira pour se calmer et relâcha lentement son souffle.

— J'avais un autre bateau avant celui-ci, le *Sorcière des mers*. Nous étions en mission pour le ministère de la Guerre. Jeffries a eu accès à des informations sur notre position exacte. Il a vendu ces informations aux Français.

— Vous ne pouvez en être certain !

Grace était choquée par cette accusation.

— C'était le seul homme à le savoir, le seul qui pouvait

nous trahir. Le *Sorcière des mers* a été capturé et envoyé par le fond, mes hommes ont été tués ou sont morts en prison. Un seul en a réchappé.

— Ned aux Longs Os — et vous.

— C'est exact. Les Français m'ont gardé en vie. Ils ont pensé que la prison serait pire que la mort et ils ont eu raison. Par chance, j'avais des amis, des gens qui ont refusé d'abandonner avant de me libérer et de me ramener chez moi. Le reste de mes hommes n'a pas été aussi fortuné.

Grace ne dit rien. Elle voyait la colère couver sous son calme apparent, lisait la fureur dans ses yeux d'un bleu de glace.

— Vous devez vous tromper à propos du vicomte. Je suis désolée pour votre équipage, mais…

Il pivota vers elle, interrompant ses paroles d'un regard glacial.

— Vraiment ? Si vous êtes réellement désolée, vous me direz comment retrouver Harmon Jeffries.

— Je vous l'ai dit, je n'en ai aucune idée.

Il la prit par le bras, rudement.

— Venez, il est temps de rentrer. Que vous le croyiez ou non, j'ai du travail à faire, des affaires plus importantes que de m'occuper de mon *invitée.*

Elle ignora le sarcasme qui perçait dans sa voix. Il était irrité qu'elle ne l'aide pas. Le peu qu'elle savait du vicomte serait probablement inutile, même si elle le lui disait. Ce qu'elle ne ferait pas. Harmon Jeffries était son père. Elle avait décidé de le soutenir et ne modifierait pas cette décision.

Rien ne pouvait changer ce qu'elle avait fait, ni le mépris que le capitaine lui montrait.

En un sens, elle ne pouvait le blâmer.

6

Une tempête se leva. De hautes vagues passaient par-dessus la proue. Le bateau roulait et tanguait, descendait dans d'énormes abîmes et remontait de l'autre côté. Des murs d'eau frappaient les ponts et inondaient les daleaux. Le ciel était si sombre que le jour et la nuit semblaient se confondre.

Le grain fit rage pendant trois longues journées, ballotant la goélette tel un morceau de bois flotté et forçant Grace à rester dans la cabine. Le mal de mer l'avait menacée plusieurs fois, mais jusque-là les biscuits et le bouillon de bœuf que Freddie lui apportait avaient réussi à tenir son malaise à distance.

Juste Ciel, elle avait besoin de se dégourdir les jambes et de prendre l'air !

Quand le temps s'améliora un peu, Grace arpenta impatiemment la cabine, attendant que le capitaine ou Angus McShane viennent la chercher, mais les heures s'écoulèrent et personne ne se montra. De mauvaise humeur et malade de rester enfermée, elle prit sa cape du crochet en laiton près de la porte et la drapa sur ses épaules. Elle pourrait sûrement trouver l'un des deux hommes et demander qu'il l'accompagne.

Bien que le vent ait diminué, elle découvrit qu'une brise glacée soufflait encore sur le pont quand elle gravit l'escalier et passa la tête par l'écoutille. Les ponts étaient mouillés et glissants. Elle avait attaché ses cheveux avec le morceau de dentelle, mais l'air vif cinglait son visage de longues mèches.

Elle arrêta le robuste second matelot, nommé Willard Cox.

— Pardon de vous déranger, monsieur Cox. Avez-vous vu M. McShane ?

— Oui, miss. Il travaille en bas.

Le regard du marin la parcourut d'une façon un peu trop familière. Hormis la cicatrice sur sa joue, il n'était pas désagréable à regarder. Grace pensa qu'il devait se voir comme un homme à femmes et trouva cela assez amusant.

— Vous ne devriez pas être là, miss. Vous feriez mieux de redescendre dans votre cabine.

Elle haussa le menton. Qui était-il pour lui donner des ordres ?

— Vous avez peut-être vu le capitaine Sharpe.

— Il est ici, miss, en train de remonter de la cale.

Grace aperçut le capitaine qui marchait vers elle, les sourcils froncés et la mâchoire serrée. Devant son expression coléreuse, elle fit inconsciemment un pas en arrière.

— Damnation ! cria-t-il en approchant, et elle recula encore.

Au même instant, le bateau plongea dans un creux et Grace lutta pour garder son équilibre. Sa pantoufle heurta un rouleau de cordage et son pied lui manqua. Elle battit des bras et chancela tandis qu'une grande vague balayait le pont, l'eau la soulevant et l'emportant.

— Grace ! entendit-elle crier le capitaine.

Puis la masse d'eau la fit passer par-dessus bord et la projeta dans la mer.

Elle hurla quand elle heurta l'eau glacée et sombra. Son

nez s'emplit d'eau salée qui lui brûla les poumons, et elle réussit à peine à ne pas ouvrir la bouche pour respirer. A la place, elle retint son souffle et se débattit pour regagner la surface, mais ses cheveux s'étaient dénoués et de longues mèches couvraient son visage. Sa jupe grise semblait peser mille livres, et elle avait beau nager de toutes ses forces, la surface s'éloignait.

Elle allait se noyer, s'avisa-t-elle, et elle se mit à donner de violents coups de pied. Contrairement à la plupart des femmes, elle était très bonne nageuse, ayant appris à nager en secret avec son amie Victoria lorsqu'elles étaient au pensionnat. Elle distinguait une faible lueur à la surface de l'eau. Si seulement elle pouvait l'atteindre.

Mais sa jupe la tirait vers le bas, et semblait réduire à néant chaque petite progression qu'elle faisait. L'air contenu dans ses poumons la brûlait. Elle ne pourrait retenir sa respiration beaucoup plus longtemps. Seigneur Dieu, elle ne voulait pas mourir ! Elle donna une autre série de coups de pied frénétiques et, un instant, sa tête émergea de l'eau. Elle inspira une goulée d'air avant de s'enfoncer de nouveau. Elle crut entendre quelque chose qui nageait près d'elle, mais ses réserves d'air diminuaient et elle avait la tête qui tournait.

Elle lutta sauvagement pour atteindre la surface une dernière fois, mais elle ne put sortir la tête hors de l'eau et le reste de ses forces commençait à l'abandonner. Alors, quelque chose la frôla. Elle sentit une forte main d'homme sur sa taille, qui la poussait vers le haut. Elle donna de nouveaux coups de pied et ils émergèrent ensemble de la mer.

L'une des bouées en liège du bateau flottait à proximité. Le capitaine l'attrapa et passa le bras de Grace autour de son cou.

— Accrochez-vous ! cria-t-il. Nous devons tenir bon jusqu'à ce qu'ils nous atteignent !

Grace inspira et cracha, parvint à hocher la tête et se cramponna de toutes ses forces. Elle pouvait voir le bateau à distance. Un canot était descendu le long de la coque tandis que le navire virait de bord, essayant de réduire son élan dans la mer démontée.

Elle vit la petite barque s'éloigner de la coque et commencer à venir dans leur direction, les hommes ramant de toutes leurs forces. Il fallut un moment pour que l'embarcation les atteigne, fendant les vagues, disparaissant dans des creux et réapparaissant. Le robuste second matelot Willard Cox, un marin nommé Red Tinsley et le mince Ned aux Longs Os étaient aux avirons.

Ils les aperçurent accrochés à la bouée et se rangèrent à leur côté. A eux trois, ils hissèrent Grace dans le canot, puis aidèrent le capitaine. Il s'étala à côté d'elle au fond de la barque, tous deux tremblant sans pouvoir se contrôler.

Ned jeta une couverture sur eux.

— Nous allons vous remonter à bord aussi vite que possible, dit-il à la jeune femme. Le vieil Angus a réduit les voiles. Il va ralentir le bateau et attendre qu'on le rattrape.

Grace déglutit et hocha la tête, la peur qu'elle avait réprimée commençant à l'envahir, les larmes lui nouant la gorge. Mais les quelques minutes qu'elle avait passées dans l'eau glacée avaient miné ses forces et elle était trop gelée pour remuer les lèvres.

Et reconnaissante d'être en vie.

Le canot batailla un moment dans les vagues avant d'atteindre le bateau. Angus faisait les cent pas près du bastingage, son visage buriné contracté par l'inquiétude tandis que les hommes aidaient Grace à monter à bord.

Il s'arrêta juste devant elle et tendit la main pour lui toucher la joue.

— Ainsi, vous vous en êtes sortie, pas vrai, demoiselle ?

Les yeux de Grace s'emplirent de larmes. Elle pensait combien elle avait frôlé la mort de près, et comment Ethan Sharpe avait risqué sa vie pour la sauver.

— Le *lad* vous a sauvé la vie, reprit l'Ecossais. Vous auriez pu périr tous les deux.

Elle déglutit, une boule dans la gorge.

— Je suis désolée. J'ignorais que la mer était encore aussi agitée et que le pont était si glissant.

— Il faut que vous quittiez ces habits, dit Angus en la conduisant dans l'escalier qui menait à sa cabine.

Elle chercha Ethan des yeux et le vit juste derrière elle.

— Je vais m'occuper d'elle, déclara-t-il en la suivant dans la pièce. Faites apporter un bain chaud. Elle a besoin de se réchauffer.

— Et vous aussi, *lad*.

— Après, dit Ethan.

Il ferma la porte et se tourna vers Grace.

— Je suis désolée, répéta-t-elle, les larmes lui brûlant les yeux.

Au lieu de la colère qu'elle attendait, il tendit simplement les mains vers elle et la prit dans ses bras.

— Bonté divine, Grace, j'ai cru qu'on vous avait perdue.

Elle s'accrocha à lui, reconnaissante de sa chaleur, du contact solide de son corps, du battement régulier de son cœur, et se serra contre lui aussi fort qu'il la tenait.

— Je suis tellement désolée. Oh, Ethan, vous auriez pu mourir.

Il lui releva le menton et vit les larmes qui roulaient sur ses joues.

— Seigneur…

Puis il l'embrassa, prenant possession de sa bouche, l'écrasant contre lui. Il moula ses lèvres sur les siennes, en parcourut la forme, les goûta, l'embrassa d'une façon et d'une autre, tandis qu'une intense chaleur s'emparait d'elle. Il plongea sa langue dans sa bouche et il lui sembla que du feu embrasait ses veines. Elle s'accrocha à son cou, lui rendant ses baisers aussi sauvagement qu'il l'embrassait.

Elle se dit que c'était juste parce qu'elle était en vie. Parce qu'il était un homme, elle une femme, et qu'ils avaient échappé de peu à la mort. Quoi que ce fût, une chaleur torride et un besoin ardent l'envahissaient, différents de tout ce qu'elle avait connu. Il était grand, mais elle aussi, et ils semblaient aller parfaitement ensemble. Son torse était une dure paroi qui se pressait sur ses seins et, sous ses vêtements mouillés, ses mamelons se durcissaient et se mettaient à la lancer.

Elle avait la tête légère, était presque prise de vertige, et son cœur, qui s'emballait battait, si fort qu'elle se demanda s'il pouvait l'entendre. Elle glissa les doigts dans ses cheveux noirs et sentit leur texture soyeuse, les douces mèches qui bouclaient dans son cou.

Il l'embrassa encore et encore, et aussi fou que cela fût, elle ne voulait pas qu'il s'arrête.

— Dieu du Ciel… Ethan…

Un bruit résonna et ils reprirent conscience de la réalité. Quelqu'un frappait à la porte. Ethan pivota, ses yeux bleus empreints d'émotion. Un instant, Grace pensa qu'il allait chasser l'arrivant.

Privée de sa chaleur, elle frissonna. Il se dirigea vers la porte en jurant et l'ouvrit.

— Le bain de la dame, annonça un marin.

Ethan jeta un coup d'œil à Grace et nota sa pâleur.

— Installez-le près du feu, ordonna-t-il.

Les deux matelots posèrent la baignoire fumante sur le tapis et quittèrent la cabine. Le capitaine alla rejoindre la jeune femme frissonnante et tira sur le ruban de son corsage.

— Le bain va vous réchauffer, dit-il doucement, et elle songea à la première fois où elle s'était dévêtue avec lui dans la pièce.

Il dut lire dans ses pensées, car il soupira.

— Très bien, je tournerai le dos, si cela peut vous mettre à l'aise.

Les doigts de Grace étaient froids et gourds. Quand elle ne parvint pas à se déshabiller assez vite, il vint près d'elle, saisit l'ourlet de son corsage et le fit passer par-dessus sa tête, la laissant en jupe et avec sa camisole mouillée. Elle couvrit ses seins lorsqu'il défit le bouton à sa taille et fit glisser l'étoffe trempée sur ses hanches. Elle se retrouva vêtue d'une chemise si transparente qu'il pouvait voir à travers, et si courte qu'elle couvrait à peine le bas de ses reins.

Les yeux d'Ethan étaient sombres et brûlants. Elle les avait toujours jugés pâles et glacés, mais ils n'avaient rien de froid en cet instant.

— Je vous conseillerais de monter dans cette baignoire avant que je fasse ce que j'ai en tête.

Avec ses culottes mouillées et plaquées sur son corps, Grace ne pouvait ignorer la force de son désir. Les joues enflammées par plus que de l'embarras, elle s'empressa de se plonger dans l'eau, gardant sa camisole.

Elle leva les yeux et vit Ethan, qui sortait des habits de sa penderie. Il alla à grands pas vers la porte, les vêtements pliés sur son bras.

— Si j'en faisais à ma guise, je vous sortirais de cette baignoire et vous porterais sur le lit. Je ne vous quitterais pas jusqu'à demain matin. Mais vous avez vécu une terrible expérience et avez besoin de vous reposer. Dormez un moment, et quand vous vous sentirez mieux vous me rejoindrez peut-être pour dîner.

Grace le regarda. Elle sentait encore sur elle le contact de son corps svelte et fort, le goût de sa bouche sur la sienne. Il la convoitait, il n'en faisait pas mystère. Elle aurait dû être effrayée, mais étrangement elle ne l'était pas.

— Cela me plairait beaucoup, répondit-elle.

Ethan parut satisfait. Il fit une petite courbette et quitta la cabine. Grace resta assise dans la baignoire jusqu'à ce que l'eau refroidisse, essayant de comprendre ce qui venait de se passer.

Ethan se tenait dans la coursive, ayant pris un bain, ses cheveux propres et bien coiffés, quand Grace répondit à son coup frappé à la porte plusieurs heures plus tard et lui ouvrit.

Il la parcourut des yeux, notant la robe saphir qu'elle avait arrangée pour la rendre presque respectable, même si le corselet restait très décolleté malgré le fichu de dentelle noire. La taille était haute, une ganse de dentelle noire soulignant sa poitrine, et la jupe étroite était modestement fendue sur le côté, grâce à ses améliorations.

— Vous êtes ravissante. Je pense que ces robes n'étaient pas du gâchis, finalement.

Grace se sentit sourire.

— Peut-être pas. Et merci pour le compliment.

Elle avait lavé et séché ses cheveux, mais le feu s'était éteint et ses boucles étaient encore légèrement humides. Elle avait utilisé les peignes incrustés de nacre qu'elle portait lorsqu'elle avait quitté le *Lady Anne* pour ramasser la lourde masse auburn sur sa tête, et le regard du capitaine s'y attarda avant de revenir sur son visage.

— Je dîne dans le carré, d'ordinaire.

Il lui offrit son bras et elle posa la main sur la manche de sa jaquette bleu marine.

— Ce soir, le cuisinier s'est donné du mal en l'honneur de mon invitée.

Il était habillé comme un gentleman, une écharpe blanche parfaitement nouée sous son menton carré, sa jaquette coûteuse moulant superbement ses larges épaules. Des fils d'argent brillaient dans son gilet et ses culottes noires ajustées dessinaient ses longues jambes et son ventre plat. Il était incroyablement beau, et cependant il avait encore tout l'air du pirate qu'il était.

Un petit frisson parcourut Grace lorsqu'il posa la main sur sa taille pour la conduire vers l'escalier. Elle n'avait jamais été invitée dans le carré, une pièce qui semblait réservée au capitaine.

Elle la trouva encore plus élégante que sa cabine. De la lumière vacillait derrière des globes en cristal montés sur des supports en cuivre fichés dans les murs, lesquels étaient lambrissés de bois sombre jusqu'à mi-hauteur et garnis ensuite de soie. Le mobilier se composait d'un buffet encastré à dessus de marbre, d'une ravissante table ovale de style reine Anne et de chaises assorties. Un canapé recouvert de brocart vert foncé était disposé devant la petite cheminée, où du feu avait été allumé.

— Pour un pirate, vous avez certainement des goûts coûteux.

Elle lui jeta un coup d'œil de côté.

— Mais après tout, c'est peut-être pour cela que vous êtes un pirate.

La bouche d'Ethan s'incurva légèrement.

— Je ne pille pas les navires ennemis en quête de trésors, si c'est ce que vous pensez. Je rassemble des informations. En un sens, je mène le même genre d'affaires que votre *ami,* lord Forsythe. Hormis que je suis loyal envers mon pays.

Grace pâlit devant le venin qui perçait dans sa voix.

— Que vous le croyiez ou non, je suis aussi une citoyenne anglaise loyale. Aider lord Forsythe était une question personnelle.

Un muscle tressaillit dans la joue du capitaine.

— De grâce, reprit-elle, vous m'avez invitée ici pour profiter de la soirée. Je ne souhaite pas la gâcher en parlant de sujets désagréables. Ne pourrions-nous conclure une trêve, capitaine Sharpe, au moins pour ce soir ?

Quelque chose dut transparaître sur son visage. Elle ne voulait pas le combattre ; elle lui devait la vie. Si elle ne s'était pas juré de garder le secret concernant son père, elle lui aurait dit pourquoi elle avait organisé l'évasion du vicomte. Au moins, il aurait pu comprendre ses mobiles. Mais elle ne pouvait rompre son serment.

Les traits d'Ethan se détendirent un peu.

— Une trêve. Cela me semble une très bonne idée. A une condition.

Grace haussa un sourcil.

— Laquelle ?

— A partir de maintenant, nous allons nous dispenser de formalités, au moins quand nous serons seuls. Vous m'appellerez Ethan, comme vous l'avez fait cet après-midi. Et je vous appellerai Grace.

Comme *il* l'avait fait cet après-midi. La peau de Grace la picota au souvenir des baisers enflammés qu'ils avaient partagés. Maintenant encore, elle trouvait cette évocation troublante. Il y avait en Ethan Sharpe quelque chose qui l'attirait comme chez aucun homme avant lui.

Cette notion était aussi dangereuse que troublante. Mais Grace n'avait jamais eu peur du danger.

— Je suppose, puisque je ne serais pas là sans vous, que nous n'avons plus besoin d'être cérémonieux.

Et, en vérité, elle avait déjà commencé à penser à lui en l'appelant Ethan, et non capitaine Sharpe.

Il promena les yeux sur elle, s'arrêtant sur la douce courbe de sa poitrine au-dessus du décolleté de soie saphir. Dans son corselet, la pointe de ses seins se durcit. Elle surprit une lueur d'avidité dans son regard avant qu'il le voile de nouveau.

— Aimeriez-vous un verre de xérès ?

— Oui, merci.

N'importe quoi pour dissiper ces étranges sensations qui s'emparaient d'elle rien qu'en le regardant. Elle l'observa tandis qu'il allait au buffet et versait l'alcool ambré dans un verre pour elle, avant de se servir un cognac. La manchette de sa chemise blanche dépassa de la manche de sa jaquette quand il revint et lui tendit le verre.

Elle but une gorgée, priant que le xérès l'aide à dominer sa nervosité croissante. Elle ne savait pas exactement ce qui se passait, mais elle avait l'impression d'expérimenter pour la première fois le désir physique pour un homme.

— Comme je l'ai dit tout à l'heure, vous êtes exceptionnellement belle ce soir, mais quelque chose semble manquer.

Il posa son verre de cognac, alla prendre un petit coffret en argent ouvragé sur la table et l'ouvrit. Quand il se détourna, son magnifique collier de perles et de diamants pendait de ses longs doigts hâlés.

— La robe a besoin d'un ornement. Je pense que ceci conviendra.

Il se plaça derrière Grace, passa le collier à son cou et

le ferma. Ses doigts effleurèrent sa nuque, s'y attardant un instant, et elle en eut la chair de poule.

Lorsqu'il s'écarta pour la contempler, elle leva la main pour toucher les perles, savourant leur douceur et leur chaleur familière tandis qu'elles absorbaient celle de son corps.

— Oui..., fit-il. C'est beaucoup mieux.

Grace suivit du bout des doigts les facettes des diamants scintillants, chaque pierre étant sertie entre deux perles. Ce collier avait quelque chose, il était étrangement réconfortant de le porter. Pourtant, elle connaissait la troublante légende qui accompagnait le bijou.

— Cette parure est magnifique, reprit Ethan. Un cadeau, disiez-vous. De Forsythe ?

Une légère tension perça dans sa voix. Grace secoua la tête.

— De ma meilleure amie. Nous étions au pensionnat ensemble. Elle espérait que ce collier me porterait bonheur. Il y a une légende à son sujet. Voulez-vous l'entendre ?

— Volontiers.

Il but une gorgée de cognac, reprenant une attitude détendue. Il la conduisit au canapé vert foncé et ils s'assirent.

Grace caressa les perles.

— Ce collier — le Collier de la mariée, comme il s'appelle — a été commandé au XIIIe siècle par un riche seigneur nommé Fallon. C'était un présent pour la femme qu'il aimait. Il a envoyé les perles à sa fiancée pour qu'elle les porte le jour de leur mariage. Mais ce jour fatidique, en se rendant à la cérémonie, lord Fallon a été attaqué par des brigands ; ses hommes et lui ont été tués. Quand sa fiancée, lady Ariana, l'a appris, elle a été saisie d'une telle détresse qu'elle s'est jetée du haut des remparts.

— Ce n'est pas une histoire très plaisante.

— Elle est morte en portant le collier. On a découvert plus tard qu'elle était enceinte.

Ethan but son cognac.

— Et la légende qui entoure ce collier ?

— On dit que quiconque possède le collier connaîtra un grand bonheur — à condition d'avoir le cœur pur. Sinon, une terrible tragédie l'affectera.

Il haussa un sourcil noir.

— Vous possédez le collier, à présent. Vous pensez avoir le cœur pur ?

A part les quelques pensées impures qu'elle avait caressées ce soir-là.

— Je l'espère. Bien que vous ne soyez pas d'accord, j'en suis certaine.

Il l'étudia d'un air spéculateur, mais ne fit pas de commentaire.

— Il se fait tard. Nous devrions peut-être dîner.

Gardant sa façade polie, il aida Grace à se lever. Elle arbora le même vernis et le laissa la conduire à la table.

Ils dînèrent sur une belle nappe blanche, dans des assiettes en porcelaine au liseré doré, et burent un champagne coûteux. La conversation revint à des sujets moins dangereux et, peu à peu, tous deux se détendirent. Ils parlèrent de son bateau, visiblement ce qu'il avait de plus cher, et de l'intérêt de Grace pour l'astronomie.

— J'ai une amie nommée Mary qui partage ma passion, dit-elle. Nous nous sommes rencontrées au pensionnat. Un des professeurs a suscité notre curiosité pour les constellations et nous a appris à les connaître. Mary vit à la campagne. Il est bien plus facile d'observer le ciel de chez elle qu'en ville. Là-bas, le firmament semble infini et les étoiles sont comme des diamants étalés sur un manteau de velours noir.

— Elles sont très belles en mer aussi, non ?

Mais il la regardait comme si les étoiles étaient dans ses yeux, et l'estomac de Grace voleta sous ses côtes.

Les heures passèrent rapidement et elle dut admettre qu'elle prenait plaisir à ce dîner. Ethan Sharpe, découvrit-elle, pouvait être un homme charmant.

Elle sourit à quelque chose qu'il disait et prit une autre gorgée de champagne.

— Je suppose qu'il s'agit d'un butin.

Elle leva le verre en cristal, les yeux fixés sur les bulles.

— En effet.

Il leva son verre à son tour et lui décocha l'un de ses rares sourires détendus. C'était un si beau sourire qu'elle en eut le souffle coupé.

— Je l'ai pris sur une frégate française et je l'en apprécie d'autant plus.

Ses yeux bleus glissèrent sur sa poitrine et elle vit la faim qu'il avait d'elle. Son cœur s'emballa, son estomac tressaillit et elle pensa qu'elle commençait peut-être à comprendre un peu ce qu'il ressentait.

— Au plaisir, dit-il doucement.

Grace éprouvait presque la brûlure de son regard sur sa peau.

— A la vie… Merci d'avoir sauvé la mienne.

Ethan sourit, trinqua avec elle, et ils burent longuement.

L'un des aides du cuisinier, bien habillé de culottes noires, d'une chemise blanche et d'une redingote marron foncé, vint débarrasser la table. Il ôta les restes de leur délicieux dîner, des filets de poisson sautés au beurre et au vin, des pommes de terre braisées, un assortiment de légumes, du camembert et des tartes au citron.

Grace avait savouré chaque bouchée. Elle ne pouvait

s'empêcher de s'interroger sur les goûts élégants de son hôte, et de se demander qui il était réellement.

Sûrement pas juste un pirate. C'était un homme intelligent, doté de charme, qui portait les vêtements d'un gentleman avec la même aisance que ceux d'un capitaine au long cours.

Qui était-il ? Elle n'était pas sûre de le savoir un jour.

— Il se fait tard, dit-il. Je vais vous raccompagner à la cabine.

Elle hocha la tête. La soirée avait été longue, tendue par moments et même parfois éprouvante. Elle avait besoin d'échapper à la présence dominatrice d'Ethan et au mélange d'émotions qu'il faisait naître en elle. Ils longèrent le pont, son bras passé sous le sien, jusqu'à ce qu'un membre de l'équipage émerge de l'écoutille devant eux.

— Bonsoir, capitaine Sharpe. Miss.

— Monsieur Cox, répondit Ethan.

Le second matelot s'écarta pour les laisser passer. Bien que Cox se montrât toujours poli, il y avait quelque chose en lui qui mettait Grace mal à l'aise. Ses yeux se posèrent brièvement sur elle, parcoururent sa robe et son collier, puis il courba la tête, s'inclina poliment et s'éloigna.

Ethan ne fit pas cas de lui. Son attention demeurait fixée sur Grace tandis qu'il la guidait vers l'escalier descendant à sa cabine. Dans la coursive faiblement éclairée, il s'arrêta devant la porte.

— J'ai beaucoup apprécié cette soirée, Grace. J'espère que vous l'avez appréciée aussi.

Elle ne pouvait le nier. Elle ne se souvenait pas d'une soirée aussi intéressante que celle-là.

— Oui… Merci de m'avoir invitée.

Il toucha sa joue, pencha la tête et l'embrassa très doucement. Elle leva les mains, les agita un instant, puis les posa sur son torse. Elle sentit ses muscles se crisper sous sa jaquette. Il approfondit son baiser, la serrant plus fort contre lui, et elle perçut son excitation.

Elle aurait dû être effrayée, et une partie d'elle l'était. Il restait son ennemi, l'homme déterminé à la voir jetée en prison. Mais une autre partie d'elle se délectait de la chaleur qu'il créait en elle, du désir qu'elle n'avait jamais connu avec un autre homme.

— Invitez-moi à entrer, murmura-t-il doucement, d'un ton charmeur. Laissez-moi vous faire l'amour.

L'estomac de Grace se contracta. C'était une chose d'expérimenter le désir physique. L'idée de lui donner son innocence, de le laisser l'aimer, en était une autre, bien différente.

Elle secoua la tête, sentant des larmes inattendues lui brûler les yeux et éprouvant une étrange bouffée de regret.

— Je ne le puis. Je vous en prie, Ethan. Je ne suis pas prête pour cela.

Pourquoi ne lui avait-elle pas dit non, tout simplement ? Que sa proposition ne l'intéressait pas ? Elle n'était pas sa femme et n'avait pas sa place dans son lit.

Mais lorsqu'il l'embrassa de nouveau, elle se pressa un instant contre lui. Elle inhala son parfum d'eau de mer et d'homme, et goûta la profondeur de son désir. Un besoin correspondant se fit jour en elle, si fort qu'elle dut s'obliger à s'écarter.

— Merci encore… capitaine Sharpe.

Le sourire d'Ethan se durcit devant sa tentative évidente de mettre de la distance entre eux.

— Le plaisir était pour moi… miss Chastain.

Elle commença à se tourner pour entrer dans la cabine, mais il la retint par le poignet. Il la fit pivoter, le dos vers lui, et saisit la fermeture du collier.

— Je vais juste prendre ceci.

Les perles glissèrent dans sa main.

— Pour l'instant… afin de le mettre en sûreté.

Il mit le collier dans le gousset de son gilet, tourna les talons et s'éloigna.

Grace pénétra dans la cabine et ferma la porte, se demandant si plus tard, dans la nuit, il viendrait occuper son côté du lit. Et s'il essaierait de lui faire l'amour.

Et ce qu'elle ferait, s'il essayait.

Ethan passa la nuit sur le canapé du carré. Sa couchette était trop courte de plus d'un pied, encore pire que celle de la cabine d'Angus. Toutefois, il n'osait pas retourner dans sa propre cabine.

Ce jour-là, il avait sauvé la vie de Grace et quelque chose d'indéfinissable avait changé entre eux. Les dernières nuits, il avait couché à côté d'elle, torturé par sa proximité, tenaillé par son désir pour elle. Cette nuit, il pensait que, s'il allait dans son lit, il pourrait peut-être la posséder, mais quelque chose le retenait.

Allongé sur l'inconfortable bergère, en fermant les yeux il pouvait la voir debout près du bastingage, belle et pleine de défi, ses cheveux de feu fouettant son visage. Lorsqu'elle avait perçu sa colère, elle s'était écartée de lui, quelques pas inconscients, et avait été emportée dans la mer.

C'était un moment gravé dans son esprit, la flèche aiguë de la peur, la terreur qu'elle se noie dans les eaux en furie. Rien n'aurait pu l'empêcher de s'élancer après elle. « Elle est mienne, avait-il pensé follement. Je ne peux pas la laisser mourir. »

Après coup, Grace de nouveau en sécurité à bord, il avait prononcé une prière silencieuse, remerciant le Ciel d'avoir pu la sauver.

A ce moment-là, il n'avait jamais songé à l'admettre dans son sanctuaire privé — c'était une criminelle, après tout —, et cependant il s'était retrouvé en train de l'inviter à dîner. Ces heures avaient été bien plus plaisantes qu'il l'avait imaginé, une conversation animée portant sur la mer, la navigation et un peu de science. Elle était intelligente, pleine de vie et il la convoitait avec une passion qu'il ignorait posséder.

Il s'était dit que, ce soir-là, il l'aurait. Il la raccompagnerait à sa cabine, l'embrasserait pour la soumettre et la presserait de céder à ses désirs. Se rappelant ses réactions précédentes, il avait cru qu'elle serait d'accord.

Conformément à son plan, il l'avait embrassée dans la coursive et lui avait fait sa cour. Mais l'expression de ses yeux, l'innocente douceur de son refus, lui avaient rendu impossible de ne pas obéir à ses souhaits.

Ethan s'assit sur le canapé, se maudissant et maudissant les femmes en général. Il n'avait pas insisté parce qu'il ne voulait pas détruire sa confiance. Pourquoi cela lui semblait-il si important ? Il était incapable de l'imaginer. Et il ne lui ferait pas l'amour à moins qu'elle l'invite dans son lit.

Bonté divine.

Elle avait aidé un traître à s'échapper. Cet homme était responsable de la perte de son bateau, de son équipage et d'une année de sa vie. Il avait amené Grace Chastain à son bord pour la faire payer.

Il devait être en train de perdre l'esprit.

7

— Des nouvelles de votre cousin ?

Victoria Easton, comtesse de Brant, alla se placer derrière son époux, assis à son large bureau en acajou dans son cabinet de travail.

Cord se tourna légèrement, regarda par-dessus son épaule et sourit.

— D'après le colonel Pendleton, la mission ne devrait pas être longue. Il pense qu'Ethan sera de retour à Londres d'ici à la fin du mois.

Tory rougit. Cord était grand et beau, avec de larges épaules, un menton carré et un corps dur et musclé. Elle n'avait qu'à le regarder et ses pensées dérivaient vers la chambre à coucher. Elle força son esprit à se concentrer sur la discussion en cours.

— D'après le colonel également, ce sera la dernière mission de votre cousin. Pensez-vous que la mer manquera beaucoup au capitaine Sharpe ?

Elle connaissait à peine Ethan Sharpe, même si elle avait été à bord du bateau qui s'était rendu en France pour le libérer de prison. La seule fois où la famille de Cord s'était réunie pour fêter son retour, elle l'avait trouvé froid et distant, mais Cord disait qu'il n'avait pas toujours été ainsi.

— La mer a toujours été la vie d'Ethan, répondit Cord,

mais il est résigné à assumer ses devoirs de marquis. Je pense qu'une part de lui est tentée par ce défi.

— Pensez-vous qu'il va chercher à se marier ? Après tout, l'un de ces devoirs est d'engendrer un héritier.

— Il le devra en temps voulu, mais pas tout de suite.

Cord leva la main pour taquiner une mèche des épais cheveux châtains de sa femme. Elle était petite, mais un peu moins mince maintenant qu'elle était enceinte de quatre mois. Il pivota dans son fauteuil, l'attira sur ses genoux et l'embrassa.

— Quel est ce soudain intérêt pour Ethan ?

— Sarah est passée. Elle commence à s'inquiéter. Vous la connaissez.

Sarah était la sœur d'Ethan, la vicomtesse Aimes. Avec Cord, elle avait joué un rôle important dans le retour de son frère de France.

— Elle n'a pas de raison de s'inquiéter. Harmon Jeffries s'est enfui. Il n'est plus en position de livrer des secrets — ou de les vendre, selon le cas. Ethan va achever sa mission et rentrer sain et sauf.

— Avec le vicomte écarté du gouvernement, je suppose que le voyage sera plus sûr.

— Ce qui m'amène à une question que je voulais vous poser. Récemment, il m'est venu à l'esprit que le fait que votre amie Grace décide d'aller rendre visite à une parente dans le nord si vite après l'évasion de lord Forsythe était une curieuse coïncidence.

Tory lui décocha son regard innocent, ouvrant de grands yeux.

— Chéri, vous n'insinuez sûrement pas que Grace a eu quelque chose à voir avec cette affaire ?

— Ne me regardez pas ainsi. Dites-moi que Grace

Chastain n'a nullement été impliquée dans l'évasion du vicomte.

— Pourquoi penseriez-vous une chose pareille ?

— Parce que, comme nous le savons tous les deux, cet homme est son père. Peut-être que…

— C'est un secret, Cord ! Vous avez promis de ne jamais en parler.

— Je disais seulement…

— Vous accusez Grace d'avoir aidé un homme convaincu de traîtrise — même si, bien sûr, il a continué à clamer son innocence jusqu'au bout.

— Oui, et il serait mort à présent, pendu, si quelqu'un ne l'avait pas aidé à franchir les murs de la prison de Newgate. Or, nous savons tous les deux combien Grace peut se montrer intrépide.

— En tout cas, elle ne ferait certainement pas…

— Pas quoi ? Si vous étiez à sa place, vous considéreriez sans doute cette possibilité.

Rendue nerveuse par la direction que prenait la conversation, Tory passa les bras autour du cou de son mari et s'appuya sur son torse, ce qui pressa délicieusement ses seins ronds contre lui.

— Vous essayez de me distraire, petite sorcière.

— Cela marche-t-il ?

Elle savait que oui. En se glissant un peu plus loin sur ses genoux, elle put sentir son excitation.

— Sapristi, oui, cela marche.

Tory rit quand il la souleva dans ses bras.

— Peut-être qu'une petite distraction nous fera du bien à tous les deux. Bientôt, nous devrons tenir compte du bébé.

— Le docteur dit que nous pouvons faire l'amour presque jusqu'à mon accouchement.

— Les médecins n'ont pas toujours raison et je ne veux pas prendre de risque.

Il courba la tête et l'embrassa vigoureusement.

— D'ici là, cependant, je compte profiter de vous aussi souvent que je le peux.

Tory se contenta de sourire. Elle avait réussi à détourner son mari d'un sujet qu'elle ne voulait pas le voir explorer. Dès l'instant où lord Forsythe s'était échappé, elle avait été certaine que Grace était derrière son évasion. Pour le bien de sa meilleure amie, elle espérait que Grace était confortablement installée dans la lointaine demeure de lady Humphrey et que; lorsqu'elle reviendrait à Londres, l'incident serait oublié.

La jeune femme pensa au collier qu'elle avait donné à son amie. Il porterait sûrement bonheur à Grace, comme il lui avait porté bonheur.

Elle n'était pas inquiète, se dit-elle. Pas du tout. Grace retombait toujours sur ses pieds. Mais les recherches pour retrouver lord Forsythe continuaient, les magistrats utilisant toutes les sources disponibles pour découvrir où il était et qui l'avait aidé à s'évader.

Tory frémit dans les bras de son mari tandis qu'il la portait dans l'escalier, et fit une prière silencieuse pour Grace.

Matilda Crenshaw, baronne Humphrey, était assise dans le salon de ses appartements au premier étage d'Humphrey Hall. Comme le reste de la maison, la pièce était un peu élimée, les rideaux de damas un peu passés, à l'instar du canapé. Mais ce décor lui plaisait ainsi. Elle se sentait souvent assez élimée elle-même.

A quelques pas de là, sa vieille amie Elvira Tweed, veuve de sir Henry Tweed, était perchée sur une chaise en tapisserie, son ouvrage oublié sur ses genoux potelés. Ce jour-là, elles se souciaient de la petite-nièce de lady Humphrey, Grace Chastain.

— Une vilaine affaire, dit lady Tweed en faisant claquer sa langue et en hochant sa tête grise. Je ne puis croire que ces sots de Londres pensent réellement que lord Forsythe puisse être un traître. Voyons, votre neveu a toujours été ridiculement patriotique.

— Et absolument loyal, ajouta fermement lady Humphrey, songeant au petit garçon de dix ans qu'elle avait accueilli quand ses parents étaient morts et élevé comme son fils. Il n'a pas toujours été fidèle à sa femme, la pauvre, mais les hommes sont ainsi, n'est-ce pas ?

— Mon Henry ne s'est écarté qu'une fois du droit chemin. Il a dormi au bout du couloir pendant près d'un an, mais la leçon a été profitable. Je ne crois pas qu'il ait été encore infidèle.

— Cette fille d'Harmon, Grace Chastain, il a toujours beaucoup pensé à elle, même si elle est née d'une liaison illégitime. Il s'est tenu au courant de sa vie au long des années. Il m'a écrit plusieurs lettres à son sujet. Je crois que son cran lui plaisait.

Matilda haussa un sourcil gris en direction de son amie.

— Ses enfants légitimes sont plutôt ternes, vous ne trouvez pas ? Même si je nierai toujours d'avoir dit cela.

— Les autres enfants de lord Forsythe tiennent de leur mère, les pauvres chéris.

Elvira reprit sa broderie, mais ne parut pas disposée à faire un point.

— J'espère que cette petite va bien.

Il n'y avait pas de secret entre les deux femmes. Elles avaient partagé leur vie pendant plus de cinquante ans, les jours heureux comme les chagrins. Elles étaient des amies solides et rien de ce qui arrivait dans le monde insensé autour d'elles ne pouvait plus les choquer.

La baronne soupira.

— Dieu seul sait ce qui a pu lui arriver.

La semaine précédente, un certain capitaine Chambers s'était présenté à la porte avec les malles de Grace et sa femme de chambre, une jeune fille nommée Phoebe Bloom. Il avait déclaré qu'il était désolé que Grace ne soit pas avec eux et avait relaté son enlèvement de son bateau, le *Lady Anne*. Un homme du nom d'Ethan Sharpe, capitaine du *Démon des mers,* avait affirmé que Grace était recherchée pour être interrogée dans une affaire de sécurité nationale.

Ce qui pouvait seulement signifier qu'on avait fait le lien entre elle et l'évasion d'Harmon.

— Je me demande si elle est de retour à Londres, dit Elvira.

Matilda s'inquiétait qu'elle le soit.

— Grands dieux, en ce moment même, ma petite-nièce pourrait languir en prison pour son action courageuse.

— Ne vous avisez pas de vous en mêler, Matilda, l'avertit son amie. Si vous le faisiez, vous mettriez Grace et Harmon en plus grand danger encore. Cette petite aurait probablement dû chercher de l'aide ailleurs. A présent, le capitaine Chambers connaît sa destination et quelqu'un pourrait en tirer des conclusions. Si la relation était faite entre Grace et lord Forsythe…

Elle fit claquer sa langue et secoua la tête.

— Je mène une vie tranquille à des lieues de Londres, objecta la baronne. Harmon a quitté cette maison il y a plus de vingt ans et peu de gens connaissaient réellement notre parenté. Personne ne va déduire quoi que ce soit. Et Grace n'avait pas d'autre endroit où aller.

Elvira déplaça distraitement sa broderie sur ses genoux.

— Espérons que vous avez raison.

— J'ai toujours raison.

Matilda n'avait pas de nouvelles de son neveu bien-aimé, mais elle ne doutait pas d'en avoir tôt ou tard. Harmon n'était pas un traître. Il ne serait pas enfui en France. Elle pria que, où qu'il soit, il soit en sûreté.

Et que Grace Chastain puisse détourner l'homme qui l'avait enlevée, ce capitaine Sharpe, de ses actions résolues, et le persuader à la place de l'amener à Scarborough et de la confier à ses soins, où elle serait en sécurité.

Ils se dirigeaient vers un port, ou au moins vers une crique proche du village côtier de Fenning-on-Quay, à l'ouest de la pointe orientale de l'Angleterre, près de Penzance. La pointe la plus occidentale de la France se trouvait directement de l'autre côté de la Manche. L'après-midi et parfois le soir, Ethan avait autorisé Grace à se servir du sextant pour faire un peu de navigation en amateur.

D'après ses calculs grossiers, elle avait conclu que pendant un certain temps ils avaient longé les côtes françaises. Quelles informations le capitaine recherchait, elle n'en était pas sûre, mais elle pensait que, lorsqu'ils auraient refait leurs provisions, il pourrait naviguer encore plus loin vers le sud, contournant la pointe de Brest, inspectant les eaux territoriales françaises. Elle espérait simplement que le bateau suivrait son cours actuel en s'éloignant de Londres.

Mais il y avait des dangers ici aussi.

Assise sur la couchette dans la cabine, Grace soupira. Elle n'avait pas oublié le dîner qu'elle avait partagé avec le capitaine dans son carré — ni ses baisers enflammés. Elle n'avait pas oublié non plus combien il avait été difficile de résister à ses avances, de ne pas l'inviter à entrer et à lui faire l'amour.

Si elle restait à bord du navire, il pourrait fort bien la ramener à Londres. Si elle restait, elle pourrait fort bien finir dans ses bras.

Elle regarda par les hublots, vers la poupe. L'escale de Fenning-on-Quay pouvait être la dernière vision qu'elle aurait des côtes anglaises avant que le navire vire de bord et remette le cap sur Londres, sa dernière chance d'échapper aux plans que le capitaine avait pour elle, quels qu'ils soient, et de rester malgré tout sur le sol britannique.

Il fallait qu'elle s'en aille. Elle ne pouvait simplement attendre et le laisser faire ce qu'il voulait d'elle. La question était : comment quitter le bateau ?

Scrutant la mer, Grace vit Ethan partir avec Angus McShane dans l'un des deux canots qui se dirigeaient vers la côte. Le second matelot, Willard Cox, était responsable du bateau jusqu'à ce qu'ils reviennent. Seul un équipage réduit restait à bord avec lui.

Seule dans sa cabine, Grace regarda les canots qui devenaient de plus en plus petits tandis que les hommes ramaient vers leur destination. La crique de Fenning-on-Quay était profonde, et le bateau avait pu jeter l'ancre plus près du rivage que d'habitude.

Elle sourit. Un abri sûr n'était pas si loin et elle avait l'avantage d'être une femme. Ethan Sharpe ne se doutait pas qu'elle savait nager — elle ne l'avait certes pas démontré la dernière fois qu'elle était tombée à l'eau.

Mais au cours des années où son amie Victoria Temple et elle avaient fréquenté le pensionnat de Mme Thornhill, elles s'étaient souvent faufilées jusqu'à la rivière, où, avec un peu de gentillesse, elles avaient convaincu deux garçons du village de leur apprendre à nager.

Grace évalua la distance jusqu'à la côte. Si elle se mettait à l'eau juste vêtue de sa camisole et d'une chemise du capitaine, elle pourrait y arriver. Mais que ferait-elle lorsqu'elle atteindrait le rivage ? Il lui faudrait des vêtements, et assez d'argent pour survivre jusqu'à ce qu'elle trouve un endroit sûr et du travail.

Elle passa le quart d'heure suivant à fouiller la cabine, espérant que le capitaine avait laissé une petite bourse quelque part, mais elle ne trouva pas un sou. Elle trouverait peut-être ce qu'il lui fallait dans son carré, se dit-elle.

Elle inspecta la coursive, vit qu'il n'y avait personne et se dirigea vers l'escalier. Sur le pont, elle aperçut Ned aux Longs Os, mais il était occupé à réparer une voile et il lui fut facile de le contourner.

La porte du carré n'était pas fermée à clé. Elle entra sans être vue et commença ses recherches. Des cartes des côtes françaises et espagnoles s'étalaient sur le bureau d'Ethan, à côté d'une boussole et d'un sablier. Un beau coffret en noyer contenait une paire de pistolets. Elle referma le couvercle, songeant soudain à un autre coffret.

Elle alla à la table reine Anne et ouvrit le coffret en argent posé dessus. Sur du satin bleu roi, le Collier de la mariée brillait de tous ses feux. Elle le prit et le mit dans la poche de sa jupe en mousseline grise.

Une fois, Tory avait dû vendre le collier pour que sa sœur et elle puissent échapper à la cruauté de leur beau-père. Si Grace devait le vendre à son tour pour se sauver, elle le ferait.

Retournant dans la cabine, elle sortit sa robe vert d'eau, ôta sa jupe et son corsage et les roula dans sa cape, puis elle les attacha et les enveloppa dans le ciré du capitaine, espérant qu'ils resteraient secs et flotteraient.

Elle mit le collier à son cou, le seul endroit sûr auquel elle pouvait penser.

Elle examina les hublots au-dessus du lit, mais ils n'étaient pas assez larges pour la laisser passer. Enfilant une chemise d'Ethan sur sa camisole, elle se dirigea vers la porte, priant que personne ne la voie, et longea silencieusement la coursive.

Le gréement tintait tandis que le bateau se balançait doucement sur l'eau et elle entendit des voix d'hommes à la proue, chantant une grossière chanson de marins. Personne d'autre ne semblait être à proximité. Grace regarda des deux côtés et sortit sur le pont.

— Eh bien, eh bien, qu'avons-nous donc là ?

Willard Cox tourna le coin juste au mauvais moment. Il considéra sa tenue — ou son état dévêtu — et ses gros doigts saisirent son poignet, l'attirant à lui.

— Alors, où pensez-vous aller exactement ?

Ses yeux noirs la parcoururent, se fixèrent sur le collier.

— Et habillée comme vous êtes, avec juste une chemise et un bijou. Vous ne songez pas à essayer de rejoindre la terre ?

— Lâchez-moi.

— Désolé, miss, je ne peux pas — pas avant d'obtenir des réponses. Ce ne serait pas la chose à faire, voyez-vous ?

Il tendit la main vers le collier, fit rouler les perles entre ses doigts, les yeux étincelant comme les diamants.

— Dites la vérité. Vous vouliez rejoindre le rivage ?

Grace haussa le menton.

— Et si c'était le cas ?

— Je pourrais vous laisser essayer… si vous vouliez faire un échange.

— Quelle… quelle sorte d'échange ?

— Les perles, miss. Vous me donnez les perles et je vous laisse partir. Votre liberté pour le collier. Ou alors je peux vous remettre au capitaine. Je suis sûr qu'il saura comment vous traiter.

Un petit frisson traversa Grace. Si Ethan découvrait qu'elle avait tenté de s'échapper, il l'enfermerait de nouveau dans sa cabine. Il pourrait directement se rendre à Londres et la livrer aux autorités. S'il le faisait, elle serait jetée en prison et peut-être même pendue.

Elle ne pouvait prendre ce risque.

Et en regardant Willard Cox, en voyant la lueur déterminée qui brillait dans ses yeux quand il contemplait le collier, elle ne pensait pas avoir réellement le choix.

Elle porta les mains à sa nuque et essaya d'ouvrir le collier, mais le fermoir résista.

— Attendez. Laissez-moi le faire pour vous.

Passant derrière elle, Cox ouvrit le collier et les perles tombèrent dans sa paume calleuse.

— Vous pouvez y aller, maintenant.

Ses yeux noirs étincelaient de triomphe, et Grace comprit qu'il voulait laisser croire à Ethan qu'elle était partie avec le collier.

— Le capitaine sera de retour d'une minute à l'autre.

Il regarda autour de lui pour s'assurer que personne ne les voyait et la poussa vers le bastingage.

— Dépêchez-vous de sauter ou je vous jetterai à l'eau moi-même.

Il lança son baluchon par-dessus bord, la mine sombre. Pour la première fois, Grace s'avisa que Cox ne pensait pas qu'elle atteindrait la côte vivante.

Un frisson la parcourut de nouveau. Tandis qu'elle enjambait le bastingage et se laissait glisser dans la mer glacée, elle songea que le rivage paraissait plus éloigné qu'auparavant. Peut-être Cox avait-il raison, et se noierait-elle avant d'arriver.

Mais elle ne le pensait pas.

En longues brasses régulières, elle partit vers la côte, tirant son baluchon derrière elle.

8

Bucky Green et Shorty Fitzhugh, deux marins du *Démon des mers*, tiraient sur les avirons du canot. Ethan était assis à l'arrière, Angus devant lui. Son premier matelot essayait sa nouvelle longue-vue flambant neuve, qu'il avait achetée au village.

— C'est une belle pièce, dit-il en promenant la longue-vue sur la côte, puis vers le bateau à l'ancre. Le vieux Biggs fait du bon travail, ajouta-t-il avec un fort accent écossais.

Ethan lui prit la longue-vue et l'examina. Il la porta à un œil, puis la rendit à Angus.

— Vous avez fait une bonne affaire. C'est du beau matériel, en effet.

Angus se remit à scruter la côte, tourna la longue-vue vers la mer, et Ethan s'aperçut qu'il fronçait les sourcils.

— Qu'y a-t-il ?

— Je ne vois pas bien. Une sorte de chose blanche qui se déplace dans l'eau, vers le rivage. Ça nage à la surface. Ça ne ressemble pas à un poisson.

— Laissez-moi regarder.

Ethan prit la longue-vue et la dirigea vers l'eau, la déplaçant d'un côté à l'autre jusqu'à ce qu'il trouve l'objet blanc qui fendait la mer vers la terre.

— C'est un nageur. Et il tire quelque chose derrière lui.

Il rendit la lunette à Angus.

— Oui, c'est ça, acquiesça l'Ecossais. Je me demande d'où vient cet homme.

Ils regardèrent en même temps vers le bateau.

— Du *Démon des mers* ? Qui pourrait bien vouloir…

Angus se tourna vers Ethan, dont la mâchoire s'était durcie.

— Tournez le canot. Nous allons lui couper la route. Prenez à quarante degrés à tribord.

— Qu'y a-t-il, capitaine ? demanda Shorty Fitzhugh en maniant sa rame pour exécuter la manœuvre.

— Je pense que notre prisonnière essaie de s'échapper.

Angus gratta sa tête grise.

— Comment est-ce possible ? La demoiselle ne sait pas nager.

Ethan regarda la nageuse qui glissait dans l'eau.

— Elle sait, apparemment. Si elle ne porte pas une lourde robe, je pense même qu'elle peut nager comme un maudit poisson.

Ils se mirent à ramer, Angus et Ethan saisissant des avirons pour aller plus vite. Il leur fallut un moment pour rattraper Grace. Lorsqu'ils le firent, elle lâcha son baluchon et plongea sous l'eau.

— Vous allez la repêcher ?

Ethan sourit froidement.

— Autant que je m'en souvienne, je l'ai déjà fait une fois. Cette fois, nous allons juste attendre qu'elle se fatigue.

Grace ressortit à une certaine distance, les vit et plongea de nouveau. Shorty repêcha son baluchon et le jeta au fond du canot. Ethan reconnut son ciré et jura.

Ils ramèrent dans la même direction que la nageuse, attendant qu'elle refasse surface. Lorsqu'elle les aperçut, tranquillement assis à la guetter, elle remit la tête sous l'eau.

— Avez-vous fini votre petit exercice ? lança Ethan lorsqu'elle ressortit.

Il vit bouger ses lèvres, et se félicita de ne pouvoir entendre ce qu'elle disait. Grace chercha son baluchon des yeux.

— Il est déjà dans le canot.

Elle poussa un soupir résigné et nagea vers eux.

— Je suppose que si je continue à nager, vous continuerez à me suivre.

— Je vous l'assure, miss Chastain, vous vous fatiguerez avant nous.

Ethan tendit la main et saisit fermement la sienne. Il la hissa par-dessus le bord de la barque, puis il retira son manteau de drap et le posa sur ses épaules.

— Il est temps de rentrer, *lads*, dit-il aux hommes, en jetant un regard réprobateur à Grace.

Tandis qu'ils ramaient vers le *Démon des mers,* il s'assit à côté de la jeune femme.

— Il fallait que j'essaye, dit-elle doucement. Je ne veux pas aller en prison.

Quelque chose s'émut en Ethan. Il savait ce qu'était la prison, connaissait les outrages et l'humiliation qu'elle subirait. Il ne pouvait imaginer d'envoyer Grace dans un endroit pareil.

— Nous en parlerons plus tard, quand vous serez sèche et réchauffée.

Il haussa un sourcil dans sa direction.

— Vous commencez à à prendre l'habitude d'essayer de vous noyer, Grace. J'espère qu'à dater de maintenant vous vous efforcerez de vous contenir.

Elle se pencha et ramassa son baluchon, qu'elle posa sur ses genoux.

— Je n'essayais pas de me noyer et j'aurais réussi si vous ne m'aviez pas vue.

— Vous pouvez mettre cette bonne fortune sur le compte de la nouvelle longue-vue d'Angus. Elle est excellente.

Grace ne dit rien. Ethan put voir le désespoir qui lui courbait les épaules. Une part de lui souhaitait pouvoir lui dire quelque chose qui la rassurerait, mais il était trop tôt pour faire des promesses.

Ils atteignirent le bateau et grimpèrent sur le pont par l'échelle de corde, Grace répandant de l'eau sur le plancher. Ned aux Longs Os les accueillit. Freddie se tenait nerveusement à quelques pas.

— Elle va bien ? demanda le marin d'un air soucieux.

— Cela aurait pu être pire.

— Nous avons un autre problème, sir.

— Quoi, Ned ?

— C'est M. Cox, sir. Nous l'avons surpris en train d'essayer de mettre un canot à l'eau. Quand un des hommes lui a demandé ce qu'il faisait, il lui a donné un coup de poing qui a failli tuer le pauvre diable, sir. On a dû s'y mettre à trois pour le contrôler. Quand on y est arrivés, on a trouvé ça sur lui.

Ned tendit le collier.

Ethan le prit de ses doigts maigres et se tourna vers Grace.

— Cox ne savait pas où je gardais ce collier. Comment l'a-t-il eu ?

Elle haussa le menton.

— C'est moi qui le lui ai donné. Nous avons fait un pacte. Il avait les perles, je pouvais partir. Et ne vous avisez pas de m'accuser de l'avoir volé. Ce collier est à moi, je vous le rappelle. Je l'ai simplement pris où il était.

Notant l'angle déterminé de ses épaules et de son menton, en d'autres circonstances Ethan aurait pu sourire. A la place, il refit face à Ned.

— Où est-il ?

— Attaché sur sa couchette dans ses quartiers, sir. On a tous dû s'y mettre pour y arriver.

— Amenez-le sur le pont. M. McShane vous accompagnera.

Angus marcha vers eux.

— Vous pouvez y compter.

L'Ecossais tira le pistolet glissé dans sa ceinture.

— Je vais voir s'il veut se battre contre ça.

Il brandit le pistolet devant lui, et partit chercher Willard Cox avec Ned et deux autres marins.

Ethan se tourna vers Grace, qui serrait son baluchon contre elle.

— Espérons que ces habits soient assez secs pour que vous puissiez les mettre. Je vous suggère de descendre vous changer.

Elle crispa les doigts sur le ciré.

— J'aimerais pouvoir vous dire que je suis désolée. Mais en semblables circonstances, je crois que vous auriez fait comme moi.

Il la regarda, drapée dans son manteau, ses cheveux auburn mouillés et plaqués dans son cou, de l'eau ruisselant d'elle, et il éprouva une bouffée d'admiration pour son courage.

— Peut-être pas.

La tête haute, elle pivota pour s'en aller.

— Je vous complimente pour votre nage, Grace, même si c'était une surprise. Mais l'eau est très froide et la côte à une certaine distance. Cox lui-même n'a pas eu le courage d'essayer.

Un instant, elle resta où elle était, puis elle se remit à marcher. Il la suivit des yeux jusqu'à ce qu'elle disparût dans l'écoutille. Elle ne lui avait causé que des ennuis depuis qu'il l'avait amenée à bord.

Il aurait bien voulu savoir ce qu'il allait faire d'elle.

Grace retira ses vêtements trempés. Déçue et découragée, elle se sécha avec une serviette et alla défaire son baluchon. Sa jupe et son corsage, découvrit-elle, étaient mouillés par endroits. Elle mit donc sa robe vert d'eau, qui était à peu près sèche. Elle défit sa natte, brossa ses cheveux et les sécha du mieux qu'elle put devant le petit feu.

Quand Freddie frappa à la porte, de sa façon légère et familière, elle alla ouvrir.

— Bonsoir, miss.

Schooner passa entre les jambes du jeune garçon et fila sur le lit. Se sentant chez lui dans la cabine, il se mit à faire sa toilette, léchant de sa langue râpeuse son pelage roux.

— Le capitaine m'a envoyé voir s'il vous fallait quelque chose. Je crains que nous n'ayons pas assez d'eau de pluie pour un bain.

Grace s'efforça de sourire.

— Dans ce cas, je n'ai besoin de rien, Freddie. Où est le capitaine ?

— Sur le pont avec M. Cox.

Un frisson parcourut Grace.

— Que va-t-il faire de lui ?

— Eh bien, il sera fouetté, miss, en bonne et due forme. Le capitaine a ordonné cinquante coups de fouet.

L'estomac de Grace se contracta. Fouetter un homme

était barbare, une pratique digne du Moyen Age. Mais Ethan Sharpe était un barbare, non ? Il avait retrouvé le collier. Il avait retrouvé sa *prisonnière.* Elle avait cru qu'il ferait descendre M. Cox à terre pour le remettre à la police.

Passant devant Freddie, elle sortit en trombe de la cabine. Quand elle émergea sur le pont, elle vit Ethan sur le gaillard d'arrière, près du grand gouvernail. Tout l'équipage était rassemblé en demi-cercle autour du mât, bonnet à la main,

Son cœur se mit à tambouriner. Tandis qu'elle grimpait les marches du gaillard d'arrière, son regard tomba sur Willard Cox attaché au mât, dévêtu jusqu'à la taille, le côté de sa tête appuyé sur le bois. La cicatrice de sa joue ressortait crûment pendant qu'il attendait qu'Angus McShane manie le chat à neuf queues qu'il serrait dans sa main noueuse.

Grace prit une inspiration et marcha vers le capitaine. Dès qu'il la vit, sa mâchoire se durcit.

— Retournez dans la cabine.

— Je dois vous parler.

Elle s'approcha de lui.

— Pas maintenant.

Elle jeta un coup d'œil à Cox.

— Quel est son crime ? Je vous ai dit qu'il n'a pas volé le collier.

— Il a enfreint ses devoirs.

— Il ne mérite sûrement pas une punition aussi barbare que… que celle-là.

Elle s'élança vers le terrible fouet.

Ethan la rattrapa par le bras et l'entraîna vers le bastingage, à l'écart de l'équipage.

— Ce n'est pas votre affaire, Grace. Cet homme a

commis une faute grave. En tant que capitaine de ce bateau, j'ai ordonné qu'il soit puni.

— Vous avez ordonné de le faire fouetter.

— Oui. Cinquante coups.

— Mon Dieu.

Son estomac pesait du plomb. Elle pouvait presque voir la peau arrachée du dos de Willard Cox. Elle rassembla le reste de son courage.

— Je vous en supplie, capitaine Sharpe, envoyez cet homme à terre. Laissez les autorités s'occuper de lui.

— Vous est-il venu à l'idée que Cox n'a jamais cru que vous atteindriez la côte ? Vous auriez pu vous noyer, Grace !

— S'agit-il de lui, capitaine, ou de moi ?

Un muscle frémit dans la mâchoire d'Ethan. Il inspira, luttant pour se contrôler.

— Je n'aime pas cela plus que vous. Je sais ce que c'est que d'avoir sa chair arrachée du dos. Mais il y a des règles, à bord d'un bateau. Si cet homme ne reçoit pas le châtiment qu'il mérite, les autres marins commenceront à désobéir aussi. C'est comme ça.

— Mais…

— Monsieur Fitzhugh !

L'un des matelots qui avait été dans le canot s'avança.

— Oui, capitaine ?

— Ramenez la dame dans ma cabine. Assurez-vous qu'elle y reste tant que cette affaire ne sera pas terminée.

— Oui, sir.

Fitzhugh jeta un regard implorant vers Grace. Il était clair qu'il ne voulait pas employer la force, mais qu'il le ferait si nécessaire.

Grace releva l'ourlet de sa robe de soie et se dirigea vers l'escalier, le marin sur les talons. Lorsqu'ils atteignirent la coursive, il ouvrit la porte pour la laisser entrer et referma fermement derrière elle. Elle pensa qu'il devait monter la garde devant la porte.

Grace se laissa choir sur le lit. Tout était tranquille à bord du bateau. On entendait seulement le faible bruit du vent dans le gréement et les craquements de la coque. Puis les coups de fouet commencèrent. Elle percevait nettement chaque coup. Elle se mit à compter en silence. Elle ne voulait pas imaginer à quoi devait rassembler le dos de l'homme, mais l'image apparut dans son esprit, de fines lignes rouges là où les lanières en cuir mordaient la chair. Des stries plus larges à mesure que le fouet continuait son œuvre, le sang se mettant à couler de la peau hâlée.

Qu'il méritât ce châtiment ne comptait pas, il importait seulement qu'un autre être humain subisse des souffrances qui n'auraient pas eu lieu sans elle.

Dix-huit. Dix-neuf. Vingt. Des larmes brûlaient les yeux de Grace et roulaient lentement sur ses joues. Vingt-et-un. Vingt-deux. Vingt-trois. Vingt-quatre. Vingt-cinq.

Elle retint son souffle, attendant que le prochain coup tombe, mais il n'y eut plus de bruit. A la place, elle entendit des frottements de pieds tandis que l'équipage s'éparpillait et se déplaçait sur le pont. On frappa à sa porte, puis celle-ci s'ouvrit et Ethan entra.

Elle se détourna de lui et essuya vivement ses larmes. Elle entendit ses bottes résonner sur le plancher tandis qu'il venait se placer derrière elle, et sentit ses mains se poser doucement sur ses épaules pour la faire pivoter vers lui.

— Je suis désolé que cela soit arrivé. J'aurais préféré que non.

— J'ai compté. Il n'y a eu que vingt-cinq coups.

— J'ai dit à Cox que vous aviez intercédé en sa faveur, mais il n'en a pas paru très reconnaissant. J'ai réduit la punition de moitié et l'ai envoyé à terre. Je ne pense pas qu'il y ait un homme d'équipage qui ne soit pas tombé un peu amoureux de vous. A l'exception peut-être de M. Cox.

Elle le regarda, vit qu'il avait été aussi affecté qu'elle, qu'il n'avait pas eu plus envie de faire appliquer la sentence qu'elle ne l'avait souhaité.

— Ethan…

Elle se jeta dans ses bras et il les referma sur elle.

— Je n'ai jamais rencontré quelqu'un comme vous, dit-il contre sa joue. Et je ne pense pas que cela arrive un jour.

Elle se mit à pleurer, alors, sans savoir pourquoi, sauf qu'elle se sentait en sécurité dans ses bras, capable d'écarter pour un moment le fardeau qu'elle portait — l'inquiétude pour son père, la peur d'être emprisonnée, sa culpabilité à l'idée d'avoir peut-être pris la mauvaise décision en arrangeant l'évasion du vicomte.

— Tout va bien, murmura-t-il en repoussant une mèche derrière son oreille. Vous n'avez pas besoin de pleurer. Tout ira bien.

Ils restèrent ainsi pendant ce qui sembla durer des heures, Grace s'accrochant à lui, la tête posée sur son épaule, les bras d'Ethan l'enveloppant en un geste protecteur.

Elle n'aurait su dire exactement comment cela se produisit, comment elle leva les yeux vers lui et ferma lentement les paupières, mais peu après il l'embrassa. Il sentait la mer et avait un léger goût de bière, et les mains qui la tenaient étaient douces. Sa bouche bougea sur la sienne, délicatement au début, presque tendrement, puis le baiser s'approfondit, sa langue se glissant entre ses lèvres, le plaisir montant, flottant dans ses membres.

Les mains d'Ethan se posèrent sur ses seins, les saisirent

à travers la soie de sa robe, en caressèrent la pointe. Les mamelons de Grace se durcirent sous l'étoffe, se mirent à gonfler et à devenir douloureux, et elle les pressa plus fortement contre ses paumes. Il l'embrassa de nouveau et elle sentit qu'il tremblait. Elle fut surprise et un peu désappointée lorsqu'il s'écarta.

Ses yeux étaient brûlants, sa bouche avait un pli sensuel. Elle pouvait lire sa faim, son désir pour elle qu'il s'efforçait d'endiguer.

Grace déglutit, espérant qu'il ne se rendrait pas compte qu'elle tremblait.

— Merci… d'être venu. Merci d'avoir diminué la punition de Cox.

— Je l'ai fait pour vous, pas pour lui.

Il tendit la main et lui caressa la joue.

— Et je pensais ce que j'ai dit. Tout ira bien.

Elle n'était pas sûre de ce qu'il voulait dire, mais curieusement elle lui faisait confiance. Elle hocha la tête, espérant que les choses s'arrangeraient comme il le disait. Elle le regarda quitter la cabine pour retourner à ses devoirs et, soudain, elle se sentit vide. Elle souhaita pouvoir le rappeler, le prier de rester.

Lui demander de lui faire l'amour.

Cette pensée lui vint de nulle part. Pour la première fois, elle s'avisa qu'elle voulait qu'Ethan Sharpe la touche, l'embrasse, lui fasse passionnément l'amour. Cela semblait fou, mais plus elle y pensait, plus cela lui paraissait raisonnable. Dès l'instant où elle avait été enlevée, elle avait été une femme perdue. Et aucun homme ne demanderait en mariage une femme à la vertu discutable.

Grace songea aux nuits où elle avait dormi près d'Ethan, se blottissant contre lui dans son sommeil pour chercher sa chaleur. Certaines nuits, elle était restée éveillée, essayant de ne pas penser à ce que ce serait de le toucher, de passer les mains sur son corps ferme et solide, de sentir ses muscles bouger sous ses doigts.

Elle le désirait, était affamée de lui comme il était affamé d'elle. Et cependant, depuis le jour où il lui avait sauvé la vie, il ne l'avait pas bousculée. Elle n'était pas stupide. Elle savait qu'il n'y avait pas d'avenir avec un vaurien comme Ethan Sharpe, un pirate — un *corsaire*, rectifia-t-elle. Néanmoins, il était inutile maintenant de garder son innocence pour un mari qu'elle n'aurait jamais.

Et elle voulait connaître le contentement avec un homme qu'elle convoitait — aussi longtemps que cela durerait.

Une étrange sensation de justesse l'envahit. Elle désirait qu'Ethan Sharpe lui fasse l'amour. Le désirait plus qu'aucune chose dont elle se souvenait. Mais comment y parviendrait-elle ? Elle n'était pas assez effrontée pour le lui demander.

Ou l'était-elle ?

Tandis que la journée avançait, Grace arpentait la cabine, espérant qu'il lui envoie un message l'invitant à dîner avec lui. Ils avaient franchi un point indéfinissable dans leur relation ce jour-là, partagé quelque chose de spécial, de vraiment merveilleux, pensa-t-elle. Il l'inviterait sûrement.

Mais aucun message ne vint. Quand Freddie se présenta avec le plateau de son repas, sa déception grandit. S'était-elle complètement trompée sur lui ? Son désir pour elle s'était-il estompé ?

Ou le fait qu'il l'évite était-il un compliment ? Se comportait-il enfin en gentleman ? La traitait-il avec le respect dû à une dame ?

Quelque chose lui dit que c'était cela, qu'il n'avait plus

l'intention de marchander ses faveurs ni de la séduire pour l'amener dans son lit.

Il ne reviendrait pas dormir avec elle — sauf si elle l'y invitait.

9

Courage. Le mot planait dans ses pensées. Avait-elle le genre de courage inhabituel qu'il lui faudrait pour inviter Ethan Sharpe à partager son lit ?

Grace soupesa cette idée durant les heures qui suivirent, sa conviction se renforçant. Elle n'avait aucune idée de ce que l'avenir lui réservait, et ignorait même si elle en avait un. Tout ce qu'elle possédait de certain était le présent. La détermination la gagna et elle traversa la cabine pour aller au petit secrétaire dans le coin. En inspirant pour se calmer, elle sortit une feuille de parchemin et la posa devant elle.

Ses doigts tremblaient lorsqu'elle sortit la plume de l'encrier et des gouttes d'encre bleue tombèrent sur la page. En marmonnant, elle l'écarta.

Sa deuxième tentative ne valut guère mieux.

Très cher Ethan,

Elle froissa la feuille, n'aimant pas ce début, et recommença.

Capitaine Sharpe.

Je me demandais si vous voudriez me rejoindre pour un dernier verre avant de vous retirer.

Bien à vous, Grace.

Elle n'en dit pas plus. Elle ne voulait pas aller plus loin. Lorsqu'il arriverait — s'il venait —, elle passerait à l'étape suivante. En assumant qu'elle en aurait encore le courage.

Quand Freddie revint chercher le plateau, elle lui demanda de remettre le billet au capitaine.

— Je m'assurerai qu'il l'ait, miss.

— Merci, Freddie.

Le jeune garçon quitta la cabine et, dès que la porte se referma, Grace se changea prestement pour passer la robe saphir garnie de dentelle noire. Elle releva ses cheveux, mais n'utilisa que quelques épingles afin de faciliter la tâche à Ethan, s'il voulait défaire son chignon.

Son cœur tambourinait dans sa poitrine. Ses paumes étaient moites. Elle était sur le point d'entrer dans le monde jusque-là inconnu de la féminité. Elle était emplie d'excitation, avec seulement une pointe de peur. Elle voulait ceci, elle le voulait, lui. Elle songea à leurs baisers enflammés, au plaisir qui la submergeait chaque fois qu'il la touchait. A la façon dont il lui coupait le souffle rien qu'en entrant dans la pièce.

Il était tard quand on frappa enfin à sa porte. Elle s'était presque persuadée qu'il ne viendrait pas. Mais lorsqu'elle ouvrit, Ethan se tenait dans la coursive, vêtu d'une chemise blanche à manches larges et de culottes noires, ses hautes bottes fraîchement cirées et ses cheveux bien coiffés.

— Je crois que vous m'avez invité à vous rejoindre.

— Oui…

Cette étrange sensation de ne plus avoir de souffle l'envahit et elle se sentit soudain intimidée. Son cœur battait si fort qu'elle était certaine qu'il devait l'entendre.

— Un dernier verre, avez-vous proposé.

— Oui…

Elle se comportait comme une idiote, restant là à le dévisager, incapable de trouver quoi dire.

Ethan entra dans la cabine et ferma tranquillement la porte. Ses yeux parcoururent la robe saphir.

— Si j'avais su qu'il s'agissait d'une occasion spéciale, je me serais habillé plus cérémonieusement.

Elle secoua la tête, regrettant de ne pas avoir choisi une autre robe, heureuse de ne pas l'avoir fait. Elle voulait être jolie pour lui et cette robe semblait le meilleur choix.

— Il n'est guère besoin de cérémonies.

Certainement pas. Il était magnifique tel qu'il était, si beau que sa poitrine se contractait péniblement.

— L'occasion est que je souhaitais juste vous remercier correctement de votre réconfort, cet après-midi.

Le coin de la bouche d'Ethan se releva légèrement.

— Dans ce cas, si je nous servais à boire ?

Il alla au buffet, emplit un verre de xérès pour elle et un de cognac pour lui.

— Je pense qu'il pourrait être intéressant de connaître votre idée d'un remerciement « correct ».

Il revint et lui tendit son verre.

— Par quoi commençons-nous ?

L'estomac de Grace se crispa. Juste Ciel, c'était bien plus difficile qu'elle ne l'avait imaginé. Elle ne l'avait pas vraiment invité pour le remercier. Elle avait une autre raison, bien plus attrayante, d'avoir envoyé ce billet.

— Je crains de… Je n'en suis pas très sûre.

Il fronça les sourcils.

— Vous êtes nerveuse.

Il but une gorgée de cognac et posa son verre sur la table.

— Je ne crois pas vous avoir jamais vue dans cet état. Qu'y a-t-il, Grace ? Qu'est-ce qui ne va pas ? Pourquoi m'avez-vous fait venir ?

La main de Grace trembla et une goutte de xérès glissa le long du verre. Ethan le remarqua et lui prit le verre.

— Dites-moi, Grace. Qu'est-ce qui ne va pas ?

Elle humecta ses lèvres, lutta pour rassembler son courage. « Dis-le, lui commanda son esprit. Dis-lui la vérité. »

— Je vous ai demandé de venir... parce que je veux que vous me fassiez l'amour. Enfin, si vous le voulez toujours.

Un long moment, Ethan resta figé, ses yeux clairs élargis par l'incrédulité.

— Bonté divine, je suis un sot.

Alors, il prit le visage de Grace entre ses mains et captura sa bouche de la sienne. Il l'embrassa d'une façon et d'une autre, lui glissant ses doigts dans les cheveux, délogeant les quelques épingles et lui renversant la tête en arrière pour approfondir son baiser.

— Si je le veux toujours ? chuchota-t-il contre son cou. Je n'ai pensé quasiment à rien d'autre depuis que je vous ai vue à bord du *Lady Anne*.

Il sema une pluie de baisers sur son visage. Il l'embrassa encore à lui faire perdre haleine. Grace s'accrochait à lui, les bras autour de son cou. Ses sens tournoyaient, son corps s'embrasait. La pointe de ses seins se tendait et se durcissait, lui faisait mal sous son corselet. Elle avait les lèvres gonflées et sensibles, et la moiteur de sa langue dans sa bouche lui contractait le ventre. Elle enfouit les doigts dans les cheveux de sa nuque. Les boucles soyeuses qui frôlèrent sa peau la firent trembler.

Sa poitrine tendue la brûlait. Sans cesser de l'embrasser, Ethan défit les boutons de sa robe dans son dos et le corselet tomba. Il écarta la soie bleue et les épaulettes de sa camisole, la dénudant jusqu'à la taille, et prit ses seins dans ses mains. Il les moula et les caressa, soupesa doucement leur poids et leur forme, et le plaisir inonda Grace.

— Ethan…, murmura-t-elle quand sa bouche quitta la sienne pour prendre la place de ses doigts.

Il se mit à sucer la rondeur de sa poitrine et les jambes de Grace faiblirent. Elle savait peu de choses sur l'amour physique, n'avait jamais imaginé qu'un homme pouvait aimer une femme de cette façon, se servir de sa langue et de ses lèvres avec une telle adresse, être capable de la mettre au bord de la pâmoison.

Elle renversa la tête en arrière et il se rassasia de sa gorge offerte, mordilla le lobe de son oreille, reprit de nouveau sa bouche. Il fit glisser sa robe sur ses hanches, entraînant sa camisole avec elle, la laissant nue et tremblante. Il passa les mains dans son dos, les fit descendre au creux de ses reins, captura la rondeur de son postérieur et l'attira dans sa chaleur.

Elle le sentait serré contre elle, dur, palpitant de désir pour elle. Elle aurait dû être effrayée, mais elle ne l'était pas. Elle se sentait femme comme jamais auparavant, mesurait la force de sa féminité et comprenait tout à coup le pouvoir que possédait une femme. Et cependant elle était, elle aussi, sous le pouvoir d'Ethan, esclave de ses baisers, de ses caresses enflammées, du plaisir qu'il lui donnait chaque fois qu'il la touchait, chaque fois que ses lèvres effleuraient les siennes.

Il glissa une main sur son ventre, jusqu'aux douces boucles nichées entre ses cuisses, et elle retint une exclamation lorsqu'il trouva sa moiteur. Elle était humide, s'avisa-t-elle, et se demanda vaguement si elle devait en être embarrassée.

— Tout doux, mon cœur, l'apaisa-t-il quand il la sentit se raidir sous ses caresses. Laissez-vous aller. Je ne vous ferai pas mal.

Ce qui lui arrivait semblait être naturel pour Ethan et

elle lui obéit, se remettant à ses soins, le laissant la guider dans ce voyage sensuel.

— J'ai envie de vous toucher, dit-elle, à peine surprise par sa témérité. Je veux connaître la texture de votre peau, sentir bouger vos muscles.

C'était une autre Grace qui parlait, une femme qu'elle ne connaissait pas. Cette créature était effrontée et sans crainte, aussi irréelle que la nuit, qui ressemblait plus à un rêve qu'à la réalité. Du moins, ce fut ce qu'elle se dit.

Les yeux d'Ethan se rivèrent sur les siens, son regard bleu brûlant et intense. Il fit passer sa chemise blanche par-dessus sa tête et la jeta par terre, prit sa main et la plaqua sur son torse. Grace étudia sa troublante toison brune, en goûta le contact un peu rêche, dessina d'un doigt un mamelon cuivré et sentit ses muscles se contracter.

La respiration d'Ethan s'accéléra. La sienne aussi. Elle leva les yeux vers lui et constata sa faim à la rigidité de sa mâchoire.

— Je vous désire tellement, grommela-t-il.

Mais il semblait déterminé à ne pas la brusquer, à la laisser imprimer son rythme.

Elle passa un doigt sur ses côtes, étala sa main sur son estomac dur et plat, regarda les muscles de son ventre se crisper.

Elle était nue. Soudain, elle voulut le voir nu, aussi. Elle le dévisagea et il dut deviner ses pensées, car il la souleva dans ses bras et la porta sur le lit. Il l'allongea et l'embrassa de nouveau, puis la quitta un instant pour ôter ses bottes, ses culottes et son caleçon. Lorsqu'il se tourna, elle inspira vivement et son cœur bondit de frayeur.

Elle n'avait jamais vu un homme nu auparavant, et certainement pas un homme en proie au désir. Son sexe érigé était impressionnant. Elle dut pâlir un peu, car il s'arrêta à côté du lit, se pencha et l'embrassa très doucement.

— Nous allons procéder lentement, prendre tout le temps qu'il nous faudra. Faites-moi confiance, Grace. Je vous promets de vous rendre la chose agréable.

Elle avait confiance en lui. Au moins pour cela.

Ethan la rejoignit sur le lit et d'autres baisers s'ensuivirent. Des baisers doux et languides, des baisers brûlants et pénétrants, des baisers pleins de séduction, tous se mêlant jusqu'à ce que le corps de Grace soit en feu et fonde lentement. Une chaleur intense s'amassait dans son ventre, une douleur sourde brûlait entre ses jambes.

Il posa la main sur sa féminité et la caressa jusqu'à ce qu'elle se tortille sur le lit et se mette à l'implorer, quêtant quelque chose dont elle n'était pas sûre. Elle ne remarqua pas qu'il bougeait et s'installait entre ses cuisses, jusqu'au moment où elle sentit son sexe dur pressé contre elle. Les muscles de ses épaules étaient contractés par l'effort qu'il faisait pour se maîtriser et le corps de Grace se crispa.

— Du calme, mon cœur. Essayez de vous détendre. Je ne veux pas vous faire mal.

Elle savait qu'il le ferait, en savait assez sur l'acte de chair pour savoir que la première fois était toujours douloureuse, et probablement encore plus avec un homme aussi bien doté qu'Ethan.

Elle essaya de l'aider, de se détendre comme il le lui demandait, ce qui ne fut pas si difficile lorsqu'il recommença à l'embrasser. Lentement, doucement, il pénétra en elle, l'emplissant de son sexe, encore et encore, tout en lui murmurant des mots apaisants à l'oreille.

— Tout doux, la rassura-t-il encore en l'embrassant de nouveau.

Puis, d'un dernier assaut, il s'introduisit complètement en elle.

Grace cria sous la douleur, bien qu'elle se mordît la lèvre pour étouffer son exclamation.

— Sapristi !

Ethan se redressa au-dessus d'elle, rigide.

— Je ne voulais pas vous faire mal. Cela doit faire un certain temps que vous… Je suis désolé. J'aurais dû aller plus lentement.

Grace ne fit aucun commentaire. La douleur commençait à passer et elle voulait qu'il continue. Nouant les bras autour de son cou, elle attira sa tête à elle pour l'embrasser. Cela sembla mettre fin à son contrôle.

Petit à petit, il se mit à bouger, lentement au début, puis plus vite. La douleur revint un instant, mais s'estompa quand le plaisir prit le dessus. Grace sentait sa féminité se distendre, lui permettant de la pénétrer encore plus profondément, et elle l'entendit grogner. Le rythme de ses va-et-vient s'accrut. Une chaleur incroyablement douce envahissait Grace, et elle répondit à ses assauts.

La douleur avait bien disparu maintenant, son corps brûlait du même besoin affamé qu'Ethan semblait ressentir.

— Ne vous arrêtez pas, s'entendit-elle dire, l'attirant en elle, son sexe allant toujours plus profond, l'emplissant encore et encore jusqu'à ce qu'elle ne puisse plus penser qu'à lui.

Elle ne sentait plus que l'ardeur de son désir, la façon dont il la comblait, la chaleur captivante de son corps.

Son propre corps se tendit. Chacun de ses muscles parut s'étirer au maximum, puis, d'un seul accord, ils se relâchèrent. Des étoiles explosèrent derrière ses yeux, toute une galaxie, et une douceur inconnue monta en elle, tel du miel sur sa langue. Elle cria le nom d'Ethan et s'accrocha à lui tandis que le monde volait en éclats autour d'elle.

Elle n'aurait su dire combien de temps elle resta là, pénétrée par la volupté. Elle ne fit pas l'effort de bouger jusqu'à ce qu'elle sente la main d'Ethan écarter ses cheveux de sa tempe.

— Allez-vous bien ? demanda-t-il.

Elle tourna la tête vers lui et le vit allongé sur le côté, appuyé sur un coude, la contemplant.

— Que… que s'est-il passé ?

Il rit doucement, paraissant terriblement satisfait.

— La petite mort, comme disent les Français. La chose la plus proche du paradis que l'on peut connaître sur terre.

Grace sourit à cette description.

— Oui… c'était un peu comme tomber entre les étoiles.

— Je suis désolé de vous avoir fait mal. Ce n'était pas mon intention.

Elle détourna les yeux.

— La douleur n'a duré qu'un moment. Et cela en valait la peine.

— La prochaine fois, ce sera encore mieux. Votre corps apprend à s'adapter au mien. Le plaisir sera encore plus grand.

— Je ne crois pas que ce soit possible.

Il lui décocha un de ses rares et merveilleux sourires.

— Pourquoi ne nous en assurons-nous pas ?

Alors il s'allongea de nouveau sur elle, l'embrassant et caressant ses seins. Il se coula en elle plus aisément, cette fois, et elle en fut émerveillée, tout au plaisir de se sentir unie à lui.

Ce fut à ce moment-là qu'elle s'avisa qu'elle l'aimait. Qu'elle l'aimait peut-être depuis le jour où elle était tombée à la mer et où il avait risqué sa vie pour la sauver.

Elle l'aimait et, de ce fait, son corps s'épanouissait pour lui, s'ouvrait à lui. Lorsqu'elle atteignit l'extase, les cieux s'ouvrirent et elle fut emportée vers des sommets de volupté.

L'aube approchait quand elle s'éveilla d'un sommeil paisible. Dans la faible lumière qui filtrait par les hublots, elle vit Ethan debout près du lit, son dos large tourné vers elle. Vêtu de ses seules culottes, il se penchait pour enfiler ses bottes. Il avait un corps magnifique, de larges épaules, une taille et des hanches minces, de longues jambes nerveuses.

Grace se raidit en distinguant sur son dos des cicatrices qu'elle n'avait pas remarquées quand il avait dormi près d'elle dans le noir. Il avait laissé entendre qu'il avait été flagellé. Elle savait qu'il avait dû être traité avec brutalité durant son séjour en prison. Son père en était-il réellement responsable ?

Un nœud se forma dans son estomac. Elle n'avait aucun moyen d'en être certaine. Elle ne savait même pas si son père était le genre d'homme capable de vendre son pays.

Ethan se tourna, alors, vit qu'elle était réveillée et sourit. Ce sourire rendit la couleur de ses yeux plus profonde et fit ressortir ses pommettes hautes. C'était un très beau sourire qui le faisait paraître des années plus jeune.

— Je voulais vous réveiller, vous refaire l'amour ce matin, mais je sais que je vous ai fait mal cette nuit. Il doit y avoir un moment que vous… que vous n'avez été avec Jeffries.

Pour la première fois, Grace se sentit embarrassée. Parler de faire l'amour à la lumière du jour était plus difficile que dans l'état de rêve où elle avait été la nuit précédente.

— Je n'ai jamais été avec le vicomte, ni avec personne d'autre. Vous étiez le premier, Ethan.

Il fronça ses sourcils noirs, qui se rejoignirent presque au-dessus de son nez droit.

— De quoi parlez-vous ? Vous étiez la maîtresse de Jeffries.

Quelques pièces du puzzle commencèrent à se mettre en place. Ainsi, c'était ce qu'il pensait, la raison pour laquelle il avait essayé de marchander ses faveurs.

— Je n'ai jamais été sa maîtresse.

Elle hésita un instant, mais elle était allée trop loin pour s'arrêter et il était temps qu'il connaisse la vérité.

— Harmon Jeffries — le vicomte Forsythe — est mon père.

Ethan secoua la tête.

— Ce n'est pas possible. Je ne vous crois pas.

— Il n'a jamais été marié à ma mère. Il ne m'a jamais reconnue, mais il est néanmoins mon père.

— Me dites-vous… Essayez-vous de me convaincre que vous étiez vierge ?

— Je pensais qu'un homme pouvait s'en rendre compte.

Il respirait un peu trop vite, la mâchoire crispée. Soudain, il se pencha, attrapa les couvertures et les rabattit brutalement. Grace ramena ses jambes sous son menton et passa les bras autour de ses genoux pour cacher sa nudité, détestant son expression.

Il fixa le drap et elle était là — la preuve sanglante de sa virginité.

— Non. Ce n'est pas possible.

— Je pensais que, d'une certaine façon, cela vous ferait plaisir.

Il regarda encore le drap et elle put dire qu'il essayait de rassembler ses pensées, de se repasser ce qui s'était produit entre eux la nuit précédente. Elle discerna le moment exact où il se rappela son cri de douleur quand il avait rompu son hymen.

— Bonté divine, vous dites la vérité ! Vous êtes la fille de Jeffries, pas sa catin ! C'est la raison pour laquelle vous l'avez aidé à s'évader de prison !

Elle n'avait pas imaginé qu'il en serait si remué.

— Seules quelques personnes le savent. Le vicomte, ma mère, sa tante et moi. Sa famille serait ruinée par le scandale et la mienne aussi. J'ai juré d'emporter ce secret dans ma tombe. Vous devez me promettre de ne jamais le dire à personne, Ethan.

Il secoua la tête et recula.

— Après la nuit dernière, je pensais que nous pourrions peut-être parvenir à un arrangement. Je pensais que nous pourrions continuer à nous donner du plaisir, et qu'une fois arrivés à Londres je vous aiderais à redresser les choses.

— Pourquoi cela doit-il changer ?

— Parce que vous êtes *de lui*. Parce que son sang coule dans vos veines. Parce que dorénavant, chaque fois que je vous regarderai, je penserai aux hommes qu'il a envoyés dans leur tombe.

Se tournant, il ramassa sa chemise et se dirigea vers la porte.

Grace le regarda et son cœur se serra.

— Ethan, de grâce, ne partez pas.

Il ne s'arrêta qu'un instant. Puis il souleva le loquet et sortit dans la coursive. La porte claqua derrière lui quand il s'éloigna.

Grace fixa l'endroit où il avait été, une vive douleur

naissant en elle. Ses yeux la brûlaient, des larmes commençaient à s'amasser.

Elle avait donné son corps à Ethan. D'une façon quelconque, il lui avait aussi pris son cœur et un peu de son âme.

Pour la première fois, elle mesura la folie de ce qu'elle avait fait.

Ethan se tenait au gouvernail dans la froide lumière grise de l'aube, l'esprit rivé sur la nuit passée. Pas une catin, mais une innocente. Comment avait-il pu ne pas s'en douter ? Parce que, comme il le lui avait dit, il n'avait jamais rencontré une femme pareille à Grace Chastain.

Il n'avait jamais connu de jeune fille innocente dotée de son courage, de sa force ou de sa détermination sans limite. Il en était venu à la respecter, et même à l'admirer. Et de ce fait, la faim qu'il avait d'elle avait grandi hors de proportion.

Maintenant qu'il l'avait eue, son désir n'avait pas diminué. Il la désirait plus que jamais et ne pouvait plus l'avoir.

— Vous vouliez me voir, capitaine ?

Angus arriva en chancelant près de lui, grattant son épaisse barbe grise.

— Oui. Il y a un changement de plan. Nous allons virer de bord et voguer vers le nord jusqu'à Scarborough. Si nous suivons le cours le plus direct, cela ne devrait pas nous prendre longtemps. Une fois que nous nous serons débarrassés de notre passagère, nous remettrons le cap sur le sud, finirons notre mission et rentrerons chez nous.

Angus fronçait les sourcils.

— Vous avez décidé de laisser partir la demoiselle ?

Ethan regarda au-delà de lui, vers la mer.

— Elle n'est pas la maîtresse de Jeffries. Elle est sa fille.

— Quoi ? Vous en êtes certain ?

Ethan le regarda de nouveau, essayant d'ignorer la noirceur qui l'envahissait. Et la culpabilité.

— Jusqu'à la nuit dernière, elle était innocente. J'ai pris sa virginité. Elle est la fille illégitime du vicomte.

Angus le dévisagea un moment, le déchiffrant bien trop clairement, percevant la détresse qu'il s'efforçait de cacher.

— Vous ne le saviez pas, *lad*.

— Non, je ne le savais pas, et je la voulais si fort que j'ai refusé de considérer toute autre possibilité.

— Vous ne pouvez vous blâmer. La demoiselle aurait pu vous le dire.

Ethan ne fit aucun commentaire.

— Au moins, vous savez pourquoi elle a aidé ce traître à s'échapper. Pas que j'aurais fait la même chose. Si mon ivrogne de père avait été face à la potence, je n'aurais pas levé un doigt.

— Personne ne sait que Grace était impliquée, à part nous deux et l'homme que j'ai payé pour me renseigner. McPhee ne parlera pas. Si nous gardons le silence, elle sera sauve.

Angus caressa sa barbe.

— La demoiselle est plus jeune que nous le pensions. D'après Freddie, elle lui a dit qu'elle avait vingt ans.

L'estomac d'Ethan se contracta. Chaque fois qu'il pensait à Grace, la culpabilité le submergeait. Et, cependant, il savait que ce n'était pas entièrement sa faute. Elle aurait dû être honnête, aurait dû lui dire la vérité dès le début, même s'il était possible qu'il ne l'ait pas crue.

Néanmoins, finalement, c'était elle qui avait initié leur

échange, qui l'avait invité dans sa cabine et lui avait offert le plaisir de son corps délicieusement voluptueux.

Les doigts d'Ethan se crispèrent sur le gouvernail.

— Transmettez les ordres, monsieur McShane. Virons de bord et allons livrer notre passagère.

— Oui, capitaine.

Angus se mit à crier les ordres à l'équipage, envoyant des hommes dans la voilure pour faire demi-tour.

Ils avaient inspecté les côtes françaises, cherchant n'importe quoi leur indiquant si Napoléon rassemblait une flotte assez importante pour envahir l'Angleterre. Le *Démon des mers* était rapide et, en naviguant jour et nuit, il lui faudrait moins de trois jours pour parcourir les cinq cents milles jusqu'à Scarborough, autant pour revenir et reprendre leur mission.

Jusqu'à ce qu'il puisse voir Grace en sûreté chez sa tante, ainsi qu'elle l'avait prévu à l'origine, Ethan avait l'intention de rester complètement à l'écart d'elle. Il dormirait sur le canapé inconfortable du carré. Angus pourrait l'escorter sur le pont quand elle aurait besoin de prendre l'air, et Freddie pourrait continuer à la servir.

La prochaine fois qu'il poserait les yeux sur Grace Chastain, ce serait lorsqu'elle quitterait son bateau.

Grace passa une journée abominable dans sa cabine. Cent fois, elle se traita de sotte. Cent fois, elle ravala ses larmes et voua Ethan Sharpe aux gémonies. Elle passa le reste du temps à essayer de se reprendre, déterminée à ne jamais lui montrer l'étendue de sa misère, ni combien il l'avait blessée.

Plus tôt, elle avait senti que le bateau changeait de cours, et vu le soleil se déplacer à travers les hublots. Le *Démon des mers* faisait demi-tour et la seule raison qu'elle pouvait imaginer était qu'Ethan avait décidé de la ramener à Londres.

Sa poitrine se contracta. Elle lui avait donné ce qu'il voulait, l'avait autorisé à jouir de son corps. Il avait assouvi son désir pour elle, et maintenant qu'il connaissait sa véritable identité, il allait la remettre aux autorités.

Oh, grands dieux, quelle sotte elle avait été ! Elle ne pouvait imaginer pourquoi elle avait cru qu'elle pouvait lui faire confiance. Pire encore, comment avait-elle été assez insensée pour s'éprendre de lui ?

Elle payait sa folie et, bientôt, elle paierait encore plus cher. Peut-être de sa vie.

La nuit tomba enfin. Bien qu'elle se blottisse sous les couvertures, elle ne put s'endormir.

Toute la journée du lendemain, le bateau continua vers le nord et la nervosité de Grace empira. L'inquiétude lui nouait l'estomac et elle se mit à arpenter la cabine. Il fallait qu'elle sache la vérité, qu'elle sache ce qu'Ethan projetait.

Elle passa sa robe de soie vert d'eau, natta ses cheveux et les arrangea avec soin en une simple couronne, puis elle quitta la cabine en quête de l'homme qui tenait son sort entre ses mains. Quand elle ne put le trouver sur le pont, elle descendit l'escalier et frappa à la porte du carré.

Durant de longues secondes, il n'y eut pas de réponse, puis la porte s'ouvrit brusquement et Ethan apparut, chancelant. Quand il la vit, un sourire sinistre se peignit sur ses lèvres.

— Eh bien, quelle surprise !

Il fit un pas mal assuré et Grace aperçut la bouteille de cognac presque vide sur le buffet.

— Vous êtes ivre !

— C'est vrai, mais cela ne vous regarde pas.

— Il faut que je vous parle.

Il fit une courbette exagérée.

— Alors, entrez donc. Je vais vous servir un verre et

nous pourrons reprendre où nous en étions la dernière fois que nous nous sommes vus.

Les joues de Grace virèrent à l'écarlate.

— Si vous pensez que je serai assez folle pour vous laisser me toucher de nouveau, vous vous trompez lourdement. Je suis venue voir ce que vous comptez faire de moi. Me… me ramenez-vous à Londres ?

Il parut se dégriser un peu à ses paroles et secoua la tête.

— Je vous emmène à Scarborough. C'est là où vous voulez aller, non ?

Le soulagement de Grace la fit faiblir. Elle détesta la bouffée de gratitude qui suivit.

— C'est la vérité ? Vous ne… vous ne vous rendez pas à Londres ? Vous me conduisez à ma tante, à la place ?

— J'ai pris votre innocence. En échange, je vous accorde la liberté.

Il lui décocha un sourire cruel.

— Vous voyez, Grace, vous avez fait un pacte avec le diable, finalement.

Elle avait la gorge serrée. La proximité qu'ils avaient partagée deux nuits plus tôt avait disparu. Le gouffre qui les séparait maintenant la faisait souffrir atrocement.

— Je voulais que vous me fassiez l'amour, Ethan. Je n'attendais rien en échange.

— Je suis désolé, Grace, pour la façon dont tout cela a tourné. Je suis désolé que vous soyez qui vous êtes et que je sois qui je suis. J'aimerais que nous nous soyons rencontrés dans des conditions différentes.

Elle eut un sourire amer.

— Eh bien, au moins, vous avez eu ce que vous vouliez. Vous cherchiez une vengeance depuis le début. J'espère que vous l'appréciez, Ethan.

Elle pivota et le laissa à la porte du carré.

En retournant à la cabine, elle ne cessa de le revoir, ses cheveux noirs ébouriffés, ses habits en désordre et sentant l'alcool, le visage amer, avec cette soif de vengeance qui le rongerait jusqu'à le détruire.

Lorsqu'elle traversa la cabine et se laissa choir sur le lit, elle songea combien il était insensé qu'elle continue à l'aimer.

10

De lourds nuages gris pesaient sur le port de Scarborough. Debout près du bastingage, à côté d'Angus McShane, Grace sentait la morsure du vent qui plaquait sa jupe de soie vert d'eau contre ses jambes et décoiffait ses cheveux relevés.

— C'est loin, jusque chez votre tante ? demanda le vieil Ecossais.

— Non. Juste sur la colline, à l'est. Dans sa lettre, ma tante disait que l'on pouvait s'y rendre à pied depuis les quais ou prendre un fiacre, mais que, si je la prévenais, elle m'enverrait sa voiture.

— Vos malles sont sûrement chez elle. Le capitaine Chambers a dû s'assurer de les faire apporter.

— Ma soubrette est peut-être là, aussi.

— Oui, probablement.

Freddie arriva à ce moment-là, appuyé sur sa béquille, portant Schooner sous son bras libre.

— On est venus vous dire au revoir, miss. Moi et Schooner.

Grace se pencha pour caresser la fourrure du gros matou, qui se mit à ronronner. Elle parvint à sourire.

— Vous allez me manquer, Freddie. Tous les deux.

Le jeune garçon parut content.

— Peut-être qu'on se reverra un jour.

C'était peu probable, pensa Grace, même si elle le souhaitait vivement. Ainsi qu'elle l'avait dit, le mousse et son gros chat roux lui manqueraient.

— Oui, peut-être.

— Et maintenant, file, *lad*.

Angus le poussa vers la coquerie.

— Le cuisinier a besoin d'un coup de main.

Freddie agita la main et s'éloigna en boitant, puis Angus commença à crier des ordres à l'équipage. Le bateau changea légèrement de cap et Grace vit le village côtier apparaître au loin sur les pentes de la colline, et devenir de plus en plus grand à mesure que le navire se rapprochait. Sur un promontoire entre deux plages sablonneuses se dressaient les ruines imposantes d'un château médiéval, ses remparts démolis, sa douve vide.

Inconsciemment, Grace porta une main à sa gorge. Ethan avait pris le collier, et elle se demanda s'il le lui rendrait. Elle n'avait pas vu le capitaine depuis des jours. Elle savait qu'il l'évitait, mais c'était peut-être pour le mieux.

Penser à lui sembla le faire apparaître. A le voir arpenter le pont à grandes enjambées pour venir vers elle, elle sentit une boule se former dans sa gorge. Il était habillé comme d'habitude, culottes noires, hautes bottes, redingote de drap volant dans le vent. Il semblait claudiquer un peu plus fortement que d'habitude, mais c'était peut-être un effet de son imagination.

Ethan s'arrêta devant elle et, même si son expression était soigneusement gardée, on ne pouvait se méprendre sur les turbulences qui couvaient dans ses yeux. Grace se demanda ce qu'il pensait.

Ses pensées à elle étaient agitées. De la colère envers Ethan pour la traiter si rudement. De la colère envers elle-même pour être si sotte.

Du regret pour tout ce qui était arrivé.

De l'incertitude.

Du chagrin.

Elle refusa de s'appesantir sur ce dernier. Elle aurait dû mesurer le danger, mieux comprendre ce qu'elle ressentirait en le quittant.

Aurait dû se rendre compte qu'elle l'aimerait encore.

Autour d'elle, des matelots grimpaient tels des singes dans le gréement, rabattaient les voiles, tiraient sur des cordages tandis que le bateau approchait du quai, mais Grace le remarquait à peine. Son attention était rivée sur l'homme debout devant elle, grand et imposant, un homme qu'elle n'oublierait jamais. Ses yeux bleu clair étaient fixés sur son visage, des yeux magnifiques, pensa-t-elle, qui contenaient un puits de souffrance.

— Lorsque nous aurons accosté, Angus vous accompagnera à terre, dit-il, et s'assurera que vous rejoigniez sans encombre la maison de votre tante.

Elle hocha la tête.

— Je crois qu'Humphrey Hall n'est pas très loin.

Il sortit quelque chose de la poche intérieure de sa redingote et elle vit briller des diamants.

— Ceci est à vous, je crois.

Il lui passa le collier autour du cou et le ferma. Le frôlement de ses doigts sur sa nuque serra le cœur de Grace.

— Merci.

Il lui prit la main, la retourna et posa une bourse sur sa paume.

— Je veux que vous preniez ceci, aussi.

— De l'argent ? Vous ne pensez sûrement pas me payer pour…

— Pour l'amour du Ciel, Grace ! Ceci n'a rien à voir avec ce qui s'est passé entre nous. Je veux seulement que vous ayez un peu d'argent pour le cas où vous en auriez besoin.

Elle secoua la tête et lui rendit la bourse.

— Je ne veux pas de votre argent, Ethan. Je ne veux rien de vous.

Il se redressa un peu, ce qui le fit paraître encore plus grand et plus distant.

— Alors, c'est un adieu. Prenez soin de vous, Grace.

— Vous aussi, capitaine Sharpe.

Un long moment, il resta là, à la contempler. Ce qui lui prit de se pencher vers lui, de se hausser sur la pointe des pieds et de poser un baiser furtif sur ses lèvres, elle ne le saurait jamais. Une lueur fugace passa dans ses yeux. Il la saisit par les épaules et l'embrassa longuement et passionnément, puis il tourna les talons et s'éloigna. Il traversa le pont à longues enjambées, et les yeux de Grace s'emplirent de larmes.

C'était ridicule. Cet homme était un vaurien qui ne ressentait rien pour elle. Elle était folle d'éprouver le moindre regret parce qu'elle ne le verrait plus jamais.

Elle se détourna au son d'une voix éraillée, et vit Angus McShane arriver près d'elle.

— Il est temps d'y aller, demoiselle.

Il portait son petit ballot de vêtements, ses seules possessions à bord du bateau.

Grace essaya de sourire, mais n'y parvint pas.

— Oui… il est plus que temps pour moi de partir.

Ravalant la boule qu'elle avait dans la gorge, elle laissa le solide Ecossais à la barbe grise la guider sur la passerelle.

Elle ne jeta pas un regard en arrière.

Elle savait que, si elle le faisait, Ethan ne serait pas là.

*
* *

En entendant la voix du majordome annoncer l'arrivée de visiteurs, la baronne douairière Humphrey laissa retomber sur sa poitrine généreuse le lorgnon qu'elle portait accroché à une chaîne en argent. Posant le journal qu'elle lisait, elle se leva du canapé du salon.

— Miss Grace Chastain est ici, milady. En compagnie d'un certain M. Angus McShane.

— Oh, mon Dieu !

La baronne lança une œillade à son amie, Elvira Tweed.

— Grace est ici. Je puis à peine le croire.

— Eh bien, allons l'accueillir, dit Elvira en mettant sa silhouette rondelette sur ses pieds. Vous ne pouvez la laisser attendre dans le vestibule.

Les deux vieilles dames quittèrent le salon en direction de l'entrée, suivant le grand et osseux Harrison Parker, le majordome de Matilda depuis plus de trente ans.

Lorsqu'elle franchit l'arcade qui donnait sur le vestibule, la baronne découvrit sa petite-nièce et s'arrêta un instant, à peine surprise par sa grande beauté. Harmon était un très bel homme, et même si sa fille portait une robe froissée qui avait vu des jours meilleurs, elle était grande et svelte comme lui, avec les mêmes yeux verts brillants et les plus beaux cheveux cuivre foncé que Matilda eût jamais vus.

— Ma parole. Ma chère enfant, vous êtes certainement une vision bienvenue pour mes pauvres vieux yeux. Grace, je suis si heureuse que vous soyez enfin ici, saine et sauve.

La baronne étreignit la jeune femme et perçut la tension de son corps mince. Puis un peu de cette tension fondit devant la chaleur de son étreinte et la vieille dame battit des cils pour retenir quelques larmes.

— Tout va bien, très chère. Maintenant que vous êtes ici, tout ira pour le mieux.

Elle regarda le grand homme à la barbe grise qui accompagnait Grace.

— Devons-nous vous remercier d'avoir ramené Grace à la maison, monsieur McShane ?

— C'est le capitaine qu'il faut remercier, milady. Le capitaine Sharpe du *Démon des mers*.

— Et où est-il ? Si je me souviens bien, il est responsable de l'enlèvement de Grace, n'est-ce pas ? J'aimerais certainement lui dire un mot.

Matilda vit le dos de Grace se raidir légèrement.

— Le capitaine Sharpe est un homme très occupé, milady, dit la jeune femme. Je crains que ce soit une longue histoire, que je vous raconterai volontiers quand M. McShane sera parti.

La baronne esquissa un sourire.

— Vous devez m'appeler « tante Matilda ». Et voici ma bonne amie, lady Tweed.

Grace fit une révérence.

— Enchantée, milady.

Matilda ramena son attention sur le vieil Ecossais.

— Merci d'avoir ramené ma nièce. Je vous suis redevable, sir.

Angus hocha la tête, puis regarda Grace.

— Prenez soin de vous, demoiselle.

— Vous aussi, Angus.

— Ce n'est pas un mauvais homme, ajouta-t-il.

Non, pas mauvais. Simplement embourbé dans les sables mouvants de son passé. Mais après tout, n'était-ce pas un peu son cas, à elle aussi ? C'était en partie la raison pour laquelle elle s'était sentie obligée d'aider un père qu'elle connaissait à peine.

— Veillez sur lui, voulez-vous, Angus ?

— Je le ferai.

Sa barbe se fendit d'un sourire.

— Vous êtes une bonne demoiselle, Grace Chastain. Une demoiselle que le vieil Ecossais que je suis n'oubliera pas de sitôt.

Il s'inclina poliment devant les dames, courba la tête et sortit.

— Eh bien…

Matilda s'approcha de nouveau de Grace et lui prit la main.

— Nous allons d'abord monter vous installer. Vos malles sont arrivées il y a un certain temps, ainsi que votre soubrette. Je suis sûre que vous apprécierez un bain après être restée si longtemps sur un bateau.

— J'adorerais prendre un bain… tante Matilda.

— Ensuite, vous pourrez redescendre et nous parlerons de tout ce qui est arrivé.

Grace pâlit un peu et la baronne s'inquiéta de ce qui avait pu se passer pendant qu'elle était prisonnière sur le navire du capitaine Sharpe.

— Ne vous en faites pas, ma chère. Vous êtes une jeune femme très courageuse et nous sommes très fières de vous.

Elle regarda son amie.

— N'est-ce pas, Elvira ?

— Oui, je dois le dire, en effet.

Grace chancela légèrement et Matilda se rendit compte qu'elle ne tenait que par la force de sa volonté. Quoi qu'il lui fût arrivé sur ce bateau, cela l'avait beaucoup affectée.

Juste Ciel, la baronne n'était pas sûre de vouloir savoir ce que c'était.

Grace laissa sa grand-tante la guider dans l'escalier et dans une grande chambre aérée, avec des portes-fenêtres qui donnaient sur un balcon surplombant la mer. Il y avait un grand lit à baldaquin, et bien que la courtepointe en satin bleu clair et les tentures assorties soient un peu passées, le tapis d'Orient un peu élimé par endroits, c'était une pièce chaleureuse et gaie qui fit que Grace se sentit bien accueillie.

Phoebe arriva, ses cheveux sombres ramassés en un chignon sur sa nuque, sa simple robe grise fraîchement repassée. La soubrette, qui avait six ans de plus que Grace, se précipita sur elle, lui prit la main et la serra fortement. Il était évident qu'elle avait cru ne plus revoir sa maîtresse.

— Grâce au Ciel, vous êtes saine et sauve, miss. J'ai tout entendu dire. Il paraît que le capitaine Sharpe était un pirate qui vous a enlevée du bateau !

Grace parvint à sourire.

— Il y a eu un quiproquo, c'est tout. Finalement, le capitaine s'est rendu compte de son erreur et m'a ramenée ici. C'est tout ce qui s'est passé.

— Il… il ne vous a pas fait de mal, miss ? Mme Cogburn a dit qu'elle l'avait vu ce soir-là, qu'il était un beau diable, mais qu'il avait les yeux les plus froids qu'elle avait jamais vus.

Grace déglutit, se rappelant comment ces yeux d'un bleu de glace devenaient brûlants et farouches quand il la regardait, et semblaient la transpercer.

— Le capitaine a été un parfait gentleman.

C'était un mensonge. Ethan Sharpe était un pirate, un complet vaurien. Et il lui avait brisé le cœur.

L'eau du bain arriva à ce moment-là et Phoebe s'empressa dans la chambre, sortant des serviettes et un savon parfumé à la lavande. Ce parfum rappela à Grace un autre bain, plus intime, mais elle se força à écarter ce souvenir.

La soubrette aida Grace à se baigner et à se laver les cheveux, puis elle brossa ses longues mèches emmêlées devant le petit feu au charbon allumé dans la cheminée et les natta en une tresse.

— Merci, Phoebe. Maintenant, si cela ne vous fait rien, je suis terriblement fatiguée et je voudrais me reposer un moment. Je vous appellerai quand je serai prête à m'habiller et à descendre.

— Bien sûr, miss.

Phoebe quitta la chambre et, dès que la porte se referma, Grace se laissa choir sur le lit et se mit à pleurer. S'allongeant, elle enfouit son visage dans les couvertures et sanglota dans son oreiller, espérant que personne ne l'entendrait.

Grace ne se réveilla pas quand sa grand-tante frappa à la porte et passa la tête à l'intérieur pour voir comment elle allait.

— Elle est épuisée. Pauvre petit agneau.

Matilda la laissa dormir et redescendit dîner avec son amie.

— J'espère que cette chère petite va bien.

Elvira prit une cuillerée du consommé aux huîtres.

— Elle est ici, saine et sauve, et vous êtes là pour veiller sur elle. Le reste s'arrangera.

La baronne posa sa cuillère près de son assiette, n'ayant plus faim. Elle se faisait trop vieille pour ce genre de problèmes, et cependant elle était heureuse que Grace soit venue.

— J'aurais aimé parler à ce capitaine. Je me demande ce que Grace aura à dire à son sujet.

— Je ne puis l'imaginer. Au moins, elle a pu le convaincre de l'amener ici au lieu de la conduire à Londres.

— Oui, je suppose que c'est déjà quelque chose.

Mais Matilda ne pouvait s'empêcher de se demander ce que le capitaine Sharpe avait pu exiger en échange de la libération de Grace.

Ethan se tenait au gouvernail. La mer était devenue agitée depuis qu'ils avaient quitté le port de Scarborough, et des vagues glacées passaient par-dessus bord. Un vent froid soufflait du nord, soulevant des embruns, et son ciré le protégeait à peine de l'air humide qui s'infiltrait dans ses vêtements.

Il était là depuis des heures. Par deux fois, Angus était venu pour le relever, mais il avait refusé. Il préférait affronter le vent et le froid plutôt que sa cabine vide, où la présence de Grace semblait l'entourer partout où il regardait. Il lui avait dit la vérité. Il n'avait jamais rencontré quelqu'un comme elle. Et elle lui manquait déjà cruellement.

C'était impossible. Ridicule. Elle n'était qu'une femme et il en avait eu des dizaines au long des années.

— Ned aux Longs Os vient prendre son tour au gouvernail, annonça Angus en s'avançant à côté de lui. Les feux ont été couverts, mais il fait chaud et sec dans la coquerie.

Ethan voulut protester, mais l'Ecossais tira sur son bras. Ned arriva et Angus lui adressa un signe de tête.

— Je sais ce qui vous trotte dans la tête, *lad*, dit-il en éloignant Ethan. C'était une bonne demoiselle, et elle me manque aussi. Peut-être qu'avec le temps, vous trouverez la paix et pourrez la revoir.

Ethan secoua la tête.

— Je suis qui je suis, et elle est la fille de Jeffries. Rien ne peut changer cela.

Angus soupira.

— Tout de même, c'était une bonne demoiselle.

Un coin de la bouche d'Ethan se releva.

— Oui, mon ami. Elle l'était.

Grace dormit tout ce jour-là et tard le lendemain matin. Malgré tout, lorsqu'elle se réveilla, ses membres étaient toujours lourds de fatigue. Elle savait qu'elle devait quitter son lit, qu'il était grand temps qu'elle rejoigne sa grand-tante, mais elle ne parvenait pas à se lever. Quand Phoebe arriva avec un plateau, lui apportant un pot de chocolat et une assiette de gâteaux au miel, elle se força à manger, même si elle n'avait pas faim.

— J'ai rafraîchi les toilettes de vos malles, miss. Je pensais que vous pourriez mettre aujourd'hui votre robe en mérinos rose, garnie de rubans bleu marine. Elle vous rend toujours si jolie.

— Merci, Phoebe. Cette robe fera l'affaire.

Elle avait quantité de belles robes. Sa mère avait toujours insisté pour qu'elle s'habille à la dernière mode, quel qu'en soit le coût. Pendant des années, Mme Chastain s'était montrée déterminée à la marier à un aristocrate. Cela avait été seulement en lisant les lettres de son père, cachées dans un coffre de sa mère, que Grace avait appris que ses jolies toilettes avaient été payées par le vicomte, son vrai père.

Grace se moqua en y pensant. Le grand rêve de sa mère — la marier dans la noblesse — n'était plus qu'une plaisanterie dépassée. Le plus jeune fils du hobereau le plus bas ne l'épouserait plus maintenant, pas après la réputation que son enlèvement par Ethan Sharpe lui avait faite.

Pour ne rien dire du fait qu'elle lui avait aussi donné sa virginité.

Avec l'aide de Phoebe, Grace revêtit la robe rose à taille

haute et enfila les pantoufles en chevreau assorties. Puis elle s'assit à la coiffeuse, indifférente, pendant que sa soubrette lui nattait les cheveux et les disposait en couronne.

Enfin prête, la jeune femme descendit dans le salon, préparée à parler à sa grand-tante.

— Vous voilà !

Matilda vint vers elle en froufroutant, petite femme corpulente aux cheveux gris et aux joues roses. Un lorgnon pendait sur sa poitrine.

— Comment vous sentez-vous, très chère ? Mieux, j'espère.

— Beaucoup mieux, merci, tante Matilda.

— Venez, je vais demander à Parker de nous apporter du thé.

Grace la suivit, sachant que la vieille dame devait regorger de questions, et souhaitant savoir que dire.

— Je lisais le *Morning Post,* dit la baronne alors qu'elles s'asseyaient sur l'un des deux canapés en tapisserie un peu usés qui se faisaient face devant la cheminée.

Un grand feu y brûlait, chassant les frimas de la fin février.

— On parle de moins en moins de l'évasion de votre père. Il semble que notre plan se soit déroulé exactement comme nous l'espérions.

C'était tout ce qui s'était passé comme prévu, pensa sombrement Grace, en se rappelant le soir où elle avait été enlevée du *Lady Anne* et tout ce qui lui était arrivé ensuite.

— Au moins, c'est quelque chose dont nous pouvons nous féliciter.

Le vicomte n'avait pas été retrouvé, mais Grace ignorait toujours si son père était coupable ou innocent. Elle regarda sa tante.

— Vous ne croyez pas que lord Forsythe — mon père — a été un traître à son pays ?

— Bien sûr que non, ma chère. Si vous l'aviez mieux connu, vous sauriez que mon Harmon ne ferait jamais une chose pareille. Je me rappelle le temps où…

Durant la demi-heure qui suivit, Grace écouta des récits de l'enfance de son père, combien il avait été affecté par la mort de ses parents, et combien il s'était montré timide et effrayé lorsqu'il était venu vivre à Humphrey Hall.

— C'était un soldat, vous savez ? Il s'est engagé dans l'armée à dix-neuf ans. J'ai essayé de l'en dissuader, ainsi que mon défunt époux, Stanley — Dieu ait son âme. Mais Harmon a tenu bon. Il avait un devoir, disait-il, et il devait l'accomplir.

Lorsqu'elles eurent fini leur thé et furent prêtes à aller déjeuner, Grace comprenait mieux son père et éprouvait un début de proximité avec sa grand-tante.

Ce fut plus tard dans l'après-midi qu'elle trouva le courage de parler d'Ethan. Mais les mots qu'elle prononça n'étaient pas ceux qu'elle voulait dire.

— Le capitaine pense que mon père est coupable. Il croit qu'Harmon Jeffries l'a trahi au bénéfice des Français, et qu'en agissant ainsi il a causé la mort de son équipage et la perte de son bateau.

Elle raconta à sa tante comment Ethan avait été capturé et jeté en prison, comment il avait été battu et torturé, et comment il en gardait les cicatrices dans sa chair et dans son cœur. Quelque chose dut transparaître dans la voix de Grace quand elle parla de lui, quelque chose qui alerta la baronne sur les sentiments qu'elle portait encore à Ethan.

— Ce capitaine… Il en est venu à signifier beaucoup pour vous. C'est dans vos yeux quand vous parlez de lui.

— Le capitaine Sharpe… ne ressemble à aucun autre

homme. Il peut parfois se montrer aimable et doux, mais il peut aussi être complètement implacable. Toutefois, en un sens, je crois que je le comprends.

Elle leva les yeux vers sa tante.

— Je suis tombée amoureuse de lui, tante Matilda. J'ignore comment c'est arrivé, mais je l'ai fait. Je sais que je ne le reverrai jamais, mais je ne l'oublierai jamais non plus.

— Oh, mon enfant chérie.

Matilda la prit dans ses bras et Grace sentit sa gorge se nouer. Des larmes lui brûlaient les yeux, et elle ne put retenir un sanglot.

— Tout va bien, très chère. Il arrive parfois dans la vie des choses que nous ne pouvons contrôler. Avec le temps, vous vous en remettrez.

Grace déglutit.

— Je sais.

Mais il était clair pour elle que ce ne serait pas de sitôt.

Ethan acheva sa mission, son inspection des côtes françaises et des côtes espagnoles jusqu'à Cadix. De nombreux bateaux semblaient être construits, mais il ne trouva pas d'information concrète sur ce que les Français comptaient faire de leur flotte accrue. Pour l'heure, le blocus anglais avait réussi à les contenir. Ethan priait que cela continue.

Il était de retour à Londres, à présent, et vivait dans sa maison de ville. Il avait officiellement terminé sa mission pour le ministère de la Guerre et entamait ses devoirs comme marquis de Belford. Il était chez lui, commençant une nouvelle vie. Il était résigné au changement, déterminé à aller de l'avant, mais en vérité le passé le hantait toujours.

Chaque jour il passait en revue les journaux londoniens — le *Chronicle*, le *Whitehall Post*, le *Dailey Gazeteer* — en quête de nouvelles d'Harmon Jeffries, de toute information pouvant le renseigner sur les agissements du vicomte. Il employait toujours Jonas McPhee. L'enquêteur de Bow Street était très discret et presque aussi déterminé qu'Ethan à conduire le traître à la potence que celui-ci avait évitée jusqu'ici.

Malheureusement, penser à lord Forsythe lui faisait aussi penser à Grace, et chaque fois que cela arrivait sa poitrine se contractait. Une part de lui la détestait encore d'avoir libéré un traître ; une autre part comprenait pourquoi elle l'avait fait. Ethan avait perdu son propre père quand il était enfant. Même s'il avait été gentiment élevé par son oncle et sa tante, le comte et la comtesse de Brant, ses parents lui avaient manqué chaque jour. Ethan, son frère Charles et sa sœur Sarah avaient vécu à Riverwoods avec leur cousin Cord Easton, actuel comte de Brant, et les quatre enfants étaient devenus très proches. Mais Ethan n'avait jamais oublié l'homme qui l'avait engendré et la mère qui l'avait aimé, et avait toujours eu l'impression qu'il lui manquait un morceau de lui-même.

Néanmoins, son père n'était pas un traître et comprendre pourquoi Grace avait agi ainsi ne l'absolvait pas complètement.

Elle lui manquait, cependant. Il n'avait jamais pensé que cela arriverait, jamais imaginé qu'après son départ il songerait à elle cent fois par jour. Il n'avait jamais pensé non plus qu'il se souviendrait de son courage, de sa force, jamais considéré qu'une seule nuit d'amour avec elle resterait gravée dans son esprit, détruisant son désir pour les autres femmes, le laissant prisonnier des souvenirs de la seule femme qu'il ne pouvait avoir.

Son cousin passa le voir. Cord commençait à s'inquiéter des invitations qu'Ethan continuait à décliner, de son refus de s'intégrer à la haute société et de prendre sa place comme marquis de Belford. Malgré le titre dont il avait hérité à la mort de son frère aîné, il ne se sentait pas fait pour ce monde-là, n'avait simplement aucune envie d'en faire partie.

A la place, il s'immergeait dans la gestion de ses domaines et dans les problèmes de la famille Belford. C'était suffisant, pensait-il, ignorant l'image de Grace qui lui venait à l'esprit. Il fallait que ça le soit.

Il fallut deux séries de coups à la porte de son cabinet de travail avant qu'il prenne conscience que quelqu'un frappait. Il ouvrit la bouche pour répondre, mais la porte s'ouvrit brusquement sans sa permission et Cord entra.

— Je pensais que je te dérangeais peut-être.

Le comte parcourut la pièce du regard comme s'il s'attendait à trouver quelqu'un d'autre.

— Je vois que ce n'est pas le cas.

C'était un vendredi soir. Ethan avait été invité à dîner par Cord et sa femme, mais avait refusé.

— Je me préparais à consulter les livres de comptes de Belford Park, répondit Ethan. La veuve de Charles y vit toujours. D'après elle, l'endroit a grand besoin de réparations.

— Fascinant, lâcha Cord d'un ton traînant. Et cette affaire passionnante ne pouvait attendre demain ?

— J'aime me tenir à jour.

Cord gloussa.

— Vraiment. C'est une erreur que j'avais l'habitude de commettre. Il y a plus dans la vie, cousin, que de s'immerger tout le temps dans le travail.

On frappa de nouveau et la porte s'ouvrit. Cette fois, ce fut Rafael Saunders, duc de Sheffield, qui entra.

— Exactement comme vous le pensiez, dit-il s'adressant à Cord. Assis là comme une souche. De mauvaises habitudes, mon ami. Mais ne craignez rien. Nous sommes venus vous sauver.

— Désolé de vous décevoir, mais je n'ai pas besoin d'être sauvé.

— C'est ce que vous dites.

Rafe s'avança d'un pas nonchalant jusqu'au bureau.

— Nous sommes venus vous sortir d'ici. Nous irons au club, faire quelques parties de cartes.

Ethan réfléchit. Par tous les diables. Il n'avait rien de mieux à faire, et rester seul dans son cabinet de travail commençait à le déprimer.

— Entendu, vous m'avez convaincu.

Il se leva, pensant qu'un peu de distraction lui ferait du bien.

Rafe sourit.

— Ensuite, vous et moi pourrons nous arrêter chez Mme Fontaneau et nous trouver de la compagnie féminine. Cord ne nous accompagnera pas, bien sûr. On s'occupe de ses besoins à la maison, mais nous, célibataires, devons prendre soin de nous-mêmes tout seuls.

Les cartes paraissaient une bonne idée. Mais la pensée d'être avec une femme laissait Ethan froid. Cela changerait avec le temps, se dit-il. Le souvenir d'une chevelure de feu et de brillants yeux verts s'estomperait. Les images de lèvres couleur de rubis et d'un corps mince et élégant qui semblait fait pour le sien s'affadiraient dans sa mémoire.

Mais pas ce soir-là.

— Les cartes d'abord, dit-il. Ensuite, nous verrons.

Toutefois, en montant se changer, Ethan était certain qu'il n'irait pas rendre visite à l'élégante maison de plaisir de Mme Fontaneau.

11

Grace arpentait le tapis d'Orient passé de sa chambre, essayant de penser à ce qu'elle devait faire. Sa tante s'était retirée pour la nuit, mais elle n'avait pas sommeil. Elle était inquiète. Et effrayée.

Un peu plus de deux mois avait passé depuis qu'elle avait quitté le bateau. On était à la mi-avril et elle savait que quelque chose n'allait pas. Elle l'avait su dès les premières semaines qui avaient suivi son arrivée à Scarborough. Son corps changeait, lui paraissait étrangement plein, ses seins étaient sensibles. Elle n'avait pas eu ses menstrues, une chose qui ne lui était jamais arrivée auparavant. Le matin, elle commençait à avoir des nausées.

Oh, mon Dieu !

Dans ses rêves les plus fous, elle n'avait jamais imaginé qu'elle pourrait tomber enceinte après une seule nuit d'amour passionné. Il fallait sûrement plus d'une fois, avait-elle pensé.

Maintenant, elle savait combien elle s'était trompée.

Elle portait l'enfant d'Ethan et, tôt ou tard, sa grossesse serait apparente. Elle devrait le dire à sa tante, bien sûr, mais elle ne pouvait en trouver le courage. Tante Matilda avait été son salut. Ainsi que les lettres de son père l'avaient promis, elle avait aidé Grace durant la période la plus difficile de sa vie.

Il semblait impossible de lui en demander davantage, de s'attendre à ce que la baronne permette à une mère non mariée de rester chez elle, laisse Grace et son enfant résider sous son toit après la naissance. Elle serait bannie de la communauté, son nom serait noirci en société. Grace ne pouvait laisser arriver cela.

Elle ne pouvait non plus se tourner vers sa mère. Amanda Chastain craignait les ragots plus que tout au monde. La simple idée d'un scandale lui donnait le tournis. Pour ne rien dire de son beau-père, qui serait plus qu'heureux de voir en Grace une femme déchue, la preuve qu'il avait eu raison à son sujet toutes ces années.

En vérité, sa mère avait été soulagée quand Grace avait annoncé son intention d'aller dans le nord pour un long séjour chez sa tante. Grace éloignée de la maison, c'était aussi le rappel de la lointaine incartade de Mme Chastain qui s'éloignait. C'était l'une des raisons pour lesquelles elle avait tant insisté pour que Grace se marie.

Grace songea avec ironie à la façon dont les intentions de sa mère avaient mal tourné.

Se sentant de plus en plus désespérée, elle allait et venait, regardant un moment par la fenêtre et ne voyant que du noir, puis retournant à la cheminée. Soudain, un objet posé sur la commode attira son regard et elle s'arrêta. Le joli petit coffret à bijoux incrusté d'ivoire que sa tante lui avait donné pour ranger le Collier de la mariée reposait sur le dessus de marbre.

Elle en souleva le couvercle et vit l'élégante rangée de perles couchée sur un lit de satin bleu, les diamants scintillants appelant son toucher. Elle passa les doigts sur les perles, appréciant leur rondeur parfaite, leur douceur crémeuse, les facettes des beaux diamants blancs.

Ce collier avait apporté un grand bonheur à son amie Tory, mais à elle il n'avait apporté que du chagrin.

Elle posa la main sur son ventre encore plat et songea à la légende. Il semblait que son cœur ne soit pas aussi pur qu'elle l'avait pensé.

Elle referma le coffret, les perles lui rappelant l'amie qui les lui avait offertes, la personne au monde à qui elle était certaine de pouvoir faire confiance. Tory lui avait écrit plusieurs fois à Humphrey Hall et, dans ses réponses, Grace avait expliqué un peu de ce qui lui était arrivé lors de son fatidique voyage dans le nord. Elle n'avait pas fourni de détails à Tory, s'en tenant à des informations d'ordre général, disant simplement qu'il y avait eu un quiproquo et qu'elle était arrivée à Scarborough à bord d'un autre bateau.

Apparemment, la nouvelle de son enlèvement n'était pas parvenue à son amie. La plupart des passagers du *Lady Anne* allaient dans différentes directions et Grace doutait que le capitaine Chambers fût homme à colporter des histoires. Angus avait dit qu'il s'assurerait que le capitaine fût informé de l'arrivée de Grace chez sa tante, mais tôt ou tard la vérité de son voyage sans chaperon avec Ethan Sharpe ferait surface.

Elle essaya de ne pas penser à ce que sa mère et le Dr Chastain diraient quand cela se produirait.

Pensant de nouveau à Tory, Grace alla prendre le petit écritoire rangé dans un coin et le posa sur la table. Puis elle s'assit devant.

Elle n'aurait su dire où elle trouva les mots pour expliquer ce qui s'était réellement passé lors de son voyage vers Scarborough, comment elle avait été enlevée du *Lady Anne* par un homme nommé Ethan Sharpe, capitaine du *Démon des mers*. Le capitaine Sharpe voulait l'interroger au sujet de l'évasion de prison du vicomte Forsythe, mais finalement il l'avait ramenée chez sa tante.

Il était incroyablement beau et très autoritaire. Parfois

il semblait dur, et même cruel, mais il était aussi aimable et pouvait se montrer si doux. Il y avait quelque chose en lui qui m'attirait comme aucun homme ne l'avait jamais fait. Je suis tombée amoureuse de lui, Tory. Et maintenant je porte son enfant.

Elle expliqua encore un peu ce qui était arrivé, puis termina sa lettre par les mots : *Juste Ciel, je voudrais savoir que faire.*

En signant la lettre « Votre meilleure amie, Grace », elle essuya ses larmes, puis elle replaça l'écritoire. La lettre fut postée le lendemain.

Grace pria que, lorsque Tory la lirait, elle comprendrait dans quelle situation dramatique elle se trouvait et pourrait l'aider à mettre un plan au point.

Il était tard dans l'après-midi. Cord finissait juste quelques travaux d'écriture — qu'il avait repoussés quelques jours afin que Victoria et lui puissent passer un peu de temps à Windmere, la propriété familiale de sa femme à la campagne.

Il sourit en y pensant, se remémorant les heures qu'ils avaient passées devant un bon feu dans le salon de la belle vieille maison. Il avait encore du mal à croire qu'il avait failli perdre Victoria dans ses efforts ridicules pour la tenir à distance, craignant que s'il ne se protégeait pas, elle se glisserait dans son cœur.

Ce qui était exactement ce qu'elle avait fait.

Cord gloussa. Et il ne le regrettait pas du tout.

Assis derrière son bureau en acajou, il songeait à elle et à l'enfant qu'elle portait. Il leva les yeux quand la porte s'ouvrit en trombe et que Tory s'engouffra dans la pièce. Quelques mèches de ses cheveux châtains s'étaient échappées de ses épingles et sa main tremblait tandis qu'elle tenait une feuille de vélin devant elle.

— Cord ! Grands dieux, vous n'allez pas croire ce qui est arrivé !

Il se mit debout, fronçant les sourcils avec inquiétude. Elle était enceinte de six mois et il n'aimait pas la voir aussi bouleversée.

— Qu'y a-t-il ? Dites-moi ce qui s'est passé.

Elle se précipita vers lui, un petit tourbillon de femme, adorable et vibrante malgré sa détresse, le ventre rond de son bébé. Sa main tremblait toujours lorsqu'elle lui tendit la lettre.

— C'est de Grace. Elle a des ennuis. Vous vous souvenez des rumeurs que nous avons entendues, disant que Grace avait été compromise lors de son voyage à Scarborough ? Qu'elle avait été enlevée de force sur son bateau, le *Lady Anne ?* Elle disait dans ses lettres que ce n'était qu'une simple méprise, vite rectifiée, et qu'elle était maintenant confortablement installée chez sa tante. Elle disait qu'elle était seulement arrivée sur un autre bateau.

Tory agita la lettre.

— Et je viens de recevoir ceci ! Elle m'a finalement avoué la vérité sur ce qui s'est passé. Pouvez-vous deviner le nom du bateau qui l'a conduite à Scarborough ?

Cord tendit la main vers la lettre, mais elle la brandit devant son visage, hors de sa portée.

— Le *Démon des mers* ! Et savez-vous à qui appartient ce bateau ?

Le froncement de sourcils de Cord s'accentua.

— Bien sûr. C'est celui d'Ethan. Par tous les diables, que faisait Grace à bord du *Démon des mers* ?

— Je vais vous dire ce qu'elle y faisait. Votre cousin l'a enlevée. Il l'a capturée, a ruiné sa réputation et l'a fait s'éprendre de lui. Et maintenant, elle porte son enfant !

— Quoi !

Cord lui arracha la lettre et la parcourut rapidement.

— Dieu du ciel.

— Grace ne sait pas que faire. Il est évident qu'elle n'a rien dit à Ethan ou à quelqu'un d'autre. Vous devez parler à votre cousin, Cord. Il a compromis une innocente jeune fille. Il n'a d'autre choix que de l'épouser.

Tory avait l'air de penser que c'était un sort pire que la mort.

— Ethan est un homme d'honneur. Il fera ce qui convient.

— Il faut que j'aille la voir, dit Tory en pirouettant vers la porte. Elle a besoin de moi.

Cord l'attrapa par le poignet, la tournant vers lui.

— Vous n'en ferez rien. Vous portez mon enfant. Je ne vous laisserai pas voyager aussi loin. Laissez-moi parler à Ethan, voir ce qu'il a à dire.

— Je n'accoucherai pas avant plusieurs mois. Ce voyage ne va pas…

— Pas question. Vous ne quitterez pas la ville. Si je dois vous enfermer dans votre chambre pour vous garder en sécurité, je le ferai.

Tory fronça ses sourcils sombres.

— Ne vous avisez pas de me menacer, Cord Easton.

— Je suis votre mari. Je veux vous protéger.

Sa voix s'adoucit, ainsi que son emprise sur le poignet de sa femme.

— Grace est mon amie aussi, Victoria. Nous n'allons pas l'abandonner et Ethan non plus. Donnez-moi une chance de lui parler.

Elle soupira et un peu de sa tension disparut de ses épaules graciles.

— Vous avez raison, bien sûr. Je suis désolée, chéri.

C'est juste que je pensais que le collier apporterait à Grace…

Elle secoua la tête.

— Aucune importance. Je suis sûre qu'Ethan fera ce qu'il faut.

— Naturellement.

Cord tendit la main vers sa redingote, posée sur le dossier de son fauteuil, et l'enfila sur son gilet de velours marron. Tenant toujours la lettre, il courba la tête et embrassa sa femme.

— Je ne serai pas long. D'ici là, je ne veux pas que vous vous inquiétiez. Tout s'est bien terminé pour votre sœur, non ?

Tory se détendit un peu et hocha la tête.

— Grâce à vous, Claire est sublimement heureuse.

— Tout se finira bien pour Grace, aussi.

Du moins l'espérait-il. Il n'était pas sûr qu'Ethan serait ravi de son prochain mariage. Il n'avait aucune idée de ce qu'il éprouvait pour Grace Chastain.

Mais Ethan était un homme d'honneur.

Cord était certain qu'il ferait ce qui convenait.

— Je suis désolé, Cord, mais cela n'arrivera pas. Je n'épouserai pas Grace Chastain.

Cord pouvait à peine croire que le grand homme brun debout dans le salon de la résidence Belford était son cousin.

— Que dis-tu ? Tu as compromis cette jeune fille. Jusqu'à ce que tu la touches, elle était innocente, tu me l'as dit toi-même.

— Elle est aussi la fille d'un traître.

— Elle te l'a dit ? Elle t'a dit que Forsythe est son père ?

— Tu n'as pas à t'inquiéter. Je ne le dirai à personne d'autre. Mais le fait est là — son père est responsable de la mort de tout l'équipage du *Sorcière des mers*. Il a vendu à l'ennemi des informations qui ont conduit à la destruction de mon bateau, de mon équipage, et qui m'ont fait passer près d'un an dans une horrible prison française.

— Grace n'est pas Harmon Jeffries, objecta Cord.

— Non ? Son sang coule dans ses veines. Elle a aidé ce scélérat à échapper à la potence. Elle lui a permis de s'enfuir avec le meurtre de deux douzaines d'hommes sur la conscience. Je refuse de faire d'elle la marquise de Belford.

— Et qu'en est-il de l'enfant qu'elle porte, Ethan ? Ton enfant ! Ne te soucies-tu pas de ce qu'il adviendra de lui ?

Ethan haussa les épaules, mais ce geste n'avait rien de nonchalant.

— L'enfant n'aura besoin de rien. J'enverrai de l'argent, je le ferai élever avec tous les avantages de mon rang.

— Tous les avantages… sauf l'amour de son père.

Ethan pivota. Il alla au buffet, se versa une bonne rasade de cognac dans le verre qu'il avait déjà vidé une fois et but longuement, pour se donner des forces.

— J'ignorais que Grace était une amie de ta femme. Je suis désolé de ce qui est arrivé.

— Grace est une jeune fille bien élevée. Elle est la fille d'une famille respectée, pour l'amour du Ciel. Elle sera bannie. Humiliée. La détestes-tu à ce point ?

Le teint mat d'Ethan parut pâlir un peu sous ses pommettes hautes.

— Je ne la déteste pas. Je hais ce qu'elle est… et ce qu'elle a fait. Je ne l'épouserai pas, Cord.

Cord fit tourner son cognac dans son verre, le leva et but une bonne gorgée.

— Je ne l'aurais jamais cru. Je savais que la guerre t'avait changé, Ethan, mais j'ignorais combien.

Se détournant, il posa son verre sur le buffet et sortit à grands pas du salon. Il redoutait d'affronter Victoria et de devoir lui dire l'affreuse vérité, que son amie allait avoir à subir son épreuve seule. Mais il ne le ferait pas tout de suite, décida-t-il. Pas avant d'avoir parlé à Rafe et de lui avoir dit ce qui se passait.

Rafe était le meilleur ami d'Ethan et également un ami de Grace. Le duc pourrait peut-être lui faire entendre raison.

Cord pria qu'il le puisse.

Ethan fixait l'endroit où Cord s'était tenu. Il ne pouvait toujours pas le croire. Grace portait son bébé.

Il eut un rire amer. Quelle ironie ! L'homme qu'il haïssait le plus au monde serait le grand-père de son enfant.

Il essaya de ne pas penser à Grace, sans époux, femme déchue bannie par la société. Elle l'avait provoqué, se dit-il durement, c'était sa punition d'avoir libéré un homme qui aurait dû être pendu.

Mais en lui-même il la voyait, souriante, revoyait ses joues échauffées par leur étreinte. Il l'imagina ronde de son enfant, puis tenant le bébé dans ses bras, l'aimant comme elle aurait peut-être fini par l'aimer lui, avec le temps.

Il secoua la tête, écartant ces images, laissant d'autres souvenirs faire surface. Le sang sur les ponts du *Sorcière des mers,* le bruit des canons et des mousquets, les cris des hommes à l'agonie. L'équipage de son bateau s'était battu farouchement et vaillamment à son côté, chaque marin étant un héros. Maintenant, ils étaient morts et Harmon Jeffries en était à blâmer.

Même s'il y avait eu des moments dans son horrible cachot où il avait souhaité avoir péri avec les autres, Ethan avait survécu. Mais, nuit et jour, la culpabilité d'être en vie le dévorait telle une bête vorace.

Il refusait de trahir les hommes qui étaient morts à son côté en épousant Grace Chastain.

Ethan s'enivra. Il resta ivre le reste de la journée et tout le lendemain. Le troisième jour, il dormit jusqu'à midi et s'éveilla avec une terrible migraine. Pendant un long moment, il confondit les coups sourds qui résonnaient dans sa tête avec ceux qui étaient frappés à la porte de sa chambre.

Puis la porte s'ouvrit brusquement et Rafael Saunders, duc de Sheffield, entra.

— Habillez-vous. Nous avons à parler.

Le valet d'Ethan, Samuel Smarts, s'empressa d'entrer derrière lui.

— Il a besoin d'un bain, dit Rafe au domestique menu, aux épaules légèrement voûtées, en prenant les choses en charge comme s'il était le maître de maison.

— Oui, Votre Grâce, répondit le valet.

Rafe regarda Ethan, les cheveux en broussaille, une barbe de trois jours ombrant sa mâchoire.

— Je vous attendrai dans le cabinet de travail.

Ethan n'avait jamais vu son ami aussi zélé. Que Rafe était mécontent était plus qu'évident. Ethan avait le sentiment de savoir pourquoi. Il n'avait pas envie de parler de Grace Chastain avec le duc de Sheffield, mais il semblait qu'il n'aurait pas le choix.

Rafe attendait quand Ethan entra dans la pièce lambrissée de bois, aux murs couverts de livres. Grand homme aux cheveux châtain foncé, il avait des yeux d'un bleu plus sombre que ceux d'Ethan. Sa mâchoire était dure, ce qui n'était pas le cas dans sa jeunesse, mais à présent il se montrait toujours ainsi.

— Vous trouverez du café et des petits pains sur le buffet, dit-il. La cuisinière vous fera servir un petit déjeuner dans le salon du matin quand nous aurons fini.

— Je n'ai pas faim.

— Cela ne m'étonne pas. J'aurais l'estomac retourné moi-même si je faisais quelque chose d'aussi vil que ce que vous vous apprêtez à faire à Grace Chastain.

Ethan se raidit.

— J'en ai parlé avec Cord. Elle est la fille d'Harmon Jeffries. Je ne l'épouserai pas.

— Ses origines n'ont pas semblé vous troubler quand vous l'avez mise dans votre lit.

— Je l'ignorais ! Si je l'avais su, rien de tout cela ne serait arrivé.

— Ainsi, apparemment, vous ne l'avez pas forcée.

— Bien sûr que non.

Rafe ignora la tasse de café qu'il s'était versée, et qui restait intouchée sur un coin du bureau.

— Grace est jeune et impressionnable. Mais elle n'est pas sotte. Elle a vu quelque chose en vous, Ethan, quelque chose que même vous ne voyez peut-être pas. Sinon, elle ne vous aurait pas donné son innocence. Ne la décevez pas. Soyez l'homme pour qui elle vous a pris quand elle vous a permis de coucher avec elle.

— Cela n'a rien à voir avec Grace — ou avec moi. Cela a à voir avec le fait qu'elle est la fille d'un traître. Elle ne peut rien faire pour le changer. Comme je ne peux rien faire pour effacer ce que ce traître nous a fait, à moi et à mes hommes.

La mâchoire de Rafe se durcit.

— Votre soif de vengeance vous aveugle. Elle vous détruira, si vous la laissez faire. Je n'aurais jamais pensé voir le jour où j'aurais honte de vous appeler mon ami, mais je vous le dis maintenant. Si vous refusez de donner le nom qui lui revient à votre enfant, si vous laissez cette jeune femme subir seule cette épreuve, vous n'êtes pas l'homme pour qui je vous prenais, et notre amitié est terminée.

Les épaules d'Ethan se raidirent quand Rafe tourna les talons et sortit de la pièce.

En entendant la porte qui se refermait, Ethan se laissa choir lourdement sur un des fauteuils en cuir disposés devant la cheminée. Deux des hommes qu'il respectait le plus au monde jugeaient qu'il se conduisait mal.

Cord et lui avaient été élevés comme des frères. La famille de Rafe possédait une propriété voisine de Riverwoods. Rafe venait souvent les voir et était comme un frère, lui aussi. Tous deux pensaient qu'il ne faisait pas ce qu'il devait.

Mais ses amis n'avaient pas été à bord de son bateau quand ils avaient livré une bataille désespérée contre une frégate française à trente-cinq canons, quand ses hommes avaient été impitoyablement massacrés, quand les survivants avaient été capturés, battus, torturés et tués.

Ethan passa une journée difficile et une nuit interminable à réfléchir à ce que ses amis lui avaient dit. En un sens, il savait qu'ils avaient raison — ses agissements envers Grace était totalement déshonorables.

Mais d'une manière différente, plus ignoble, n'était-ce pas la façon dont lord Forsythe s'était conduit ?

L'aube ne pointait pas encore lorsqu'il se réveilla. Il avait eu un sommeil agité, quand il avait réussi à dormir. Alors qu'un faible soleil se levait à l'horizon, il sortit de son lit et se mit à arpenter sa chambre, incapable de dormir tard comme c'était la mode en ville. En allant au cordon pour sonner son valet — autre chose à quoi il avait du mal à s'habituer — il s'autorisa à penser à Grace, ce qu'il avait évité de son mieux ces deux derniers mois.

Grace avait eu le courage de sauver son père seule. Elle l'avait fait simplement parce qu'elle sentait que c'était son devoir. C'était une chose stupide et incroyablement téméraire à faire.

Maintenant, elle était face à une épreuve plus grande encore et elle l'affronterait aussi avec courage, il en était sûr. Seule.

Une question le tourmentait : était-il vraiment le genre d'homme à rester à l'écart et à ne rien faire pour l'aider ? La laisserait-il porter un bâtard quand il s'agissait de son propre enfant ?

Ethan prit une longue inspiration pour se calmer. Tendant la main, il tira sur le cordon un peu plus fort qu'il en avait l'intention, et un étrange sentiment de justesse commença à l'envahir. Pour la première fois depuis qu'il avait quitté le *Démon des mers,* son esprit était plein d'objectifs. Il avait des choses à faire, des arrangements à organiser, un voyage à planifier.

Même si c'était la dernière chose qu'il se serait attendu à faire, il allait épouser Grace Chastain.

12

Le dîner était terminé, un délicieux repas composé de consommé à la tortue, de perdrix rôties, de carottes glacées et de pois à la crème, suivis de cakes aux fruits. Tante Matilda préférait dîner plus tôt que la mode le voulait, et cela convenait à Grace en cette période.

Et elles avaient reçu un convive inattendu.

Martin Tully, comte de Collingwood, avait envoyé un billet dans la semaine demandant s'il pouvait s'arrêter à Humphrey Hall en rentrant à Londres. Grace avait expliqué à sa tante les circonstances de leur rencontre et, bien que la jeune femme ne fût guère d'humeur à subir des mondanités, la baronne avait insisté.

— Un peu d'attention masculine vous fera du bien, dit la vieille dame. Vous semblez un tantinet abattue ces derniers temps, très chère. Avoir le comte ici vous rendra peut-être votre entrain.

Grace en doutait. Revoir le comte lui rappellerait seulement le soir où elle avait été enlevée du *Lady Anne* et tout ce qui s'était passé ensuite. Cela lui rappellerait Ethan, à qui elle ne pensait plus comme à l'homme qu'elle aimait, mais comme au vaurien qui avait détruit sa réputation.

Au moins trois fois par jour, elle le vouait aux gémonies.

Néanmoins, elle répondit au billet ainsi que sa tante le

souhaitait, invitant le comte à s'arrêter à la maison, s'il passait par Scarborough comme il en avait l'intention.

Ce qu'il fit cet après-midi-là.

Il était un peu plus beau que dans son souvenir, ses cheveux châtain clair coupés court et coiffés à la Brutus, avec des mèches sur le front. Il avait des yeux noisette et ces dents légèrement irrégulières qu'elle se rappelait. Il déclara qu'il avait beaucoup pensé à elle depuis qu'elle avait été enlevée, mais il avait entendu dire que le capitaine avait commis une erreur et qu'elle avait rapidement été ramenée à sa tante.

Tous deux savaient que cela importait peu. Sa réputation avait été ruinée dès l'instant où elle avait mis le pied sur le *Démon des mers* du capitaine Sharpe sans chaperon. Grace s'étonna que le comte se fût soucié de s'enquérir d'elle dans ces circonstances, et pensa que c'était la marque d'une personnalité intéressante.

Ils bavardèrent un bon moment avec la baronne dans le salon, puis sa tante surprit Grace en invitant le comte à dîner avec elles et à passer la nuit à Humphrey Hall avant de reprendre la route de Londres le lendemain matin.

— Je vous assure que les repas de ma cuisinière sont bien meilleurs que ceux que l'on vous servira à l'auberge, dit-elle.

— Je serai plus qu'heureux de rester, répondit le comte, les yeux fixés sur le visage de Grace.

Celle-ci avait perçu son intérêt sur le bateau. Elle le voyait maintenant dans ses yeux lorsqu'il la regardait. Elle se demanda s'il continuerait à la regarder ainsi, s'il savait qu'elle portait l'enfant d'un autre.

Tante Matilda installa le comte dans l'une des chambres d'hôtes et, après dîner, ainsi qu'elle le lui avait promis une fois, Grace porta le petit télescope portatif qui avait été rangé dans une de ses malles sur la terrasse surplombant le jardin. C'était un appareil surprenant, un télescope Herschel que sa mère lui avait offert pour son seizième anniversaire — et qui avait sans doute été payé par son père.

— Regardez ! On peut voir Hercule et le Dragon.

Elle jeta un dernier coup d'œil à travers la lentille, puis s'écarta afin que le comte puisse regarder à son tour.

— Les Grecs disent qu'on avait demandé à Hercule d'aller chercher des pommes en or, expliqua-t-elle. Afin de les obtenir, il a dû tuer le dragon qui les gardait. Pour le récompenser d'avoir affronté un tel danger, Zeus a placé une image d'Hercule et du dragon parmi les étoiles.

Lord Tully sourit.

— Je crains de ne pas être très versé en mythologie grecque. Je devrais peut-être lire un peu à ce sujet, afin que nous puissions en discuter quand vous reviendrez à Londres.

Grace détourna les yeux, heureuse de l'obscurité qui régnait sur la terrasse. Elle ignorait où elle irait ces prochains mois, mais Londres était une très faible probabilité.

— Je suis sûre que ce serait charmant, parvint-elle à répondre.

Bien que le temps de début mai restât frais dans le nord, tante Matilda avait laissé les rideaux du salon ouverts et la porte-fenêtre entrouverte. Pour des raisons de convenance, elle était assise dans un fauteuil devant la cheminée et brodait, tournée de façon à pouvoir les voir.

Considérant la situation actuelle de Grace, le souci de sa tante pour sa réputation était presque risible.

Ils étudièrent les étoiles un moment de plus, mais il n'était pas correct de faire veiller la baronne trop tard, aussi le comte aida-t-il Grace à replier son télescope et le porta-t-il dans la maison.

— J'ai beaucoup apprécié cette soirée, Grace, dit-il. Cela

ne vous ennuie pas que je vous appelle ainsi ? Je ne sais pourquoi, il me semble que nous nous connaissons depuis bien plus longtemps que la date de notre rencontre.

— J'ai moi aussi apprécié la soirée, milord.

— De grâce… J'aimerais que vous m'appeliez Martin, au moins quand nous sommes seuls.

Grace se mordit la lèvre. Pour des raisons qu'elle ne pouvait définir, le comte voulait instaurer une relation entre eux et cela ne se pouvait pas.

— Je suis désolée, milord. J'espère que vous ne prendrez pas ceci de manière personnelle, mais en ce moment je ne suis pas sûre de mes futurs plans. Je ne voudrais pas vous donner des raisons de penser que… que…

— Je me rends compte que mon intérêt paraît soudain, mais le fait est que j'ai beaucoup pensé à vous depuis notre rencontre. J'espérais que nous pourrions reprendre notre relation naissante.

— C'est très flatteur, milord, mais ainsi que je l'ai dit, je ne suis pas certaine de mes projets.

Le comte lui prit la main.

— Quand pensez-vous rentrer à Londres ?

— Je… je ne sais pas encore.

— Eh bien, quand vous arriverez, nous pourrons peut-être parler de nouveau.

Il était plus facile d'acquiescer, et Grace hocha la tête.

— Bien sûr.

Ils rentrèrent et se retirèrent dans leur chambre respective en compagnie de la baronne.

Espérant éviter une autre rencontre avec le comte, Grace resta au lit plus tard que d'habitude le lendemain matin. Avec plus d'appétit ces temps-ci — elle devait manger pour deux —, elle revêtit une robe en mousseline abricot recouverte d'une tunique de soie vert pâle et se dirigea vers la porte. Elle essaya de ne pas se demander combien de temps encore elle pourrait porter cette toilette, ni ce qu'elle ferait quand sa taille s'épaissirait.

Ainsi qu'elle l'avait espéré, la maison était tranquille et lord Tully apparemment parti. Mais quelqu'un frappait à la porte et Parker s'empressait de traverser le vestibule pour aller répondre.

Tante Matilda le suivit d'un pas lent.

— Eh bien, je me demande qui cela peut bien être. Il est encore un peu tôt pour des visites et Elvira a dit qu'elle ne viendrait qu'après le déjeuner.

Le majordome ouvrit la porte et Grace se figea où elle était, un pied sur la dernière marche de l'escalier. Bien que près de trois mois eussent passé et qu'il fût vêtu ce jour-là avec l'élégance d'un gentleman — une redingote bleu marine, des culottes grises et une chemise blanche immaculée —, Grace n'avait pas oublié les captivants yeux bleu clair ni le beau visage du vaurien qui l'avait éconduite.

Ignorant le domestique, Ethan pénétra dans le vestibule et s'adressa directement à la plus âgée des deux dames qui le regardaient bouche bée.

— Je présume que vous êtes lady Humphrey.

— En effet. Et vous êtes… ?

— Ethan Sharpe, marquis de Belford, milady. Je suis venu parler à votre nièce.

Grace se contenta de le fixer.

— Vous êtes le capitaine Sharpe ? demanda Matilda, une note de surprise dans la voix.

— Pour vous servir, milady.

La baronne prit une profonde inspiration, puis relâcha lentement son souffle.

— Eh bien, entrez, milord capitaine.

Elle se tourna vers le majordome.

— Parker, nous aimerions prendre le thé dans le salon, s'il vous plaît.

Le mince domestique s'inclina.

— Bien, milady.

Grace ne bougea pas. Son cœur tambourinait dans sa poitrine, son estomac était noué. Ethan était ici. Juste Ciel, elle n'avait jamais pensé le revoir. Inconsciemment, elle posa la main sur son ventre légèrement arrondi. Elle ne pouvait imaginer ce qu'il dirait s'il découvrait qu'elle portait son enfant.

Son esprit revint au titre qu'il avait décliné. Elle ne l'avait sûrement pas bien entendu. Cet homme était un pirate, pas un marquis. A quel jeu jouait-il ?

Son pouls s'emballa de plus belle. Il était encore plus beau que dans son souvenir, plus grand, plus droit, plus sombre. Elle sentit ses yeux sur elle et en eut le souffle coupé. Elle se rappelait comment il pouvait lui faire cet effet d'un seul regard et elle releva ses défenses.

— Si cela ne vous ennuie pas, ma tante, comme le capitaine et moi sommes de *vieux amis,* je me demande si nous pourrions passer un moment ensemble avant de vous rejoindre pour le thé.

La baronne les regarda tour à tour.

— Vous serez tranquilles dans le salon rose.

— Merci.

Grace pivota et se mit à marcher sans vérifier si Ethan la suivait. Le bruit de ses pas, certains marqués d'une légère hésitation, lui indiquait qu'il le faisait, et elle le conduisit dans la pièce dont elle laissa la porte entrouverte.

— Que faites-vous ici ? demanda-t-elle sans préambule, en se tournant vers lui. Que voulez-vous ?

Ethan eut un sourire crispé.

— J'espérais un accueil un peu plus chaleureux. Je

suppose que j'ai eu tort de penser que j'avais pu vous manquer.

Elle prit une inspiration pour se calmer, luttant afin de se ressaisir, espérant qu'il ne pouvait pas voir à quel point elle se sentait déconfite.

— Que faites-vous ici, capitaine Sharpe ?

Il la parcourut du regard, notant sa robe verte et abricot, la rondeur de ses seins, ses cheveux relevés. Un instant, Grace crut voir quelque chose dans ses yeux, mais son expression ne changea pas.

— Il se trouve que nous avons une amie commune. Victoria Easton est l'épouse de mon cousin.

Grace sentit son sang se retirer de son visage. Elle dut chanceler un peu, car la main d'Ethan se posa sous son coude et il la conduisit à une chaise.

— Asseyez-vous, sapristi ! Je ne suis pas venu pour vous bouleverser.

Elle déglutit, lutta pour retrouver son contrôle et se força à le regarder.

— Alors, *pourquoi* êtes-vous venu ?

— Cord m'a mis au courant pour l'enfant. Je suis venu afin que nous puissions nous marier.

Grace pouvait à peine le croire. L'amie en qui elle avait le plus confiance au monde avait révélé son secret ! Victoria l'avait trahie, et maintenant ce diable de capitaine venait pour l'épouser. Cela lui semblait presque inconcevable.

Elle haussa le menton et s'obligea à rencontrer son regard bleu clair.

— Je vois que vous continuez à donner des ordres. A-t-il échappé à votre attention qu'un homme est supposé demander à une femme si elle désire l'épouser ? Il ne l'exige pas simplement.

— Vu les circonstances, je ne pensais pas que ce soit nécessaire. Vous êtes enceinte de plusieurs mois. Je suis le père de cet enfant. Quel autre choix avons-nous l'un et l'autre ?

Grace laissa échapper un rire amer.

— S'il y a des choix à faire, c'est moi qui les ferai, et vous épouser n'en fait pas partie.

La mâchoire d'Ethan se durcit. Elle se rappelait fort bien cette expression.

— Ne soyez pas stupide.

— Sortez, Ethan. Nous savons tous les deux que m'épouser est la dernière chose que vous souhaitez. Sortez et ne revenez pas.

Quelque chose brilla dans ses yeux bleus. Pour la première fois, Grace s'avisa qu'il était aussi déstabilisé qu'elle. Il y avait eu une époque où elle avait cru qu'il tenait à elle d'une certaine façon. Elle s'était trompée. Sûrement...

Ethan lui décocha un dernier regard dur, pivota et sortit d'un pas raide. Grace retint une exclamation en se rendant compte qu'il se dirigeait vers le salon — sans doute pour dire à sa tante ce qui s'était réellement passé entre eux.

Mon Dieu !

Relevant l'ourlet de sa jupe, elle se précipita derrière lui dans le vestibule. A son désarroi, lorsqu'elle atteignit la porte du salon, elle découvrit qu'elle était fermée à clé.

— Est-ce vraiment nécessaire, milord ?

La grand-tante de Grace était assise sur un canapé en tapisserie légèrement usé, devant un bon feu. C'était une femme robuste aux cheveux gris et aux perçants yeux bleus.

— Grace s'est montrée moins que coopérative. J'ai besoin de votre aide pour lui faire entendre raison.

— Continuez.

Ethan ne bougea pas de sa place devant la porte. Il ressentait encore les effets de sa rencontre avec Grace. Avait-il vraiment oublié le pouvoir qu'elle avait sur lui ? La façon dont ses brillants yeux verts pouvaient l'emplir d'un désir douloureux pour elle ? Pouvaient le faire la convoiter quand il savait qu'il ne le devait pas ?

— Ainsi que vous devez le savoir, Grace a passé trois semaines à bord de mon bateau, le *Démon des mers*. Durant cette période, nous sommes devenus… liés. Pour le dire crûment, Grace porte mon enfant. Je suis ici pour que nous puissions nous marier.

La vieille dame resta assise, parfaitement calme.

— Vraiment ?

— Vous ne paraissez pas très surprise.

— De sa condition ? Je ne le suis pas. Mais que vous soyez là pour faire votre devoir — cela me surprend grandement.

— Peut-être voudriez-vous m'expliquer.

— Je sais depuis plusieurs semaines que Grace est enceinte. Il y a des signes qu'une femme reconnaît, voyez-vous ? Au début, elle était malade le matin. Dernièrement, elle s'est montrée d'humeur changeante et capricieuse. Elle est terriblement inquiète. J'ai attendu, espérant que finalement elle me ferait suffisamment confiance pour me demander mon aide.

La poitrine d'Ethan se contracta. Grace était inquiète, sans doute effrayée, mais elle ne voudrait jamais le laisser voir.

— Grace n'a plus besoin de votre aide. Elle aura bientôt un mari pour veiller sur elle.

Le plateau du thé était posé près de la baronne, de la vapeur s'échappant de la théière, mais elle ne proposa pas de servir.

— Etes-vous vraiment marquis ? Grace pensait que vous étiez une sorte de pirate.

— J'étais corsaire au service de mon pays. Quand mon frère aîné est mort, je suis devenu marquis de Belford.

— Alors, vous seriez capable de prendre soin de Grace comme elle le mérite.

— Ni Grace ni l'enfant ne manqueront de rien.

— Grace est extrêmement déterminée. Bien que je pense qu'un mariage avec le père de son enfant serait dans son meilleur intérêt, vous devez la convaincre.

Lady Humphrey se leva et alla tourner la clé dans la serrure. Il était évident que Grace avait écouté, car elle se tenait si près de la porte que, quand celle-ci s'ouvrit, elle faillit tomber.

Ethan sourit presque. Il s'avisa qu'il y avait très longtemps qu'il n'avait pas souri. Pas depuis que Grace avait quitté son bateau.

Il la regarda, à présent, grande pour une femme, magnifique dans la lumière du matin, l'éclat particulier de la maternité la rendant encore plus jolie qu'avant. Toutefois, sa force se lisait dans sa mâchoire crispée, son défi dans sa posture rigide. C'était cette même force qui l'avait attiré, son courage face au danger.

Après l'avoir rencontrée, il n'avait jamais pu l'oublier.

Il pouvait sentir cette attirance en ce moment même, ce désir importun qu'il avait éprouvé auparavant. A la seule pensée de la retrouver dans son lit, il sentait ses reins réagir. Il se félicita que sa redingote cache l'évidence de son excitation déplacée.

Jurant en lui-même, il se tourna vers Grace, qui lui jetait un regard noir à quelques pas de lui.

— Votre tante dit que je dois vous convaincre que

nous devons nous marier. A votre avis, quel est le meilleur moyen pour moi d'y arriver ?

Elle haussa un de ses sourcils cuivrés.

— Vous ne pouvez être sérieux.

— Je le suis tout à fait. Vous êtes une jeune femme très intelligente. Que puis-je dire pour vous faire entendre raison ?

— Je ne puis croire ce que j'entends. Il n'y a rien que vous puissiez dire. N'êtes-vous pas l'homme qui m'a dit que chaque fois qu'il me regardait, il se rappelait les hommes dont mon père a causé la mort ? Comment pouvez-vous envisager d'épouser une femme qui produit cet effet sur vous ?

Comment le pouvait-il, en effet ? C'était la question qu'il s'était posée tout le long du voyage jusqu'à Scarborough.

— Des choses se produisent. Les circonstances changent. L'enfant que vous portez est le mien. J'aimerais lui donner mon nom.

— Etes-vous vraiment marquis ?

Le coin de la bouche d'Ethan se releva légèrement.

— Est-ce si difficile à croire ?

Elle lui tourna le dos.

— De grâce, Ethan. Faites demi-tour et rentrez à Londres. Vous avez fait votre devoir et j'ai refusé votre proposition. Vous êtes libre de poursuivre votre vie comme avant.

C'était vrai, supposa-t-il, sauf que ses amis ne seraient sans doute pas d'accord. Néanmoins, il pouvait rester libre s'il le souhaitait — à part le poids d'un autre fardeau sur sa conscience. Mais alors qu'il regardait Grace, la vie qu'il menait à Londres lui apparut soudain comme la dernière chose qu'il désirait.

Il posa les mains sur ses épaules et la fit doucement pivoter vers lui.

— Vous ne voulez pas que votre enfant naisse bâtard. Vous, plus que quiconque, devriez comprendre combien ce serait cruel. Je suis le marquis de Belford. Epousez-moi et votre enfant sera élevé avec tous les avantages liés à ce titre.

Elle l'étudia un long moment, essayant de lire ses pensées. Ethan ne les déchiffrait pas clairement lui-même.

— Et si l'enfant est un garçon ? demanda-t-elle enfin. Si nous sommes mariés, il sera votre héritier. Voulez-vous laisser le petit-fils d'un traître hériter de votre titre ?

L'estomac d'Ethan se crispa. Il haïssait cette idée. C'était l'une des raisons pour lesquelles il avait été si opposé à ce mariage. A présent, cela ne lui semblait plus important. Il était décidé à épouser Grace et avait l'intention d'y arriver.

— Je n'ai jamais été attaché au titre. J'étais heureux que mon frère Charles en ait hérité, au lieu de moi. Quoi que votre père ait fait, c'est un membre de l'aristocratie. Si l'enfant est un garçon, il sera mon héritier.

L'incertitude voila les traits de Grace. Il savait qu'elle pensait au bébé et à ce qui serait le mieux pour lui. Il se rappelait la gentillesse qu'elle avait montrée à Freddie Barton et ne doutait pas qu'elle serait une bonne mère.

— Vous savez quel est votre devoir, insista-t-il. Dites que vous m'épouserez.

C'était la seule solution et ils le savaient tous les deux. Toutefois, elle mettait si longtemps à répondre qu'il commençait à en être agacé.

— C'est bon. Je vous épouserai, concéda-t-elle enfin.

Eprouver du soulagement était stupide. Elle avait

accepté d'être sa femme, mais ce n'était pas tout ce qu'il désirait.

— Je me suis procuré une licence spéciale. J'ai déjà parlé au pasteur. Nous pouvons nous marier demain après-midi.

La baronne se leva du canapé. Elle sourit en tendant les bras et en étreignant chaleureusement sa petite-nièce.

— Je suis heureuse pour vous, très chère. Je pense que vous avez pris la bonne décision.

Elle se tourna vers Ethan.

— Bienvenue dans la famille, milord.

Il regarda sa fière fiancée et quelque chose se contracta dans sa poitrine. Pour la première fois, il mesura combien elle lui avait manqué, combien il la désirait encore.

Un instant, le visage d'Harmon Jeffries s'inscrivit dans son esprit. Il serra les mâchoires et se força à chasser cette image. Il se dit que, qui que fût le père de Grace, il faisait exactement ce qu'il fallait.

Le jour de ses noces, Grace portait le collier — le Collier de la mariée, si justement nommé ce jour-là. Il reposait sur sa gorge, absorbant la chaleur de sa peau, étrangement réconfortant par cette journée grise et nuageuse où elle allait se marier.

Elle avait choisi une robe de soie vert pâle gansée de dentelle écrue le long de l'ourlet, sur les côtés et sous le corselet à taille haute. Elle trouvait que l'éclat des perles allait parfaitement avec celui de l'étoffe. Alors qu'elle se préparait à quitter la maison dans l'après-midi avec sa tante et lady Tweed, Phoebe posa sa cape doublée de fourrure sur ses épaules. Puis elles franchirent la porte pour se rendre à l'église Saint-Thomas au centre du village.

La voiture de la baronne attendait devant la maison,

la peinture dorée des roues commençant à s'écailler, la couleur noire légèrement passée. Grace ne fut pas surprise par le ciel lourd ni par le vent froid qui soufflait de la mer : cela semblait être le décor parfait pour la farce qui allait se dérouler.

Au moins, sa mère serait heureuse. Grace lui avait écrit une lettre le matin, lui disant qu'elle épousait le marquis de Belford. A part la précipitation de ce mariage et le manque d'une grande cérémonie mondaine, Amanda Chastain serait enchantée. Elle avait toujours voulu que sa fille se marie dans l'aristocratie.

Grace aurait voulu ressentir la même chose. Inconsciemment, elle toucha le collier. Tandis que la voiture l'emportait, nerveuse, elle songea à la légende qui entourait les perles anciennes et se demanda si épouser Ethan était une sorte de châtiment pour le crime qu'elle avait commis en libérant son père de prison.

Peut-être le vicomte était-il réellement un traître, responsable de la mort de dizaines d'hommes. Epouser Ethan, un homme qui n'éprouvait rien pour elle et lui en voulait de son enfant à naître, serait certainement une punition qui durerait toute sa vie.

Ses propres sentiments étaient mélangés. Elle avait stupidement cru qu'elle avait dépassé tout genre d'attachement pour Ethan. Elle n'avait jamais pensé que le simple fait de le voir sur le seuil de sa tante lui emballerait le cœur comme auparavant, et lèverait un essaim de papillons dans son estomac.

Pendant des mois, elle s'était menti à elle-même, se disant que son attirance pour lui n'était qu'une toquade — une toquade qui avait conduit à sa chute.

A présent, elle se rendait compte qu'elle éprouvait toujours la même attirance magnétique qu'à bord de son bateau. Rien qu'en le regardant, sa poitrine se contractait douloureusement, elle avait envie de le toucher, elle désirait qu'il la touche.

C'était de la folie. Ridicule. Cet homme était le pire choix possible pour un mari. Trop de choses étaient arrivées, trop d'eau avait coulé sous les ponts pour qu'ils puissent jamais trouver une sorte de bonheur ensemble. Et il y avait Ethan lui-même, un homme dévoré par la vengeance, toujours déterminé à voir pendre son père, elle en était sûre.

— C'est ici, juste après le tournant.

Assise en face de Grace et de sa tante, Elvira Tweed pointa un doigt boudiné vers le haut clocher carré de l'église ancienne. Elle datait au moins de trois siècles et, pendant toutes ces années, elle avait veillé sur le village comme un berger sur son troupeau.

Grace était venue aux offices avec sa tante et lady Tweed. Elle connaissait le pasteur, M. Polson, sa femme et leurs deux fils. Un mariage aussi hâtif serait sûrement une déception pour l'homme d'église.

Les chevaux bais s'arrêtèrent devant la chapelle recouverte de lierre, leur robe un peu terne, leur ventre un peu trop gros, les bêtes commençant à montrer leur âge comme le reste de la maisonnée.

Les roues cessèrent de tourner et la nervosité de Grace monta d'un cran. Elle avait l'impression d'être dans une sorte de transe, de vivre la vie de quelqu'un d'autre. Grace Chastain n'était sûrement pas sur le point d'épouser un homme qu'elle connaissait à peine.

Elle inspira pour se calmer et se tourna afin de regarder par la vitre. Elle fut surprise de voir l'imposant Ecossais, Angus McShane, qui attendait dans l'allée de gravillons devant l'église. Il portait un kilt vert foncé et était drapé dans son plaid. Il s'avança, ouvrit la portière avant que le valet puisse le faire, tendit la main et aida galamment les dames à descendre.

— Milady, dit-il à la baronne en faisant une courbette.

— Eh bien, monsieur McShane ! C'est un plaisir de vous revoir.

Tante Matilda se tourna vers son amie.

— Lady Tweed, puis-je vous présenter un ami de ma nièce, M. McShane ?

— Enchantée, déclara la plantureuse vieille dame.

— Moi de même, répondit Angus.

Il sourit à Grace.

— Alors, demoiselle, vous avez certainement réussi, cette fois.

Il gloussa.

— Il était temps que le *lad* trouve une femme de qualité.

Grace ne sut pas très bien comment réagir à cela, mais finalement elle ne put s'empêcher de sourire.

— C'est bon de vous voir, Angus.

Les deux vieilles dames se dirigèrent vers l'église, laissant la jeune femme aux soins de l'Ecossais.

Il lui offrit son bras.

— Nous ferions bien d'y aller, demoiselle. Le capitaine aura ma peau, si je ne lui amène pas sa fiancée à l'église.

Les doigts de Grace se crispèrent un instant sur sa manche.

— Je suis heureuse que vous soyez ici, Angus.

— Un régiment de grenadiers anglais n'aurait pas pu m'empêcher de venir, demoiselle.

Elle sourit de nouveau et un peu de sa tension se dissipa. Angus s'était montré aimable avec elle dès le début. Elle pouvait compter sur lui pour l'aider à traverser cette épreuve.

La chapelle était petite mais charmante, avec d'épais murs de pierre, de hauts vitraux et de lourdes poutres. Une partie était lambrissée de chaud bois ciré et des dizaines de bougies éclairaient la nef.

Grace s'arrêta un instant à la porte pour recevoir les derniers souhaits de sa tante et de lady Tweed, puis les deux femmes remontèrent l'allée jusqu'à leur banc. La jeune femme fut heureuse et surprise de voir le jeune Freddie Barton assis sur l'un des bancs, gardant une place pour Angus. Le jeune garçon blond lui adressa un signe de la main et elle parvint à lui sourire. A côté de lui, Phoebe pressait un mouchoir sous son nez et reniflait dedans. C'était un étrange assortiment d'invités, mais ils étaient tous des amis et Grace était contente de les avoir là.

Son regard nerveux se porta vers l'autel, où le pasteur Polson attendait, debout. C'était un homme mince d'une quarantaine d'années, aux cheveux châtains s'éclaircissant et aux yeux aimables. Devant lui, Ethan regardait l'allée, grand et incroyablement beau, ses cheveux noirs parfaitement coiffés, une redingote bourgogne sur un gilet argenté et des culottes gris foncé.

A la lueur des bougies, elle put voir que sa mâchoire était crispée, son expression gardée. Mais en s'approchant, accrochée au bras d'Angus, elle constata que ses yeux bleu clair étaient pleins de turbulence — et de quelque chose d'autre qu'elle ne put définir.

Sa main trembla légèrement quand Angus plaça ses doigts sur ceux d'Ethan et qu'ils se tournèrent ensemble pour faire face au pasteur. Grace essaya de se concentrer sur les paroles de ce dernier, s'efforça de donner les bonnes réponses au bon moment, mais ses pensées ne cessaient de dériver vers Ethan et ce qu'elle avait vu dans ses yeux.

Elle se tourna vers lui alors que la cérémonie touchait à sa fin, voyant de nouveau cette expression dans ses yeux alors qu'il la regardait.

— Au nom du Père, du Fils et du Saint-Esprit, je vous déclare mari et femme. Que nul homme ne sépare ce que Dieu a uni.

Le pasteur sourit.

— Vous pouvez embrasser votre épouse, milord.

Un moment, Ethan ne bougea pas et Grace pensa que son hostilité était peut-être encore plus profonde qu'elle ne le croyait. Puis il se pencha vers elle et posa très doucement sa bouche sur la sienne.

Elle ferma les yeux, inhalant son odeur familière, sentant le drap de sa redingote sous sa main. Ses lèvres étaient familières, aussi, à la fois douces et fermes, masculines et enivrantes. Ses propres lèvres s'adoucirent sous les siennes. Le baiser s'approfondit, leurs deux bouches se joignant, se fondant l'une dans l'autre.

Grace sentit ses mains se poser sur ses épaules et il approfondit encore son baiser. Inconsciemment, elle renversa la tête en arrière, les lèvres entrouvertes, lui livrant accès à sa bouche. Sa langue s'unit à la sienne et une chaleur intense l'enveloppa. Ethan avait dû éprouver quelque chose de semblable, car il commença à s'écarter.

— Ethan…, murmura-t-elle, et il réclama une nouvelle fois sa bouche.

Quelqu'un, dans la chapelle, émit un son qui résonna contre les murs de pierre. Grace s'avisa qu'Angus feignait de tousser, pour leur rappeler où ils se trouvaient. Ils se séparèrent au même moment, le visage de Grace s'embrasant d'embarras, une étrange rougeur apparaissant sur les pommettes d'Ethan.

Il détourna les yeux, puis la regarda de nouveau et elle vit qu'il était irrité contre lui-même d'avoir perdu momentanément son contrôle.

— Je pense qu'il est temps que nous partions, dit-il, son visage étant redevenu un masque impassible.

Grace prit son bras d'une main qui tremblait. Elle était nouée. Elle était mariée, mais ce mariage avait été forcé, et il n'y avait pas la moindre joie dedans.

— Je crois que lady Tweed a préparé un dîner de noce en notre honneur, reprit Ethan.

— En effet.

La vieille dame rondelette s'approcha d'eux.

— Mon personnel a travaillé tout le matin. En outre, j'ai fait préparer une suite spéciale dans l'aile est pour votre usage. Je serais honorée, si vous restiez à Seacliff pour votre nuit de noces.

Un instant, Grace pensa qu'Ethan allait refuser. Il avait fait le voyage à bord du *Démon des mers,* lui avait-il dit, pour gagner du temps. Elle se dit qu'il voudrait peut-être repartir dès le repas terminé.

Puis son regard bleu parcourut sa robe de mariée, lui rappelant qu'il était maintenant un homme marié, et il hocha la tête.

— Nous en serions honorés aussi.

Grace éprouva une bouffée de soulagement inattendue. Elle aurait une nuit de plus avant qu'ils partent pour Londres et une vie à laquelle elle n'était pas du tout préparée.

— Merci.

Elle parvint à lui adresser un bref sourire tremblant.

— C'est le jour de notre mariage. Je veux voir ma jeune épouse heureuse.

Mais le regard qu'il lui décocha lui transmit quelque chose de très différent. Ses yeux étaient devenus brûlants et intenses et elle sut qu'il pensait à ce qui se passerait lorsqu'ils refermeraient la porte de leur suite.

Son cœur fit un bond. Elle lui appartenait, à présent ; il pouvait faire valoir ses droits d'époux quand bon lui semblerait. Son cœur battit encore plus fort. Elle n'était pas sûre si c'était de peur ou d'anticipation.

13

La maison de lady Tweed était ravissante. Grace, bien sûr, y était venue plusieurs fois avec sa tante. La première fois, elle avait été surprise de constater la richesse de la vieille dame. Seacliff était la demeure la plus splendide de la côte du Yorkshire du Nord, avec cinquante chambres, une superbe salle de bal, une bibliothèque bien garnie, plusieurs salons de musique et ce qui semblait être un nombre infini de salons et de parloirs.

Le buffet de mariage était disposé dans le salon doré, une pièce magnifique dominée par des piliers de marbre noir et un sol de marbre poli, des meubles noir et doré, des vases et des tapis d'Extrême-Orient. De grandes fenêtres donnaient sur la mer, et tandis que sa tante et lady Tweed bavardaient aimablement avec Angus, et qu'Ethan parlait avec le pasteur et sa femme, Grace alla rejoindre le jeune Freddie qui contemplait la vue imprenable.

L'océan s'étendait sur des milles, gris par ce jour où la pluie menaçait, de fortes vagues à la crête blanche allant jusqu'à l'horizon. D'épais nuages noirs surplombaient la mer, un spectacle morne et lugubre qui correspondait à l'humeur de la jeune femme.

Se détournant de la fenêtre, elle força ses pensées à prendre un tour plus agréable et sourit à Freddie.

— Je suis si contente que le capitaine vous ait amené.

Freddie lui décocha un grand sourire.

— J'habite avec lui, maintenant — avec Schooner. J'apprends à devenir palefrenier.

— C'est magnifique, Freddie. Ainsi, vous travaillez dans les écuries ? Dans la maison du capitaine à Londres ?

Elle savait si peu de choses sur l'homme qui était à présent son mari — elle ne savait même pas où il vivait. Elle avait toujours pensé à lui dans ses élégants quartiers à bord de son bateau.

— Oui, à Londres, miss... euh, je veux dire milady. Schooner et moi, on a une belle chambre au-dessus du hangar à voitures.

— Alors, nous nous verrons souvent, comme vous l'avez dit une fois.

— J'ai peur que non, milady. Le capitaine ne vous emmène pas à Londres. Il vous emmène à Belford Park — c'est sa maison à la campagne. Je suppose que ce doit être un bel endroit.

— J'en suis certaine.

Voyant qu'Ethan venait vers eux, Freddie s'excusa, s'appuya sur sa béquille et se dirigea vers le buffet dressé sur une nappe blanche contre le mur.

Ethan s'arrêta près d'elle.

— Vous vous sentez bien ? Vous avez les traits un peu tirés.

— Je suis un peu fatiguée, je suppose. Tout ceci a été assez éprouvant.

— Oui, certainement.

— Freddie m'a dit que nous n'allions pas à Londres.

— Non. Nous quitterons le bateau à Boston, un port au sud d'ici. De là, nous louerons une voiture pour nous conduire dans les terres à Belford Park. C'est dans la campagne, au sud-ouest de Northampton. Ce sera plus rapide que d'aller de Londres à Belford. En outre, j'ai pensé que vous préféreriez peut-être avoir un peu de temps pour vous habituer à l'idée d'être une femme mariée.

— Oui, je suppose.

— La veuve de Charles habite la maison. Je crois qu'elle vous plaira.

Son frère qui était mort et lui avait laissé le titre, se rappela-t-elle.

— J'en suis certaine.

Elle ne savait pas très bien que penser des plans d'Ethan, d'autant qu'il ne s'était pas soucié d'en parler avec elle, mais dans sa condition actuelle elle n'avait guère envie de retourner à Londres. Même Tory semblait l'avoir abandonnée.

Mais finalement, connaissant son amie comme elle la connaissait, Grace jugea que Victoria avait sans doute cru faire ce qu'il y avait de mieux pour elle.

Manifestement, elle connaissait mal Ethan Sharpe, sinon elle aurait gardé le silence.

Il se faisait tard et il était temps pour les jeunes mariés de se retirer. Plus tôt, leur hôtesse lady Tweed leur avait montré leur suite, une chambre splendide décorée de velours rose et de dorures. Un énorme lit à baldaquin se dressait sur une estrade contre le mur, douillettement entouré de tentures en velours rose, et du feu pétillait dans une impressionnante cheminée de marbre.

Un salon aux meubles ivoire et doré jouxtait la chambre, qui disposait d'une grande penderie. Ethan ferma la porte de la chambre derrière eux et Grace se détourna à ce bruit définitif.

Elle était une femme mariée. Ethan était son époux. Il avait sûrement des attentes. Elle n'avait aucune idée de ce qu'elles pouvaient être.

— J'ai donné congé à votre Phoebe pour la soirée, dit-il. Si vous vous en souvenez, j'ai déjà joué les femmes de chambre pour vous. Cela ne devrait pas poser de problème ce soir.

— Oui… Non… Je veux dire…

— Venez ici, Grace.

Elle alla vers lui sur des jambes de bois. Cela faisait des mois qu'elle ne l'avait pas vu, des mois depuis qu'ils avaient été ensemble. Il lui semblait un complet étranger et pourtant elle devait faire ce qu'il demandait.

Un éclair cingla le ciel derrière la fenêtre tandis que l'orage se déclarait, suivi un instant plus tard par le grondement du tonnerre. Grace avait l'impression que le même genre de tempête faisait rage en elle. Elle rejoignit Ethan, lui tourna le dos et il défit d'abord le collier, qu'il posa sur le dessus de marbre de la commode. Elle se sentit étrangement nue sans lui.

Puis il porta son attention sur les boutons de sa robe, ses longs doigts gracieux les dégrafant aisément. Le corselet s'ouvrit et elle commença à s'écarter.

— Restez là. Laissez-moi libérer vos cheveux.

Elle se tint avec raideur tandis qu'il retirait les épingles l'une après l'autre et les posait également sur la commode. Petit à petit, ses lourdes boucles commencèrent à cascader dans son dos et sur ses épaules. Elle sentit ses mains se couler dans ses cheveux, puis il la tourna face à lui.

Il posa un léger baiser sur sa bouche, mais ne s'attarda pas.

— Je n'ai jamais cessé de vous désirer, Grace. Ni après vous avoir possédée ni durant les mois où vous n'étiez pas là.

— Cela semblait si différent, cette nuit-là. Ceci ne paraît pas réel.

Il passa un doigt sur sa joue.

— Je vous le promets, dans quelques minutes cela vous paraîtra extrêmement réel.

L'estomac de Grace frémit. Elle se rappelait la façon dont il l'avait touchée et habitée, cette nuit-là. Elle se rappelait le plaisir qu'elle en avait éprouvé. Elle essaya de ne pas évoquer ce qui s'était passé ensuite, quand il l'avait éconduite en la regardant avec un tel mépris.

Elle était sa femme, à présent. Les choses seraient peut-être différentes.

Elle le laissa dans la chambre et disparut dans la penderie pendant qu'il allait au buffet pour lui servir un verre de xérès, du cognac pour lui.

Dans la petite pièce dallée de marbre, Grace découvrit un fourreau de soie émeraude drapé sur le dossier d'une chaise garnie de velours. Un billet de sa tante était posé dessus.

Pour votre nuit de noces, ma chère. Une femme doit être le plus belle possible pour son mari. Avec toute mon affection, votre tante.

Grace leva la chemise de nuit d'un vert profond, à taille haute. Le corselet était fait de dentelle assortie, si transparente qu'elle y voyait au travers. C'était quasiment indécent, et en songeant à sa tante si convenable, elle sourit presque.

Elle quitta sa robe de mariée et sa camisole brodée, ainsi que ses pantoufles de chevreau vert clair, ôta ses jarretières et roula ses bas le long de ses jambes. Puis elle enfila la chemise de nuit et constata qu'elle lui allait parfaitement, frôlant ses hanches pour tomber jusqu'à terre, le corselet révélateur moulant ses seins et dissimulant à peine ses mamelons.

En se tournant vers le miroir, elle se vit telle qu'Ethan la verrait, féminine et séduisante, une créature différente de celle qui était entrée dans la chambre. Un peu de sa confiance lui revint. Il y avait eu une époque où elle l'avait voulu dans son lit, où elle l'avait de fait invité à coucher avec elle.

Elle rejeta ses cheveux en arrière et, la tête haute, elle sortit de la penderie. Quand Ethan la vit, son verre s'arrêta à mi-chemin de sa bouche.

— Juste Ciel.

Il posa le verre sur la table et vint vers elle. Il portait une robe de chambre de soie bourgogne qui s'ouvrit jusqu'à la taille lorsqu'il bougea, et Grace put voir une partie de son large torse et de sa toison noire et bouclée.

Son estomac se contracta. Elle trembla quand il s'arrêta devant elle. Son regard farouche et brûlant la parcourut et se fixa un long moment sur sa poitrine. Puis ses yeux croisèrent les siens et elle y lut la faim, le désir qu'il n'essayait plus de cacher. Il la prit dans ses bras, pencha la tête et l'embrassa, et le temps parut s'arrêter. Elle était de nouveau sur son bateau, dans sa cabine, avide qu'il lui fasse l'amour.

Elle entrouvrit les lèvres sous les siennes et le goûta, goûta la virilité et le pouvoir qui l'avaient attirée dès le début. Sa langue se glissa dans sa bouche et une chaleur intense la submergea, dense, suave et séductrice.

Il l'embrassa encore et encore, baisa le côté de son cou, le lobe de son oreille.

— Dieu, vous m'avez manqué.

Ces mots émurent Grace, lui donnèrent de l'espoir. Elle ignorait ce que l'avenir leur réservait, mais ce soir Ethan était à elle et elle le désirait encore plus fort qu'auparavant.

— Ethan…

Elle se pencha vers lui, l'embrassa à son tour avec tout l'amour qu'elle avait éprouvé autrefois pour lui, et il approfondit ce baiser. De longs baisers enflammés s'ensuivirent, des baisers brûlants et enivrants qui lui firent gémir son nom.

Elle sentit ses mains se poser sur sa poitrine, caresser la pointe de ses seins à travers la dentelle émeraude, l'étoffe les frottant, agaçant les mamelons tendus et douloureux. Puis sa bouche remplaça ses doigts et il l'embrassa par-dessus la dentelle, mouillant le tissu de sa langue, dessinant des cercles autour des petits bourgeons.

Les jambes de Grace faiblirent. Sa féminité était moite. La main d'Ethan se posa sur la douce courbe de son ventre, s'y arrêta un instant, puis descendit plus bas à travers la soie, pressant la chemise entre ses jambes.

Ensuite, il écarta les fines bretelles et fit glisser le vêtement sur ses seins. La chemise de nuit coula le long de ses hanches et tomba à ses pieds. Ethan embrassa sa gorge et sa clavicule, sema une traînée de baisers jusqu'à sa poitrine. Il prit la rondeur d'un sein dans sa bouche et la savoura jusqu'à ce que Grace gémisse.

Elle glissa les doigts dans la soie noire de ses cheveux tandis qu'il descendait plus bas, passant sa langue sur son nombril, embrassant son ventre. Elle retint une exclamation lorsqu'elle sentit ses doigts l'envahir, puis sa bouche chaude s'emparer du cœur même de son être.

— Ethan, Dieu du Ciel…

Le plaisir l'inondait. De denses vagues de douceur s'amassaient au creux de son ventre. Elle pensa s'écarter de cette intimité inattendue, mais Ethan prit son postérieur dans ses mains pour la maintenir en place et continua ses assauts. Sa langue et sa bouche produisaient leur magie et les jambes de Grace tremblaient. Elle renversa la tête en arrière et l'extase la frappa avec force, d'autres vagues de sensation s'écrasant encore et encore à travers elle.

Elle s'affala dans ses bras lorsqu'il la souleva contre lui et la porta au lit drapé de velours. La posant au milieu, il s'allongea sur elle, appuyé sur ses coudes, les rideaux les isolant dans un monde à eux.

Ethan l'embrassa à de multiples reprises, comme s'il ne pouvait s'en lasser. Elle adorait son goût, le contact de son corps mince et puissant qui la pressait dans le matelas. Elle adorait le parfum frais et propre de sa peau qui lui rappelait la mer.

Il écarta ses jambes et s'installa entre elles, l'embrassant profondément tandis que son sexe trouvait sa féminité et commençait à s'y introduire.

— Bonté divine, je ne veux pas vous faire mal. Pas de nouveau.

Elle passa les doigts dans ses cheveux.

— Vous ne me ferez pas mal. Venez en moi, Ethan. Je veux vous sentir à l'intérieur de moi.

Quelque chose brilla au fond de ses yeux bleus, quelque chose qui ressemblait à une profonde aspiration. Les paroles de Grace le stimulèrent et il s'enfonça plus loin en elle, le plus loin possible.

— Ça va ? demanda-t-il, ses muscles rigides sous l'effort qu'il fournissait pour se contrôler.

Elle déglutit et battit des cils pour retenir des larmes. Elle n'avait jamais rien éprouvé de plus juste que d'être unie à lui.

— J'aime vous sentir. Voulez-vous… m'embrasser ?

Ses yeux clairs s'obscurcirent. Il courba la tête et dévora sa bouche. Il l'embrassa tout en bougeant en elle, et le corps de Grace se resserra autour de lui. Le rythme de ses mouvements s'accrut. Ethan l'emplissait totalement, chaque assaut l'emportant plus haut, envoyant des sensations brûlantes dans tout son être. Les pulsations s'accéléraient, la chaleur, la fureur et le besoin grandissaient.

Derrière les paupières closes de Grace apparut la galaxie qu'elle avait déjà vue une fois et son corps s'embrasa de l'intérieur. Elle s'envola sur une vague de pure volupté, un sanglot étouffé dans la gorge.

Ethan la rejoignit dans l'extase un instant plus tard, ses muscles devenant rigides, sa mâchoire aussi dure que de l'acier tandis qu'il répandait sa semence en elle. Une semence qui portait déjà ses fruits dans son ventre, pensa-t-elle, et pour la première fois elle éprouva une vraie joie.

Elle était mariée au père de son enfant. Ils allaient former une famille. Elle trouverait un moyen d'aider Ethan à surmonter le passé, un moyen pour qu'ils soient heureux.

Ils retombèrent ensemble des hauteurs du plaisir et restèrent enlacés, écoutant l'orage derrière la fenêtre, le grondement des vagues au bas de la falaise. Ethan lui refit l'amour quelques minutes plus tard, et la posséda de nouveau juste avant l'aube.

Ensuite, Grace sombra dans un sommeil profond et satisfait.

Lorsqu'elle s'éveilla, Ethan était parti.

Phoebe arriva avec son petit déjeuner. La soubrette était souriante et rougissante, son visage devenant encore plus rouge quand elle se baissa pour ramasser la chemise de soie émeraude abandonnée sur le sol.

— Bonjour, milady.

Ses cheveux châtain foncé brillaient dans le soleil qui entrait à flots par la fenêtre. Elle posa le plateau avec du chocolat et des gâteaux sur le lit.

— Monsieur le marquis vous attend en bas, dit-elle. Je dois emballer vos affaires et vous aider à vous habiller pour le voyage. Monsieur le marquis dit que le bateau partira dès que nous arriverons.

Grace avait oublié que Phoebe voyagerait avec eux, et cela la rassura. Elle but le chocolat et se força à manger un gâteau, mais elle était trop nerveuse pour apprécier la collation. Elle était anxieuse de revoir Ethan, de découvrir comment il la saluerait ce matin.

Phoebe l'aida à revêtir une robe gris tourterelle rehaussée de rouge. Elle s'habilla rapidement, laissant Phoebe la coiffer en couronne, puis elle prit son bonnet assorti, gris gansé de rouge, et gagna la porte.

En haut de l'escalier, elle s'arrêta pour prendre une grande inspiration et se mit à descendre. Ethan apparut au bas des marches et, inconsciemment, elle se figea sur place.

— Phoebe fera charger vos affaires dans la voiture. Vous pouvez dire au revoir à lady Tweed, puis nous irons chez votre tante. Nous y prendrons vos malles.

Grace hocha lentement la tête, cherchant un seul regard chaleureux, un signe de la proximité qu'ils avaient partagée la nuit dernière, mais le visage de son mari ne montrait aucune indication qu'ils étaient plus que de distantes relations. Il semblait être un homme complètement différent de celui qui lui avait fait l'amour, et le cœur de Grace se serra.

Elle savait qu'il la désirait. Après leurs tendres étreintes, elle avait pensé qu'elle signifiait plus pour lui que le simple réceptacle de son plaisir.

Voyant la ligne dure de sa mâchoire, son expression réservée et indéchiffrable, tous ses espoirs commencèrent à s'effriter et à pâlir. Elle savait quels fantômes il combattait, savait au fond d'elle-même qu'il existait peu de chances pour eux. Elle avait été une sotte de croire qu'il pouvait en être autrement. Encore une fois.

— Vous allez me manquer, très chère.

Des larmes montèrent aux yeux de Matilda et l'une d'elles roula sur le lorgnon suspendu à son cou.

— Tellement.

Les yeux de Grace s'embuèrent également. Elles avaient

juste le temps pour de brefs adieux avant le départ pour Boston.

— Vous me manquerez aussi, tante Matilda. Peut-être que lorsque nous serons installés…

La baronne hocha la tête.

— Ecrivez-moi souvent, mon enfant.

— Je vous le promets.

Une autre accolade et Grace se détourna pour s'en aller. La main d'Ethan sur sa taille fut étonnamment douce quand il la guida hors de la maison, vers la voiture de lady Tweed.

Dans le port de Scarborough, le *Démon des mers* se balançait au bout du quai. Grace n'avait jamais pensé revoir la brillante coque noire du bateau et ses voiles blanches. Maintenant, à l'exception de Phoebe, elle revenait comme si elle n'était jamais partie, conduite dans la cabine du capitaine tandis que sa soubrette s'installait dans celle prêtée par Angus pour le bref voyage jusqu'à Boston — moins de deux jours.

Alors que le bateau quittait le port, elle déballa les quelques affaires dont elle aurait besoin : sa brosse et son peigne en argent, une camisole propre, une robe pour le deuxième jour de voyage et les pantoufles assorties.

Elle se demanda quand elle reverrait son mari, mais elle savait qu'il était occupé et, au fil de la journée, il ne se montra pas.

Freddie lui apporta son dîner et les regrets du capitaine de ne pouvoir se joindre à elle. Grace n'en fut que légèrement surprise. Il était de retour sur son bateau, plongé de nouveau dans ses souvenirs douloureux et sa culpabilité d'avoir fait d'elle sa femme.

Elle se mit au lit de bonne heure, mais, incapable de dormir, elle guetta le bruit de ses pas. Il ne vint pas.

*
* *

Ethan se tenait au bastingage, fixant l'eau noire. Il était marié à Grace Chastain. La nuit dernière, leur nuit de noces, il lui avait fait l'amour avec passion. Au long des années, il avait couché avec des dizaines de femmes. Aucune ne l'avait excité autant que Grace. Aucune ne l'avait contenté autant qu'elle.

Sapristi, il aurait voulu qu'il en soit autrement !

Etre de retour sur son bateau faisait resurgir tous ses doutes. Elle était la fille d'Harmon Jeffries. Elle avait organisé son évasion. Peut-être même avait-elle été de mèche avec le traître pour vendre des secrets aux Français. Au nom du Ciel, qu'avait-il fait ?

Il inspira et relâcha lentement son souffle. Ses émotions demeuraient agitées mais, en vérité, il ne doutait pas de la loyauté de Grace, seulement de son jugement. Elle avait aidé un traître à s'échapper parce qu'il était son père. Et même si le vicomte était à présent son beau-père, Ethan jura qu'il ne se reposerait pas tant qu'il ne serait pas retrouvé et châtié.

Du coin de l'œil, il aperçut Ned aux Longs Os, qui venait vers lui sur le pont, son visage étroit crispé et lugubre. Le marin s'arrêta juste devant lui, ses jambes maigres écartées pour garder son équilibre.

— Alors, vous avez épousé la fille. Je ne pensais pas que vous le feriez.

— Je l'ai amenée à bord, Ned. Elle était innocente. Je n'avais pas d'autre choix.

— Nous savons qui elle est. Nous le savons tous.

— Que voulez-vous dire ?

Seul Angus savait pourquoi il avait enlevé Grace du *Lady Anne* cette nuit-là. Seul Angus savait qu'elle était la fille du vicomte Forsythe.

— Un des hommes vous a entendu parler avec McShane. Elle est la fille du diable, le rejeton d'un maudit traître. C'est pour ça que vous l'avez enlevée, hein ? Les autres et moi, on pense que c'est elle qui lui a évité la potence. Vous l'avez enlevée en pensant découvrir ce qu'elle savait.

Ethan se crispa intérieurement. C'était une partie de la raison, pas toute.

— Elle ne sait pas où il se trouve. Elle ne l'a jamais su.

Il détestait l'expression de Ned, le seul homme avec lui à avoir survécu à l'attaque française.

— Quelle que soit la vérité, Ned, Grace est ma femme. Je veux qu'elle soit traitée avec respect.

Ned détourna les yeux, mais Ethan pensa avoir vu de la pitié dans son regard sombre.

— Vous êtes un homme bien, capitaine. Vous ne méritiez pas ça.

— Peut-être que si. Le destin a le chic pour apurer les comptes.

— J'espère que vous vous trompez, capitaine. Je suis encore en vie, moi aussi. On ne peut se punir éternellement pour ce qui est arrivé.

Ethan ne répondit pas et Ned s'en alla, sa haute et mince silhouette disparaissant dans la nuit. Bien que le temps fût frais, Ethan resta où il était, songeant à Grace et aux années qui s'étendaient devant eux.

Se demandant combien de temps il faudrait pour que ses sentiments pour elle s'affadissent. Se demandant si la culpabilité qu'il éprouvait à l'avoir épousée s'estomperait avec eux.

Il était bien après minuit et Grace dormait d'un sommeil agité, quand le bruit de la porte qui se refermait doucement la réveilla. Elle feignit de dormir pendant qu'Ethan se déshabillait et se glissait dans le lit à côté d'elle. Il roula sur le côté, loin d'elle, et resta silencieux durant un certain temps, mais elle savait qu'il ne s'était pas endormi.

Les minutes passèrent. Il remua puis finit par la rejoindre et blottit son long corps contre le sien.

— Je sais que vous êtes réveillée, dit-il doucement, en posant un baiser sur le côté de son cou.

Le souffle de Grace s'arrêta quand sa main caressa sa hanche et commença à se faufiler sous sa chemise de nuit de coton blanc.

— Comptez-vous me refuser mes droits d'époux ?

Le voulait-elle ? Une partie d'elle avait envie de répondre « oui », de lui dire que faire l'amour ne signifiait rien s'il ne tenait pas à elle, mais une autre partie réagissait déjà, son corps s'échauffant à son toucher, devenant moite de désir.

— Je ne vous refuserai pas.

Elle sentait la raideur de son érection contre son postérieur et son cœur s'emballa. Ethan déboutonna le devant de sa chemise et la fit glisser sur une épaule. Elle sentit sa bouche caresser sa peau, l'ourlet du vêtement remonter plus haut que ses hanches. Les mains d'Ethan se promenèrent doucement sur le bas de ses reins, pétrirent ses fesses, puis il trouva sa féminité et la caressa jusqu'à ce qu'elle tremble.

— Vous êtes prête pour moi, murmura-t-il en lui écartant les jambes.

Il souleva ses hanches et se glissa lentement en elle, la possédant plus aisément chaque fois qu'ils faisaient l'amour.

— Vous me désirez aussi.

C'était vrai. Elle le désirait, désirait le plaisir qu'il pouvait lui prodiguer.

— Nous avons au moins cela, dit-elle.

— Au moins, acquiesça-t-il, et il se mit à bouger.

Ils n'avaient jamais fait l'amour de cette façon auparavant et une série de sensations nouvelles assaillaient Grace, la brûlaient. Elle ressentait une chaleur intense, savourait la douceur qui s'accumulait en elle, s'y abandonnait. Ils pouvaient partager au moins cela, à défaut d'autre chose.

Cela suffirait peut-être, songea-t-elle quand elle atteignit l'extase et que les cieux s'ouvrirent devant elle.

Mais, au fond d'elle-même, elle savait que son cœur désirerait davantage.

14

Ils quittèrent le bateau à Boston, une modeste ville de marché qui avait été le plus grand port anglais au Moyen Age. Ethan loua deux coches — un pour Grace et lui, un autre pour Phoebe et leurs bagages — qui devaient les transporter jusqu'à sa propriété du Gloucestershire, Belford Park. D'après lui, la maison se dressait sur un domaine de cinq cents hectares entre les villes de Broadway et de Winchcombe, près du village de Belford End. Angus et Freddie retourneraient à Londres avec le bateau.

Ils ne tardèrent pas à être prêts à se mettre en route. Grace fit ses adieux à l'Ecossais et au jeune garçon, les deux amis qu'elle s'était faits à bord du *Démon des mers*, et ils commencèrent leur voyage dans les terres.

— C'est un long trajet, dit Ethan. Vous pouvez peut-être somnoler une partie du chemin.

Grace se fatiguait plus aisément, ces derniers temps.

— J'essaierai certainement.

Même s'il ne serait pas facile de s'endormir sous le regard intense d'Ethan, voilé par ses paupières.

Néanmoins, le balancement de la voiture la berça et elle put dormir de temps à autre. Ils passèrent la première nuit à l'auberge du Roi James à Oakham et la seconde à Warwick, dans une auberge simplement appelée L'Oie. Durant la journée, Ethan parlait peu, mais son regard se portait sans cesse sur celui de Grace. Elle percevait la tension dans l'habitacle, sentait ses yeux brûlants et affamés posés sur elle. Quand la tension devenait trop grande entre eux, il quittait la voiture pour aller s'asseoir avec le cocher.

La nuit, il partageait son lit.

Grace songeait à ces nuits pleines de passion tandis que le coche roulait sur des routes défoncées et approchait de Belford. Même si Ethan lui faisait l'amour éperdument, il semblait retenir quelque chose, une part de lui qu'il refusait de partager, et Grace faisait de même.

Le troisième jour en fin d'après-midi, au sortir d'un virage, ils franchirent les grandes grilles en fer forgé de Belford Park. Regardant par la vitre, Grace ne put s'empêcher d'être transportée par le magnifique paysage, cinq cents hectares vallonnés plantés de vieux chênes.

Alors que le coche suivait l'allée de graviers qui menait à la maison, elle aperçut la demeure. Construite en pierre jaune de Cotswold, la majestueuse résidence s'élevait sur trois étages, avec des fenêtres arrondies à petits carreaux, et dessinait un U autour des jardins de derrière.

— Elle a été bâtie au début du XVIIIe siècle, expliqua Ethan en suivant son regard. J'ai vécu ici avec ma famille jusqu'à la mort de mes parents, puis mon frère, ma sœur et moi sommes allés vivre chez le comte et la comtesse de Brant.

— Les parents de Cord ?

— Oui. La comtesse était la sœur de mon père.

— Comment… comment sont morts vos parents ?

— Un accident de calèche sur la route de Londres. Mon père a survécu quelques jours, mais finalement ses blessures l'ont emporté.

— Quel âge aviez-vous ?

— Huit ans seulement, mais je me souviens bien de mes parents.

Et ils lui manquaient, soupçonna-t-elle. Ils avaient dû lui manquer toute sa vie. Tout comme l'amour d'un père lui avait manqué, à elle. Elle lui jeta un coup d'œil de côté. Il était son mari, mais elle savait si peu de choses de lui. Une fois qu'ils seraient installés, peut-être se montrerait-il plus ouvert sur son passé.

La voiture roula jusque devant la maison et deux valets blonds en livrée bleu clair dévalèrent les marches pour venir les aider. Quand Grace sortit du coche, elle constata que l'extérieur de la belle demeure était méticuleusement entretenu, les pelouses parfaitement soignées, et des nénuphars flottaient sur un étang. Mais lorsqu'elle pénétra dans le spectaculaire vestibule, dominé par un énorme candélabre en cristal, elle vit que les murs avaient besoin d'être repeints et que les tapis étaient aussi usés que ceux de sa tante.

Elle lança une œillade à Ethan et vit qu'il l'avait remarqué aussi. Il fronçait les sourcils.

— Harriet m'a dit que la maison avait bien besoin d'être restaurée. Je vois que c'est exact. Je devrai en faire ma première priorité quand je rentrerai à Londres.

« Quand je rentrerai à Londres. » *Je*, pas *nous*, avait-il dit. Grace éprouva un frisson d'appréhension. Il n'avait sûrement pas l'intention de la laisser ici et de retourner en ville sans elle ?

Elle n'eut pas le temps de le demander, car une petite femme blonde et menue, vêtue de noir des pieds à la tête, fit irruption dans le vestibule.

— Ethan ! Comme c'est merveilleux de vous voir ! Cela fait bien trop longtemps.

Ils avaient prévenu de leur arrivée pour ne pas prendre de court la maîtresse de maison. Et lady Belford, qui avait peut-être cinq ou six ans de plus que Grace, paraissait vraiment heureuse de les voir.

— J'ai été négligent de ne pas venir plus tôt.

Ethan se courba et l'embrassa légèrement sur la joue.

— Oui, en effet, mais maintenant que vous êtes ici tout est pardonné.

La jeune veuve pivota, un sourire sur les lèvres.

— Et vous devez être Grace. Il est charmant de connaître la jeune épouse d'Ethan.

— Merci. C'est un plaisir de vous connaître aussi.

Ethan avait dit très peu de choses sur la veuve de son frère, à part que Charles était mort de la grippe pendant qu'il était en prison, et qu'Harriet le regrettait grandement. De fait, si la jeune femme souriait, on ne pouvait se méprendre sur les cernes qui soulignaient ses yeux ou sur le pli amer de sa bouche, qu'elle s'efforçait de cacher.

— La gouvernante a préparé la suite de maître. J'ai transporté mes affaires dans le petit manoir de douairière, sur la colline.

— Ce n'était pas nécessaire, dit Ethan en fronçant les sourcils. Je ne suis pas venu pour usurper votre maison.

— La maison est à vous, maintenant, Ethan. En outre, le petit manoir est charmant. Vous vous souvenez peut-être que votre mère l'avait fait refaire complètement juste avant l'accident. Quand Charles est devenu marquis, il l'a toujours bien entretenu. Je crois qu'il avait un penchant sentimental pour cette maison.

— Cela ressemble bien à Charles. Si j'ai bonne mémoire, il projetait d'entamer des travaux dans la demeure principale.

Ethan examina les papiers peints pâlis, les dalles de marbre ébréchées.

— Apparemment, il n'en a pas eu le temps.

— Non…

Harriet détourna les yeux.

— Nous avions juste commencé à discuter de ce qui devait être fait quand il est tombé malade.

Ethan porta les yeux sur sa femme.

— Vous êtes marquise, à présent. Peut-être vous plairait-il de vous occuper des rénovations.

De nouveau cette insinuation qu'elle resterait à Belford Park. Grace le regarda, essayant de lire sur son visage, mais il semblait plus renfermé que jamais et son cœur se serra. Elle l'avait aimé, jadis. Cela semblait remonter à des siècles. Elle voulait lui demander quels étaient ses plans pour leur avenir, mais ce n'était pas le moment.

— Si je montrais sa chambre à Grace ? suggéra Harriet. Je suis sûre qu'elle aura envie de se reposer après un si long voyage.

— Merci, répondit Grace en retenant un soupir épuisé. Je vous en serais éternellement reconnaissante.

— Je monterai dans un moment, déclara Ethan. Je ne suis pas venu à Belford depuis longtemps. J'aimerais jeter un coup d'œil, histoire de retrouver mes repères.

— Bien sûr.

Grace le regarda partir, remarquant la raideur de ses épaules, sa démarche boiteuse plus prononcée, et elle se demanda quels pénibles souvenirs d'enfance la maison pouvait contenir pour lui. Tandis qu'il pénétrait dans un salon, Harriet la conduisit en haut, dans la suite de maître.

C'était un appartement ravissant avec des pièces séparées pour la marquise, une chambre et un boudoir. Les pièces du marquis étaient plus grandes et encore plus imposantes. Grace imaginait combien la suite avait dû être élégante avant que les coûteuses soieries ne commencent à passer.

Au moins, le mobilier de bois de rose, parfaitement ciré, était aussi coquet que s'il venait d'être installé.

— Maintenant que vous êtes marquise, dit Harriet, vous pouvez faire ce que vous voulez de la maison. Je n'ai jamais eu trop de goût pour ce genre de chose, mais il serait charmant de voir cet endroit retrouver son ancienne beauté.

Grace pensa que, si Ethan et elle avaient un mariage différent, un mariage qui inclût l'amour, elle n'aimerait rien tant que de faire sienne cette maison.

En l'état, elle se sentait aussi déplacée ici que dans la maison de ses parents, où le Dr Chastain n'était pas vraiment son père et, du fait de l'infidélité de sa femme, l'avait rendue malheureuse depuis son enfance.

— Je vais vous faire envoyer un bain et votre soubrette pourra défaire vos bagages. Ensuite, vous pourrez peut-être vous reposer un moment.

Harriet ouvrit la porte.

— Je suis impatiente de vous voir au dîner.

La porte se referma et, quelques minutes plus tard, Phoebe arriva avec quelques valets et une baignoire emplie d'eau fumante. Grace se prélassa dans son bain pendant que sa soubrette déballait ses affaires, puis elle s'allongea sur le lit pour se reposer jusqu'au repas.

Elle ne vit pas Ethan jusqu'à ce qu'il fût l'heure de descendre à la salle à manger, et qu'un coup poli frappé à sa porte la prévienne de son arrivée. Considérant la façon impudente dont il entrait dans la cabine, sur le bateau, cela lui sembla tellement étonnant de sa part qu'elle en sourit presque.

— Vous paraissez reposée, déclara-t-il très cérémonieusement lorsqu'elle lui ouvrit, et toute idée de sourire disparut.

— Oui, je me sens une nouvelle personne après un long bain agréable.

Elle lui jeta un coup d'œil de côté.

— Bien sûr, j'aurais eu besoin de quelqu'un pour me laver le dos.

Elle n'aurait su dire pourquoi elle avait fait cette remarque, mais en voyant ses yeux s'obscurcir, tandis qu'il se remémorait le jour où il l'avait aidée à se baigner, elle éprouva une bouffée de satisfaction.

— Il faudra que je m'en souvienne, dit-il en lui offrant son bras pour descendre.

Leur dîner dans une petite salle à manger intime à l'arrière de la maison se déroula calmement, aucun d'eux ne semblant très bavard. Grace s'inquiétait des plans qu'Ethan pouvait avoir à l'esprit pour elle et Harriet souffrait de l'absence de son mari, même après plus d'un an. Peut-être la présence d'Ethan le lui rappelait-elle. Grace lui envia le temps qu'elle et Charles avaient passé ensemble, car cela avait visiblement été un mariage d'amour.

— Avez-vous visité les écuries ? demanda Harriet à Ethan.

— Oui. Willis, votre chef palefrenier, semble faire du très bon travail.

— Willis est un trésor. Charles serait heureux de savoir qu'il y a quelqu'un pour s'occuper vraiment de ses chevaux. Vous savez combien il les aimait.

Il hocha la tête et s'adressa à Grace.

— Charles avait un faible pour les chevaux, et moi pour la mer.

— Elle doit vous manquer, dit Grace.

— Les biens de la famille comportent un certain nombre d'intérêts dans des compagnies de navigation. Je visite souvent les quais.

— Ainsi, vous allez garder le *Démon des mers*.

Ses yeux clairs la parcoururent, s'arrêtèrent un instant sur ses seins.

— Oui. Ce bateau contient maints souvenirs intéressants que je ne voudrais pas oublier.

Son regard disait qu'il se remémorait leurs nombreuses rencontres — et leur délicieuse conclusion —, et un léger sourire joua sur ses lèvres. Les mamelons de Grace se durcirent sous son corselet et ses joues s'empourprèrent.

Ethan l'étudia et ce moment de légèreté s'estompa lentement.

Après dîner, Grace et Ethan montèrent, Ethan disparaissant dans sa suite, et elle dans la sienne. Songeant à la faim qu'elle avait lue dans ses yeux durant le repas, Grace pensa qu'il viendrait la rejoindre, mais il ne le fit pas.

Il ne vint pas non plus la nuit suivante. Il semblait s'efforcer de prendre des distances, leurs conversations étant brèves et formelles. Il ne parlait jamais de leur avenir ni de leur enfant, même lorsqu'ils étaient seuls.

Il resta encore loin d'elle la troisième nuit.

Grace se dit qu'il ne lui manquait pas.

Ethan devait s'éloigner. Chaque moment qu'il passait avec Grace le rendait plus captif de son charme. Il n'avait jamais été aussi attiré par une femme, n'en avait jamais convoité une aussi désespérément. Ces dernières nuits, il était resté loin d'elle à dessein, s'était forcé à dormir seul dans son lit au lieu de franchir la porte de sa chambre, au lieu de lui faire l'amour comme il en brûlait d'envie. Il s'était habitué à dormir avec Grace, à sentir son corps chaud blotti contre lui. Sapristi, il arrivait à peine à s'endormir sans elle.

Bon sang ! Il l'avait épousée par devoir, avait endossé ses responsabilités pour l'avoir engrossée. Il ne lui était jamais venu à l'idée qu'épouser Grace lui donnerait l'impression qu'elle lui appartenait, qu'elle avait une place dans son avenir et pas seulement dans son passé.

Il fallait qu'il retourne à Londres pour libérer son esprit des pensées qui la concernaient, pour pouvoir mettre les choses en perspective. Une fois qu'il y serait, il pourrait reprendre la vie qu'il avait auparavant, se débarrasser de ce désir constant et douloureux qu'il éprouvait pour elle. Et il continuerait sa poursuite de Forsythe, verrait si quelque chose de nouveau avait été découvert.

Il ne pensait pas qu'il y ait de grandes chances. Le vicomte vivait sans doute en France, dans le luxe et la sécurité.

Ce qui ferait plaisir à Grace.

Lui, il voulait voir cet homme pendu.

Leurs vues divergentes au sujet d'Harmon Jeffries était une autre bonne raison pour lui de partir. Peu importait qu'ils soient maintenant mari et femme ; c'était un souci qui ne changerait jamais.

Le lendemain matin, il envoya un billet à Grace dans sa chambre en lui demandant de descendre à la bibliothèque. Dans la demi-heure, on frappa à la porte et Grace entra. Elle portait une robe en mousseline jaune citron qui faisait ressortir le vert de ses yeux et ses magnifiques cheveux cuivrés, relevés en boucles lâches. Elle paraissait douce et en même temps incroyablement séduisante. Lorsqu'elle lui décocha un sourire hésitant, il eut l'impression de recevoir un coup de poing dans l'estomac.

Juste Ciel.

Son désir pour elle semblait n'avoir pas de fin. S'il avait eu le moindre doute sur le bien-fondé de son départ, ces doutes auraient fondu en cet instant.

Il marcha vers elle, s'arrêta juste devant elle, près d'une longue table en acajou.

— Je vous ai demandé de venir pour que nous puissions parler de l'avenir.

L'incertitude qui pointa dans ses beaux yeux verts ne lui échappa pas.

— Je m'attendais à ce que nous le fassions tôt ou tard.

— Voulez-vous vous asseoir ?

— Je crois que je préférerais rester debout.

Il n'éleva pas d'objection. Il voulait en finir.

— J'y ai beaucoup réfléchi, Grace. Je pense que la meilleure solution pour nous deux serait que vous restiez à Belford Park et que je retourne en ville.

Elle haussa le menton.

— Pourquoi donc ?

— D'une part, si mes calculs sont exacts, vous êtes enceinte de plus de trois mois. Votre grossesse serait beaucoup plus agréable ici, à la campagne, qu'en ville.

— Je vois. Ce que vous dites, c'est que vous vous êtes rassasié de moi et que vous voulez retourner maintenant à votre vie d'avant.

Rassasié d'elle ? Sûrement pas. Il partait parce qu'il ne semblait pas pouvoir avoir assez de son joli corps.

— Pourquoi m'avez-vous épousée, Ethan ?

— Vous le savez, Grace. Vous portez l'enfant que j'ai engendré. Cet enfant avait besoin d'un nom.

Elle détourna les yeux. Ce n'étaient pas les paroles qu'une femme souhaitait entendre, mais c'étaient les seules qu'il pouvait se permettre de prononcer.

— Ce bébé est le vôtre, Ethan. N'avez-vous pas le moindre intérêt pour lui ?

— Cet enfant, fille ou garçon, ne manquera de rien. Je vous l'ai déjà dit.

— Oui, vous l'avez dit. Et vous êtes certainement un homme de parole.

Une légère rougeur gagna les pommettes d'Ethan.

— Je ne vous ai jamais menti, Grace. Je ne vous ai jamais promis plus que ce que vous recevez. Nombre de couples mariés mènent des vies séparées. Même si vous aviez épousé un autre homme, il y a de grandes chances que votre avenir eût été le même.

Elle pinça les lèvres.

— Vous vous trompez, Ethan. Il n'aurait pas été le même, car je n'aurais jamais épousé un homme qui ne tienne pas à moi.

Il ne discuta pas. Il ne pouvait se permettre de lui laisser savoir la véritable mesure de ses sentiments.

— D'un autre côté, reprit-elle en passant un doigt sur la surface cirée de la table, vous avez peut-être raison. J'ai toujours été une femme indépendante. De cette façon, vous aurez votre vie et j'aurai la mienne. En fin de compte, nous pouvons tous deux être heureux.

Il fronça les sourcils.

— Que voulez-vous dire ?

— Je suis simplement d'accord avec vous sur le fait qu'en un sens, des existences séparées ne seraient pas une si mauvaise chose. Nous pourrions chacun prendre notre plaisir là où…

Elle retint une exclamation quand il la plaqua contre lui.

— Ne songez pas à me faire cocu, Grace. Vous êtes ma femme. Vous m'appartenez et cela ne changera pas.

Elle le dévisagea et quelque chose passa dans ses yeux, une lueur entendue qui lui donna envie de pivoter et de s'en aller.

Elle haussa un sourcil cuivré.

— Je ne demande que ce qui est juste. Si vous ne voulez pas que je cherche satisfaction hors du lit conjugal, il faudra que vous vous atteliez à la tâche vous-même.

La mâchoire d'Ethan se durcit. Sacrebleu ! Cette femme lui donnait du fil à retordre. Il l'attira de nouveau contre lui et ce contact intime le rendit raide de désir.

— Espèce de petite sorcière, vous osez me menacer ?

— Je dis simplement que ce qui est bon pour l'oie est bon pour…

Avant qu'elle puisse terminer, il écrasa sa bouche sur la sienne. Il l'avait désirée pendant des jours, avait ressenti cette faim dévorante chaque fois qu'elle entrait dans une pièce. Ses mains encerclèrent sa taille et il la souleva pour l'allonger sur la table, puis s'abattit sur elle.

— Vous voulez de la satisfaction ? Alors, je vais m'assurer de vous en donner.

Grace étouffa un cri quand il releva sa robe jaune et s'installa entre ses jambes. Elle était douce et moite, constata-t-il en trouvant sa féminité et en se mettant à la caresser. Faisant sauter les boutons de ses culottes, il libéra son érection et la sentit palpiter de besoin.

Elle était merveilleusement prête. Une femme dont la passion répondait à la sienne, pensa-t-il dans un lointain recoin de son esprit. Il l'embrassa en se penchant sur elle et plongea en elle, s'enfonçant dans sa chair accueillante jusqu'à la remplir complètement.

— C'est ce que vous voulez, Grace ?

Il alla plus profond encore, entendit son gémissement de plaisir.

— Vous êtes mienne.

Il donna un nouvel assaut.

— Vous vous donnerez à moi et à nul autre.

Il sentit ses jambes se nouer autour de lui, son corps s'arquer sous lui tandis qu'elle lui répondait, s'accordant à son rythme, le prenant encore plus en elle. Aucune femme ne l'avait jamais complété aussi parfaitement, aucune étreinte ne lui avait jamais paru aussi juste. Il la prit encore et encore, et Grace prenait son plaisir.

Ils atteignirent l'extase en même temps, les muscles d'Ethan se raidissant, Grace réprimant un doux cri de volupté. Peu après, ils se laissèrent retomber.

Ethan s'avisa alors, subitement, qu'il avait possédé sa femme sur la table de la bibliothèque ! Bonté divine, comment avait-il pu perdre son contrôle à ce point ?

Il l'aida à descendre de la table, lissa sa robe sur ses hanches, et s'efforça de ne pas se sentir satisfait devant le doux éclat de contentement qui illuminait son visage et la seyante rougeur qui poudrait ses joues.

— Je reviendrai, s'entendit-il dire alors qu'il reboutonnait ses culottes. Pas d'autres hommes, Grace.

Elle le regarda bien en face.

— Pas d'autres femmes, Ethan.

Puis elle pivota et s'éloigna.

Debout à la fenêtre de sa chambre, Grace regardait Ethan qui se préparait à partir. Il était habillé comme sur son bateau d'une chemise à larges manches, de culottes noires ajustées et de hautes bottes, sa redingote pliée sur un bras. Un palefrenier lui amena un hongre noir qui caracolait et il attacha la redingote derrière la selle en cuir. Il passa une main sur l'encolure du cheval et sauta sur son dos sans effort, comme il faisait tout le reste.

Un instant, il leva les yeux vers la fenêtre où elle se tenait et leurs regards se rencontrèrent, le sien de la couleur d'un ciel d'automne, celui de Grace empli d'une angoisse qu'elle espéra lui cacher. Il s'en allait, ainsi qu'elle l'avait craint, et avec lui tout espoir de bonheur pour l'avenir.

Elle le regarda s'éloigner, grand et mince, les épaules larges, à l'aise en selle, chevauchant avec la même assurance que lorsqu'il arpentait le pont de son bateau. Elle observa le cheval et le cavalier qui longeaient l'allée et disparaissaient entre les arbres, et son cœur se serra fortement.

Elle avait essayé de s'endurcir, d'écarter ses sentiments. Il était toujours ce capitaine diabolique, après tout.

Mais il y avait en Ethan Sharpe quelque chose qui l'attirait comme chez aucun autre homme. En dehors de sa présence imposante, de son corps svelte et musclé et de sa remarquable adresse d'amant, elle voyait dans ses yeux, lorsqu'il la regardait, une trace de solitude qui l'émouvait et touchait en elle une corde sensible du même genre.

Quelque chose qui lui donnait envie de voir ces beaux yeux bleus emplis de bonheur et d'amour.

Cela n'arriverait pas et se convaincre que ce serait possible n'avait réussi qu'à lui briser le cœur une fois de plus. Elle regarda de nouveau par la fenêtre. L'allée était vide. Ethan était parti.

Ils étaient mariés, mais rien n'avait changé.

15

Ce fut seulement deux heures plus tard que Grace finit par se ressaisir suffisamment pour affronter la journée à venir. Elle quitta sa chambre et descendit l'escalier, résignée une fois de plus à la situation. Son mari l'avait abandonnée, ainsi qu'elle l'avait craint. Mais, au fil des années, elle avait appris à ne compter que sur elle-même, et il y avait un enfant à considérer.

Sortant de la maison par une porte-fenêtre qui donnait sur le jardin, l'esprit concentré sur la conversation qu'elle voulait avoir avec lady Belford, elle gravit la pente douce jusqu'au petit manoir et frappa à la porte sculptée. Il fallait qu'elles discutent de certaines choses et Grace sentait nettement que l'honnêteté serait la meilleure approche.

— Bonjour, milady, dit un majordome aux cheveux gris qu'elle n'avait encore jamais vu. Vous devez être la nouvelle lady Belford.

— Oui. Je suis ici pour parler à…

— Entrez, ma chère Grace !

Harriet vint à elle, petite, le visage rond, les yeux battus mais souriants.

— Nous sommes toutes les deux lady Belford, maintenant, n'est-ce pas ? Parfois, ces histoires de titre sont si ennuyeuses.

Mais il était évident qu'Harriet Sharpe était beaucoup

plus à l'aise dans le rôle de pairesse que Grace ne le serait jamais.

La petite femme blonde la conduisit dans un salon confortable décoré dans de douces nuances vert d'eau et ivoire. Des rideaux assortis ornaient les fenêtres et un tapis d'Aubusson vert foncé, bordé de fleurs, réchauffait le sol. Ainsi que la jeune veuve l'avait dit, le manoir était en bien meilleur état que la maison principale.

Elles prirent place sur une bergère rembourrée et Harriet demanda au majordome, Colson, de leur apporter du thé et des biscuits.

Quand le domestique eut disparu silencieusement entre les hautes portes coulissantes en acajou, Harriet se tourna vers Grace et sourit.

— Je ne puis vous dire combien je suis heureuse de vous avoir à Belford Park. Depuis que Charles est mort, il me manque terriblement. Je me suis sentie très seule, sans lui.

— Cela a dû être affreux pour vous… Perdre votre mari si soudainement…

Harriet soupira.

— J'en ai été dévastée. Un jour, il riait et était plein de vie. Tout de suite après, il n'était plus là.

Un instant, des larmes embuèrent ses yeux et Grace vit qu'elle luttait pour ne pas pleurer.

— Je l'aimais à la folie. Nous espérions avoir un enfant, mais cela ne devait pas être.

Grace détourna les yeux, ses joues s'échauffant.

— Ne soyez pas embarrassée, ma chère. Vous êtes enceinte, n'est-ce pas ?

Grace releva brusquement la tête.

— Comment le savez-vous ?

— Je vois l'éclat de votre visage. En outre, vous n'auriez jamais pu traîner mon beau-frère à l'autel autrement. Mais je suis contente qu'il soit marié. Ethan est un homme difficile. Il a souffert par le passé et cela l'a rendu amer et sans illusion. Je crois que vous trouverez le moyen de le sortir de l'obscurité.

La gorge de Grace se serra. Elle se détourna, les larmes aux yeux. Pleurer devant une femme qu'elle connaissait à peine ne faisait définitivement pas partie de ses plans, mais les paroles d'Harriet libéraient les sentiments qu'elle avait si soigneusement enfermés dans un coin.

Lady Belford s'éclipsa un instant et revint avec un joli mouchoir brodé.

— Il ne faut pas pleurer, ma chère. Vous allez me faire penser à Charles et je me mettrai à pleurer aussi.

Elle tendit le mouchoir à Grace, qui en tamponna ses yeux.

— Je suis désolée. Je ne voulais pas que ceci se produise. C'est juste…

— Juste quoi, ma chère ?

— Auparavant, j'étais désespérément éprise d'Ethan. Je l'aimais comme vous aimiez votre Charles.

— Mais vous ne l'aimez plus, maintenant ?

Grace pressa le mouchoir sous son nez.

— Je refuse d'aimer un homme qui ne m'aime pas.

Lady Belford lui prit la main et la pressa doucement. A ce moment-là, les portes du salon s'ouvrirent et elles se tournèrent vers le bruit de la table roulante qui pénétrait dans la pièce.

— Je vois que Colson arrive avec notre thé et je crois que nous avons bien besoin d'une tasse, toutes les deux.

Le petit majordome poussa la table roulante près de la bergère et se retira, refermant les portes derrière lui. Lady Belford servit adroitement le thé dans deux tasses en porcelaine au bord doré, ajouta du sucre dans celle de Grace et la lui tendit.

— Maintenant… que se passe-t-il entre Ethan et vous ? Voulez-vous dire qu'il est parti parce qu'il ne vous aime pas ?

La tasse et la soucoupe tintèrent dans la main de Grace.

— A part le désir physique que tout homme semble éprouver, il supporte à peine de me voir.

Elle regarda Harriet, la poitrine douloureuse aux mots pénibles qu'elle pouvait à peine se forcer à prononcer, et souhaitant pouvoir dire la vérité à sa belle-sœur. Mais elle ne pouvait l'expliquer sans trahir le secret de sa filiation, ce qui était impossible.

— C'est une très longue histoire, déclara-t-elle à la place. Qu'il suffise de dire que je suis la dernière femme sur terre qu'il désirait épouser.

— Alors, pourquoi l'a-t-il fait ?

Grace haussa les épaules.

— Ethan est un homme d'honneur. Il se sentait responsable de m'avoir mise enceinte.

Harriet sourit légèrement.

— Je ne crois pas que vous connaissiez mon beau-frère aussi bien que vous le pensez.

— Pourquoi ?

— Si Ethan Sharpe n'avait vraiment pas voulu vous épouser, rien n'aurait pu le contraindre à le faire.

16

Plusieurs semaines passèrent, le mois de mai glissant vers le mois de juin, les jardins éclatant de fleurs roses, jaunes et rouges, tandis qu'une amitié solide s'épanouissait entre Harriet et Grace. La jeune veuve était aussi douce et aimable qu'elle l'avait paru au début et Grace était infiniment reconnaissante de son amitié.

Avec du temps à revendre devant elles, les deux femmes décidèrent d'un plan pour restaurer Belford Park. La semaine qui suivit le départ d'Ethan, elles se mirent au travail et se consacrèrent à cette tâche, engageant d'énormes sommes sur les fonds apparemment illimités du marquis. Telle une fleur au printemps, la maison reprit vie, les couloirs vides pullulant de charpentiers, de marbriers, de couvreurs, de tapissiers et de poseurs de papier peint. Cette activité occupait la plupart du temps de Grace et l'aidait à écarter de son esprit l'homme qui planait dans ses pensées.

Le soir, elle partageait avec Harriet son intérêt pour les étoiles, et toutes deux passaient les heures suivant le dîner à discuter des constellations et des mythes grecs et romains qui les accompagnaient.

— J'en suis venue à nous voir comme les Gémeaux, dit Harriet en se penchant pour regarder dans le petit télescope de Grace installé sur la vaste terrasse en pierre.

En quelques semaines, nous sommes devenues comme des sœurs.

— Vous voulez dire comme les jumeaux Dioscure, les frères dévoués de la mythologie grecque.

— Oui. Nous nous disputons rarement. Nous sommes en général en parfaite harmonie sur tous les sujets.

— Ce qui, d'après le mythe, est la raison pour laquelle Zeus a placé les jumeaux dans la même partie du ciel.

Harriet sourit, ce qu'elle semblait faire plus souvent ces derniers temps.

— Exactement.

Les travaux continuaient dans la maison et le personnel lui-même paraissait aiguillonné par le tourbillon d'activité qui l'entourait. A l'occasion du vingt-septième anniversaire d'Harriet, la cuisinière insista pour préparer un repas spécial et, en honneur de l'événement, Grace mit le Collier.

Il avait vraiment quelque chose de spécial. Chaque fois qu'elle le portait, elle se sentait réconfortée, son humeur se dégageait du désespoir dans lequel elle était souvent plongée. Craignant que son mari manque particulièrement à Harriet en cette occasion, elle voulait être pleine d'entrain.

Elle descendit le grand escalier de marbre et se dirigea vers la salle à manger, qui était la prochaine pièce sur la liste de leurs rénovations. Bien que la garniture des vingt-quatre chaises alignées le long de la table en acajou fût un peu passée et usée, chaque pendant en cristal des candélabres suspendus au plafond avait récemment été nettoyé, ainsi que les appliques dorées fixées au mur.

Portant une robe turquoise recouverte d'une jupe de soie rose brodée de motifs grecs, Grace entra dans la pièce en même temps qu'Harriet, elle aussi vêtue plus élégamment ce soir-là d'une robe de soie bleu pâle ourlée de dentelle rose.

— Heureux anniversaire, dit Grace en l'embrassant légèrement sur la joue.

— Merci. Etonnamment, je ne me sens pas plus âgée d'un jour.

— Vous ne le paraissez certainement pas.

Harriet sourit. Elle semblait plus heureuse, dernièrement, se remettant à regarder le monde avec espoir. Ses yeux noisette se posèrent sur le collier.

— Mon Dieu, quel beau bijou !

Grace leva la main pour toucher le rang de perles, qui luisait à la lumière des bougies du chandelier en argent posé sur la table.

— C'est un cadeau de mon amie Victoria Easton. Elle espérait qu'il me porterait chance.

Grace essaya de ne pas penser à Ethan, de ne pas souhaiter que le Collier les ait fait bénéficier de sa magie.

Lorsqu'elles prirent place à table, Grace raconta à Harriet l'histoire du Collier, du grand amour de lord Fallon pour lady Ariana of Merrick, et la légende qui accompagnait le précieux présent qu'il lui avait fait.

— Bien sûr, ce ne sont que des sottises, acheva Grace. Je ne crois pas aux légendes, même si les perles semblent avoir apporté le bonheur à mon amie.

— Néanmoins, c'est une histoire intéressante. D'autant plus que le château Merrick n'est qu'à quelques lieues d'ici. Il est étonnant de voir combien le monde est petit.

Grace releva brusquement la tête.

— Le château Merrick est près de Belford ?

— Oui, pas loin d'Alterton. Il est en ruines, bien sûr, mais il a quelque chose de fascinant. Peut-être aimeriez-vous le voir, un jour.

— Oh, oui, cela me plairait beaucoup.

Grace toucha de nouveau les perles, qui semblèrent se réchauffer sous ses doigts.

— Je parlais à l'un des menuisiers, M. Blenny, et il m'a dit que son gros orteil le faisait souffrir. Il pense qu'il pleuvra deux ou trois jours, mais il est certain que le temps s'améliorera d'ici à la fin de la semaine. Nous pourrions peut-être y aller à ce moment-là.

— Oui, faisons-le. Nous en ferons une sortie d'une journée. J'adorerai vous montrer le château.

Bien que le temps restât peu clément — l'orteil de M. Blenny devait toujours le faire souffrir —, la sortie au château Merrick se déroula comme prévu. Une brise fraîche soufflait sur la route, agitant les branches des arbres sur le passage du coupé, mais Grace était si excitée qu'elle y faisait à peine attention. Quelle coïncidence incroyable qu'elle soit venue vivre si près du château !

— C'est encore loin ? demanda-t-elle à Harriet, aussi impatiente qu'une enfant d'arriver.

— Encore une lieue, je pense, guère plus. Dès que nous aurons passé le prochain virage, vous pourrez voir le château se dresser sur la colline.

Bravant le froid, Grace abaissa la vitre, puis passa la tête dehors. La lisière en fourrure de sa cape volait dans le vent et l'air frais lui cinglait les joues, mais ses yeux restaient fixés sur les restes imposants du château.

Il s'élevait sur une butte, le haut donjon circulaire étant tout ce qui restait de ce qui avait été jadis une grande forteresse en pierre. Bien qu'un côté de la tour soit tombé en ruines, le donjon montait dans le ciel, ses remparts ceignant encore une grande partie du sommet. Des nuages noirs flottaient au-dessus comme s'ils étaient à leur place. Grace ne pouvait imaginer cet endroit baigné de soleil.

— La douve a disparu, déclara Harriet, mais on en voit encore la trace dans le sol.

Grace aperçut en effet le fossé bordé de pierres qui avait autrefois protégé le château des envahisseurs. Elle leva les yeux vers le donjon et un petit frisson la parcourut. Lady Ariana avait gravi les marches jusqu'au parapet et s'était jetée dans le vide, pour mourir sur les pierres de la douve.

— Arrêtez-vous, cocher ! lança-t-elle au conducteur, qui obéit en rangeant l'attelage sur le côté de la route.

Elle se tourna vers Harriet, assise en face d'elle.

— Je vais voir de plus près. Voulez-vous venir avec moi ?

Harriet frissonna et secoua la tête, ramenant sur elle sa couverture fourrée.

— J'espérais qu'il ferait meilleur. Je crois que je vais rester ici, si cela ne vous ennuie pas.

— Pas du tout.

Grace était secrètement contente de pouvoir explorer le château toute seule. Elle sortit du beau coupé noir des Belford, releva sa capuche pour se protéger du vent et se mit à gravir la colline.

Lorsqu'elle atteignit le bord du fossé, elle s'arrêta pour lever les yeux. Le parapet la dominait de sa hauteur, et le vent glacé qui sifflait à travers les meurtrières produisait un étrange gémissement. Elle traversa le fossé empli de terre et s'arrêta de nouveau de l'autre côté. Les murs du château étaient en pierre grise, froide et humide, en partie recouverte de mousse.

Par le passé, la porte du donjon se trouvait à un étage du sol pour écarter les visiteurs importuns. Des marches devaient y conduire, mais elles avaient disparu. Grace contourna la tour, découvrit un endroit où les murs s'étaient écroulés et enjamba les pierres tombées pour s'introduire dans le château.

Les murs qui restaient debout formaient une barrière

contre le vent et, dans la grand-salle, l'air était étonnamment tranquille, à part le gémissement du vent au-dessus et les craquements de vieilles poutres. L'énorme cheminée en pierre était toujours là, au fond de la salle, ses braises de jadis éteintes depuis longtemps.

Grace resta là un long moment, immobile. Puis un autre bruit parvint à ses oreilles, un glissement de pieds qui semblait s'approcher. Elle pirouetta vers ce bruit.

— Bienvenue à Castle Merrick.

Une très vieille femme approchait, ridée, maigre et voûtée, tenant un bâton tordu dans sa main noueuse. Vêtue de noir de la tête aux pieds, la capuche de sa lourde cape cachant en partie son visage, elle évoquait un personnage sorti d'une histoire médiévale.

— Je suis désolée, dit Grace. Je ne voulais pas déranger.

— Vous ne dérangez pas, ma chère.

Grace regarda autour d'elle, mais ne vit que les murs nus, un tas de poutres pourrissantes et un étroit escalier en pierre qui montait.

— Je suis… je suis lady Belford. Et vous êtes… ?

— Mabina Merrick. Il y a très longtemps, ma famille vivait ici.

Merrick. La vieille femme devait être une lointaine parente de lady Ariana.

— Oui… je connais un peu l'histoire.

— Je le vois. Vous portez les perles.

D'une certaine façon, il avait semblé juste à Grace de porter le collier dans son endroit d'origine. A présent, elle se demandait si elle avait bien fait.

— Elles appartenaient à votre famille, autrefois, dit-elle.

— Dans le temps… Il y a bien des années.

— Elles appartenaient à lady Ariana.

La vieille hocha la tête.

— C'était un présent de son amant, lord Fallon. Il avait fait faire ce collier pour elle. Il avait choisi lui-même chacun des diamants, un cadeau de prix pour sa fiancée. Elle portait le collier le jour de sa mort.

Grace regarda l'escalier abrupt qui menait au parapet.

— Elle s'est tuée en apprenant que lord Fallon avait été massacré par des bandits alors qu'il se rendait au mariage. Elle devait beaucoup l'aimer.

— Oui. Pour Ariana, il ne pouvait y en avoir un autre. Comme il ne pouvait y avoir d'autre femme pour lui.

Quelque chose se crispa dans la poitrine de Grace.

— L'histoire dit… qu'elle portait son enfant.

La vieille femme hocha gravement la tête.

— En effet. Ils étaient amants depuis longtemps, même avant leurs fiançailles. Elle l'a aimé dès qu'elle l'a vu.

— Et lui ? demanda Grace. Lord Fallon ressentait-il la même chose pour Ariana ?

Mabina Merrick fit signe que non.

— Au début, il la désirait simplement. Il en est ainsi pour la plupart des hommes. Mais le temps a passé et il a appris à connaître son cœur. Il en est venu à admirer son courage et sa bonté. Son amour pour elle a grandi et il a fini par comprendre qu'il l'aimait profondément, qu'il ne pourrait être heureux avec aucune autre.

Les doigts arthritiques de la vieille femme se tendirent vers le collier. Elle caressa doucement les perles.

— Ces perles étaient faites pour vous. Vous étiez destinée à les porter, comme elle.

Grace secoua la tête, prise d'un étrange sentiment d'irréalité.

— C'était un cadeau, rien de plus. C'est seulement par

hasard que je suis venue ici aujourd'hui. Seulement par hasard que j'ai mis ce collier.

Mabina sourit et Grace vit ses chicots noirs.

— Vous pouvez le penser si vous voulez.

— Mon amie espérait qu'il m'apporterait le bonheur, comme à elle.

— Le bonheur… ou la tragédie. C'est à voir.

Grace commença à reculer. Rien de tout ceci n'était réel. Elle avait découvert incidemment que le château se trouvait là, et elle était juste venue dans le désir de le voir.

— Je crains de devoir partir. Ma belle-sœur m'attend dans la voiture. Je serais heureuse de vous raccompagner chez vous.

La vieille femme gloussa, un son éraillé et irritant.

— Je ne crois pas que ce soit possible.

— Que voulez-vous dire ?

— Allez, ma petite. Ayez confiance dans les perles… et dans votre cœur. Faites ce que votre cœur vous dicte, et si les Parques sont d'accord, tout ira bien.

Elle se tourna et se mit à s'éloigner, appuyée lourdement sur son bâton. Alors que la vieille femme sortait des murs du donjon, le vent cingla ses habits noirs, les plaquant sur ses jambes maigres. Courbée dans la brise glacée, Mabina Merrick continua à marcher.

Grace la vit disparaître derrière une butte et se rendit compte que son cœur tambourinait. Elle avait les paumes moites et ses mains tremblaient.

Seigneur Dieu, que venait-il de se passer ?

Une étrange rencontre avec une étrange vieille femme, rien de plus.

Et cependant, il y avait ce sentiment au fond de sa poitrine. Il ne cessait de croître et de se renforcer, une curieuse sorte de compréhension ne ressemblant à rien de ce qu'elle avait éprouvé auparavant.

Grace leva les yeux vers le ciel qui s'assombrissait au-dessus des ruines du donjon, son regard scrutant l'immensité. Relevant l'ourlet de sa jupe, elle pivota et sortit en courant du château. La capuche de sa cape glissa et le vent la décoiffa tandis qu'elle se précipitait vers le bas de la colline. Elle était transie jusqu'aux os, ses doigts étaient engourdis par le froid, mais elle n'en avait cure.

Elle pensa à Ethan, à l'enfant qu'elle portait, et son cœur se serra.

Pour la première fois depuis des semaines, elle sut ce qu'elle devait faire. Elle allait partir pour Londres et rien ne l'arrêterait.

Elle frissonna. Elle pria simplement que les Parques se montrent plus aimables qu'elles l'avaient été jusqu'à présent.

17

Ethan acheva son entretien avec le colonel Pendleton au ministère de la Guerre, quitta l'édifice et rejoignit son coupé qui l'attendait devant. D'après le colonel, il n'y avait aucune nouvelle d'Harmon Jeffries. Rien n'avait filtré des déplacements du vicomte.

En revanche, Ethan avait appris que la situation s'échauffait avec les Français. Le Premier ministre et les membres du gouvernement devenaient de plus en plus nerveux. Deux semaines plus tôt, ils lui avaient demandé son aide.

— Nous avons besoin de vous, capitaine, avait déclaré le colonel. Par le passé, votre aide a été inestimable. Nous espérons que vous accepterez une dernière mission.

Ethan avait accepté avec réticence, mais pour l'heure aucune date n'avait été fixée pour le départ du *Démon des mers* et de son équipage.

— Cela pourrait être dans quelques semaines, lui avait dit le colonel ce jour-là. Max Bradley est toujours sur le continent. Je veux qu'il parte avec vous. Il se fond parmi les Français comme s'il était l'un des leurs. Il sera d'une aide précieuse pour rassembler des informations. Tant qu'il n'aura pas terminé sa mission actuelle et ne sera pas revenu à Londres, il serait ridicule que vous preniez la mer.

Peu après, tandis que son attelage roulait vers sa maison

de ville, Ethan s'adossa au siège en cuir et jura en silence. Il ne souhaitait pas s'impliquer de nouveau dans l'effort de guerre. Il avait fait son devoir — plus que largement. Il avait envie d'affronter les tâches et les défis inhérents à sa position de marquis.

Une image de Grace surgit dans son esprit, les seins un peu plus pleins, le ventre légèrement arrondi. Il y avait même eu une époque où il avait envisagé de devenir un époux, où il avait imaginé dans un avenir assez lointain trouver une jeune fille douce et malléable qu'il épouserait et qui serait la mère de ses enfants.

Grace n'était pas le genre de femme qu'il avait pensé épouser — bien au contraire. Néanmoins, dès qu'il l'avait rencontrée, rien n'avait pu la faire sortir de ses pensées. Il la désirait sans fin, rêvait de lui faire l'amour, se rappelait avec une clarté stupéfiante toutes les fois où il l'avait possédée. Même la laisser à la campagne à des lieues de Londres n'avait pas réussi à la chasser de ses turbulentes pensées.

Peut-être que reprendre la mer était la solution. Il l'espérait. Rien d'autre ne semblait marcher.

La voiture heurta une ornière et le projeta contre le dossier. Par la vitre, il pouvait voir de jeunes coursiers qui couraient porter les messages de leurs employeurs. Un mendiant vêtu de haillons tendait une main sale en chancelant dans la rue. Ethan prit une pièce dans son gousset et la lui lança.

Dix minutes plus tard, le coupé arriva dans l'élégant quartier de Mayfair et s'arrêta devant sa maison de Brook Street. L'esprit centré sur son voyage à venir, Ethan quitta la voiture, gravit les marches de pierre et entra dans le vestibule.

— Bonjour, milord.

Son majordome, un nommé Baines qui avait travaillé

autrefois pour Charles, un homme brun aux tempes grisonnantes, ineffablement snob, s'écarta pour le laisser passer.

— Je crains qu'il y ait eu quelque remue-ménage après votre départ, milord.

Ethan ramena son attention sur lui.

— Quel genre de remue-ménage ?

— Il semble que votre épouse soit arrivée.

La nouvelle causa un choc à Ethan. Il fut suivi d'une vague d'émotions qu'il se refusa à nommer. Il regarda les traits sévères du majordome. Comme il n'avait pas mentionné son récent mariage, il comprenait que son personnel soit un peu désarçonné.

— Où est-elle ?

— Dans sa chambre, sir. Sa soubrette et elle défont leurs bagages. Je présume que j'ai bien fait de l'installer dans la suite de la marquise.

Grace se trouvait dans sa maison de ville. Elle était en haut, dans la chambre qui jouxtait la sienne. Son cœur tambourinait, son sang se précipitait dans ses veines. Juste Ciel, la seule pensée de la voir le faisait se conduire comme un écolier.

— Vous avez bien fait. Cette dame est ma femme, après tout.

— Félicitations, milord.

Le ton légèrement réprobateur du domestique ne lui échappa pas.

— Je m'assurerai de la présenter au personnel avant son départ.

Car elle ne resterait pas. En aucun cas.

Tandis qu'il montait l'escalier, plus il songeait à cette arrivée impromptue, plus il était furieux. Bonté divine, elle avait un toupet colossal ! Il était le marquis de Belford, sapristi ! Grace était sa femme et elle était censée obéir à ses ordres. Et il lui avait clairement ordonné de rester à Belford Park.

S'arrêtant devant la porte de sa chambre, il frappa fermement, puis leva le loquet et entra sans permission.

Grace était en train de se changer. Elle se tenait devant la fenêtre, vêtue d'une étroite camisole en linon, de jarretières en dentelle et de bas, aussi grande, majestueuse et ravissante qu'il se le rappelait. Ses seins étaient plus pleins, constata-t-il, mûrs et lourds, ses mamelons roses plus larges et plus tentants encore qu'auparavant.

La camisole tombait doucement sur la légère rondeur de son ventre. D'après ses calculs, elle était enceinte de près de quatre mois, et cependant elle paraissait plus rayonnante, plus jolie qu'il ne l'avait jamais vue. Sa bouche s'assécha. Ses muscles se crispèrent et son corps se tendit. Il se dit que ce n'était que du désir. Pas de quoi s'émouvoir.

Ses brillants yeux verts s'arrondirent en le voyant. Elle tendit la main vers sa robe de chambre en velours vert foncé, sa soubrette la prit sur la banquette au pied du lit à baldaquin et l'aida à l'enfiler.

— Je voudrais dire un mot à ma femme, Phoebe, s'il vous plaît.

— Bien sûr, milord.

A la vue de son expression dure, la domestique sortit nerveusement de la pièce et ferma la porte.

Ethan ramena son attention sur Grace.

— Je vous ai dit de rester à Belford Park. Que faites-vous à Londres ?

Elle haussa le menton en un geste dont il se souvenait bien. Il se dit qu'il n'était pas du tout content de la voir.

— Je suis venue voir mon mari. Et bien sûr, je souhaitais revoir ma famille et mes amis. Le fait que je sois mariée à vous, milord, ne vous donne pas le droit de me séparer éternellement des personnes que j'aime.

Une bouffée de culpabilité l'envahit. Il supposait qu'elle avait raison. Néanmoins, la voir là, dans sa maison de ville, dans la chambre voisine de la sienne, ne lui plaisait pas. Il la parcourut du regard, notant la pâle colonne de son cou, le pouls frénétique qui battait à la base de sa gorge et lui donnait envie de poser sa bouche dessus, la courbe voluptueuse de sa poitrine cachée sous sa robe de chambre, les pieds minces et les chevilles délicates qui dépassaient de l'ourlet.

Son corps réagit et se crispa. Le désir se ficha dans ses reins et son sexe se durcit comme il ne l'avait plus fait depuis son retour à Londres.

« Pas cette fois », se dit-il, connaissant trop bien le pouvoir qu'elle exerçait sur lui avec son corps délectable. Il la convoitait peut-être, mais elle partirait dans quelques jours — il avait l'intention de s'en assurer — et d'ici là il comptait bien garder ses distances.

— Etes-vous certaine que vous devriez voyager dans votre état ? demanda-t-il, juste un peu inquiet, considérant sa robuste constitution.

Elle haussa les épaules.

— Peut-être pas. Je suppose que je devrai prendre ce risque en compte avant de voyager de nouveau.

Ethan jura en silence. Sans le vouloir, il s'était piégé lui-même et elle avait habilement refermé le piège sur lui. Néanmoins, il se jura de la voir partie bien avant que voyager devienne un problème — avant qu'elle réussisse à se glisser de nouveau sous sa peau comme il savait qu'elle le ferait s'il lui en laissait la moindre chance.

Ils étaient convenus de mener des vies séparées.

C'était un accord qu'il avait l'intention de voir respecté.

*
* *

Grace regarda son mari quitter la chambre et relâcha le souffle qu'elle retenait. Son cœur battait très fort, voletant tel un oiseau en cage. Seigneur Dieu, comment avait-elle pu oublier l'effet qu'il produisait sur elle ?

Elle se laissa choir sur la banquette, son image grande et imposante, si sombre et si virile, imprimée dans sa tête. Le pouvoir et la sensualité émanaient de lui, semblaient le nimber d'une aura à laquelle il était impossible de résister.

Elle prit une inspiration pour se calmer. Dès l'instant où elle l'avait vu, elle avait été certaine d'avoir bien agi. Elle était à Londres. Fermement installée dans la maison de son mari.

Au moins ne l'avait-il pas jetée à la rue !

Elle n'avait pas été entièrement sûre qu'il ne le ferait pas. Il ne voulait pas d'elle ici, c'était clair.

Toutefois, il ne pouvait cacher tout à fait le désir qu'elle avait lu dans ses yeux, l'attirance qui les poussait l'un vers l'autre depuis le soir où il l'avait enlevée sur le *Lady Anne*.

Elle s'était inquiétée qu'il ne la trouve plus séduisante. Son corps changeait, devenait plus féminin et plus rond. Quand le bébé grandirait encore en elle, elle deviendrait grosse et disgracieuse. Avec le temps, elle perdrait complètement ses facultés de séduction. Elle devait agir maintenant, le gagner pendant qu'elle le pouvait encore.

Grace songea à son étrange rencontre avec la vieille femme à Castle Merrick. Dès que Mabina était partie, elle avait été certaine de la voie à suivre. Dans la voiture qui les ramenait à Belford, elle avait expliqué à Harriet ce qu'elle pensait faire.

— Je me suis menti, Harriet. J'aime Ethan. J'ai essayé

de cesser de l'aimer, mais je ne le peux pas. Je veux qu'il m'aime en retour et je ne peux l'obtenir en restant à la campagne.

Harriet avait souri, s'était penchée vers elle et l'avait enlacée.

— Je savais qu'en temps voulu vous parviendriez à cette conclusion. Vous devez aller le rejoindre, comme vous le dites. Vous devez le forcer à admettre ses sentiments pour vous.

— Irez-vous bien pendant mon absence ?

— Oui. Le temps que nous avons passé ensemble m'a donné une nouvelle emprise sur la vie. Je m'occuperai avec la maison et quand tout sera fini, peut-être irai-je à Londres moi-même.

Grace avait ri, ravie, et l'avait serrée dans ses bras.

— Cela me plairait plus que tout.

Dès qu'elles étaient rentrées à Belford, elle s'était activée dans la maison, faisant monter ses malles et aidant Phoebe à emballer leurs affaires. Et tout le temps, les paroles d'Harriet lui tournaient dans la tête.

Si Ethan n'avait vraiment pas voulu vous épouser, rien n'aurait pu l'y contraindre.

Juste Ciel, elle priait que sa belle-sœur eût raison. Priait que l'expression qu'elle avait vue dans les yeux d'Ethan le jour de leur mariage fût exactement ce qu'elle souhaitait si fort. *De l'amour.*

Même s'il n'éprouvait qu'une légère affection pour elle, il pouvait peut-être y avoir de l'espoir pour eux.

Du moins, c'était ce qu'elle s'était dit lors de son voyage vers Londres. Et ce jour-là, lorsqu'il avait fait irruption dans sa chambre, elle aurait juré avoir vu de nouveau cette expression, un instant. Son désir pour elle était indéniable, mais existait-il aussi une petite étincelle d'amour ?

Peut-être était-il trop tôt pour cela. Mais quoi qu'elle

ait vu, cette lueur faisait naître en elle un sentiment d'espoir. Et cette fois, elle refusait de laisser ce sentiment lui échapper.

Ethan se tenait debout devant la cheminée de son cabinet de travail, fixant le foyer vide. Il pensait à la femme qui se trouvait en haut, la femme qu'il avait épousée. Depuis son retour à Londres, il avait fait tout ce qu'il avait pu pour l'oublier. Et maintenant elle était chez lui.

Sapristi.

Un coup frappé à la porte attira son attention. Il se tourna légèrement et vit entrer Rafael Saunders.

Grand et imposant, le duc s'arrêta juste devant la porte.

— Je ne crois pas vous avoir jamais vu cette expression.

Ethan grogna.

— Ma femme est arrivée.

— Ah ! voilà l'explication.

— J'essaie de déterminer quoi faire à ce sujet.

Rafe haussa un sourcil sombre.

— Qu'y a-t-il à faire ? Grace est une très belle femme, très désirable, et elle est votre épouse. Je dirais que les prochains jours vont être très agréables pour vous.

— Je vais la renvoyer à la première occasion.

— Vraiment ?

— Elle souhaite voir sa mère, bien sûr, et passer un peu de temps avec ses amies. Je peux difficilement lui refuser cela.

— Non, naturellement.

La bouche de Rafe s'incurva en un petit sourire entendu.

— Et pendant qu'elle est ici, vous aurez l'occasion de mieux vous connaître.

Ethan savait exactement ce que signifiait ce sourire. Il ne mentionna pas qu'il n'avait pas l'intention de passer ses nuits dans le lit de Grace, aussi attrayante que fût cette idée.

— De fait, elle aurait pu choisir un meilleur moment, reprit Rafe, son sourire disparu. J'apporte des nouvelles de Forsythe.

Les épaules d'Ethan se raidirent. Il alla de la fenêtre à l'endroit où se tenait le duc.

— On l'a trouvé ?

— Non. Mais le bureau du procureur général a reçu un rapport non confirmé concernant la présence du vicomte à York.

— York ? En sont-ils certains ? Je ne puis croire que ce bandit soit resté en Angleterre avec tout un chacun essayant de l'attraper pour toucher la récompense.

— Comme je l'ai dit, ce rapport n'a pas été confirmé, mais les autorités ont placé de nombreux hommes dans la région dans l'espoir de découvrir des signes de lui.

Ethan ressassa cette information. York n'était pas très loin de Scarborough, où Grace était allée chez sa tante. Il se demanda s'il pouvait y avoir une connexion et nota de prier Jonas McPhee de creuser cette possibilité.

Du jour où Harmon Jeffries avait été convaincu de trahison, Ethan avait été déterminé à le voir pendu. Bien qu'il fût désormais marié à sa fille, il avait récemment accru ses efforts dans ce sens, engageant deux autres enquêteurs de Bow Street. Néanmoins, jusqu'ici, aucune trace du vicomte n'avait été trouvée et Ethan était de plus en plus persuadé qu'il se cachait en France.

— Je suppose que vous me tiendrez informé.

— Bien sûr.

Un coup léger résonna à la porte et Ethan dit à la personne d'entrer. La porte s'ouvrit et Grace pénétra dans la pièce. Elle portait une robe en mousseline vert menthe qui avivait encore la couleur de ses yeux, et il pensa combien elle était jolie, même avec l'incertitude peinte sur son visage.

— J'espère que je ne dérange pas.

— Pas du tout, répondit Rafe avant qu'Ethan puisse le faire, et Grace fixa son attention sur lui.

— Baines m'a dit que vous étiez ici. J'espérais pouvoir vous saluer avant que vous quittiez la maison.

Le duc lui prit la main et la porta à ses lèvres.

— Je suis enchanté de vous voir, milady.

Grace lui dédia un grand sourire. Ethan n'avait vu ce sourire que quelque fois depuis qu'il l'avait rencontrée. L'effet en était fascinant.

— « Milady » semble si formel, alors que nous nous connaissons depuis si longtemps.

— Alors, je vous dirai simplement : « Félicitations, Grace. » Je vous souhaite le plus grand bonheur, à Ethan et vous.

Le magnifique sourire s'évanouit.

— Merci.

Ethan détourna les yeux, la poitrine soudain contractée.

Rafe ramena son attention sur lui.

— Je crains d'avoir des affaires à régler dans Threadneedle Street. Il me coûte de vous priver de ma précieuse compagnie, mais je suis sûr que vous pouvez trouver un moyen de vous divertir, tous les deux.

Ethan refusa de laisser son esprit vagabonder dans cette direction. Il s'obligea à penser à la place à la possibilité que Forsythe soit encore en Angleterre, que l'homme responsable du massacre de son équipage puisse finalement être appréhendé. Il se rappela que la femme debout devant lui était la fille de ce traître.

— Peut-être pourriez-vous me déposer en chemin chez mon avoué, dit-il. J'ai rendez-vous avec lui ce matin.

Rafe jeta un coup d'œil à Grace.

— Pas de problème.

— Si vous voulez bien nous excuser..., déclara Ethan à sa femme.

Elle hocha la tête et se força à sourire.

— Bien sûr. Je... j'ai un certain nombre de choses à faire moi-même.

Elle n'en dit pas plus et lui non plus, il se contenta de sortir derrière Rafe, essayant de ne pas regretter de ne pas rester chez lui avec Grace.

Le deuxième jour après son arrivée, Grace envoya un billet à sa mère pour l'informer qu'elle était de retour à Londres. A la suite de son mariage hâtif, elle avait écrit à Amanda Chastain pour lui dire qu'elle était désormais marquise de Belford. Elle avait reçu plusieurs billets en réponse, chacun d'eux débordant d'excitation.

« Je puis à peine le croire ! Et nous étions tous les deux si inquiets que vous nous déceviez. » Tous les deux signifiant sa mère et son beau-père.

« J'aurais dû savoir que ma fille chérie, si intelligente, était bien trop sage pour épouser moins qu'un pair. Et marquise, rien de moins ! »

Que Grace ait été sage en ce qui concernait Ethan était, bien sûr, aussi loin du compte que possible. Elle s'était montrée insensée et téméraire, et si ce n'avait pas été le sens de l'honneur d'Ethan — ce même sens de l'honneur qui l'éloignait d'elle maintenant —, elle se serait retrouvée avec un enfant sans père.

Mais Amanda Chastain ne se souciait que du résultat final. Avoir sa fille mariée à un marquis était une raison pour elle de s'enorgueillir. Grace était la marquise de Belford. A ses yeux, c'était tout ce qui comptait.

Cet après-midi-là, quand Amanda Chastain arriva chez les Sharpe, Grace n'était pas très sûre de ce que sa mère aurait à lui dire et espérait qu'elles pourraient éviter le sujet de son mari, ce qui, bien sûr, était trop demander.

— Le Dr Chastain et moi-même pensons donner un petit dîner en l'honneur de votre mariage, déclara sa mère alors qu'elles prenaient le thé dans le jardin. Si je puis me permettre, le marquis s'est montré très négligent dans ses devoirs envers nous. Il est notre gendre, après tout.

— Je pense qu'il serait sage pour vous d'attendre, mère. J'ignore comment un tel geste sera pris. Ethan est un homme très réservé.

— Il est temps que Londres apprenne qu'il y a une nouvelle marquise de Belford.

Grace tendit la main pour prendre celle de sa mère.

— Pas encore, mère. Je vous en prie. Laissez-nous un peu de temps.

Les sourcils de sa mère, cuivrés comme les siens, se relevèrent très haut sur son front et elle souffla.

— Eh bien… je suppose que nous pouvons attendre un peu.

C'était une réponse assez évasive et Grace pria en silence que sa mère abandonne le sujet de son mariage. Il était clair qu'Ethan ne voulait rien avoir à faire avec elle ou sa famille. Et il ne voulait certainement rien avoir à faire avec l'enfant qu'il avait engendré.

D'une manière ou d'une autre, se jura Grace, elle trouverait un moyen de changer cela.

Grace ne vit pas Ethan dans la journée et la soirée. Déterminée à ignorer son absence, le lendemain matin elle alla voir le jeune Freddie Barton et le trouva au travail dans les écuries, heureux.

Le petit blondinet sourit en la voyant et posa sa fourche.

— C'est bon de vous voir, milady.

Grace résista à l'envie de le prendre dans ses bras, certaine que cela le mettrait mal à l'aise, mais elle était extraordinairement contente de voir ce jeune garçon qui était devenu son ami.

— Vous aussi, Freddie.

Ils parlèrent de son travail de palefrenier et elle découvrit qu'il adorait passer du temps avec les chevaux. Il la guida dans les stalles, lui donnant fièrement le nom de toutes les bêtes.

— Ce n'est pas un bateau, milady, mais c'est presque aussi bien.

— La mer vous manque, Freddie ?

Avant qu'il puisse répondre, Schooner arriva et frotta son gros corps roux contre sa jambe éclopée. Machinalement, le jeune garçon se pencha pour le prendre, le mit sous un bras et le caressa.

— Oui, milady, elle me manque un peu.

Il était mieux ici, elle le savait, à l'abri du danger, et cependant… Une idée intéressante lui vint.

— Je pourrais peut-être vous aider à cet égard. Je pourrais vous apprendre à vous servir d'un sextant, et vous montrer comment naviguer en utilisant le soleil et les étoiles.

Le visage de Freddie s'illumina.

— Vous le feriez, milady ?

— Nous pourrions commencer demain, si vous voulez.

— Commencer quoi demain ? demanda une voix grave, depuis la porte.

Ethan se tenait très raide, l'air sombre. Le cœur de Grace s'emballa en le voyant.

— Je… je disais à Freddie que je pourrais lui apprendre à se servir d'un sextant. Je comptais vous demander la permission, bien sûr, mais je pensais que cela ne vous ennuierait pas.

Du moins, c'était ce qu'elle s'était dit quand elle avait fait cette proposition. Ethan avait toujours été aimable avec Freddie.

Maintenant, en le voyant froncer les sourcils, elle se demandait si elle s'était trompée.

— Je doute que vous en ayez le temps. Vous ne resterez pas ici très longtemps.

Elle s'obligea à garder le sourire.

— Eh bien, nous pourrions au moins commencer… enfin, si cela ne vous fait rien.

— S'il vous plaît, capitaine, on peut ? J'aimerais tellement apprendre.

Ethan s'éclaircit la gorge.

— De fait, c'est la raison pour laquelle je suis venu, Freddie. J'ai engagé un précepteur pour vous. Il vous apprendra à lire.

Le jeune garçon en resta bouche bée.

— Vous ne plaisantez pas, sir ? Je vais vraiment apprendre à lire ?

— Je ne plaisante pas.

— Vous croyez que je peux y arriver ?

Les traits d'Ethan s'adoucirent.

— Vous êtes un garçon intelligent, Freddie. Vous l'avez toujours été. Oui, je pense que vous pouvez apprendre à lire et maintes autres choses, aussi.

Par-dessus la tête du petit palefrenier, il regarda Grace.

— Apprenez-lui à naviguer, si vous voulez. Un garçon n'en sait jamais trop. Peut-être aurez-vous au moins le temps de lui enseigner les bases.

Elle retrouva son sourire.

— Merci, milord.

Ethan pivota et s'éloigna. Grace observa sa haute silhouette qui disparaissait derrière une haie de buis à l'avant du jardin et éprouva un sentiment de perte.

— Quand pouvons-nous commencer ? demanda Freddie.

Elle réussit à sourire.

— Que diriez-vous de cet après-midi ?

Elle ne put s'empêcher de lancer un regard vers la maison, se demandant s'il y avait la moindre chance qu'Ethan se joigne à eux.

18

Un beau ciel bleu éclairait le matin de début juin. Pendant la nuit, une averse avait purifié l'air de Londres, laissant les rues propres et les pavés humides. Grace avait juste fini de prendre son petit déjeuner quand Victoria Easton arriva. Elle était enceinte de près de huit mois, raison pour laquelle elle n'avait pas pu aller voir Grace à Belford Park.

Mais elle lui avait écrit de nombreuses lettres, l'une d'elles expliquant pourquoi elle avait révélé la condition de Grace. En retour, celle-ci avait reconnu son rôle dans l'évasion de son père et exposé la conviction de son mari que le vicomte était responsable de la mort de son équipage.

Il n'y avait plus de secret entre elles.

Grace leva les yeux quand son amie de longue date franchit en trombe les portes de la pièce, un petit tourbillon d'énergie, ronde et lourde, paraissant à la fois malheureuse et rayonnante.

— C'est si bon de vous voir !

Tory jeta les bras autour de Grace, sa petite taille et son ventre rebondi rendant le geste incommode. Elles rirent toutes les deux.

— C'est merveilleux de vous voir aussi.

— Imaginez ! s'exclama Tory en parcourant son amie

du regard, même si sa grossesse se voyait à peine. Nous allons élever nos bébés ensemble ! Nous allons tellement nous amuser !

Jusqu'ici, Grace n'avait guère pensé à l'enfant qu'elle portait. Elle était surtout inquiète à propos d'Ethan et de leur mariage apparemment sans espoir. Mais à présent, en regardant son amie, elle posa inconsciemment une main sur son ventre.

— Je ne puis encore le croire. Cela ne semble pas vraiment réel.

— Cela le deviendra vite.

— Vous avez toujours su vous y prendre avec les enfants, Tory. Vous serez une magnifique mère. Regardez comment vous vous êtes occupée de Claire.

— Maintenant, grâce à Cord, ma sœur a un époux pour veiller sur elle.

— Comment va-t-elle ?

— Elle est suprêmement heureuse.

Tory pointa un doigt sur Grace.

— C'est pour vous que nous nous inquiétons.

Grace soupira.

— Il ne veut pas de moi ici. J'aimerais savoir que faire.

Elles allèrent au canapé et s'assirent, n'ayant ni l'une ni l'autre envie de prendre du thé.

— L'aimez-vous ? demanda Tory sans ambages.

L'aimait-elle ? Elle avait dit que oui à son amie dans une lettre, mais cela remontait à un certain temps et bien des choses s'étaient produites depuis. En vérité, Grace avait l'intuition que Tory ne comprenait pas comment elle pouvait être attirée par un homme aussi froid et distant qu'Ethan. Parfois, elle avait du mal à le comprendre elle-même.

— Est-ce que je l'aime ? De fait, je l'ai aimé dès que

je l'ai vu, ou presque. Il y a quelque chose en lui, Tory. Quelque chose de différent et de merveilleux, qui m'appelle mais que je ne peux atteindre. Pendant un moment, je me suis dit que je n'éprouvais plus ces sentiments, que je ne l'avais épousé que pour donner un nom à mon enfant, mais ce n'est pas la vérité. Je ne crois pas que je l'aurais épousé, si je ne l'aimais pas profondément, si je ne pensais pas qu'avec le temps il finira par m'aimer.

— Pensez-vous qu'il vous aime peut-être ?

— Je ne sais pas. Quand il me regarde… quand je sens ses beaux yeux sur moi…

Elle posa une main sur sa poitrine.

— Mon cœur se serre. Dans ces moments-là, je pense qu'il m'aime peut-être. En tout cas, je suis déterminée à faire que cela arrive.

Tory sembla réfléchir, puis ses yeux se mirent à briller de cet éclat malicieux dont Grace se souvenait quand elles étaient pensionnaires chez Mme Thornhill.

— Levez-vous, ordonna-t-elle.

— Quoi ?

— Levez-vous !

Grace se leva lentement du canapé.

— Maintenant, tournez devant moi.

— Pourquoi ?

— Faites-le.

Grace obéit, et lorsqu'elle regarda de nouveau son amie, ses yeux pétillaient encore plus.

— Une femme est souvent très séduisante durant ses premiers mois de grossesse. Avec ces robes à taille haute qui sont à la mode, personne ne se douterait que vous êtes enceinte. Je pense que cela ne se verra pas avant un bon mois. Nous devons utiliser ce délai à notre avantage.

— Que voulez-vous dire ?

— Que c'est le moment de montrer à Ethan quelle

femme superbe vous êtes, et je sais exactement comment commencer. Cord et moi allons donner un bal en l'honneur de votre mariage.

— Non, de grâce, Tory. Ethan serait furieux. Ma mère voulait déjà donner un dîner intime et je l'ai découragée. Un bal serait encore pire.

— Vous devez me faire confiance. Cord m'a dit que même durant les mois avant votre mariage, Ethan n'a jamais passé de temps avec une autre femme. Il y a toute chance que vous ayez raison, Grace. Peut-être Ethan vous aime-t-il sans le savoir.

Tory sourit.

— C'est notre travail de le faire se rendre compte combien il tient à vous.

— Mais…

— Vous porterez une magnifique robe de bal et vous aurez tout l'air de la parfaite marquise. Les femmes en seront vertes d'envie et les hommes bourdonneront autour de vous comme des abeilles autour d'un rayon de miel. Ethan en sera fou de jalousie.

— Je ne sais pas, Tory. Etes-vous sûre que c'est une bonne idée ? Il me semble que vous avez eu une expérience assez déplaisante avec Cord dans ce goût-là.

Tory balaya ses paroles d'un geste de la main.

— C'était différent. En outre, tout a fini par s'arranger. Il est bon pour un homme de voir combien sa femme est désirable pour les autres.

Grace se mordilla la lèvre.

— Je ne suis toujours pas sûre que ce soit une bonne idée.

— Fiez-vous à moi, Grace. Je sais ce que je fais.

Grace l'espérait. Jusque-là, aucune de ses propres idées n'avait eu le résultat escompté.

*
* *

Trois jours passèrent. Trois jours et trois longues nuits. Ethan ne pouvait pas dormir et réussissait à peine à se forcer à manger. Il ne pouvait penser qu'à Grace. Juste Ciel, le seul fait de la voir dans les écuries avec Freddie l'avait traversé d'une flèche de désir. Malédiction ! Même dans son état, il la convoitait. Peut-être encore plus qu'auparavant.

Le quatrième jour, de plus en plus désespéré, il la convoqua dans son cabinet de travail. Fixant la cheminée vide, les pensées agitées, il se tourna au son de sa voix.

— Vous vouliez me voir, milord ?

Il n'était toujours pas habitué à ce qu'elle l'appelle ainsi. Il préférait qu'elle l'appelle Ethan, mais il n'osait pas le lui dire.

— Je voulais discuter de votre retour à Belford Park.

Elle haussa un sourcil.

— Mon retour ? Je viens juste d'arriver.

— C'est vrai, mais vous êtes venue en dépit de mes ordres explicites. Vous ne restez ici qu'en vertu de ma tolérance. Cela ne durera pas.

Elle leva le menton.

— Vous avez l'intention de me jeter à la rue ?

— Non. Je veux que vous retourniez à Belford Park. Vous y aurez ma belle-sœur pour vous assister au cours des mois à venir.

— Je n'irai pas, Ethan. Je reste ici.

Il aurait dû savoir que ce ne serait pas facile. Rien n'était jamais facile avec Grace.

— Vous comptez me défier ?

— Je compte prendre la place qui me revient en tant que votre épouse.

Grace adopta une posture obstinée et une image vint à l'esprit d'Ethan — celle d'elle dans sa cabine, déchirant les robes outrageuses qu'il lui avait achetées, le mettant silencieusement au défi de l'arrêter.

Il réprima une pointe d'amusement.

— A ce propos, reprit-elle, je voulais vous informer du bal que lord et lady Brant donneront dans quinze jours en l'honneur de notre mariage.

Ethan jura à mi-voix.

— Je ne puis croire que Cord permette à Victoria de se lancer dans une telle entreprise si près de son terme.

— De fait, Claire et lord Percy joueront le rôle d'hôtes à la place de Tory, en compagnie de lord Brant, bien sûr.

Ethan se détourna. Il savait qu'il l'avait traitée injustement. La nouvelle de leur mariage avait commencé à filtrer. Les gens commençaient à spéculer, à se demander pourquoi il cachait sa femme à la campagne si tôt après leurs noces. Pour finir, ils compteraient les mois et en déduiraient la vérité de sa grossesse, mais être mariée à un marquis avait ses avantages, et à la longue les ragots s'estomperaient.

A condition qu'il n'ajoute pas aux rumeurs en la forçant à retourner à Belford quelques jours après son arrivée en ville. Sapristi ! Pourquoi tout était-il si compliqué ?

— Ethan…

L'expression de Grace, partagée entre la détermination et la vulnérabilité, lui contracta la poitrine.

— Entendu, vous pouvez rester quelques semaines de plus. Ensuite, vous retournerez à Belford.

La légère lueur de triomphe dans ses yeux ne lui échappa pas. Bonté divine, cette femme pouvait être une petite garce manipulatrice quand elle le voulait. Un instant, son amusement revint, mais il le réprima prestement, ainsi que la bouffée de désir qui l'accompagna.

Il soupira en lui-même. Deux semaines encore avant

qu'il puisse la renvoyer à la campagne. Deux semaines de plus à combattre l'envie de coucher avec elle. Il ne le ferait pas. Il n'allait pas lui donner ce genre de contrôle sur lui. Lorsqu'elle serait de retour à Belford, il se trouverait une maîtresse, comme il aurait dû le faire depuis longtemps, une femme propre à satisfaire ses besoins tout en restant à distance.

Il aurait voulu que cette idée lui paraisse plus attrayante.

Il ramena son attention sur Grace.

— S'il n'y a plus rien à discuter, vous pouvez vous retirer.

Elle parut sur le point de dire autre chose, mais finalement elle fit simplement demi-tour et s'en alla. Le bruit de la porte qui se refermait résonna dans les chambres vides du cœur d'Ethan.

Elle devait faire quelque chose. Le bal se préparait, mais il était encore à des jours de là. Entretemps, Grace refusait de rester inactive et de regarder son mariage continuer à se déliter. Certes, il n'y avait jamais vraiment eu de mariage, juste quelques mots prononcés par le pasteur et ces brèves nuits ensemble.

Ses joues s'échauffèrent à cette pensée. Comme il lui manquait de dormir près d'Ethan, de l'embrasser, de faire l'amour avec lui. Pire encore, il semblait déterminé à ce que cela n'arrive plus entre eux.

Elle soupira dans la quiétude de son boudoir. Ils étaient mariés, mais Ethan était convaincu qu'il ne pouvait pas exister d'avenir pour eux. Il paraissait croire que s'il trouvait le bonheur avec elle, il trahirait les hommes qui étaient morts à son côté, par la faute de son père, d'après lui.

Peut-être avait-il raison. Peut-être le passé se dressait-il trop solidement entre eux pour être écarté.

Une chose était claire, cependant — tant que son mari l'éviterait, elle ne pourrait le faire tomber amoureux d'elle, n'aurait jamais une chance de les rendre heureux.

Le lendemain matin, avec l'aide de Phoebe, elle revêtit une jolie robe de mousseline jaune brodée de roses. C'était l'une de ses toilettes les plus flatteuses, pensa-t-elle, car elle mettait en valeur son teint et les reflets dorés de ses cheveux.

Elle trouva Ethan dans la pièce du matin, lisant le *Chronicle* et picorant dans son assiette d'œufs brouillés et de rognons sans manger vraiment. Ses cheveux étaient encore humides, luisant telle de la soie noire, et sa bouche avait un pli sensuel. Il se leva dès qu'il la vit, reprenant aussitôt son masque contrôlé.

— Vous êtes debout de bonne heure, ce matin.

— Je me lève tôt d'ordinaire, vous vous en souvenez peut-être.

Mais à mesure que sa grossesse avançait, elle semblait avoir besoin de plus en plus de sommeil.

— Je suis descendue pour vous demander une faveur.

Il fronça légèrement les sourcils.

— Quel genre de faveur ?

— Comme vous le savez, le bal se prépare. Victoria était censée m'accompagner pour acheter la robe voulue, mais avec son terme qui approche, elle ne se sent pas très bien. Comme le temps se fait court, j'espérais que vous pourriez m'emmener.

Il la scruta de ses yeux clairs.

— Je ne connais rien aux toilettes féminines.

Elle sourit.

— Autant que je me souvienne, vous n'aviez pas eu

de mal à m'acheter des robes… bien que celle-ci doive être d'un genre bien différent.

Le coin de la bouche d'Ethan se releva légèrement, et obtenir cette petite réponse parut à Grace un vrai triomphe.

Son sourire s'évanouit.

— Lady Percy pourrait vous accompagner.

— Claire est occupée aux préparatifs du bal. Elle m'a donné le nom d'une couturière qui est, paraît-il, en vogue. Cela ne devrait pas prendre très longtemps.

Il eut l'air de vouloir refuser.

— Selon vos propres dires, ajouta-t-elle avant qu'il le fasse, je ne suis ici que pour quelques semaines. Vous pouvez sûrement me faire quelque plaisir jusque-là.

Il garda son air méfiant, mais songea que ce serait peu délicat de sa part d'envoyer sa femme enceinte faire ses emplettes seule, juste avec sa soubrette.

— Entendu, je vous accompagnerai. D'ici là, si vous vous asseyiez pour prendre quelque chose ? Vous êtes censée manger pour deux, n'est-ce pas ?

C'était la première référence qu'il faisait au bébé et Grace se sentit mollir.

— Oui… oui, en effet.

Elle s'avisa soudain qu'elle avait une faim de loup.

Ethan lui offrit une chaise près de lui, puis alla au buffet pour lui emplir une assiette, y ajoutant une tranche de pain tandis que le valet lui servait une tasse de chocolat.

Le domestique se retira, les laissant seuls, mais ni l'un ni l'autre n'essayèrent d'engager la conversation. Ne voulant pas risquer d'aborder le sujet malvenu de son père, Grace ne demanda pas à son mari ce qu'il avait lu d'intéressant dans le journal. Après tout, les autorités recherchaient toujours le vicomte, même si, d'après ce qu'elle avait pu découvrir, on n'avait pas encore retrouvé sa trace.

Quand elle eut fini son repas, elle essuya son assiette avec son pain, puis leva les yeux et vit ce qui semblait être de l'amusement sur le beau visage d'Ethan.

— Vous mangez vraiment pour deux.

Elle regarda son assiette vide et se sentit rougir.

— J'ai pris de l'appétit.

— C'est probablement ce qu'il faut. Venez. Nous ferions bien d'y aller. Comme vous êtes une femme, j'ai le sentiment que cette sortie pourrait prendre plus de temps que vous ne le dites.

Oh, cela prendrait définitivement plus de temps, se promit Grace. Cela leur prendrait tout l'après-midi.

Ethan avait du mal à le croire. Sa rusée petite femme l'avait convaincu de l'emmener faire des emplettes. Et, le pire, c'était qu'il y prenait plaisir.

Ainsi que Claire, la sœur de Victoria, l'avait suggéré, ils commencèrent par la couturière, une élégante boutique de Bond Street.

— Nous vous attendions, milady, déclara Mme Osgood, la propriétaire, quand la clochette annonça leur arrivée.

C'était une femme maigre aux cheveux gris, avec un petit lorgnon en argent perché sur un nez protubérant.

— Et vous devez être monsieur le marquis. Mon Dieu, quel beau couple vous formez, tous deux si grands et si séduisants.

Elle les regarda par-dessus son lorgnon.

— Et ce sera encore mieux quand votre jeune épouse portera les belles robes que je vais concevoir pour elle.

— Il ne m'en faut qu'une, répondit Grace. Une robe pour le bal que le comte et la comtesse de Brant donnent en l'honneur de notre mariage.

La couturière fronça les sourcils.

— C'est ridicule. Vous êtes maintenant la marquise de Belford, vous devez vous habiller en conséquence.

Elle jeta un coup d'œil à Ethan.

— Vous êtes sûrement d'accord, milord.

Que pouvait-il dire ? Que Grace allait passer le plus clair de son temps à la campagne ? Qu'elle n'aurait pas l'usage de ces robes ?

— Vous avez raison, bien sûr. Ma femme doit avoir toutes les toilettes qu'il lui faut. Vous m'enverrez la facture.

— Je vois que vous êtes aussi sage que charmant.

Mme Osgood sourit.

— Si nous commencions ?

Elle disparut derrière des rideaux, puis reparut quelques minutes plus tard avec deux cousettes portant chacune une demi-douzaine de coupons.

— Par ici.

La couturière les conduisit dans un élégant salon privé. Elle indiqua à Ethan un canapé en face d'une estrade, lui demanda ce qu'il voulait boire, et emmena Grace, suivie de ses aides.

Durant les heures qui suivirent, Mme Osgood fit parader Grace devant lui dans un assortiment d'étoffes séduisantes, des soies et des satins, des mousselines et des dentelles. Il ne fallut pas longtemps pour qu'Ethan commence à voir quels coloris lui allaient le mieux, quels tissus faisaient ressortir l'ivoire de son teint ou les reflets dorés de ses cheveux.

— Que pensez-vous de celui-ci ? demanda Grace comme elle l'avait fait une douzaine de fois, tournant sur elle-même afin qu'il puisse mieux voir, lui donnant un aperçu de ses épaules nues, de son dos nu, de ses bras nus.

Il remua sur le canapé, essayant de se mettre plus à l'aise.

— Le bleu est trop pâle. Les couleurs plus vives vous flattent davantage.

Elle sourit, apparemment d'accord. Lorsqu'elle descendit de l'estrade, l'étoffe s'écarta et il aperçut un pied mince et un mollet galbé gainés de soie, une jarretière en dentelle bleue.

Son corps se crispa. Il avait été dur de temps à autre pendant des heures. Son sexe se raidit de nouveau et se mit à palpiter. Il jura en silence. S'il n'avait pas su que c'était la manière habituelle dont on choisissait des tissus, il se serait demandé si sa femme ne le torturait pas à dessein.

Elle l'avait séduit à bord de son bateau, se rappela-t-il, le regrettant aussitôt quand son désir s'intensifia encore.

— Celui-ci plaît à madame, dit Grace, le coupon passé sur une épaule et s'enroulant de façon aguichante autour de ses hanches.

Il pouvait voir le profond vallon entre ses seins, apercevait presque le bord poudré d'un mamelon.

— Le tissu est ravissant, mais la couleur jure un peu avec celle de vos cheveux.

Elle fronça les sourcils.

— C'est ce que je pensais.

Il la regarda s'éloigner, balançant les hanches, montrant une longue jambe mince, et pria qu'ils trouvent bientôt le bon tissu. Il n'était pas sûr de tenir encore longtemps sans se mettre à transpirer.

— Que pensez-vous de ceci ?

Une soie émeraude moulait son corps svelte. Ses yeux paraissaient plus brillants, rehaussés par le ton plus soutenu de l'étoffe. Mme Osgood s'empressa d'apporter un coupon de brocart doré et le drapa sur l'épaule de Grace.

— Je crois que vous avez trouvé, dit Ethan, remerciant silencieusement le Ciel.

— N'est-ce pas parfait ? demanda la couturière. Votre marquise sera le clou du bal.

Il n'en doutait pas. La moitié de la haute société londonienne spéculait sur son mariage précipité. Cord et Victoria avaient peut-être raison de donner ce bal. Les hommes au moins, lorsqu'ils verraient sa femme, penseraient que ses motivations étaient purement charnelles.

Elles l'avaient été à un moment donné. Maintenant, elles étaient embourbées dans des émotions qu'il ne comprenait pas. Il n'était plus sûr de la limite où s'achevait le désir et où quelque chose de plus profond commençait.

Et il ne voulait pas le découvrir.

Se levant du canapé, en se félicitant que sa redingote cache son érection, il alla vers Mme Osgood.

— Faites savoir quand les robes seront prêtes pour un essayage et je vous enverrai ma femme.

— La robe de bal et deux autres au moins seront coupées d'ici à la fin de la semaine.

Ethan ne demanda pas combien d'autres il y avait. Il savait que, quand le bébé grandirait, Grace aurait besoin de toilettes adaptées aux changements de son corps. Une image lui vint à l'esprit, celle de Grace dans quelques mois, ronde et disgracieuse. Certains hommes auraient trouvé cette idée repoussante. Il la trouvait étrangement captivante.

Il se tourna en la voyant venir vers lui, sa grande et élégante silhouette à peine changée depuis la dernière fois où ils avaient fait l'amour.

Son érection le lança. Avec un juron silencieux, il écarta ce souvenir.

— Vous devez vous fatiguer. Je vais vous ramener à la maison.

— Il y a une boutique juste un peu plus loin. Mme Osgood

dit qu'ils ont les parfaits accessoires pour la robe. Je vous promets que cela ne prendra pas longtemps.

« Cela ne prendra pas longtemps. » Une pointe d'amusement s'insinua en Ethan. Il avait entendu ces mots-là toute la journée. Néanmoins, il lui offrit son bras, la guida hors de la boutique et le long des magasins de la rue pavée. Ils passèrent devant Lynch's, le drapier ; devant l'Horloger de Mayfair ; devant un marchand de spiritueux et la boutique de porcelaine Chine Wedgwood.

Comme ils passaient devant une petite échoppe au milieu du pâté de maisons, Grace ralentit inconsciemment le pas. Elle scruta la vitrine, et quand Ethan vit les minuscules chaussons bleus, les petites couvertures roses et bleues et les courtepointes miniatures, ainsi que la petite robe de baptême blanche bordée de dentelle, son cœur ralentit aussi.

Grace s'arrêta complètement, les yeux fixés avec envie sur les petits chaussons.

— Ce sera peut-être une fille, vous savez ? dit-il en passant un doigt sur sa joue.

Elle pivota pour le regarder, et il discerna un voile de larmes dans ses prunelles émeraude. Sa poitrine se contracta. Elle parvint à sourire et les larmes disparurent.

— Je sais, murmura-t-elle. Cela ne me ferait rien d'avoir une fille, mais je… j'espère un garçon.

Il avait essayé de ne pas penser au fait que le bébé qu'elle portait serait de son sang — et du sang d'un traître. Contrairement à Grace, il espérait que ce serait une fille. Une petite fille aussi jolie que sa mère.

— Venez, dit-il doucement, en lui prenant le bras et en poussant la porte. Vous ne pouvez rester ici éternellement. Nous pouvons aussi bien entrer.

Elle le dévisagea comme si elle ne pouvait en croire ses oreilles. Cela le fit s'interroger sur sa manière de la traiter, lui fit se demander si, en l'épousant, il ne lui avait pas rendu un plus mauvais service encore qu'en couchant avec elle.

Lorsqu'ils quittèrent la boutique un moment plus tard, il était chargé de boîtes et de paquets. Il s'efforça de ne pas penser à ce qu'ils contenaient, de minuscules articles pour un bébé auquel serait forcé de donner son nom, mais dont il ne voulait pas vraiment. Son humeur commença à s'assombrir. Il attendit devant la boutique d'accessoires pendant que Grace achetait ce qu'il lui fallait pour compléter la robe de bal, puis il la ramena à la maison.

Déclinant le dîner, il mit son habit de soirée et quitta la maison pour se rendre à son club. Il espéra que ni Cord ni Rafe n'y seraient. Il n'avait pas envie de parler de Grace.

Il passa la nuit dehors et ne rentra qu'à l'aube. Il ne souhaitait pas retrouver son lit vide, craignant que, s'il le faisait, il soit tenté de rejoindre la femme endormie dans la chambre voisine de la sienne.

Craignant ce qu'il éprouverait s'il se réveillait avec elle dans ses bras.

Grace farfouilla dans la pile de délicats petits vêtements de bébé qu'Ethan lui avait achetés. Elle ne le croyait toujours pas. Toute la journée, il s'était montré d'une sollicitude à laquelle elle ne s'attendait pas.

Chez la couturière, il avait fait preuve de patience, ses choix indiquant un goût qu'elle avait seulement suspecté. Conformément à son plan, elle lui avait laissé apercevoir à dessein ses épaules, ses jambes, le haut de ses seins épanouis.

A mesure que les heures passaient, elle avait perçu

son désir croissant pour elle, sa faim. Il la convoitait. Fortement. Cela au moins n'avait pas changé.

Mais quelque chose d'autre s'était modifié. Elle le revit dans la boutique de layettes, se tenant à l'écart du comptoir, prenant soin de garder ses distances. Toutefois, à plusieurs reprises, elle l'avait surpris à la regarder quand il pensait qu'elle ne le voyait pas, et son regard était empli de nostalgie.

Il n'y avait pas d'autre mot pour cela. Ethan voulait d'elle plus que son corps. Si seulement la haine qu'il éprouvait pour son père n'était pas si forte.

Bien qu'il ait rarement abordé le sujet du vicomte depuis leur mariage, la soif de vengeance restait ancrée dans son cœur. S'il ne trouvait pas le moyen de l'apaiser, à la longue elle le consumerait.

A leur retour, Ethan avait quitté la maison et n'était rentré qu'au petit matin, mais Grace refusait de perdre espoir. S'il ne tenait pas à elle, pourquoi la fuirait-il ?

Le lendemain, il la surprit en la faisant venir dans son cabinet de travail. Son cœur tambourinait dans sa poitrine quand elle s'y rendit, craignant ce qu'il avait l'intention de faire. Elle ne partirait pas, se dit-elle en carrant les épaules, quelles que soient ses menaces.

— Vous vouliez me voir ? s'enquit-elle en s'approchant de lui.

Il était debout derrière son bureau, le dos tourné, ses longues jambes écartées, et regardait par la fenêtre. Il pivota lentement vers elle.

— Je voulais vous faire savoir que j'ai invité vos parents à dîner samedi soir. Le bal approche. Je ne veux pas que cette soirée soit notre première rencontre. Il est grand temps qu'ils connaissent leur gendre.

— C'est très aimable à vous, dit-elle, le souffle court, prise complètement au dépourvu.

— Pas vraiment. Nous sommes mariés. Nous ne pouvons prétendre le contraire.

— Non, je suppose.

Mais Grace ne put s'empêcher de se demander ce qui l'avait conduit à cette décision. Peut-être, comme pour le bal, voulait-il épargner des ragots à elle et à sa famille.

— J'ai demandé à ma sœur et à son mari, lord et lady Aimes, de se joindre à nous. Vous avez rencontré Sarah et Jonathan au mariage de Victoria et de Cord.

— Oui. Votre sœur est une très jolie femme.

— Malheureusement, ils sont à la campagne et l'un des enfants est malade. Elle a été très affectée que je ne lui aie pas annoncé notre mariage plus tôt. Je suppose que je me suis montré négligent. J'ai l'intention de commencer à remédier à la situation samedi.

Grace avait essayé de ne pas se sentir blessée qu'Ethan n'ait mentionné leur mariage qu'à quelques-uns de ses plus proches amis. Il avait besoin de temps pour s'accoutumer à cette idée, s'était-elle dit.

— Voulez-vous vous occuper du menu avec le personnel ? s'enquit-il.

— Bien sûr.

Les domestiques lui avaient été présentés le jour de son arrivée. Ils l'avaient saluée avec une curieuse sorte d'admiration, comme si elle était une femme courageuse, vraiment, d'avoir épousé ce diable de capitaine.

— Je serai heureuse de veiller aux détails.

— Bien. Ainsi, je n'aurai pas à m'en inquiéter.

La congédiant, il s'assit à son bureau et se mit à fureter dans une pile de papiers.

— Ethan ?

Il leva les yeux.

— Oui ?

— Merci.

Son regard bleu soutint le sien un long moment, et elle vit combien il était agité de turbulences. Il hocha la tête et elle sortit de la pièce. Elle ne pouvait s'empêcher d'éprouver une autre faible lueur d'espoir.

19

Le samedi soir arriva, et avec lui le dîner qu'Ethan avait organisé. En repensant plus tard à cette soirée, Grace songea qu'elle aurait pu être pire — mais pas de beaucoup.

Elle avait été fatiguée et déstabilisée toute la journée, son corps réagissant aux changements qui se produisaient en elle. Tandis que le soir approchait, et l'heure de l'arrivée de ses parents, elle devint de plus en plus nerveuse, s'inquiétant de ce qu'Ethan penserait de sa mère et du Dr Chastain, et de ce que ces derniers penseraient de son mari.

La soirée commença plutôt bien, sa mère entourant Ethan d'attentions chaleureuses — après tout, il était marquis. Ethan demeura poli mais distant, conversant plaisamment avec M. et Mme Chastain. Ce fut seulement après dîner, quand les dames se retirèrent dans le salon et que les hommes les rejoignirent après un cognac et un cigare, que les problèmes commencèrent.

Apparemment, le docteur avait abusé de l'alcool, ce qui pouvait expliquer ses manières de plus en plus désagréables avec Grace. Assis dans un fauteuil recouvert de brocart doré, il parcourut le salon du regard, notant les élégantes draperies en damas doré, les épais tapis persans, la statuette en cinabre posée sur la cheminée de marbre.

— Eh bien, vous avez certainement rendu votre mère fière de vous, déclara-t-il. Je n'aurais jamais cru voir cela moi-même. Mais évidemment, je ne soupçonnais pas les extrémités auxquelles vous seriez prête à aller pour décrocher un titre.

Grace releva brusquement la tête, et son regard se porta sur Ethan.

— Voyons, Geoffrey, dit sa mère d'un ton nerveux, surveillez vos manières.

— Je ne dis rien que tout le monde ici ne sache déjà.

Il but une gorgée de cognac.

— Belford n'est pas un sot. Grace est dotée du visage et de la silhouette propres à attirer un homme de sa fortune et de son rang. Elle a été assez maligne pour user de ses charmes afin de l'attirer dans son lit. Elle a réussi à se faire engrosser et à le forcer à l'épouser. C'est ainsi que le jeu se joue. Tous les hommes le savent.

Le venin qui perçait dans sa voix donna la nausée à Grace. Il avait dirigé ce venin contre elle des milliers de fois au long des années, mais rarement en compagnie d'autres personnes. Juste Ciel, qu'allait dire Ethan ? Elle battit des cils pour retenir ses larmes et le chercha du regard ; il traversait la pièce à grandes enjambées pour rejoindre son beau-père. Il lui prit son verre de cognac de la main et le posa sur la table basse.

— Je pense qu'il est temps que vous partiez.

— Une minute !

Le docteur bondit sur ses pieds.

— Vous ne pouvez prendre son parti, pas après la façon dont elle vous a piégé !

— Grace ne m'a jamais rien fait. C'est moi qui ai pris son innocence, moi qui l'ai mise enceinte. Elle n'a même jamais eu l'intention de me parler du bébé. Elle est sans blâme dans tout ceci, comme elle l'a été depuis qu'elle est née. Sortez, Chastain. Votre femme sera la bienvenue ici quand elle voudra, mais pas vous, sir.

Le docteur se raidit et se redressa de toute sa taille. Il n'était pas aussi grand qu'Ethan, mais plus corpulent.

— Ainsi, vous vous êtes fait rouler par elle comme je me suis fait rouler par sa mère. Bonne chance à vous, milord. Vous en aurez grand besoin.

Tandis qu'il sortait en trombe de la pièce, sa femme se tourna vers Ethan.

— Vous devez pardonner à Geoffrey, milord. Il dit parfois des choses qu'il regrette par la suite.

— Espérons qu'il le fera, répondit Ethan.

Grace se tint immobile, rigide, pendant que sa mère suivait son mari. A l'autre bout du tapis, Ethan avait les poings sur les hanches. Pivotant vers elle, il inspira à fond et s'obligea à recouvrer son contrôle. Puis il traversa le tapis et s'arrêta juste devant elle.

— Cet homme est un imbécile.

Elle hocha la tête, luttant pour ne pas pleurer.

— Vous a-t-il toujours si mal traitée ?

Elle déglutit, embarrassée par les larmes qui lui montaient aux yeux.

— Il m'en veut. Même avant ma naissance, il savait que ma mère lui avait été infidèle. Enfant, je ne comprenais pas pourquoi il me détestait tant. Je m'efforçais autant que je le pouvais de l'amener à m'aimer. C'est seulement quand j'ai découvert qu'il n'était pas mon vrai père que j'ai compris.

Les larmes se mirent à rouler sur ses joues.

— Bon sang…

Ethan s'approcha d'elle et la prit dans ses bras.

— Tout va bien. Il ne vous blessera plus.

Grace s'accrocha à lui. Doux Jésus, c'était si bon

d'être de nouveau contre lui. Elle pressa son visage sur le revers de sa redingote et huma son odeur. Il sentait toujours la mer.

Elle s'écarta un peu et leva les yeux vers lui.

— Je n'ai jamais voulu vous piéger, Ethan. Je le jure. Je ne savais même pas qu'on pouvait avoir un enfant après une seule nuit d'amour.

Il lui toucha doucement la joue.

— Ce n'a pas été votre faute. Je vous désirais. Je vous désire encore.

Alors, il courba la tête et l'embrassa délicatement. C'était le baiser le plus doux, le plus gentil, le plus tendre qu'elle avait connu et son cœur se gonfla d'amour pour lui.

Elle chancela vers lui, sentit ses bras se serrer autour d'elle. Elle fondit contre sa haute silhouette, absorbant sa force, sa chaleur. Lorsqu'elle entrouvrit les lèvres pour lui livrer accès à sa bouche, il grogna et approfondit son baiser. Sa langue glissa sur la sienne tandis qu'il coulait les doigts dans ses cheveux. Une par une, ses épingles tombèrent sur le tapis et la lourde masse auburn croula sur ses épaules.

Il l'embrassa encore plus profondément, ses mains trouvant ses seins. Il les prit dans ses paumes et ses mamelons se durcirent, frottant érotiquement l'étoffe, tandis que le désir lui embrasait les veines. Il posa un baiser sur le côté de son cou, réclama de nouveau sa bouche, et une chaleur intense se logea au creux de son ventre.

— Ethan…

Le baiser se fit plus brûlant encore, plus exigeant, et elle s'y abandonna, souhaitant désespérément davantage. Un bruit de pas dans le vestibule attira l'attention d'Ethan et il releva la tête, tous deux se rappelant au même instant que la porte du salon était restée ouverte. Il baissa les yeux sur elle, ses prunelles d'un bleu ardent et intense.

Grace tendit la main et ramena sa tête à elle, captura ses lèvres et l'embrassa encore. De longues secondes, il lui rendit son baiser. Quand il essaya de s'écarter, elle se pencha vers lui, pressant son corps contre le sien. Elle sentit son érection, dure et rigide, qui demandait à être en elle. Elle se frotta contre le ventre d'Ethan, se rappelant le plaisir qu'il lui avait donné, voulant l'éprouver de nouveau.

Un autre bruit de pas résonna devant la porte. Il s'éloigna et elle le laissa partir à regret.

Le souffle court, il la regarda, les yeux emplis de faim. Puis, peu à peu, le regret remplaça cette faim et il se détourna.

— Vous devez être fatiguée, dit-il, de ce ton distant qu'elle détestait tant. Il est temps que vous alliez vous coucher.

— Je suis très loin d'avoir sommeil.

Les lèvres d'Ethan prirent un pli sensuel et ses yeux brûlèrent de nouveau. Puis son masque retomba.

— Moi aussi. Je crois que je vais passer quelques heures à mon club. Bonne nuit, Grace.

— De grâce, Ethan... Vous êtes mon mari. Ne pouvez-vous oublier le passé et nous donner une chance de bâtir une vie ensemble ?

Il pirouetta vers elle, un muscle tressaillant dans sa joue.

— Ne comprenez-vous pas, Grace ? Je ne veux pas oublier le passé ! Je dois la vie à ces hommes ! Ils sont morts à cause de votre père ! Quand je vous regarde, je pense à lui. Comment suis-je censé oublier ?

Elle réprima un sanglot quand il fit demi-tour et sortit en trombe du salon. Elle put entendre ses pas dans le vestibule tandis qu'il prenait son manteau et ordonnait qu'on lui amène sa voiture.

Inconsciemment, elle porta les doigts à ses lèvres. Elles étaient humides et gonflées de ses baisers. Son pouls battait très vite, de désir insatisfait, et elle savait qu'il devait en être de même pour le sien.

Elle pria de ne pas l'avoir envoyé dans les bras d'une autre femme.

Sapristi ! A quoi pensait-il, au nom du Ciel ?

Mais Grace avait été si sacrément belle ce soir-là, et si incertaine. Il l'avait désirée dès l'instant où elle était entrée dans la salle à manger avec cette expression anxieuse. Il ne l'avait jamais vue ainsi et il savait que son beau-père en était la cause. Cet homme l'avait probablement punie toute sa vie d'être l'enfant d'un autre.

Ethan ne permettrait pas que cela continue. Grace était sa femme et il voulait la voir traitée avec respect. Néanmoins, cette soirée avait prouvé une fois de plus le pouvoir qu'elle avait sur lui.

Il songea à la scène dans le salon. Grace lui avait demandé — non, l'avait supplié — d'oublier le passé, de leur donner une chance de bâtir une vie ensemble. Maintenant qu'elle était là, dans sa maison, c'était une pensée qui avait commencé à le harceler, à le séduire par ses infinies possibilités. En vérité, même s'il essayait d'oublier, il n'était pas sûr d'y arriver, et n'était pas certain de le vouloir.

Toutefois, Grace était sa femme et quoi qu'elle ait fait, son avenir était désormais lié au sien. Il y réfléchirait, décida-t-il, essaierait de voir s'il pouvait commencer à regarder vers l'avant au lieu de regarder en arrière. Ce ne serait pas facile. Il lui faudrait du temps.

Et d'ici là, il devait garder ses distances avec Grace.

*
* *

Après leur échange passionné dans le salon, Grace vit peu Ethan. Ses nausées matinales disparues, elle passait ses matinées à lire ou à se promener dans le jardin. L'après-midi, elle consacrait du temps à Freddie. Le précepteur qu'Ethan avait engagé lui prenait presque toutes ses journées, mais le jeune garçon réussissait toujours à trouver une heure ou deux pour ses leçons avec elle.

La semaine passa et le soir du bal approcha. Une vague de chaleur de fin juin s'abattit sur la ville. Sentant les effets de sa grossesse, Tory fut obligée de rester chez elle tandis que sa sœur Claire prenait le relais pour aider Grace à se préparer pour le bal.

— Mme Osgood ne vous fera pas défaut, assura la jeune femme, avec son doux sourire. Elle vous coudra une si belle robe que vous ferez l'envie de toutes les dames de la haute société.

La mère de Grace avait toujours insisté pour que sa fille s'habille à la dernière mode. Mais être une marquise demandait encore plus d'attention au style et à l'élégance. Claire Chezwick, blonde au teint clair, avait le visage d'un ange et la silhouette qui allait avec. Elle était mariée au fils d'un marquis et donnait un exemple parfait.

Après plusieurs essayages, la robe de bal arriva. Elle était à taille haute et coupée dans de la soie émeraude, avec une jupe de dessus en brocart doré incrusté de faux diamants. Une longue fente s'ouvrait de l'ourlet au genou, laissant apercevoir un mollet quand Grace bougeait. Elle porterait également de faux diamants dans ses cheveux, parmi ses boucles relevées en chignon.

— Attendez et vous verrez, dit Claire d'un ton excité. Votre mari ne pourra vous résister.

Grace espéra qu'elle avait raison. Depuis le soir où il

l'avait embrassée dans le salon après leur désastreux dîner, il s'était superbement arrangé pour y arriver.

Le jour du bal arriva. Victoria étant toujours mal en point, Claire était allée demander son aide à Rafe Saunders et, finalement, le bal fut donné non pas chez le comte de Brant, mais dans la somptueuse résidence du duc de Sheffield.

— C'était une bonne idée, dit Rafe à Cord, qui se tenait à côté d'Ethan au bord de la piste de danse.

Autour d'eux, une mer de dames et de gentlemen élégamment vêtus riait et dansait sur la musique d'un octuor dont les musiciens portaient la livrée bleue du duc.

— J'apprécie votre intervention, répondit Cord. Votre maison est bien plus grande, et ajouter votre nom aux festivités aidera à faire taire les ragots.

Espérant que ses amis avaient raison, Ethan regarda la piste de danse. La salle de bal occupait la moitié du deuxième étage de Sheffield House. Les murs étaient garnis du sol au plafond de miroirs dorés, et d'imposants candélabres en cristal étaient suspendus au-dessus du parquet incrusté. A l'occasion du mariage de Grace et d'Ethan, d'énormes bouquets de lis étaient posés sur des piédestaux le long des murs.

— Votre femme est remarquablement charmante ce soir, dit Rafe, les yeux rivés sur Grace qui dansait parmi les couples. Chaque homme présent l'a regardée avec des yeux pleins de convoitise.

C'était exact, et cela ne plaisait pas particulièrement à Ethan. Avant qu'ils quittent leur maison, ils s'étaient querellés à propos de l'apparence de Grace.

En arrivant au bas de l'escalier, elle avait pivoté afin qu'il puisse inspecter la robe, en voir le dos et remarquer la fente qui s'écartait quand elle bougeait. Le collier de perles et de diamants étincelait sur sa gorge, attirant l'attention sur la poitrine épanouie révélée par le décolleté, et le corps d'Ethan s'était raidi de désir.

Elle lui avait souri de cette manière si féminine qui accroissait encore son désir pour elle.

— Alors, que pensez-vous de la création de Mme Osgood ?

— Vous êtes ravissante, Grace. Magnifique, même. Mais je préférerais que vous portiez quelque chose d'autre.

Elle avait élargi les yeux.

— Quoi ?

— Cette robe est superbe, mais elle est quasiment indécente.

Elle avait posé une main sur sa hanche.

— Que dites-vous là ? Elle est à la dernière mode. Vous étiez là quand je me suis décidée. Par le Ciel, vous m'avez aidée à la choisir !

— C'est vrai, mais je ne me rendais pas compte qu'elle révélerait autant votre poitrine. Je ne veux pas que ma femme soit reluquée par tous les hommes de la haute société.

— Tous sauf vous, n'est-ce pas ?

Il ne répondit pas. Il se tenait là, complètement excité, aussi dur que de la pierre, et elle pensait qu'il ne la regarderait pas ? Bonté divine, il ne pourrait pas détacher les yeux d'elle.

— Entendu, portez cette maudite robe si cela vous fait plaisir. Mais la dernière fois que je vous ai acheté une toilette aussi décolletée, vous l'avez mise en pièces et me l'avez jetée au visage.

Cela la fit sourire.

— Je vous l'assure, milord, cette robe est bien plus respectable que vos précédents achats.

Songeant à la bataille qu'ils s'étaient livrée, il sentit

une pointe d'amusement. Il avait perdu cette querelle, à l'époque. Il semblait qu'il allait perdre celle-là aussi.

— Je suppose que cette toilette devra faire l'affaire, grommela-t-il en lui offrant son bras. En outre, il est temps de partir.

Ils avaient quitté la maison, le coupé les avait conduits au bal et jusque-là les choses s'étaient bien passées.

— Voyez-vous cette jeune fille, là-bas ?

La voix grave de Rafe écarta les pensées d'Ethan de sa trop désirable épouse.

— La petite blonde avec un bandeau de roses blanches dans les cheveux ?

— Oui, eh bien ?

— Maintenant que Cord et vous avez la corde au cou, je songe à entrer sur le marché du mariage.

— Vous ? Je croyais qu'après Danielle vous aviez juré de ne pas vous marier.

Le duc haussa les larges épaules.

— On ne peut se morfondre éternellement sur un amour perdu. Il est temps que je pense à ma nurserie, comme mes proches parents ne cessent de me le faire remarquer. Que pensez-vous d'elle ?

— Qui est-elle ?

— Elle s'appelle Mary Rose Montague, et elle est la fille du comte de Throckmorton. Elle est bien élevée et bien éduquée, plaisante de façon discrète et extrêmement docile.

— Cherchez-vous un cheval, ou une épouse ?

— Très drôle. Ce n'est pas parce que vous aimez les femmes fougueuses comme Grace…

— Je n'aime pas les femmes fougueuses. Maintenant que vous le dites, j'aurais préféré épouser moi-même une créature bien plus docile.

Rafe gloussa.

— Menteur.

Ethan n'ajouta rien. En réalité, il avait découvert qu'une femme dotée du tempérament de Grace lui plaisait. Si seulement elle n'était pas qui elle était… Mais rien ne changerait jamais cela.

— Est-ce que Grace a fait sa sortie dans le monde ? demanda-t-il, soudain curieux de son passé.

— Quand elle avait dix-sept ans. Sa mère était déterminée à la marier à un pair.

Cord sourit largement.

— Amanda Chastain doit être folle de joie.

Ethan grogna.

— Alors pourquoi ne s'est-elle pas mariée ? Elle devait avoir quantité de soupirants.

— Grace est une romantique, dit Rafe. Elle était décidée à se marier par amour.

Le regard d'Ethan alla à sa femme et son estomac se crispa.

— Je suppose que certains rêves ne sont pas destinés à se réaliser.

Rafe le regarda.

— Peut-être peuvent-ils encore devenir réalité.

La musique reprit avant qu'Ethan puisse répondre et il ramena son attention sur la piste de danse. L'orchestre jouait à plein, couvrant les bruits de voix, et des couples évoluaient gracieusement.

— Votre femme semble avoir trouvé un admirateur, remarqua Cord en buvant une gorgée de champagne.

— C'est ce que je vois.

Ethan lança un regard noir au grand homme aux cheveux châtains qui entraînait Grace dans une contredanse.

— Il a déjà dansé deux fois avec elle.

Il étudia le gentleman et fronça les sourcils.

— Il a quelque chose de familier. Qui est-ce ?

— Martin Tully, comte de Collingwood, répondit Cord.

Avec Victoria restée à la maison, il n'assisterait au bal que le temps de bien établir son soutien au couple de jeunes mariés.

— Tully passe le plus clair de son temps dans sa propriété, près de Folkestone, intervint Rafe. Il ne vient pas souvent en ville.

Ethan regarda le cavalier de sa femme pivoter avec élégance, sans cesser de sourire à Grace. Et celle-ci lui souriait en retour.

Cette image fit surgir un souvenir.

— Je me rappelle où je l'ai vu. Il était sur le bateau et jouait aux cartes avec Grace le soir où je l'ai enlevée du *Lady Anne*.

Rafe haussa un sourcil.

— Collingwood ?

— Je n'avais aucune idée qu'elle le connaissait, dit Cord.

— Eh bien, il semble certainement *la* connaître.

Rafe lui jeta un coup d'œil.

— Peut-être que si vous lui accordiez un peu plus d'attention vous-même…

— Bonne idée. Si vous voulez bien m'excuser…

La danse se termina juste comme Ethan arrivait près de Grace. Il n'aimait pas la façon dont elle riait et souriait au comte, qui lui tenait encore la main. Cela ne lui plaisait pas du tout.

— Merci d'avoir pris si bon soin de mon *épouse*, déclara-t-il d'un ton entendu. J'ai été négligent de ne pas passer plus de temps avec elle.

— Je ne crois pas que nous nous soyons rencontrés, dit le comte avec un sourire légèrement forcé. Martin Tully, comte de Collingwood.

Il s'inclina cérémonieusement.

— De fait, je pense que nous nous connaissons. Ethan Sharpe, marquis de Belford, capitaine du *Démon des mers*. Vous vous souvenez peut-être de notre rencontre.

La couleur se retira du visage de lord Collingwood. Il regarda de Grace à Ethan comme s'il avait du mal à croire ce qu'Ethan venait de dire.

— Vous… vous êtes l'homme qui l'a enlevée ?

Ethan jeta un coup d'œil à Grace qui le fixait comme si des cornes venaient de lui pousser sur la tête, très pâle.

— Ce qui s'est passé n'était qu'une simple erreur, expliqua-t-il. Elle a vite été corrigée et la dame ramenée à sa tante.

Il décocha un sourire de prédateur au comte.

— Une simple erreur, mais que je ne regrette pas.

Il passa un bras possessif autour de la taille de Grace et l'attira contre lui.

— Voyez-vous, c'est ainsi que j'ai rencontré ma charmante épouse.

Il courba la tête et posa un bref baiser sur ses lèvres.

— En vérité, cela a été un vrai coup de chance.

Le comte fronça les sourcils.

— Oui, je vois.

Il se tourna vers Grace.

— Je suis sûr que nous nous reverrons. Profitez bien de votre soirée, ma chère.

Et il s'en alla.

— Au nom du Ciel, qu'est-ce qui vous prend ? demanda Grace, reprenant des couleurs.

— Je n'avais aucune idée que le comte et vous vous connaissiez si bien.

Elle haussa les épaules.

— Je l'ai rencontré sur le *Lady Anne*. Ensuite, il est venu me voir à Scarborough la veille de votre arrivée.

— Vraiment ? Il est évident que cet homme est épris. Je préférerais que vous ne l'encouragiez pas.

— Le comte était seulement poli.

— Eh bien maintenant, je vais me montrer poli à sa place. Dansons-nous, ma douce ?

Elle pinça les lèvres. Un instant, il pensa qu'elle allait refuser.

— Rappelez-vous pourquoi nous sommes ici, Grace. Pour faire taire les mauvaises langues. Vous ne voudriez sûrement pas leur donner du blé à moudre en refusant de danser avec votre époux.

Elle haussa le menton. Puis elle pivota et le précéda avec raideur vers la piste de danse. L'orchestre entama une valse et les lèvres de Grace s'entrouvrirent quand Ethan la prit dans ses bras, d'un peu plus près qu'il l'aurait dû. Il la guida sur les mesures de la valse et, après quelques tours, elle commença à se détendre.

Le corps d'Ethan se crispa. Un parfum de lavande montait de ses épaules nues. Les faux diamants piqués dans ses cheveux reflétaient les nuances dorées de ses boucles et s'accordaient à l'éclat de ses yeux. Le collier de perles et de diamants étincelait sur sa poitrine et il avait envie de presser les lèvres sur son pouls à la base de sa gorge.

Il la serra un peu plus encore, jusqu'à ce que ses seins frôlent son torse. Dieu du ciel, il avait envie de l'entraîner hors de la salle de bal, de la porter dans les jardins et de l'allonger parmi les fleurs. Il avait envie de lui arracher sa robe émeraude, de lui écarter les jambes et de s'enfouir en elle.

Elle leva les yeux vers lui et il vit une question dans ses prunelles.

— J'ignorais que vous valsiez, et bien, de surcroît.

Pour une étrange raison, sa boiterie se remarquait à peine quand il bougeait en musique.

— Vous pensiez peut-être que mes jambes de marin ne me porteraient pas sur la piste de danse ?

Elle sourit et le cœur d'Ethan manqua un battement.

— Je pensais que vous ne voudriez peut-être pas valser avec moi.

— Pourquoi ?

— Parce que vous auriez à me prendre dans vos bras, comme vous le faites en ce moment.

Son corps palpita et son sexe se durcit quand sa jambe frôla ses cuisses.

— A part faire l'amour avec vous, je n'aime rien tant que de valser avec vous, mon ange.

Les joues de Grace s'avivèrent.

— Si vous me désirez, Ethan, pourquoi ne me prenez-vous pas ?

C'était la question qu'il avait retournée dans sa tête pendant des jours. Il la désirait. Elle était sa femme. Faire l'amour avec elle, était-ce vraiment une trahison ou simplement un moyen de satisfaire ses besoins naturels ?

Jadis, il avait cru qu'elle était la maîtresse de Forsythe. Cela ne l'avait pas empêché de coucher avec elle.

En quoi cela importait-il, s'il la possédait maintenant ?

— Vous avez peut-être raison.

Un instant, il considéra réellement de la jeter sur son épaule comme il l'avait fait à bord du *Lady Anne,* mais il fallait penser au bébé. Et, bien sûr, aux ragots qu'une telle action susciterait. A la place, quand la valse se termina, il se pencha et la souleva dans ses bras.

— Ethan ! Pour l'amour du Ciel, que faites-vous ?

— Veuillez nous excuser. Il fait très chaud et ma femme ne se sent pas très bien.

Un sourire plaqué sur le visage, Ethan répéta maintes fois cette brève explication, portant Grace à travers la foule, descendant l'escalier, franchissant la porte d'entrée, longeant l'allée gravillonnée jusqu'à l'endroit où son coupé était rangé.

— A la maison, Jennings, lança-t-il au cocher tandis qu'un valet ouvrait la portière. Et n'épargnez pas les chevaux.

Il déposa Grace sur la banquette, monta et s'assit près d'elle.

— Etes-vous devenu fou ?

Grace le dévisagea fixement, incrédule, alors que la paire de chevaux gris se mettait en branle et que la voiture démarrait avec une secousse.

— Nous ne pouvons partir ainsi ! Nous sommes les hôtes d'honneur ! Que vont penser les gens ?

— Ils penseront que je suis affamé du corps délectable de ma femme, et c'est le cas.

— Mais…

— Un mot de plus, Grace, et je jure que je vous posséderai ici même.

Elle élargit les yeux un instant, puis elle s'adossa au siège, prenant soin de regarder devant elle, ne lui jetant qu'un coup d'œil de côté de temps en temps.

Si le corps d'Ethan n'avait pas été crispé d'un besoin aussi urgent, il aurait souri.

Ils ne mirent pas longtemps à atteindre sa maison de ville, située à quelques pâtés de maisons de là. Dès qu'ils entrèrent dans le vestibule, il la souleva de nouveau dans ses bras et la porta dans l'escalier, savourant le contact de ses bras autour de son cou. Il était tendu d'un désir douloureux, son sang bouillait dans ses veines. Pénétrant dans la chambre, il ferma la porte d'un coup de pied et remit Grace sur ses pieds.

— Je ne puis le croire.

Encore en colère, elle planta les mains sur ses hanches.

— Pendant des semaines, j'ai imaginé que vous me feriez l'amour. J'ai même essayé de vous séduire.

Ainsi, il ne s'était pas trompé chez la couturière.

— Et tout à coup, au milieu du bal du duc de Sheffield, vous décidez que vous me convoitez.

— Je n'ai jamais cessé de vous convoiter, Grace.

Elle se mit à reculer.

— Vous m'avez ridiculisée.

Il avança d'autant. Maintenant que sa décision était prise, il comptait la faire sienne rapidement.

— Vous n'avez pas paru ridicule. Vous avez eu l'air d'une femme que son mari désirait intensément.

Le dos de Grace rencontra la porte.

— Vous… vous êtes toujours le pirate que vous étiez à bord de votre bateau !

— C'est vrai. Et j'ai l'intention de piller le butin que j'ai acquis le jour de notre mariage.

20

Grace étouffa un cri quand Ethan l'attira rudement dans ses bras et l'embrassa avec insistance. Il avait un léger goût de cognac et ses lèvres étaient dures et avides, mais elles s'adoucirent tandis qu'il lui ravageait la bouche. Elle résista un instant, se disant qu'il s'était conduit comme le pirate qu'il était et les avait embarrassés tous les deux.

Mais elle faiblissait déjà, le désirant si fort que cela ne comptait plus.

Ethan baisa le côté de son cou, sema des baisers le long de sa mâchoire, sur sa gorge et sur ses épaules.

— Je veux être en vous, Grace. Sapristi, je n'ai jamais voulu quelque chose aussi fortement.

Elle sentit ses mains sur les boutons de sa robe, dans son dos, les ouvrant un par un. Libéré de ses attaches, son corselet s'ouvrit, lui livrant accès à ses seins. Il les pétrit et les caressa, puis courba sa tête brune et prit un globe rond dans sa bouche.

Il le suça avidement, mordillant le mamelon, et les jambes de Grace s'amollirent. Sa robe glissa de ses épaules sur ses hanches, et tomba à ses pieds. Sa camisole suivit le même chemin, la laissant nue à part ses jarretières, ses bas et le collier encerclant sa gorge, tandis qu'Ethan restait tout habillé.

— Cela fait trop longtemps, dit-il en lui capturant la

bouche sous des baisers brûlants qui la firent se cramponner à ses épaules. Je ne veux pas attendre davantage.

L'adossant à la porte, il se rapprocha et glissa une cuisse dure entre ses jambes en la soulevant un peu. Elle se frotta contre lui, l'étoffe de ses culottes agaçant sa chair moite et sensible, et elle laissa échapper un son doux. Abaissant la main, elle la posa sur sa virilité, qui formait une bosse sous le rabat de ses culottes. D'un geste hésitant, elle passa les doigts sur son érection, et la sentit se durcir encore plus. Sifflant entre ses dents, Ethan prit sa main et l'écarta, puis ouvrit ses culottes, et elle comprit qu'il voulait la prendre où ils étaient.

Doux Jésus ! Elle frétilla un peu quand ses doigts trouvèrent sa féminité et s'insinuèrent dans ses replis secrets pour la caresser. Une sensation brûlante s'empara d'elle, du désir et un besoin insupportable. Elle était humide, chaude et prête, et elle ne voulait pas attendre non plus.

— Vous êtes ma femme, murmura-t-il en la soulevant un peu, et elle sentit son sexe se presser contre elle. Vous m'appartenez.

D'un seul assaut il la pénétra, et elle faillit se pâmer sous ce plaisir incroyable.

— Ethan…

Posant les mains sur sa nuque, elle attira sa bouche à elle pour qu'il l'embrasse. Dès que leurs lèvres se touchèrent, le baiser devint profond et avide, la langue d'Ethan plongeant dans sa bouche, la possédant farouchement, entrant et sortant au même rythme que les puissants assauts de son sexe. Il l'assaillit encore et encore, s'empara d'elle jusqu'à ce qu'elle n'ait plus la force de tenir debout, puis il saisit ses jambes et les noua autour de ses hanches, poursuivant sa conquête érotique. Elle était ouverte à lui, exposée, emplie de lui, et la tête lui tournait, son corps était en feu.

Elle se cramponna à lui quand le monde s'évanouit et que des étoiles explosèrent derrière ses paupières. Elle cria son nom sous les suaves vibrations qui la parcouraient, les ondes sauvages de la volupté. Elle sentit ses muscles se tendre et se contracter sous ses doigts, tandis qu'il poussait ses hanches en avant et répandait sa semence en elle.

Durant de longues secondes, ils ne bougèrent pas. Ethan la tenait, ses jambes toujours nouées autour de sa taille, et elle sentait sa cravate amidonnée sous sa joue. Lentement, il sortit d'elle et relâcha ses jambes, mais il ne s'écarta pas, continua à la tenir contre lui, son sexe encore dur se pressant sur son ventre.

Il courba la tête, posa son front sur le sien et lui caressa doucement la hanche.

— Tout va bien ? demanda-t-il.

Elle hocha la tête.

— Vous attendez un enfant. J'aurais dû me montrer plus doux. Je n'y pensais plus, je…

— Le bébé ne craint rien. J'ai encore des mois de grossesse.

Ethan avait un grand, un magnifique sourire dans le clair de lune qui pénétrait par la fenêtre, et à cette vue le cœur de Grace se contracta. Passant un bras sous ses genoux, il la souleva et la porta sur le lit. Il la fit pivoter pour lui ôter le collier, qu'il posa avec soin sur la table de nuit, puis il lui retira ses jarretières et ses bas et l'installa au centre du lit.

Il ne la quitta que pour se déshabiller et la rejoignit sur le moelleux matelas de plumes. Ils restèrent allongés un moment, les mains jointes, la jambe d'Ethan passée de manière possessive sur les siennes. Il se pencha sur elle, l'embrassa et le désir tissa de nouveau son sortilège autour d'eux.

Il la posséda lentement, cette fois, et ensuite il la blottit contre lui. Agréablement contentée, son mari à côté d'elle, Grace ferma les yeux et glissa dans un sommeil épuisé.

Quelque part au fond de son esprit, elle savait qu'Ethan restait éveillé dans le noir, essayant en vain de faire la paix avec sa conscience.

Assis à son bureau le lendemain matin, Ethan s'immergea dans ses investissements et les comptes de ses domaines, déterminé à garder l'esprit éloigné de la nuit précédente.

— Je vous demande pardon, sir.

Il leva les yeux de ses papiers.

— Qu'y a-t-il, Baines ?

— Un gentleman veut vous voir, milord. Un M. Jonas McPhee. Il dit que vous l'attendez.

Ethan se dressa.

— Faites-le entrer.

Il avait reçu un billet de McPhee la veille en fin d'après-midi, demandant un rendez-vous pour ce matin. Distrait par les événements de la nuit, il avait oublié.

L'enquêteur entra, son chapeau à la main, et Ethan lui désigna le fauteuil devant son bureau. Bien qu'il n'ait qu'une trentaine d'années, Jonas était déjà chauve, une couronne de cheveux châtains au-dessus des oreilles et quelques mèches ramenées sur la tête. Le limier de Bow Street était de taille moyenne et portait de petites lunettes cerclées de métal. Son visage ordinaire, ses mains abîmées et ses épaules musclées : rien dans le physique de cet homme ne trahissait le genre de travail qu'il faisait.

— Vous avez des nouvelles, je suppose.

— Oui, milord.

McPhee s'assit dans le fauteuil de cuir brun.

— Des nouvelles de Forsythe ?

— En un sens. Vous m'avez demandé de vérifier s'il existait une relation entre le vicomte et la grand-tante de votre épouse, la baronne douairière Humphrey. De fait, il y en a une.

Les sens d'Ethan se mirent en alerte.

— Quelle est cette relation ?

— Quand Harmon Jeffries avait dix ans, ses parents sont morts d'une fièvre contagieuse à quelques jours l'un de l'autre. Lord Forsythe a été élevé par sa tante maternelle, lady Humphrey, ainsi que par son époux, le baron.

— Quoi d'autre ?

— D'après ce que j'ai pu découvrir, Jeffries et lady Humphrey sont restés très proches au fil des années. Mais elle vient rarement à Londres et le fait qu'elle a été sa mère de remplacement ne s'est jamais vraiment su.

Mais Grace le savait. Elle avait séjourné chez la tante du vicomte. Avec Forsythe repéré à York, Ethan ne put s'empêcher de se demander si une rencontre entre le père et la fille avait été prévue.

— Rien de plus ?

— Pas pour l'instant, milord.

— Vous garderez ces informations pour vous.

— Bien sûr, milord.

McPhee était bien payé pour ses services, mais il était tacite qu'une part de ses honoraires incluait son silence.

— Si vous découvrez autre chose, faites-le-moi savoir.

L'enquêteur se leva.

— Certainement, milord.

Ethan attendit qu'il ait quitté la maison, puis convoqua Grace dans son cabinet de travail. Il ne l'avait pas vue depuis qu'il l'avait laissée endormie dans son lit, le corps doux et alangui après leur étreinte du petit matin.

Un moment, ses pensées dérivèrent dans cette direction

et une bouffée de désir le traversa. Bon sang. Il n'avait jamais été aussi excité par une femme auparavant.

Le léger coup de Grace résonna à la porte et il l'invita à entrer. Quand elle le regarda, debout derrière son bureau, une légère rougeur poudra ses joues et il se dit qu'elle se rappelait leurs étreintes, elle aussi.

— Vous vouliez me voir, milord ?

La raison de sa convocation lui revint à l'esprit.

— Votre grand-tante, la baronne Humphrey… Il semble qu'elle soit aussi la tante de lord Forsythe, du côté maternel.

Grace pâlit un peu.

— Comment… comment l'avez-vous découvert ?

— De la même manière que j'ai découvert votre implication dans l'évasion du vicomte. La question est : est-ce que votre père prévoyait de vous rejoindre à Scarborough ? Et si c'était son intention, est-ce que vous projetiez tous les deux de quitter le pays ?

Les épaules de Grace se redressèrent légèrement.

— Tante Matilda a élevé mon père après la mort de ses parents. Elle l'aime beaucoup. Il lui a parlé de moi dès ma naissance et elle a offert son aide si jamais j'en avais besoin. Comme je vous l'ai déjà dit, je n'ai aucune idée de l'endroit où mon père s'est rendu et je n'avais certainement aucun projet de le rencontrer ou de quitter le pays avec lui.

Ethan étudia son visage. Grace ne ferait jamais une bonne menteuse. Elle était trop directe pour cela.

— Cette information pose un problème.

— Lequel ?

— Si j'ai découvert la relation entre votre tante et Forsythe, quelqu'un d'autre peut en faire autant. Si cela se produit et que l'on découvre que vous êtes allée chez elle peu après l'évasion du vicomte, on peut se poser des questions sur ce séjour. On peut creuser l'affaire et découvrir que vous êtes sa fille. Cela vous donne une raison de l'avoir aidé à s'échapper, et vous pourriez être soupçonnée.

Grace pâlit encore plus.

— Je peux seulement espérer que cela n'arrivera pas.

Mais c'était possible, pensa Ethan, se remémorant que ses hommes d'équipage avaient surpris sa conversation avec Angus McShane et qu'ils savaient que Grace était la fille de Forsythe. Ils avaient été loyaux envers lui jusqu'ici, mais ils n'avaient pas navigué assez longtemps avec lui pour qu'il leur fasse entièrement confiance.

Pour la première fois, il fut sincèrement heureux d'avoir épousé Grace. En tant qu'épouse d'un marquis, il était beaucoup moins probable qu'elle soit soupçonnée.

— Nous prendrons les choses comme elles viendront. Si nous sommes chanceux, rien ne filtrera.

Il baissa de nouveau les yeux sur ses papiers, mais Grace ne bougea pas et il la regarda.

— Qu'y a-t-il ?

— Ce qui s'est passé entre nous cette nuit… C'était merveilleux, Ethan.

Elle rougit de nouveau, puis pivota et quitta la pièce.

Ethan la regarda partir et se retrouva en train de sourire.

Puis il pensa à retrouver le vicomte — ce qu'il était déterminé à faire — et au chagrin que cela causerait à Grace. Son sourire s'évanouit.

La semaine passa lentement. Le lundi, Claire, la sœur de Victoria, vint en visite, aussi radieuse que toujours. Son extraordinaire beauté avait presque quelque chose de surnaturel, même si elle ne semblait pas s'en rendre compte.

— Je suis désolée de passer ainsi à l'improviste, mais je voulais vous inviter à une soirée chez le comte de Louden.

— Le frère aîné de lord Percy ?

Claire hocha la tête.

— Vous l'avez rencontré avec sa femme au bal, la semaine dernière. Christina m'a demandé de vous inviter personnellement.

Elle sourit largement.

— Ma belle-sœur est très romantique, et je pense qu'elle a été très impressionnée quand le marquis vous a emportée dans ses bras.

Les joues de Grace s'échauffèrent.

— Ethan s'est conduit comme un vrai garnement.

Claire leva au ciel ses yeux bleu clair qui changeaient la moitié des dandys londoniens en sots bredouillants.

— Certainement. Mais c'était magnifique, non ? Même si je serais mortifiée si mon Percy faisait une chose pareille.

Grace rit. Percival Chezwick était le plus jeune fils du marquis de Kersey. Il avait les mêmes cheveux blonds et yeux bleus que Claire, était doux et un peu timide, le parfait époux pour la jeune femme. Et il y avait fort à parier qu'il ne se conduirait jamais aussi effrontément qu'Ethan.

Ethan était un homme qui obéissait à ses propres règles, ce qui était une des choses que Grace trouvait si attirantes en lui. Il ne ressemblait à aucun homme qu'elle avait connu. Il n'y avait personne d'autre comme lui.

— Je ne suis pas sûre que nous pourrons venir, dit-elle à Claire. Ethan n'est pas très porté sur ce genre de choses.

Claire lui prit la main.

— Mais vous ne voyez pas, Grace, il faut que vous veniez. Le bal était un début. Vous n'avez qu'à songer à ce qui s'est passé ce soir-là pour savoir que le plan de Victoria est bon. Vous devez venir, vous montrer rayonnante et danser avec tous les gentlemen. Ainsi, votre mari finira par mesurer combien il vous aime désespérément.

Grace réfléchit, se rappelant combien Ethan s'était montré possessif cette nuit-là.

— Et s'il ne veut pas venir ?

— Alors, vous viendrez avec Percy et moi. Le duc de Sheffield sera présent. Il a décidé de se marier, toute la haute société en parle.

— J'espère que Rafe se mariera par amour.

— D'après les rumeurs, il a été autrefois très épris d'une femme nommée Danielle Duval, mais quelque chose s'est mal passé et il a annulé le mariage. Je pense que cette fois il se soucie plus de trouver une épouse docile, qui l'aidera à remplir sa nurserie.

Grace avait eu vent du scandale, une histoire entre la fiancée de Rafe et l'un de ses amis. Cela l'attristait de penser que le duc avait renoncé à l'amour.

Mais après tout, elle ne réussissait pas très bien elle-même dans ce domaine.

— Alors, que pensez-vous de cette soirée ? insista Claire.

— Vous avez peut-être raison.

Le plan avait certainement bien fonctionné la première fois. Grace songea aux étreintes farouches d'Ethan et s'efforça de ne pas rougir.

— Je lui poserai la question ce soir. S'il décline l'invitation, je serai heureuse de vous accompagner.

La musique d'un quatuor à cordes flottait à travers le salon du comte de Louden. Le parfum de fleurs dans des vases en cristal se mêlait à l'odeur de cire chaude des longues bougies blanches plantées dans un chandelier en argent sur le buffet.

Ethan se tenait à la porte de la pièce, examinant la foule des invités. Il n'était pas censé être là. Il avait décliné l'invitation du comte, même s'il s'était rendu compte que Grace avait envie d'y aller. Il s'était dit que le moins de temps il passerait avec elle, le mieux ce serait, bien qu'il ait apprécié ses nuits dans son lit.

En vérité, il se demandait pourquoi il s'était refusé si longtemps ce plaisir. Elle était sa femme, supposée satisfaire ses besoins physiques, et il était clair qu'il la satisfaisait aussi. Durant la journée, il se tenait occupé. Il se montrait poli, mais distant. A partir du moment où il ne laissait pas cette attirance aller plus loin, il pouvait vivre en accord avec lui-même.

Toutefois, ce soir-là, après le départ de Grace pour la soirée, la maison lui avait paru très vide. Il s'était retrouvé en train d'arpenter son cabinet de travail, puis de parcourir les salons à sa recherche.

C'était ridicule. Mais au fur et à mesure que la soirée avançait, il avait été de plus en plus agité. Et quand Rafe s'était arrêté et l'avait encouragé à se joindre à lui, il était monté se changer. Vêtu de ses habits de soirée, il était parti avec le duc.

Il pensait que sa sœur Sarah et son mari pouvaient être chez le comte de Louden. Ils étaient en ville cette semaine et leur fils aîné s'était remis de son inflammation des poumons. Sarah et Jonathan étaient passés dans l'après-midi pour féliciter les jeunes mariés, sa sœur faisant claquer sa langue en regardant Grace, car elle le connaissait assez bien pour deviner la raison de son mariage hâtif.

Au moment de partir en renouvelant leurs vœux de bonheur, Sarah avait attiré Ethan à part.

— Tu as épousé une merveilleuse jeune femme, Ethan. Je ne comprends pas comment tu as songé à l'enfermer à la campagne.

— C'est une longue histoire, répondit-il sombrement, se raidissant devant la censure qu'il lut dans les yeux de sa sœur. Tu ne comprendrais pas.

Sarah fronça légèrement les sourcils. Elle était grande, fine et au teint clair, avec des cheveux blonds et des yeux bleus. Une femme forte mais indéniablement douce. C'était peut-être la raison pour laquelle Cord et lui s'étaient toujours montrés si protecteurs avec elle.

— Grace attend un enfant, dit-elle. Tu en es sûrement heureux.

— Je n'étais pas prêt à être père.

— Aucun de nous n'est jamais prêt à être parent, Ethan, et pourtant c'est la plus grande joie que l'on puisse connaître.

Il ne répondit pas. Cet enfant ne lui semblait pas encore réel. Seuls les changements subtils qu'il voyait sur le corps de Grace quand il lui faisait l'amour lui rappelaient ce que l'avenir comportait. Il n'était toujours pas sûr de la manière dont il se conduirait avec un enfant qui avait dans les veines le sang d'un traître.

Les musiciens attaquèrent un rondelet et Rafe vint le rejoindre, le ramenant à l'instant présent.

— Votre épouse semble se divertir. Sait-elle que vous êtes ici ?

Le regard d'Ethan se porta vers Grace. Elle était superbe, dans une robe de soie bleu saphir qui lui rappela celle qu'il lui avait ôtée la nuit où ils avaient fait l'amour pour la première fois à bord de son bateau. Ce souvenir lui embrasa le sang de désir.

Bonté divine.

— Elle n'a pas remarqué mon arrivée.

Et elle ne semblait pas s'en soucier. Elle dansait et riait, paraissant beaucoup s'amuser. Ethan fronça les sourcils quand son cavalier pivota et qu'il reconnut Martin Tully, comte de Collingwood.

Rafe but une gorgée de cognac.

— On dirait que Collingwood tourne encore autour d'elle.

— C'est ce qu'il semble.

— Cette fois, essayez de vous contenir et de ne pas emporter votre femme de la piste de danse. Il y a déjà assez de ragots à votre sujet.

Ethan grogna, même si son ami avait raison. Il ne se souciait pas de ce que les amateurs de scandales pouvaient dire, mais ce n'était pas juste envers Grace.

Ce fut du moins ce qu'il se dit lorsqu'il se dirigea vers elle, serrant inconsciemment les poings tandis que la danse s'achevait et que le comte escortait sa femme à travers les portes-fenêtres qui donnaient sur la terrasse.

Ethan les suivit et les aperçut près de la balustrade, à la lumière d'une des torches qui illuminaient le jardin. Ils semblaient avoir une conversation parfaitement anodine, mais son sang s'échauffa dans ses veines. Il parvint à arborer un sourire en s'approchant d'eux.

— Ah, vous voilà, mon cœur.

Il se tourna vers le comte.

— Lord Collingwood. Je ne pensais pas vous revoir si tôt.

— Il faisait chaud, à l'intérieur. Grace avait besoin de prendre l'air. Je suis sûr que vous n'y voyez pas d'inconvénient.

Grace. Il n'aimait pas entendre le nom de sa femme sur les lèvres de cet homme.

— Pourquoi en serais-je ennuyé ?

Il jeta un coup d'œil à Grace. Elle pinçait les lèvres, le

menton levé comme si elle le mettait au défi de l'entraîner encore une fois hors de la maison. Elle ne le suivrait pas aussi facilement cette fois, c'était clair. Toutefois, à voir le désir à peine dissimulé du comte pour elle et à se rappeler les transports passionnés qui avaient suivi sa dernière incartade, il était fortement tenté.

— Lord Collingwood a demandé à un valet de nous apporter un verre de punch.

Grace regarda au-delà de l'épaule d'Ethan.

— Il arrive.

Un domestique en livrée portant un plateau s'approcha, et Grace et le comte prirent les verres en cristal emplis d'une boisson aux fruits rouges.

— Dois-je aller vous chercher quelque chose, milord ? demanda le valet à Ethan.

— Non, merci. Je suis venu pour reconduire ma femme à la maison.

Grace lui décocha un sourire trop suave.

— C'est aimable à vous, milord. Mais je ne suis pas disposée à partir.

— Je serai heureux de vous raccompagner, déclara le comte avec aplomb.

Elle se tourna vers lui et sourit.

— Mes amis lord et lady Percy me ramèneront, eut-elle la sagesse de répondre. Mais merci de votre sollicitude, milord.

— Peut-être m'accorderez-vous une autre danse.

Le comte jeta un coup d'œil de défi à Ethan en se courbant sur la main de Grace et la mâchoire de ce dernier se durcit. Cet arrogant bâtard avait plus de cran qu'il ne l'aurait cru. Il avait appris depuis longtemps à ne pas sous-estimer un adversaire et n'avait pas l'intention de commencer maintenant.

Il offrit à Collingwood un demi-sourire d'avertissement.

— Je crains que le carnet de bal de la marquise ne soit plein. Et je crois que je vais rester, finalement.

Grace le regarda comme si elle n'en croyait pas ses oreilles.

Ethan jura intérieurement, incapable de le croire lui-même.

Grace accepta le bras de son mari et le laissa la ramener à l'intérieur. A travers la pièce, elle vit Claire qui souriait largement et sourit à son tour.

Ethan était venu à la soirée. Il avait été jaloux de lord Collingwood. Il était resté pour la surveiller. Pourquoi agirait-il ainsi, s'il ne tenait pas à elle ?

— On joue une valse, dit-il doucement. Voudriez-vous danser ?

Les coins de la bouche de Grace se relevèrent.

— Me promettez-vous de ne pas m'emporter vers votre repaire ?

Il lui dédia l'un de ses sourires à lui arrêter le cœur.

— Je crains que vous ne soyez obligée de courir le risque.

Ils dansèrent, discutèrent, et la soirée passa très vite. Quand ils rentrèrent chez eux, Ethan lui fit passionnément l'amour, une fois, puis deux. Pour la première fois, il était encore là quand Grace se réveilla et ils s'aimèrent encore dans les rayons de soleil qui filtraient à travers les rideaux.

L'espoir naquit en Grace, et elle s'autorisa à croire qu'ils avaient peut-être vraiment un avenir ensemble. Cet espoir se renforça lorsqu'ils partagèrent un agréable petit déjeuner et conversèrent légèrement une partie de la matinée.

— Je pensais que vous aimeriez peut-être faire une

promenade en calèche au parc, cet après-midi, dit Ethan, la surprenant par cette proposition.

— Cela me plairait beaucoup, milord.

— Ethan, corrigea-t-il doucement en lui prenant la main pour la porter à ses lèvres. J'aime que vous m'appeliez Ethan.

Elle contempla son beau visage, et son cœur se serra.

— J'en serais enchantée, Ethan.

Durant quelques secondes, ils se regardèrent, puis on frappa à la porte et Baines entra.

— Vous avez un visiteur, milord.

Ethan jeta un coup d'œil à Grace et posa sa serviette près de son assiette vide.

— Il est tôt pour une visite.

— C'est ce que je lui ai dit, déclara le majordome. Cet homme paraît fort peu convenable. J'ai essayé de le chasser, mais il a insisté pour vous parler, alors je l'ai introduit dans votre cabinet de travail. Il dit qu'il était un membre de votre équipage sur le *Sorcière des mers*.

Ethan se mit sur pieds.

— Sur le *Sorcière des mers* ? Vous en êtes sûr ? Vous a-t-il donné son nom ?

— Je crois qu'il se nomme Felix Unster. Il dit qu'il était votre second matelot.

Ethan repoussa sa chaise si vivement qu'elle se renversa sur le tapis. Il sortit à grandes enjambées de la pièce, Baines sur les talons, et s'empressa de rejoindre son cabinet de travail. Inquiète, Grace les suivit. Lorsqu'elle atteignit la pièce, elle trouva la porte ouverte et Ethan face à un grand homme corpulent portant des pantalons de marin et une tunique rayée. Il avait le visage dur.

Grace se figea sur le seuil tandis que son mari s'adressait au marin.

— Par Dieu, mon brave, je vous croyais mort !

Le visage d'Ethan s'illumina du plus large sourire qu'elle lui avait jamais vu.

— Comment êtes-vous sorti de prison ? Comment êtes-vous revenu en Angleterre ?

Felix Unster ne lui rendit pas son sourire.

— J'ai tué un garde. J'étais las des coups de fouet de ce scélérat. Je me suis évadé par chance.

— Comment avez-vous quitté la France ?

— Je suis allé jusqu'à la côte et j'ai payé un contrebandier pour me ramener. Quand je suis arrivé, j'ai découvert que vous aviez échappé à la Faucheuse, vous aussi.

— Quelqu'un d'autre s'est évadé ? demanda Ethan, souriant toujours.

— Non… à part Ned aux Longs Os.

— Ned est à bord de mon nouveau bateau, le *Démon des mers,* avec Angus McShane. Ils seront heureux de vous voir, Felix.

— Je les ai déjà vus. C'est Ned qui m'a appris les nouvelles.

— Quelles nouvelles ? s'enquit Ethan, prenant un air méfiant.

— Que vous avez épousé la fille de ce sale traître, qui a fait tuer vos hommes par ces maudits Français. Vous vous êtes marié avec cette petite catin.

Le marin cracha aux pieds d'Ethan.

— Vous ne valez pas mieux qu'elle — que ce fils de catin, Forsythe. Si ce n'étaient pas toutes les années où on a navigué ensemble, je vous tuerais pour ça.

Se tenant juste à l'extérieur de la porte, Grace chancela, se sentant prise de nausée. Un instant, elle crut qu'elle allait s'évanouir. A travers la pièce, elle put voir que le sang se retirait du visage d'Ethan.

— Sortez, dit-il doucement, ses paroles contenant un

avertissement qu'elle n'avait plus entendu depuis qu'il l'avait enlevée sur le *Lady Anne*. Sortez et ne revenez plus. Et gardez la bouche close au sujet de ma femme, ou vous regretterez de ne pas être mort en prison.

La mâchoire du marin se durcit. Grace se pressa contre le mur quand il passa en trombe devant elle, sans la voir. Elle souhaita ne pas avoir été là, ne pas avoir entendu les mots terribles qu'Unster avait lancés à Ethan.

Pour la première fois, elle commença à comprendre ce qu'il avait fait en l'épousant. Il avait enfreint son propre code de l'honneur, brisé les règles tacites qu'il avait établies pour lui-même et ses hommes. L'équipage du *Sorcière des mers* était lié par le sang. Leur mort était sa propre mort. C'était comme si une partie de lui avait péri ce jour-là sur son bateau.

Et en se mariant avec elle, il les avait trahis.

Elle s'avança sur le seuil, le cœur douloureux pour lui.

— Laissez-moi tranquille, dit-il, et son expression sinistre indiqua à Grace que la faible lueur d'espoir qui s'était fait jour entre eux était morte aussi sûrement que ses hommes.

21

Une vague de chaleur s'abattit sur la ville avec des journées lourdes et étouffantes, un air chargé de suie et de poussière qui rendait la respiration difficile. L'été s'installait à Londres et le rythme de la cité ralentit.

La semaine du 22 juillet, deux choses arrivèrent.

Victoria Easton donna à son époux un petit garçon en bonne santé.

Et Ethan fut rappelé en mer.

Il se leva de son bureau quand Cord entra dans son cabinet de travail.

— J'ai entendu dire que tu partais, déclara-t-il abruptement. J'ai pensé que je ferais mieux de passer si je voulais te voir avant ton départ.

— Je me doutais que Pendleton te le dirait.

— Hal me l'a dit, oui. Il m'a dit qu'il lui avait coûté de te le demander, mais que quelque chose se passait dans la flotte française. Il m'a dit aussi que Max Bradley irait avec toi.

— C'est exact. Je viens de recevoir mon ordre de mission. Nous partons à la fin de la semaine.

D'après Max, les Français préparaient une attaque. On avait terriblement besoin du *Démon des mers* et de son équipage. Ethan s'était dit qu'il n'avait d'autre choix que d'accepter cette mission.

Et, en un sens, il était content de partir.

Depuis la visite de Felix Unster, il s'était tenu à l'écart de Grace. Néanmoins, il pouvait sentir sa présence l'appeler même lorsqu'il ne la voyait pas. Lors des rares occasions où ils se croisaient, son cœur se contractait douloureusement. Quand il l'apercevait sur la terrasse avec Freddie, il avait le plus grand mal à ne pas aller à elle, la prendre dans ses bras et la tenir simplement contre lui. Il la désirait si fort que cela le faisait souffrir, mais il ne pouvait pas la posséder.

Il regarda Cord.

— On a besoin du *Démon des mers.* Mon bateau et mon équipage peuvent accomplir des choses que des navires de ligne ne peuvent pas.

Un muscle tressaillit dans la mâchoire de Cord.

— Tu as toujours été bon dans ton domaine. Il n'y a pas à en douter.

Ethan ignora le ton un peu coupant de son cousin.

— De fait, je pensais aller vous voir. Il paraît que des félicitations sont de rigueur.

L'expression de Cord s'adoucit.

— Victoria m'a donné un fils. Je ne puis te dire combien nous sommes heureux tous les deux.

Ethan détourna les yeux. Il ne voulait pas penser à l'enfant que Grace portait. Il ne voulait pas penser à elle, mais cela semblait être la seule chose dont il était capable.

— J'espère que ta femme va bien.

— Très bien, merci.

Les yeux mordorés de Cord se fixèrent sur le visage d'Ethan.

— Et la tienne ?

Ethan évita de nouveau son regard.

— Grace va bien.

— Comment le saurais-tu ? D'après Victoria, vous vous parlez à peine.

— J'ai demandé à sa soubrette de me tenir informé. Son corps change, certes, mais elle semble très bien s'acclimater à sa maternité. Elle en est même excitée.

Espérant orienter la conversation dans une direction différente, Ethan alla au buffet et souleva le bouchon en cristal d'une carafe de cognac.

— Que dirais-tu d'un verre ? Il m'en faut certainement un.

— Non, merci.

La tension qui perçait dans la voix grave de son cousin ne pouvait échapper à Ethan.

— Tu as quelque chose à dire. Dis-le.

Cord se redressa.

— D'accord, je vais le faire. Après ton retour de France, tu m'as dit que tu quittais la mer. Tu m'as dit que tu avais hâte d'assumer tes devoirs de marquis.

— C'est vrai. Parfois, les choses changent.

— Maintenant tu es marié, Ethan, sur le point d'être père. Est-ce que cela ne compte pas ?

— J'ai un devoir envers mon pays. Je ne peux l'ignorer.

Cord abattit sa paume sur la table.

— Bon sang, vieux, tu as un devoir envers ta femme et l'enfant qu'elle porte !

Ethan se raidit.

— Tu as peut-être quelques années de plus que moi, Cord, mais tu n'es pas mon père.

— Ton père se retournerait dans sa tombe, s'il savait comment tu as traité cette jeune femme. Je sais que Grace a du caractère, qu'elle n'est peut-être pas le genre de femme que tu pensais épouser. Je sais qu'elle a fait par le passé des choses que tu désapprouves, mais…

— Grace a plus que du caractère. Et elle est plus audacieuse qu'aucune femme que j'ai rencontrée. Elle est absurdement courageuse, de fait. Et téméraire à l'extrême, prête à prendre des risques pour quelqu'un d'autre, comme elle l'a fait quand elle a aidé son traître de père. Elle est intelligente et droite. Elle est belle et généreuse, et…

Il s'interrompit et leva les yeux, une rougeur colorant ses pommettes quand il mesura ce qu'il avait révélé.

Cord le fixait comme s'il ne l'avait jamais vu auparavant.

— Par Dieu, tu es amoureux d'elle !

Ethan avala son cognac.

— Ne sois pas absurde.

Mais sa main trembla lorsqu'il reposa son verre sur la table basse.

— Refuse cette mission, Ethan. Tu as fait ton devoir — plus que largement. Reste ici avec Grace. Elle va être mère. Elle aura besoin de t'avoir avec elle quand son terme arrivera.

Ethan y avait pensé, avait même envisagé que quelqu'un d'autre prenne sa place sur son bateau. Cela le rendait physiquement malade de penser combien il désirait rester chez lui avec Grace. Mais manquer à son pays en un moment de besoin n'était pas quelque chose qu'il pouvait faire.

Il secoua la tête.

— Je ne peux pas. J'ai donné ma parole. Je ne la romprai pas.

— Si tu repars en mer, tu risqueras plus que ta vie, cette fois. Tu risqueras toute chance d'un avenir avec Grace. Elle est ta femme, Ethan. Si tu n'es pas là quand elle a besoin de toi, comment peux-tu espérer bâtir quelque chose avec elle ?

— Quels que soient mes sentiments pour Grace, ils sont

surpassés par le fait que mon pays a besoin de moi. Si j'ai de la chance, la mission ne durera pas trop longtemps et je serai de retour à Londres avant la naissance du bébé.

— Es-tu certain que tu ne fais pas cela pour éviter d'avoir à affronter le fait que Grace est la fille d'Harmon Jeffries ?

Etait-ce le cas ? Pas complètement.

Quand il ne répondit pas, Cord soupira.

— Pendant des années, Grace n'a même pas su qui était son vrai père. Il est bien dommage qu'elle l'ait découvert.

Ethan ne le contredit pas. Peut-être que s'il ne l'avait pas découvert, lui, les choses seraient différentes.

Il regarda partir Cord, les épaules affaissées comme s'il portait le poids du monde.

Cord s'inquiétait pour lui.

Ethan pensa qu'il vaudrait mieux que son cousin s'inquiète pour Grace.

Juillet laissa la place à août. Grace sentait bouger le bébé, maintenant, de petits coups de pied et des frémissements qui l'excitaient toujours. Depuis qu'Ethan était parti, elle s'était tournée vers l'enfant dans son sein pour se réconforter, se préparant à ce qui allait venir durant ses derniers mois de grossesse, décorant la nurserie, achetant un berceau et des jouets.

Elle passait beaucoup de temps avec Tory et son fils, Jeremy Cordell, et Claire se joignait souvent à elles. Sa belle-sœur Harriet Sharpe arriva pour un séjour d'un mois et elles renouèrent leur amitié, ce qui l'aida à passer cette période. Harriet fréquentait un hobereau fortuné du nom de William Wentworth, qui ne vivait pas loin de Belford Park.

— Nous ne sommes que des amis, avait dit Harriet, mais elle avait rougi.

Grace était heureuse de voir la jeune veuve reprendre goût au monde.

D'autres amis venaient en visite. La sœur d'Ethan, Sarah, s'arrêtait chaque fois que sa famille et elle résidaient en ville. Même Martin Tully vint plusieurs fois présenter ses respects. Grace prit soin de ne pas encourager le comte, et quand le bébé commença à se voir, elle ne le revit plus.

Elle subissait les effets de la chaleur estivale quand Tory arriva un matin de façon inattendue, son bébé dans les bras. C'était un adorable petit garçon aux cheveux noirs et aux yeux bleu vif, mais Tory était certaine qu'ils changeraient pour prendre la couleur dorée de ceux de Cord.

Ce ne fut pas l'arrivée inattendue de Tory qui sonna l'alarme dans l'esprit de Grace, mais son expression.

— Qu'y a-t-il ? Que s'est-il passé ?

Tory pinça les lèvres.

— Rien de bon. Allons dans le salon pour parler tranquillement.

Le cœur de Grace s'emplit de terreur lorsqu'elle suivit son amie dans le salon vert et ferma la porte.

— C'est Ethan ? Quelque chose est arrivé à mon mari ?

Tory secoua la tête.

— Rien de tel.

Elle installa le bébé enveloppé dans un lange sur le canapé à côté d'elle et couvrit ses jambes potelées.

— Ce n'est pas Ethan, c'est votre père.

— Mon père ? Vous voulez dire mon vrai père ?

— Oui.

Grace se laissa choir sur le canapé à côté de son amie.

— Qu'en est-il de lui ?

— Hier soir, le colonel Pendleton est venu à la maison. Cord et lui sont amis depuis des années.

— Oui, je sais. Il vous a aidés, Cord et vous, à libérer Ethan de prison.

— C'est exact. Hier soir, donc, je les ai laissés pour aller voir le bébé, et quand je suis revenue dans le vestibule, je les ai entendus parler. Apparemment, votre père a été aperçu à York il y a quelque temps. Récemment, on l'a vu à Leicester. Les autorités pensent qu'il revient à Londres.

L'estomac de Grace se contracta.

— Elles se trompent sûrement. Pourquoi risquerait-il sa vie en revenant en ville ?

— Je sais que cela paraît insensé, mais le colonel estime que c'est vrai et j'ai pensé que vous deviez le savoir.

Tory saisit la main de Grace.

— Ecoutez-moi, Grace. Si votre père essaie de prendre contact avec vous, vous devez refuser de le voir. Si l'on découvrait que vous êtes la personne qui l'a aidé à s'évader, on vous jetterait en prison. Vous ne pouvez laisser arriver cela. Vous avez votre bébé à considérer.

— Je ne crois pas qu'il revienne. A cette heure, il pourrait être n'importe où. Il peut même avoir quitté le pays, être parti pour les colonies.

— Cela semblerait certainement plus plausible. Espérons que vous ayez raison.

Grace pria que ce soit le cas. Comme Tory le disait, elle avait le bébé à considérer.

— Peut-être vaut-il mieux qu'Ethan soit parti, reprit Tory.

Grace savait ce qu'elle voulait dire. Nul n'était plus déterminé à voir le vicomte pendu que son mari.

— Peut-être, mais…

— Mais il vous manque terriblement, et vous vous inquiétez pour lui.

— Je l'aime, Tory.

Grace soupira.

— Le matin où Felix Unster est venu à la maison, j'ai enfin compris le terrible conflit qu'Ethan affronte. Il se sent coupable d'avoir survécu alors que ses hommes ont été tués. En outre, il a été forcé d'épouser la fille de l'homme qu'il tient pour responsable de leur mort. Il a l'impression que s'il se laissait aller à m'aimer, ce serait l'ultime trahison.

Tory lui pressa la main.

— Votre mari est un homme difficile. Pendant son absence, peut-être sera-t-il capable de surmonter le passé et de découvrir ce qui est vraiment important.

Une boule se forma dans la gorge de Grace. Elle priait chaque jour pour que cela arrive. Et maintenant il y avait des rumeurs à propos de son père. Elle espérait qu'elles s'avéreraient fausses et que son mari reviendrait sain et sauf.

Les semaines s'étirèrent, les journées d'août chaudes et lourdes. Grace essayait de ne pas s'inquiéter pour Ethan, mais les nouvelles de la guerre n'étaient pas bonnes. Une armada de navires de guerre français avait brisé le blocus au large des côtes espagnoles et une flotte anglaise se portait à leur rencontre. Le colonel Pendleton était venu en personne donner des nouvelles d'Ethan, disant que jusqu'ici son bateau et lui étaient sains et saufs.

Mais, vers la fin du mois, les journaux étaient emplis de récits de la grande bataille qui avait eu lieu au large de Cadix et coûté la vie au très aimé lord amiral Nelson. Des listes des morts étaient publiées dans le *Chronicle* et Grace lisait chaque nom avec terreur. Selon les rapports, la bataille de Trafalgar avait été une victoire glorieuse pour l'Angleterre. Seulement cinq cents Anglais avaient péri contre cinq mille Français.

Toutefois, Ethan pouvait se trouver parmi les morts, et en attendant d'être fixée, Grace ne pouvait se détendre.

Freddie était un réconfort pour elle. Sur l'insistance d'Ethan, le jeune garçon était resté à Londres pour parfaire son éducation. Fasciné par les étoiles, il rejoignait souvent Grace devant son télescope le soir, pour étudier le firmament. Néanmoins, il était inquiet pour ses amis marins et insistait pour que Grace lui lise toutes les nouvelles de la guerre.

— Le capitaine ira bien, disait-il fermement. Il est prudent. Les Français ne le prendront pas, cette fois.

Grace priait qu'il ait raison. Si quelque chose arrivait à Ethan…

Son cœur se serrait.

Elle refusait de considérer cette éventualité.

Un vent fort soufflait du nord, fouettant l'océan couvert de crêtes blanches. Le pont du *Démon des mers* bougeait sous les pieds d'Ethan et il se campa solidement pour résister au roulis et au tangage. Les voiles claquaient au-dessus de sa tête, mais il s'en rendait à peine compte. Il pensait à Londres, à son foyer — à Grace.

— Qu'est-ce qui ne va pas, *lad* ? Vous fixez l'eau depuis une demi-heure.

Perdu dans ses pensées, Ethan n'avait pas entendu Angus s'approcher de lui.

— Je suis inquiet pour Grace et l'enfant.

Angus poussa un soupir.

— Les femmes mettent des bébés au monde depuis des milliers d'années. La demoiselle est forte et le petit le sera aussi.

— J'aimerais être là-bas. Cord avait raison. Je n'aurais pas dû la laisser.

— Vous n'aviez pas le choix. Sinon, vous n'auriez pas pu vous regarder en face.

— Si je ne rentre pas à temps et que quelque chose arrive ? Ce sera ma faute, Angus.

L'Ecossais lui jeta un coup d'œil.

— Il était évident que vous teniez à la demoiselle dès le jour où vous l'avez amenée à bord. Avez-vous réussi à mettre le passé de côté, alors ? Serez-vous capable d'être un vrai mari pour elle ?

Ethan fixa la mer.

— Je l'ai traitée injustement dès le début. Il m'a fallu ces semaines loin d'elle pour voir enfin la vérité.

— Que vous l'aimez ?

Les doigts d'Ethan se resserrèrent sur le bastingage.

— Oui.

— Le sait-elle ?

Il secoua la tête.

— Je n'en étais pas sûr moi-même.

— Alors, vous devez le lui dire.

Ethan soupira dans l'obscurité.

— Je ne le peux pas.

— Pourquoi diable ?

— Parce que je me suis juré de faire pendre son père. C'est un serment que je ne peux rompre.

Angus ne discuta pas. Il comprenait que certaines choses étaient sacrées. La dette d'un homme en était une.

— Peut-être qu'avec le temps, tout finira par s'arranger.

— Je prie qu'il en soit ainsi, dit Ethan, se demandant si ce jour arriverait jamais.

*
* *

— Excusez-moi, milady.

Phoebe passa la tête par la porte de la chambre.

— Ceci vient d'arriver pour vous.

Elle tendit un pli scellé d'un cachet de cire rouge.

Grace fronça les sourcils. On était à la mi-octobre. Elle était à plus de huit mois de grossesse, le ventre rond, le nombril proéminent, le bébé poussant en avant et bas — une sûre indication que ce serait un garçon, affirmait Victoria.

— D'où le tenez-vous ?

— La cuisinière a dit qu'un homme s'est présenté à la porte de derrière et lui a demandé de vous faire parvenir cette lettre.

Phoebe remit le pli à Grace et resta à côté, curieuse de savoir ce qu'il contenait.

— Ce sera tout, Phoebe.

Sa curiosité insatisfaite, la soubrette pinça les lèvres.

— Bien, milady.

Grace attendit qu'elle quitte la chambre, puis ouvrit la missive. Elle reconnut l'écriture d'après les autres lettres qu'elle avait lues et ses entrailles se nouèrent.

Très chère Grace,

J'ai attendu avant de prendre contact avec vous, déterminé à ne pas vous impliquer davantage dans mes ennuis. Malheureusement, depuis mon évasion, toutes mes tentatives de prouver mon innocence ont échoué et je dois vous implorer de m'aider de nouveau. Je viens seulement d'apprendre votre mariage avec un homme très puissant. J'espère que vous pourrez le faire intervenir dans ma quête. J'arriverai à Londres dans cinq jours. Retrouvez-moi à la Taverne de la rose, dans Russell

Street, à Covent Garden. Je vous attendrai à deux heures de l'après-midi. Si vous ne venez pas, je saurai que vous avez décidé que vous en avez déjà assez fait, ce qui, bien sûr, est la vérité. Néanmoins, je souhaite désespérément vous voir.

Avec une grande admiration pour votre courage et toute mon affection,

Votre père.

La feuille tremblait dans la main de Grace. Ainsi que les autorités le pensaient, son père était resté en Angleterre. Dans la lettre, il proclamait son innocence et disait qu'il s'efforçait de la prouver. Et comme Tory l'en avait avertie, il demandait son aide.

Grands dieux.

Où que son père ait été ces derniers mois, il était clair qu'il savait peu de choses sur elle. S'il avait appris qu'elle était mariée à un marquis, il ignorait qu'Ethan était le capitaine du *Sorcière des mers,* que son mari le jugeait responsable de son emprisonnement et de la perte de son équipage. Il ne savait pas qu'Ethan voulait le voir pendu.

Et elle ne pensait pas qu'il sache qu'elle attendait un enfant.

Oh, mon Dieu !

Si seulement sa tante Matilda était là. La baronne pourrait rencontrer le vicomte, découvrir ce dont il avait besoin, essayer de l'aider. Mais, selon de récentes lettres, lady Humphrey avait été souffrante ces derniers mois et incapable de voyager. C'était la raison pour laquelle elle n'était pas venue à Londres.

Grace pouvait demander à Victoria de l'aider, certes, mais elle refusait de mettre quelqu'un d'autre en danger.

Et, cependant, elle refusait aussi d'abandonner son père.

Il était innocent, disait-il. Avant son procès, elle avait lu tout ce qu'elle avait pu trouver sur l'affaire, mais rien ne semblait concluant. Il avait clamé son innocence pendant toute la procédure, et néanmoins le tribunal l'avait jugé coupable et condamné à la pendaison.

Grace avait fait ce qu'il fallait pour l'éviter.

Une fois de plus, elle pria de trouver le courage pour faire son devoir.

22

Le jour se leva sur Londres, froid mais clair. Le vent soufflait des feuilles dans les caniveaux et, dans les rues, les gens s'emmitouflaient dans de gros manteaux. Tandis que le fiacre transportait Ethan des quais chez lui, l'air vif semblait aiguiser son impatience.

Pendant des semaines, il avait pensé à ce jour-là, l'avait imaginé une centaine de fois. Depuis qu'il était parti sur le *Démon des mers,* il n'avait rien souhaité plus vivement que d'abandonner cette stupide guerre et rentrer chez lui.

Retrouver Grace.

Il l'aimait, il le savait, maintenant. Les mois où il avait aspiré à elle l'avaient démontré, et cependant les problèmes entre eux n'avaient pas changé. Il s'était juré de faire justice à son père, et à présent qu'il était de retour à Londres, il était tenu par son honneur de poursuivre cette tâche. Néanmoins, il ne reprendrait pas ses recherches ce jour-là.

Ce jour-là, il rentrait chez lui et rien d'autre ne comptait pour l'instant, songeait-il tandis que le fiacre s'arrêtait devant sa maison de ville. Il paya le cocher, descendit le marchepied et, un moment, il resta simplement debout devant sa demeure, levant les yeux vers le bâtiment en brique de trois étages qui représentait tout ce qu'il souhaitait dans la vie, tout ce qui l'avait fait tenir durant ces derniers mois en mer.

Il gravit les marches du perron et tendit la main vers le heurtoir en laiton, mais la porte s'ouvrit avant qu'il puisse saisir le marteau en forme d'ancre.

— Lord Belford ! Quelle merveilleuse surprise ! Bienvenue à la maison, milord.

Baines souriait. C'était rare, et Ethan sourit en retour.

— C'est bon d'être chez soi, Baines.

— Nous n'avions aucune idée que vous alliez rentrer. Dois-je prévenir madame la marquise de votre arrivée ?

— Où est-elle ?

— Dans le salon vert, sir.

— Merci, mais je la préviendrai moi-même.

Ethan partit dans cette direction, en suivant le couloir. Il était nerveux, sa boiterie plus prononcée. Quand il atteignit la porte du salon, il s'arrêta sur le seuil et se tint là, fixant la femme qui lisait tranquillement, assise sur le canapé.

Elle était encore plus belle que dans son souvenir, son teint de porcelaine illuminé d'un éclat rayonnant, ses magnifiques cheveux auburn relevés en boucles souples qui brillaient dans le soleil de l'après-midi. Peu importait qu'elle soit grosse de son enfant. Il pensa qu'elle était la plus jolie femme qu'il eût jamais vue.

Il resta là un moment encore, s'abreuvant de sa vue, brûlant d'aller à elle. Mais il ne savait pas très bien que dire, n'était même pas certain qu'elle serait heureuse de le revoir. Il pria que ce soit le cas, qu'elle éprouve au moins un peu des sentiments qu'il lui portait, qu'ils puissent d'une manière ou d'une autre franchir le fossé qui les séparait.

Il y était prêt, désormais, prêt à écarter le passé et à

aller de l'avant comme elle l'avait supplié une fois de le faire.

Elle leva alors la tête et durant un instant leurs yeux se joignirent, les siens d'un vert surpris qui se mit à s'emplir de larmes. La poitrine d'Ethan se contracta tandis qu'une douzaine d'émotions l'assaillaient, toutes mêlées en quelque chose qu'il commençait seulement à comprendre.

— Bonjour, Grace.

Grace resta figée. Pendant un long moment, elle fut incapable de bouger. La demi-heure précédente, elle était restée assise sur le canapé, ayant mal au dos, avec l'impression que ses côtes étaient distendues au maximum. Et elle avait pensé à Ethan, s'inquiétant de savoir où il était, s'il était sain et sauf.

Maintenant, il était là comme s'il avait eu vent de ses pensées, et il lui semblait que son cœur avait cessé de battre.

Elle battit des cils, essayant de se convaincre qu'il était bien là, et ses larmes roulèrent sur ses joues. Une boule se forma dans sa gorge quand elle se leva, son regard rivé sur son visage. Il paraissait amaigri, mais pas moins beau, dans une chemise blanche et des culottes noires, les cheveux encore humides et un peu trop longs. Il dégageait la même puissance et la même sensualité dont elle se souvenait, et, songeant à ses formes disgracieuses, elle perdit courage un instant.

— Ethan…

Elle s'avança vers lui, lourdement, les mains et les jambes tremblantes. Son regard glissa vers son ventre et elle pensa qu'elle allait voir du dégoût dans ses beaux yeux bleus, mais elle y vit quelque chose de très différent.

Il fit deux grandes enjambées et la prit dans ses bras, l'attirant à lui aussi près que son ventre le permettait, pressant sa joue sur la sienne.

— Grace… Dieu, vous m'avez manqué. Vous m'avez tellement manqué.

Elle s'accrocha à lui, la gorge nouée de larmes.

— Vous m'avez manqué aussi.

Elle sentit son emprise se resserrer légèrement, et fut surprise par le tremblement qui le parcourut.

— J'avais peur que vous soyez mort, dit-elle.

Il déglutit, regarda son visage levé vers lui.

— Nous étions en Espagne. Je ne pouvais vous donner de nouvelles. J'ai pensé à vous chaque jour, chaque minute. Vous m'avez terriblement manqué.

Elle recula un peu et lui posa une main sur la joue. Il paraissait différent, changé d'une manière qu'elle ne pouvait définir tout à fait.

Il appuya son visage sur sa paume.

— Gracie… mon amour.

Grace réprima un sanglot et se pencha vers lui, pressa sa bouche sur la sienne. Elle n'était pas sûre de ce qu'il allait faire, mais il l'embrassa simplement en retour, doucement, tendrement, comme si elle pourrait se briser s'il l'embrassait comme elle le souhaitait.

Il s'écarta un peu, promena ses yeux clairs sur son corps.

— Allez-vous bien ?

Allait-elle bien ? Tout allait de travers dans le monde, à part qu'Ethan était revenu. Elle afficha un sourire tremblant.

— Je suis grosse, laide et misérable. Et terriblement heureuse d'être bientôt mère.

Il fit glisser un doigt le long de sa joue.

— Vous n'êtes pas laide. Vous êtes plus belle que jamais.

Le sourire de Grace vacilla.

— Quelque chose a dû arriver à votre vision pendant que vous étiez en mer.

Il secoua la tête.

— Je le pense.

Elle détourna les yeux, la gorge serrée.

— Votre fils sera bientôt là et mon corps redeviendra normal.

Elle pensa qu'il pourrait se rétracter à la mention du bébé. A la place, un coin de sa bouche se releva.

— Ce sera peut-être une fille.

Elle le regarda et secoua la tête.

— Ce sera un garçon. J'en suis sûre.

Le regard d'Ethan s'adoucit.

— Toujours aussi farouche.

Elle se glissa de nouveau dans ses bras.

— Je suis si heureuse que vous soyez de retour.

— Je ne repartirai pas, lui dit-il à l'oreille. Je vous le promets.

Le cœur de Grace se contracta. Ethan était un homme de parole. Il était rentré pour de bon et elle lui avait manqué. De tous les retours qu'elle avait imaginés, elle n'avait pas osé rêver de celui-là.

Elle sourit. Son mari était là et elle était incroyablement heureuse.

Puis elle se rappela la lettre de son père et le rendez-vous auquel elle était déterminée à aller, et son sourire s'évanouit, remplacé par une crainte glacée.

Ethan laissa sa femme endormie dans sa chambre. Dieu, qu'il était bon d'être chez soi. Le ministère de la Guerre avait voulu qu'il accepte une autre mission, mais cette fois il avait refusé. La grande victoire de Trafalgar avait donné aux forces navales britanniques le contrôle des mers. Ethan pensait que cela entraînerait à terme la chute de Napoléon. Il avait fait son devoir. Il avait un autre devoir, maintenant, un devoir qu'il était grand temps pour lui de remplir.

Alors qu'il se rendait dans son cabinet de travail, pour entamer la longue tâche de remettre ses propriétés en ordre, son esprit restait fixé sur Grace et sur l'avenir qui les attendait. Au cours des mois où il avait été absent, même pendant les batailles qu'il avait livrées avec son bateau et son équipage, sa femme n'avait jamais été loin de ses pensées.

Dès l'instant où il l'avait vue, ronde de son enfant, le visage rayonnant de l'éclat de la maternité, il avait su qu'il ne s'était pas trompé. Il l'aimait. Il ne pouvait plus le nier.

Il était épris de Grace, et cependant les problèmes n'avaient pas changé. Son père était recherché pour trahison et le serment qu'il avait fait de voir justice faite le hanterait jusqu'à ce qu'il ait tenu parole.

Même alors qu'il pensait à son amour pour Grace, Ethan était moins certain de l'avenir qu'il ne l'avait jamais été.

Grace fut prise de douleurs le lendemain. Une fausse alerte finalement, mais Ethan avait tout de suite appelé le médecin et la sage-femme.

— Il est bon que vous la surveilliez, dit le Dr McCauley, un ami d'Ethan. Mais le bébé n'arrivera pas aujourd'hui.

En entendant les deux hommes parler à son chevet, Grace pria en silence que le bébé attende au moins quelques jours. Le rendez-vous avec son père était fixé au lendemain après-midi. Elle n'avait aucune idée de la façon dont elle sortirait de la maison sans qu'Ethan le sache, ignorait comment elle réussirait à aller à la

Taverne de la rose et à en revenir dans son état, mais il fallait qu'elle y arrive.

Entretemps, elle ressentait de plus en plus les effets de sa grossesse. Elle avait des brûlures d'estomac, si elle mangeait trop. Son bassin et ses côtes étaient sensibles, son dos lui faisait mal en permanence et elle devait sans arrêt se rendre aux commodités.

Alors qu'elle était debout dans son boudoir en fin d'après-midi, elle pressa les mains sur ses reins, essayant de soulager sa souffrance.

— Vous souffrez du dos ?

Une onde de chaleur la traversa au son de la voix d'Ethan. Elle pivota et le vit debout sur le seuil, grand et tellement viril. Depuis son retour, il avait pris les commandes de la maison comme si c'était son bateau, son premier ordre étant que, la nuit, la porte de communication entre leurs chambres reste ouverte.

— Si votre terme arrive ? avait-il dit d'un ton farouche. Si vous avez besoin de quelque chose au milieu de la nuit ?

Grace ne lui rappela pas qu'elle avait une femme de chambre pour veiller à ses besoins. Il était parti si longtemps et lui avait tellement manqué qu'elle savourait maintenant chacune de ses attentions.

— Oui, j'ai mal au dos, répondit-elle avec un sourire crispé. Comme partout ailleurs.

— Venez, allongez-vous. Je vais vous masser.

Elle lui jeta un coup d'œil par-dessus son épaule. Un massage du dos semblait divin.

— Vous en êtes sûr ?

— Vous êtes trop près de votre terme pour que nous fassions l'amour. Laissez-moi faire cela pour vous.

Il y avait si longtemps qu'Ethan ne lui avait pas fait l'amour qu'elle rougit à sa remarque. Elle ne pouvait guère lui paraître séduisante en ce moment, mais bientôt le bébé naîtrait et elle redeviendrait elle-même. Elle pria qu'il la désire encore comme auparavant.

Il traversa la pièce d'un pas déterminé. Il commença par ranimer le feu pour atténuer le froid d'octobre, puis aida Grace à se dévêtir jusqu'à sa camisole. Ensuite, il l'aida à s'allonger sur le lit et la mit sur le côté.

Elle ferma les yeux tandis que ses mains se promenaient sur son corps, massant doucement ses muscles douloureux, ses mollets, ses jambes, ses pieds. Il ne toucha pas ses seins, mais elle sentit qu'il en avait envie et ils la picotèrent comme s'il les avait caressés.

Elle s'empourpra en remarquant la lourde bosse qui apparaissait sur le devant de ses culottes.

— Vous ne pouvez sûrement pas me convoiter ?

Il lui sourit avec douceur.

— Non ? Je n'aurais jamais pensé qu'une femme sur le point d'accoucher me tenterait, je l'admets, mais je constate qu'en ce qui concerne ma femme, mon désir pour elle n'a pas diminué.

De la chaleur envahit Grace. Il avait toujours été un homme viril, mais cela était complètement inattendu.

— Merci, dit-elle.

— Pour le massage ?

— Pour me faire sentir femme.

Il se mit à retirer les épingles de son chignon, laissant crouler ses cheveux sur ses épaules.

— Vous êtes plus femme que toutes celles que j'ai connues.

Il déplia une courtepointe et l'étala doucement sur elle.

— Dormez un moment. Je demanderai à Phoebe de vous réveiller pour le dîner.

Grace ne discuta pas. Alors que son terme approchait,

elle était harassée, mais avait du mal à s'endormir. La nuit, elle restait éveillée, le corps douloureux, ayant besoin de repos mais incapable de dormir.

Demain, c'était le rendez-vous avec son père. Ce souci seul suffisait à la maintenir éveillée.

Ethan était allongé, éveillé, bien qu'il fût plus de minuit. Depuis son retour, il avait très peu dormi. Tant de choses étaient arrivées. Tant de choses avaient changé pendant ses mois d'absence. Il reconnaissait à peine la femme qui l'avait accueilli dans le salon et cependant, malgré son état disgracieux, il éprouvait cette nostalgie pour elle, cette attirance qu'il avait ressentie la première fois qu'il l'avait vue sur le *Lady Anne*.

Grace était couchée dans la chambre voisine. Ethan l'entendit bouger et sut qu'elle était réveillée. Le matin, il avait remarqué les légers cernes mauves sous ses yeux, sa bouche tendue. Rejetant ses couvertures, il attrapa sa robe de chambre de soie bourgogne, l'enfila et traversa le tapis, pieds nus, pour gagner la porte ouverte.

— Ethan… ?

Le son de sa voix lui parvint dans l'obscurité.

— J'espère que je ne vous ai pas réveillé.

— Je l'étais déjà. J'ai remarqué que vous aviez du mal à dormir.

Il put voir ses beaux yeux verts dans un rayon de lune. Son regard était troublé.

— J'ai pensé que peut-être…

— Oui ?

— Que je pourrais peut-être faire quelque chose.

Plusieurs secondes s'écoulèrent.

— Le feu s'est éteint, dit-elle doucement, et il fait froid dans la chambre. Peut-être que si vous me rejoigniez, votre chaleur m'aiderait à m'endormir.

Elle rabattit les couvertures.

Après les longues semaines où il l'avait désirée, dormir avec elle et ne pas pouvoir lui faire l'amour serait le pire des tourments, se dit Ethan.

Et le paradis.

Otant sa robe de chambre, il attendit qu'elle se pousse sur le côté pour lui faire de la place, puis il se glissa sous les draps, torse nu, ne portant que son caleçon.

Dans une longue chemise de nuit de coton blanc, elle était allongée sur le flanc, son ventre proéminent devant elle. Ethan posa les mains sur ses épaules et lui massa doucement le dos, les reins, les jambes, lui tirant un petit soupir de plaisir. Quand il fut satisfait de son œuvre et que son érection devint trop douloureuse, il s'emboîta contre elle, la tenant jusqu'à ce qu'elle s'endorme.

Tandis qu'il était allongé près d'elle, il essaya de ne pas penser à son rendez-vous du lendemain avec Jonas McPhee. Il y avait d'autres nouvelles du vicomte.

A ce qu'il paraissait, Harmon Jeffries était quelque part en ville.

Grace fut nerveuse toute la matinée, essayant de décider lequel des nombreux plans qu'elle avait concoctés pour quitter la maison — et échapper aux yeux attentifs d'Ethan — pourrait marcher.

Sa meilleure chance, se dit-elle, serait de trouver le moyen d'éloigner son mari. Elle se rendrait à Covent Garden pendant son absence, lui laissant une note s'il revenait avant elle — comme quoi elle était allée voir Victoria et Jeremy et rentrerait sous peu.

Mais le faire partir, elle le savait, ne serait pas facile. Avec son terme si proche, Ethan tournait autour d'elle comme un loup protégeant sa louve. Il tenait à elle — et même plus —, ses actions des derniers jours l'en avaient convaincue.

Finalement, elle paya un coursier pour apporter un message venant prétendument du secrétaire du colonel Pendleton. Ce billet convoquait Ethan d'urgence au sujet du vicomte Forsythe, à 13 heures, au bureau du colonel à Whitehall. Il était ironique, pensa-t-elle, que le moyen d'aider son père soit d'éloigner son mari par la promesse de sa capture.

Ignorant son dos douloureux, Grace s'assit sur le canapé du salon pour travailler à sa broderie — en essayant de ne pas regarder constamment la pendule dorée.

Elle entendit le bruit du lourd heurtoir en laiton quand le coursier arriva, puis les pas de Baines qui portait le billet à son maître. Quelques minutes plus tard, Ethan apparut sur le seuil.

— Je crains de devoir m'absenter un moment. Est-ce que tout ira bien pendant mon absence ?

— Je suis enceinte, Ethan, pas mourante de la peste. J'irai très bien pendant que vous serez sorti.

Il ne sembla pas sensible à son humour.

— Vous en êtes sûre ?

— De fait, j'apprécierai un moment de solitude. Vous m'avez couvée comme une mère poule depuis votre retour.

La bouche d'Ethan s'incurva légèrement.

— Et je continuerai à le faire jusqu'à ce que votre bébé arrive.

Votre bébé. Grace ignora la façon dont son mari parlait de l'enfant qui serait aussi le sien. Même s'il avait commencé à accepter ses sentiments pour elle, il ne s'était pas fait à l'idée d'un enfant ayant dans ses veines le sang d'un homme qu'il haïssait.

— Pendleton veut me voir. Je ne devrai pas être long.

J'ai demandé à Baines de garder un œil sur vous. Si quelque chose arrive...

— Rien n'arrivera durant le bref laps de temps où vous ne serez pas là. Allez à votre rendez-vous. Je vous verrai à votre retour.

Au lieu de partir, il marcha jusqu'à elle, prit son visage entre ses mains, courba la tête et l'embrassa avec beaucoup d'insistance.

— A tout à l'heure.

Grace se sentit hors d'haleine quand il s'écarta et, cette fois, la pression du bébé sous ses côtes n'en était pas la cause. Elle entendit Ethan demander son phaéton et attendre qu'un palefrenier l'amène devant la maison. Dès qu'il fut parti, elle demanda à un valet de faire amener sa propre voiture. Elle aurait voulu conduire l'attelage elle-même, mais elle n'était pas en état.

Elle pria que si Ethan revenait avant elle, il prenne le billet qu'elle lui avait laissé pour argent comptant et ne demande pas plus tard au cocher où il l'avait emmenée.

Baines l'arrêta alors qu'elle essayait de s'éclipser.

— Vous sortez, milady ?

— Je vais faire une promenade. Je m'arrêterai peut-être chez lady Brant pour passer un moment avec elle et son fils.

— Etes-vous certaine que vous devriez sortir... je veux dire, dans votre condition ?

— Je sais exactement ce que vous voulez dire, Baines. Et oui, j'en suis certaine.

Elle passa devant lui de sa démarche alourdie, avant qu'il puisse protester davantage, et elle dut s'efforcer de ne pas grogner pour descendre les marches du perron.

Le trajet jusqu'à la Taverne de la rose à Covent Garden lui parut durer une éternité. Elle connaissait l'endroit, près du théâtre de Drury Lane ; c'était un établissement souvent fréquenté par des spectateurs, même si elle avait entendu dire récemment qu'il était en train d'acquérir une réputation assez sordide. Toutefois, c'était la mi-journée et elle était certaine que son père n'aurait pas choisi ce lieu s'il n'était pas sûr.

Drapée dans une cape doublée de fourrure, la capuche relevée pour couvrir ses cheveux et une partie de son visage, elle resserra le vêtement autour d'elle, espérant qu'il dissimulerait ses formes volumineuses. Au début, elle ne vit pas le vicomte, puis soudain il se trouva près d'elle.

— Gracie… très chère. Je savais que vous ne me manqueriez pas.

Avec sa barbe et des lunettes perchées sur son nez, Grace ne le reconnut presque pas. Elle supposa que c'était voulu. Plaçant une main sous son coude, il la guida vers une table contre le mur, mais devant ses mouvements maladroits, il baissa les yeux et se figea à la vue de son ventre imposant.

— Dieu du ciel !

Elle sourit.

— Le responsable est mon mari.

— Vous devez vous asseoir, ma chère.

Il lui offrit une chaise.

— Laissez-moi vous commander une tasse de thé.

Elle hocha la tête, heureuse d'être assise, jusqu'à ce que la douleur de son dos se réveille et que ses côtes commencent à lui faire mal.

— Vous n'auriez pas dû venir, dit-il. Je ne vous l'aurais jamais demandé, si j'avais connu votre condition.

— Mais vous me l'avez demandé et je suis ici. Vous disiez dans votre lettre que vous essayiez de prouver votre innocence. Que puis-je faire pour vous aider ?

Le temps qu'elle rentre chez elle, Grace était épuisée,

presque trop fatiguée pour monter les marches du perron. La porte s'ouvrit brusquement avant qu'elle l'atteigne et Ethan sortit en trombe sous le porche. Un instant, il s'arrêta, les jambes écartées comme s'il se tenait sur le pont de son bateau et ses yeux clairs reflétant à la fois de la colère et de l'inquiétude.

— Etes-vous devenue folle ?

Grace étouffa un cri quand il la rejoignit, la souleva dans ses bras et la porta dans le vestibule, étonnée qu'il puisse supporter son poids.

— Je vais bien, Ethan. Reposez-moi.

Il ne le fit pas, bien sûr, continua le long du couloir jusqu'au salon et l'installa sur le canapé.

— A quoi diable pensiez-vous ?

Elle se redressa et le regarda.

— Je ne suis pas prisonnière de cette maison, Ethan.

— Vous êtes sur le point d'accoucher.

— Croyez-vous que je ne le sais pas ? Puis-je vous rappeler que vous n'étiez pas là ces derniers mois et que je me suis très bien débrouillée sans vous ?

Il détourna les yeux d'un air fautif, puis les ramena sur elle.

— Eh bien, je suis là, maintenant, et jusqu'à la naissance du bébé, vous ferez ce que je dis.

Elle essaya de se mettre plus à l'aise, puis lui décocha un sourire suave.

— Comme vous voudrez, chéri.

Il étudia son visage et fronça ses sourcils noirs.

— Vous n'étiez pas désespérée de quitter la maison au point de faire un faux pour me pousser à partir ?

Elle haussa les sourcils.

— De quoi parlez-vous ?

— La note que j'ai reçue était une imitation. Le

colonel Pendleton ne l'avait pas envoyée. Il n'y avait pas de rendez-vous à son bureau.

— Je crains de n'en rien savoir.

— C'est vous, n'est-ce pas ? Vous avez rédigé ce message parce que vous saviez que je ne vous laisserais pas sortir dans votre état.

Parfois, la vérité était le meilleur des mensonges.

— Oui, c'est moi. De grâce, ne vous fâchez pas. J'avais l'impression d'étouffer, ici.

— Petite sorcière. Si nous étions encore sur mon bateau, je vous enfermerais dans ma cabine et jetterais la clé.

Grace rit.

— Je vous promets que je n'emploierai jamais plus un tel subterfuge.

Du moins, pas le même. Mais elle avait accepté d'aider son père. Dès que le bébé serait né, elle essaierait de faire certaines des choses qu'il lui avait demandées.

Le bébé, Andrew Ethan Sharpe, baptisé d'après Ethan et son grand-père, naquit le 4 novembre, par un froid matin d'automne avec du givre sur le sol et de lourds nuages noirs pesant sur la ville.

Durant les longues heures de travail, Ethan, ayant l'air bien plus mal en point que sa mère, était resté assis dans un salon du rez-de-chaussée avec ses deux meilleurs amis, Cord Easton et Rafael Saunders. L'un d'eux étant un père qui avait enduré la même épreuve, et l'autre un homme décidé à se marier et à vivre le même genre de choses.

A la vue de Phoebe qui traversait le vestibule avec une pile de linges propres, Ethan bondit et se précipita à la porte du salon.

— Comment va-t-elle ? Le bébé est-il né ?

Il avait posé ces questions au moins une centaine de fois.

— Votre femme va bien. Le bébé est presque là.

— Il n'arrivera jamais assez vite pour moi, marmonna le duc, qui paraissait presque aussi hagard qu'Ethan.

— Je ne sais pas ce qui est le pire, grommela Cord en passant une main dans ses cheveux châtains. Mettre un bébé au monde ou rester assis en attendant que le bébé naisse.

— Je vais boire à cela.

Rafe leva son verre de cognac et prit une bonne gorgée, l'une des nombreuses que les trois hommes avaient avalées au long de la nuit.

— C'est un garçon !

Victoria apparut sur le seuil, arborant un grand sourire, et les trois hommes bondirent.

— Grace va-t-elle bien ? demanda Ethan, inquiet.

— Oui. Elle va bien. Le bébé aussi. C'est votre portrait.

Ethan douta qu'un nouveau-né ressemble à autre chose qu'à une boule de chair rose et fripée. Il n'était toujours pas à l'aise avec l'idée d'un enfant. En lui-même, il se disait que c'était Grace qu'il voulait, Grace qu'il aimait.

Mais Grace aimait l'enfant, l'avait aimé bien avant qu'il naisse. Il avait vu cet amour refléter sur son visage, dans l'expression de tranquille extase qu'elle prenait lorsqu'elle regardait son ventre rond.

— Puis-je la voir ? demanda-t-il à Victoria.

— Laissez-nous quelques minutes pour faire la toilette de la mère et du bébé, et vous pourrez lui faire une visite.

Ces quelques minutes parurent durer une heure. Ethan arpenta le vestibule au pied de l'escalier jusqu'à ce que Victoria reparaisse et lui fasse signe de monter.

Inspirant pour se calmer, il grimpa les marches à toute allure.

Avoir un enfant, se dit-il, devait être la pire chose qu'un homme pouvait endurer.

23

— Voici votre fils, milady.

La nourrice de lait, une grande femme rousse à l'ample poitrine nommée Sadie Swann, avait un accent populaire et le teint rubicond.

— Il est au sec et rassasié. C'est un si bon petit garçon.

— Merci, madame Swann.

Debout au milieu d'un confortable salon qui avait été destiné à l'usage familial à l'arrière de la maison, Grace tendit les mains, prit le bébé à la nourrice et serra le petit enfant enveloppé dans une couverture sur son cœur. On était le 1er décembre, et l'enfant grandissait à vue d'œil.

Sadie sourit en regardant le nourrisson.

— C'est tout le portrait de son père.

Et c'était vrai, avec ses cheveux noirs, ses yeux bleus et ses traits fins. Le petit Andrew ressemblerait à Ethan quand il serait grand, Grace en était sûre, un beau diable auquel les femmes ne pourraient résister.

Toutefois, ses yeux pouvaient encore changer, devenir du vert vif de ceux de sa mère — et de son grand-père. Grace pria que cela n'arrive pas. Même à présent, son mari accordait peu d'attention à son fils. Il était mal à l'aise avec l'enfant, et Grace se demandait si c'était à cause des ascendances du petit garçon ou si Ethan ne savait pas comment se comporter en père.

Il avait perdu son propre père de bonne heure, se rappela-t-elle. Peut-être ce rôle lui était-il si étranger qu'il ne savait comment s'y prendre. Mais quelle qu'en fût la raison, Grace était déterminée à faire quelque chose à ce sujet. Simplement, elle ignorait quoi.

Entretemps, elle avait promis d'aider le vicomte, son propre père, et dès que le bébé était né, elle avait commencé à faire des recherches, de discrètes investigations qui pourraient aboutir à quelque chose prouvant son innocence. Il lui avait demandé en particulier d'essayer de localiser un jeune homme nommé Peter O'Daly.

— J'étais président du Comité des affaires étrangères, lui avait-il dit lors de leur rencontre. Ce qui me donnait accès à de nombreuses informations de haute importance que très peu de gens connaissaient. Du fait de ces circonstances, j'étais le coupable évident, un soupçon semé, j'imagine, par le vrai coupable. Plus tard, je me suis avisé que quelqu'un d'autre avait pu voir ces documents secrets, le jeune homme qui faisait le ménage dans les bureaux.

— Vous voulez dire ce jeune homme, Peter O'Daly ?

— Oui. Durant le procès, personne n'a pensé à lui. On a supposé qu'il ne savait même pas lire. Mais Peter a disparu peu après ma condamnation et personne ne l'a revu depuis. Si je parviens à le retrouver, je pourrai peut-être découvrir qui l'a payé pour ces informations, comme je pense que c'est le cas.

Grace avait discrètement recherché Peter O'Daly depuis lors, même si jusqu'à présent elle avait seulement interrogé les domestiques. Le personnel d'une grande maison était un puits d'informations, un réseau souterrain de gens qui pouvaient glaner de précieux ragots dans tout Londres.

Elle avait mentionné le jeune homme, donné son nom et la description que son père lui avait fournie, demandé aux domestiques de garder le silence et ajouté qu'elle les paierait pour leur aide, avec une prime supplémentaire, si le garçon était retrouvé.

Jusqu'ici elle n'avait rien appris, mais peut-être qu'avec le temps quelque chose en sortirait. Au cours des semaines suivant sa visite à la Taverne de la rose, elle n'avait reçu qu'un autre message de son père. Il la souhaitait en bonne santé et exprimait sa joie pour la naissance de son petit-fils, qu'il avait dû apprendre par les journaux. Grace avait envoyé une réponse à la taverne, l'adressant au faux nom d'Henry Jennings ainsi qu'il le lui avait demandé, et l'avait assuré qu'elle faisait de son mieux pour découvrir des informations qui pourraient être utiles.

Serrant son bébé dans ses bras, Grace soupira en quittant le salon, ses pensées dérivant de son père à des problèmes plus immédiats, à savoir Ethan et son fils.

Elle aurait voulu savoir que faire.

— Alors… comment supportez-vous la paternité ?

Rafe se tenait debout face à Ethan dans la salle de bal de Sheffield House. Les deux hommes pratiquaient l'escrime.

Ethan testa son fleuret, cinglant l'air de la lame.

— Pas trop mal, je suppose. Dans les limites actuelles.

Rafe émit un grognement.

— Ce qui signifie que vous voyez rarement l'enfant.

Il toucha de la pointe de son fleuret celui d'Ethan. Ils se mirent en position comme ils l'avaient fait depuis près d'une heure, et le duel reprit. Ethan avait toujours été un homme actif. Ce n'était pas parce qu'il ne commandait plus un navire qu'il voulait rester oisif.

L'acier tinta tandis qu'ils avançaient et reculaient à travers la salle, attaquant, se défendant, parant les coups et en portant. Ethan para une attaque rapide de Rafe, encercla la lame de son adversaire de la sienne, glissa son fleuret le long du fleuret adverse et pointa son arme sur la protection molletonnée qui couvrait la poitrine du duc.

Le visage de Rafe s'assombrit. Aucun d'eux n'aimait être battu.

— Vous avez marqué un point. Cela vous donne de l'avance.

Le duel avait progressé par à-coups, les deux hommes étant de la même force, même si Ethan doutait que Rafe ait utilisé son arme dans un combat, comme lui.

— Grace semble être une bonne mère, déclara Rafe alors qu'ils faisaient une pause. Mais j'ai toujours pensé qu'elle le serait.

— Je l'ai observée avec le petit Freddie Barton quand nous étions à bord. Je savais qu'elle avait un don avec les enfants.

— Un garçon a besoin d'un père, aussi.

Ethan ne répondit pas. Ainsi que Rafe l'avait dit, il passait très peu de temps avec le bébé. Il n'était pas préparé à être père. Il n'avait pas la moindre idée de la façon de se comporter en tant que tel. Son propre père était mort quand il avait huit ans, et même si son oncle avait fait de son mieux pour remplir ce rôle, ce n'était pas la même chose.

— Peut-être qu'avec le temps…, dit Rafe, observant son froncement de sourcils pensif tandis qu'il se mettait en position, pliait les genoux et relevait son fleuret.

« Peut-être », pensa Ethan en croisant le fer avec son

ami, mais il n'en était pas sûr. Néanmoins, il essaierait, se promit-il. Pour Grace.

Ils combattirent pendant une demi-heure encore, transpirant légèrement, puis ils déclarèrent l'entraînement terminé et ôtèrent leur tenue d'escrime.

— Qu'en est-il de vous ? demanda Ethan en remettant son fleuret dans son fourreau. Des progrès dans votre recherche d'une épouse ?

Rafe sourit, montrant des dents très blanches.

— Oui. J'ai décidé de demander la main de miss Montague. J'envisage d'aller voir son père demain soir.

Au lieu de rendre son sourire au duc, Ethan fronça les sourcils.

— L'aimez-vous ?

Rafe haussa les épaules.

— Qu'est-ce que l'amour a à voir là-dedans ? C'est un sentiment très surévalué, ce que personne ne sait mieux que moi.

— Vous devriez peut-être attendre. Le mariage est un grand pas, Rafe.

— J'ai attendu assez longtemps. Contrairement à vous, je veux des enfants. J'ai envie d'entendre les rires de mon fils et de ma fille dans cette maison.

Ethan songea au fils que Grace lui avait donné, Andrew Ethan, l'enfant qui portait son nom, et souhaita pouvoir ressentir la même chose.

Quels que soient ses sentiments pour le bébé, il savait ce qu'il éprouvait pour Grace. Il la voulait. Sans fin. Brûlait de lui refaire l'amour. La nuit, il avait un sommeil agité, sachant qu'elle était couchée dans la chambre voisine. Il rêvait encore et encore de caresser ses seins, de s'enfouir en elle, et le matin il se réveillait dur et palpitant de désir.

Il allait lui faire l'amour bientôt, se promit-il.

Ils étaient mariés. Grace était sa femme.

Il était temps qu'il se comporte en mari.

Grace traversa le vestibule, son bébé dans les bras. Autour d'elle, les domestiques s'affairaient à nettoyer en prévision de Noël qui approchait, même si elle avait du mal à se mettre dans l'ambiance. Elle regarda son fils. Ses yeux étaient ouverts et il la fixait, l'observant comme il le faisait souvent. Elle retrouva une trace d'Ethan dans son regard, comme s'il l'étudiait, s'interrogeait sur ses pensées.

Songeant à son insaisissable époux, elle continua son chemin. Il n'avait pas partagé son lit depuis la naissance de leur fils. Il ne lui avait pas encore fait l'amour, même si elle pouvait voir ses yeux brûlants quand il la regardait. Il était incroyablement beau et viril, et chaque fois qu'il entrait dans une pièce, elle percevait la force de son désir et un désir correspondant la submergeait. Il était temps, pensa-t-elle, plus que temps en ce qui la concernait.

Mais le bébé était son problème actuel. Elle s'arrêta devant la porte du cabinet de travail d'Ethan, courba la tête pour poser un baiser sur le front du nourrisson, puis pénétra dans la pièce. Ethan leva les yeux en la voyant et, un instant, son regard clair s'adoucit. Puis il regarda l'enfant dans ses bras et son visage se referma.

Grace arbora un sourire.

— Je sais que vous êtes occupé, mais j'espérais que vous pourriez surveiller Andy un moment. La nourrice est sortie et Phoebe est partie faire une course. Victoria et moi devons acheter certaines choses pour les fêtes. Je n'aime pas le laisser à quelqu'un d'autre.

Ethan repoussa son fauteuil et se leva tandis qu'elle contournait le bureau.

— Je ne connais rien aux enfants.

Elle garda son sourire en place.

— Personne n'y connaît rien, au début.

Elle lui mit le nourisson dans les bras et il le prit avec maladresse. Il avait déjà tenu le bébé, certes, mais seulement quand elle insistait. Elle avait l'intention que cela change.

— Je n'en aurai pas pour longtemps.

Elle se pencha pour embrasser la joue du bébé, puis embrassa son père avec ardeur. La bouche d'Ethan était si chaude et si attirante qu'elle s'attarda un instant de plus, avant de s'écarter vivement, espérant qu'il ne remarquerait pas sa rougeur.

— Merci. J'apprécie votre aide.

Pivotant, elle se dirigea vers la porte, avide de s'échapper avant qu'il change d'avis.

Ethan la suivit.

— Attendez ! Que dois-je faire s'il pleure ?

Elle se retourna, souriant toujours.

— Distrayez-le. Faites-le sauter un peu. Chantez-lui une berceuse ; cela lui plaît.

— Lui chanter une berceuse ? Je chante faux.

Elle rit devant son expression terrifiée.

— Vous vous en sortirez bien. Ce n'est pas si difficile.

Mais elle pouvait voir qu'il ne la croyait pas. Il tenait toujours le bébé quand elle quitta la pièce et se dirigea vers le vestibule. Sa voiture attendait devant la maison et, bien qu'elle n'ait pas envie de partir, elle s'y obligea. Elle voulait qu'Ethan aime son fils comme elle l'aimait. Il le ferait, elle y était déterminée, quand il verrait combien le nourrisson était adorable, innocent et digne d'être aimé.

Bien qu'elle s'inquiétât chaque minute qu'elle passa

avec Tory et ne fît que peu d'emplettes, elle ne revint pas avant trois heures. Son cœur battait très fort quand elle arriva à la maison, traversa le vestibule et atteignit la porte ouverte du cabinet de travail. Dans la pièce, Ethan était penché sur le berceau qu'il avait fait descendre de la nurserie et installé près de son bureau. Il contemplait le bébé et arborait une expression que Grace ne lui avait jamais vue.

Son cœur se contracta. Elle ravala la boule qu'elle avait dans la gorge et s'avança dans la pièce. Ethan se tourna en l'entendant approcher, mais elle ne put dire ce qu'il pensait.

— Je suis rentrée, dit-elle platement.

Le coin de la bouche d'Ethan se releva légèrement.

— Je vois.

— Tout s'est bien passé avec Andy ?

Il pivota de nouveau vers le berceau.

— Il n'a pleuré qu'une fois. Il dort depuis un moment.

Elle rejoignit son mari et posa une main sur sa joue.

— Merci.

— Pour m'être occupé du bébé ?

— Pour me donner de l'espoir.

Quelque chose passa sur les traits d'Ethan. Il tendit les mains vers elle et la prit dans ses bras.

— Tout ira bien.

Il murmura ces mots contre sa joue et elle hocha la tête, même si, en vérité, elle en était moins certaine que jamais.

La veille, alors qu'elle descendait l'escalier, Baines l'attendait en bas, tenant un plateau en argent avec un pli cacheté posé dessus.

— Ceci vient d'arriver pour vous, milady.

Elle vit son nom inscrit à l'encre bleue sur le message

et sut tout de suite de qui il venait. Sa main trembla quand elle prit le pli et s'écarta pour le lire. La cire craqua sous ses doigts, et lorsqu'elle vit l'écriture de son père, elle s'éloigna encore davantage.

Très chère Gracie,

J'espère que votre enfant et vous allez bien. Bien que je répugne à vous demander de nouveau votre aide, j'ai découvert des informations importantes. Si vous voulez toujours m'aider, retrouvez-moi comme la première fois à la Taverne de la rose, après-demain à 2 heures. Si vous ne venez pas, je comprendrai.

Avec toute mon affection et ma gratitude,

Votre père.

Ce billet était-il seulement arrivé la veille ?

Le bébé commença à s'agiter à ce moment-là et Grace oublia le message. Avec réticence, elle quitta l'étreinte d'Ethan, se tourna vers le berceau et se pencha pour prendre son fils.

— Tout va bien, mon cœur.

Elle posa un baiser sur sa petite tête, sourit en sentant ses cheveux noirs effleurer sa joue.

— Je vais le ramener en haut, dit-elle, et Ethan hocha la tête.

Emportant le bébé dans le vestibule, elle songea de nouveau au billet et se sentit abattue. A chaque minute où son père restait à Londres, il était menacé. Une menace qui venait en particulier de l'homme qui était son mari. Néanmoins, elle savait que, le lendemain, elle trouverait un moyen de se rendre à la Taverne de la rose. Ainsi qu'elle l'avait fait auparavant, elle ferait ce qu'elle devait pour aider le vicomte, et elle pria qu'Ethan ne le découvre pas.

*
* *

Ethan regarda sa femme quitter le cabinet de travail et sut que quelque chose n'allait pas. Au fil des semaines suivant son retour, il avait commencé à la comprendre, à déchiffrer ses humeurs, ses besoins. Quelque chose s'était passé et elle était inquiète. Il n'était pas sûr de ce que c'était.

Cela ne changeait rien à ce qu'il avait prévu. Ce soir-là, il avait l'intention de lui faire l'amour. C'était un besoin qu'il comptait assouvir pour eux deux.

Son corps réagit lorsqu'il se remémora le moment où il l'avait tenue dans ses bras, le doux contact de son corps pressé contre le sien, et une flèche de désir le transperça. La naissance du bébé remontait à plusieurs semaines. Son ami le Dr McCauley lui avait assuré qu'assez de temps avait passé et qu'ils pouvaient faire l'amour sans crainte.

Ethan le souhaitait par-dessus tout, et quand il voyait la façon dont Grace le regardait lorsqu'elle pensait qu'il ne la voyait pas, il pensait qu'elle le souhaitait aussi. Ce soir, il la rejoindrait dans son lit.

Cette pensée le rendit encore plus dur quand il se leva de son bureau. Il la posséderait avec douceur, se promit-il, lui laisserait le temps de se réhabituer à ses étreintes.

Il se crispa, sachant que cela lui demanderait une volonté de fer, et espérant qu'il serait capable de tenir parole. Quel que soit le contrôle que cela lui demanderait, il s'assurerait qu'elle prenne autant de plaisir que lui.

Un vent froid de décembre soufflait dans les branches des arbres. Dans l'obscurité de la chambre de Grace, un fin rayon de lune entrait par la fenêtre. Vêtue de la chemise de nuit de soie émeraude qu'elle avait portée lors de sa nuit de noces, elle attendit nerveusement qu'Ethan soit couché, puis elle se dirigea vers la porte de communication. Inspirant pour se donner du courage, elle saisit le bouton et le tourna.

Une exclamation étouffée lui échappa quand elle vit Ethan de l'autre côté de la porte, s'apprêtant à l'ouvrir.

— Que… que faites-vous ?

Un instant, il parut incertain, puis sa mâchoire se durcit d'un air décidé.

— Je me rends compte que vous pensez peut-être que c'est trop tôt, mais le docteur m'a assuré que non. Vous êtes ma femme, Grace. J'ai l'intention de coucher avec vous ce soir. Vous feriez bien d'accepter le fait que je compte vous faire l'amour.

Elle eut envie de sourire largement. Elle avait été prête à lui dire les mêmes mots, à lui faire la même demande. Elle lui jeta les bras autour du cou et l'embrassa. Elle entendit le grognement sourd d'Ethan avant qu'il la soulève contre lui et la serre dans ses bras.

— Vous veniez à moi, dit-il entre deux baisers, en sentant la soie de sa chemise de nuit au lieu de l'épais vêtement de coton blanc qu'elle avait porté jusque-là.

— Oui.

— Ciel, je suis un idiot.

Elle réprima un sourire et l'embrassa de nouveau, puis sentit ses lèvres glisser le long de son cou.

— J'ai mal de vous, Grace. Je veux être en vous plus que je souhaite respirer.

— Faites-moi l'amour, Ethan.

Il grogna de nouveau, la souleva dans ses bras et la porta jusqu'au grand lit à baldaquin. La mettant sur ses pieds, il fit glisser les brides de sa chemise de nuit sur ses épaules. Elle tomba à ses pieds, la laissant nue, les yeux d'Ethan la parcourant tandis qu'il ôtait sa robe de chambre et la laissait tomber à côté.

Il l'embrassa, baisa le côté de son cou, le lobe de son

oreille, sema d'autres baisers sur ses épaules. Grace gémit en sentant ses mains sur ses seins, puis sa langue qui mouillait un mamelon, ses dents qui le mordillaient délicatement.

Une chaleur intense l'envahit. Elle avait oublié combien il pouvait la faire se sentir bien et pleine d'audace, combien sa bouche chaude pouvait la rendre moite et tendue de désir. Elle s'arqua contre lui, pressant son sein dans sa bouche, passant les mains sur son torse, sentant frémir ses muscles et savourant le contact de sa toison brune.

Ethan l'allongea sur le lit et la suivit, l'embrassant d'une manière et d'une autre. Elle sentit son sexe dur lorsqu'il s'installa entre ses jambes, le sentit palpiter du désir d'être en elle.

— Je ne veux pas vous faire mal, murmura-t-il. Il faut que j'aille lentement. Cela va me tuer.

Elle gémit.

— Cela me tuera aussi. Venez en moi, Ethan.

Mais il se contenta de l'embrasser. Elle perçut la tension de son corps tandis que sa main glissait sur son ventre et qu'il commençait à la caresser pour la préparer à l'accepter. Elle s'embrasa. Le désir lui enflammait les sens. Elle s'arqua vers lui, sentant son érection à l'entrée de sa féminité, et il se mit à la pénétrer lentement. Elle voulait tout de lui, voulait être complètement unie à lui. Elle avança son bassin à sa rencontre, le prenant davantage en elle, et elle l'entendit haleter tandis qu'il essayait de garder son contrôle.

— Tout doux, chuchota-t-il. S'il vous plaît, Grace…

Une sensation de pouvoir envahit Grace. Elle s'accrocha à son cou et s'arqua plus encore, le prenant encore plus profondément.

— Bonté divine, Gracie…

Et il se mit à bouger, la prenant d'assaut, l'emplissant de

lui, et elle se perdit dans le rythme, la chaleur et le plaisir de leur étreinte. Des sensations sauvages s'emparèrent d'elle, vibrèrent dans tout son corps. Elle cria le nom d'Ethan lorsqu'elle atteignit le comble de la volupté, et quelques secondes plus tard il la suivit dans l'extase.

Les secondes s'écoulèrent. Il posa un doux baiser sur sa bouche et s'écarta, s'allongea sur le matelas de plumes et la blottit contre lui.

Pendant plusieurs minutes, ils ne parlèrent pas.

— J'ai rêvé de ceci, dit-il enfin dans le silence. De vous faire l'amour. De vous tenir ainsi. J'ai rêvé de vous chaque nuit où j'étais en mer.

La gorge de Grace se noua. Elle voulait lui dire qu'elle avait rêvé de lui, aussi, qu'elle était amoureuse de lui, mais elle craignait qu'il se rétracte.

— Vous m'avez manqué, Ethan. Terriblement.

Ils s'endormirent ensemble, somnolant un moment, puis ils s'aimèrent de nouveau. Une fois dans la nuit, elle le quitta pour aller voir le bébé, mais il était profondément endormi, et la nourrice le surveillait.

Elle revint au lit d'Ethan et essaya de s'endormir, mais le lendemain était le jour de son rendez-vous avec son père et des pensées inquiètes fusaient dans sa tête. Quelles informations avait-il trouvées ? Combien de temps encore pourrait-il rester à Londres sans être capturé ?

Que ferait Ethan, s'il découvrait qu'elle avait l'intention de l'aider ?

Ethan laissa Grace endormie dans son lit. Il était déterminé à ce qu'elle dorme avec lui chaque nuit, désormais. Avec le temps, peut-être lui ferait-elle assez confiance pour lui dire ce qui n'allait pas.

Il était certain qu'il y avait quelque chose. Peut-être

était-elle soucieuse qu'il ne soit pas un bon père. Elle avait certainement raison. Le bébé le terrifiait. Il était si petit, si impuissant. Il n'avait pas la moindre idée de ce qu'il devait faire de lui.

Et cependant, quand il contemplait cet enfant qui était son fils, dormant dans son berceau, quelque chose frémissait en lui.

Son fils. Au début, il avait combattu cette idée, se rappelant que le petit garçon avait du sang d'Harmon Jeffries. Mais son propre sang coulait dans les veines d'Andrew, aussi. Il avait de plus en plus de mal à ignorer le fait que le bébé appartenait à Grace et à lui.

— Je vous demande pardon, milord.

Ethan leva les yeux et vit Baines sur le seuil de son cabinet de travail.

— Qu'y a-t-il ?

— Le colonel Pendleton est ici. Il demande s'il peut vous parler. Il dit que c'est urgent.

Ethan se leva de son bureau.

— Faites-le entrer.

Il y eut un bruit de bottes dans le couloir, puis le colonel apparut, ses cheveux gris luisant, des boutons en cuivre brillant sur son uniforme écarlate.

— Désolé d'arriver de cette façon.

— Entrez, Hal. C'est bon de vous voir. Il est trop tôt pour un cognac. Voulez-vous du café, du thé ?

Le colonel secoua la tête.

— J'aimerais en avoir le temps. J'apporte des nouvelles de Forsythe.

Ethan se raidit.

— Qu'avez-vous découvert ?

— Le vicomte a été vu il y a deux jours.

— Où ?

— Dans une pension de Covent Garden. Le temps que nous soyons informés, il avait disparu.

Un frisson parcourut Ethan. Ils se rapprochaient du but. Le vicomte avait commis une erreur en revenant à Londres. S'il s'attardait plus longtemps, il était certain qu'ils l'attraperaient. Ethan s'inquiéta de ce que sa capture ferait à Grace.

— Vous croyez qu'il est toujours en ville ? demanda-t-il.

— Ce ne serait pas malin, mais oui, nous croyons qu'il peut l'être. Pour autant que je puisse l'imaginer, il est ici pour une raison, mais je ne vois pas laquelle.

« Peut-être est-il ici pour voir sa fille », pensa Ethan, mais il ne le dit pas. Jusqu'à présent, très peu de gens connaissaient la relation de sa femme avec le traître. Il souhaitait qu'il en reste ainsi.

— Tenez-moi informé, Hal.

— Bien sûr.

Pendleton quitta la maison et Ethan ne put s'empêcher de se demander s'il y avait une chance que le père de Grace ait pris contact avec elle.

Il espérait que non. Il ne voulait pas qu'elle soit impliquée davantage dans cette affaire. Si la relation entre elle et le vicomte était révélée, si les autorités découvraient que c'était elle qui avait aidé le traître à s'échapper…

Il ne voulait pas penser à ce qui pourrait se passer.

En début d'après-midi, sa femme entra d'un pas léger dans son cabinet de travail, où il travaillait sur les comptes de son domaine. Vêtue d'une chaude robe en lainage bourgogne, elle portait une cape doublée de fourrure et un manchon assorti.

— Je sors un moment, annonça-t-elle avec un grand sourire. Claire, Victoria et moi allons faire quelques emplettes.

Elle contourna le bureau, se pencha et embrassa son mari sur la joue.

— Nous n'en aurons pas pour longtemps.

Ethan fronça les sourcils. Grace n'était pas bonne menteuse et son sourire était beaucoup trop éclatant.

— Je devrais peut-être vous accompagner, dit-il, pour voir ce qu'elle allait répondre.

Il sourit.

— Je pourrais m'assurer que vous n'ayez pas d'ennuis.

Elle rit, d'un rire un peu forcé.

— Tout ira bien. Néanmoins, merci de votre offre.

Il haussa un sourcil.

— Vous en êtes certaine ?

— Absolument. Je serai de retour dans deux ou trois heures.

Elle quitta le cabinet de travail d'un pas aussi léger qu'à son entrée et une pointe d'inquiétude s'insinua en Ethan.

Il se leva, appela Freddie, qui avait grandi d'un demi-pied ces dernières semaines, et demanda au jeune garçon de faire préparer son cheval.

— Retenez l'attelage de lady Belford jusqu'à ce que mon cheval soit sellé, puis faites amener le coupé devant la maison.

— Oui, capitaine.

Freddie l'appelait encore ainsi, parfois, et cela lui plaisait, alors il ne le corrigeait pas. Le jeune garçon retourna aux écuries et Ethan attendit de voir la voiture s'arrêter devant le perron.

Sortant par une porte de derrière, il se dirigea à son tour vers les écuries. Le coupé tournait le coin et s'apprêtait à disparaître lorsqu'il sauta en selle.

Talonnant l'étalon noir, il s'élança.

24

La Taverne de la rose apparut au fond de l'allée pavée, un bâtiment de deux étages, en brique, avec une enseigne rouge au-dessus de la porte.

— Arrêtez-vous, ordonna Grace au cocher, un homme nommé James Dory qui avait servi la marquise précédente et travaillait maintenant pour elle.

Il rangea l'attelage sur le côté de l'allée et sauta à terre pour l'aider à descendre.

— Je n'en aurai pas pour longtemps, dit Grace en arrivant au bas du marchepied.

Elle avait payé un supplément au cocher pour garder sa destination secrète la dernière fois qu'elle était venue ici. Elle ferait de même ce jour-là.

En inspirant pour se calmer, elle releva l'ourlet de sa jupe et se dirigea vers la taverne, s'arrêtant un moment à l'extérieur, puis poussant la double porte vitrée et plissant les paupières dans la pénombre. Avec le soleil d'hiver si brillant dehors, elle eut du mal à y voir pendant un moment. Puis elle aperçut son père assis sur un banc près de la porte, avec sa barbe grise et ses lunettes pour déguiser son apparence.

— Je n'étais pas sûr que vous viendriez, dit-il en se levant.

Elle parvint à sourire.

— Je veux vous aider, père.

Il lui donna un baiser sur la joue et la conduisit vers une table à l'écart, dans un coin. Il y avait peu de clients à cette heure de la journée et ceux qui étaient là se trouvaient à une certaine distance. Des rameaux de pin étaient accrochés au-dessus de la cheminée et quelques décorations pendaient des poutres. Grace songea aux cadeaux qu'elle n'avait pas encore achetés, mais ce problème était bien futile par rapport à celui auquel elle était confrontée.

— C'est si bon de vous voir, dit le vicomte en la parcourant du regard et en paraissant approuver ce qu'il voyait. Vous êtes redevenue vous-même. Merci d'être venue.

— Il est dangereux pour vous de rester à Londres, père. Si quelqu'un découvre qui vous êtes ?

— Je suis ici pour prouver mon innocence, Grace. Je resterai jusqu'à ce que j'y parvienne.

Elle prit une profonde inspiration.

— Que puis-je faire ?

— Depuis que je me suis évadé, j'ai payé différents informateurs. L'un d'eux a retrouvé le garçon, Peter O'Daly.

Le cœur de Grace bondit.

— Vous l'avez retrouvé ? Qu'a-t-il dit ?

— L'homme que j'ai engagé peut se montrer très persuasif. Le garçon a refusé de dire la vérité, au début. Mais quand celui qui l'avait arrêté l'a menacé de le livrer aux autorités, il a accepté de donner le nom de l'homme qui l'avait payé pour voler des secrets d'Etat.

— Comment… comment s'appelle-t-il ?

— Martin Tully. Le comte de Collingwood.

Grace chancela un peu sur sa chaise et son père tendit la main pour la soutenir.

— Vous connaissez cet homme ?

— Oui. Je l'ai rencontré à bord du *Lady Anne,* quand

je me rendais dans le nord pour aller chez tante Matilda. Il semblait être un vrai gentleman et vouloir instaurer une amitié entre nous. Plus tard, il est venu me voir à Scarborough. Il m'a même rendu visite ici, à Londres.

— Je pense que lord Collingwood a dû découvrir notre parenté. Il est inquiet que je découvre qu'il est le traître.

— Alors, c'est la raison pour laquelle il recherchait ma compagnie. Il espérait que je le conduirais à vous.

— En effet. Le comte aimerait me voir mort.

— Mon Dieu, père !

Grace jeta un coup d'œil dans la taverne.

— S'il a quelqu'un pour me surveiller ? S'il m'a fait suivre jusqu'ici ? Je me suis montrée prudente, mais…

— Vous voir valait la peine de prendre ce risque. Vous avez été ma lumière, Grace, mon seul espoir depuis le début.

— Votre épouse, sûrement…

— Mon épouse est fragile, incapable de gérer ce genre d'affaire. Quelques amis proches m'ont aidé, mais la plupart me croient coupable.

— Si lord Collingwood est le responsable, il nous faut des preuves.

— Exactement. J'espère que vous vous adresserez à votre mari pour cela. Vous m'avez dit ce qu'il ressent pour moi, qu'il me tient pour responsable de la mort de ses hommes, mais je peux voir combien vous tenez à lui et il doit donc être un homme de grande valeur. Parlez-lui du comte de Collingwood. Demandez-lui d'enquêter. Il le fera sûrement pour vous.

Grace frissonna à l'idée de s'adresser à Ethan. Son père n'avait aucune idée de la haine que son mari lui vouait.

— Pourquoi le comte aurait-il vendu des secrets aux Français ? demanda-t-elle.

— Pour l'argent, ma chère. D'après la rumeur, il n'y a pas si longtemps, Collingwood a connu de graves difficultés financières. A présent, il semble qu'il ait retrouvé sa fortune. Demandez à votre mari de se renseigner à ce sujet. Le marquis est l'homme le plus violemment remonté contre moi. Si nous parvenons à le convaincre que je dis la vérité, il prendra sûrement ma défense.

A ce moment-là, la porte de la taverne s'ouvrit brusquement et une haute silhouette familière se dessina sur le seuil. Grace retint un cri en reconnaissant son mari.

— Allez-vous-en ! chuchota-t-elle en saisissant la main de son père. C'est Ethan ! Je vais le tenir occupé pendant que vous disparaissez.

Le vicomte se leva aussitôt et s'éloigna vers le fond de la taverne. Il était évident qu'il savait comment s'échapper et Grace s'avança vers Ethan, se félicitant de l'obscurité qui régnait dans la salle, sachant que ses yeux ne s'étaient pas encore ajustés à la pénombre.

Elle marcha droit sur lui, s'arrêta devant lui et sourit.

— Ethan. Au nom du Ciel, que faites-vous ici ?

Sa mâchoire se durcit.

— Je dirais que c'est la question que je devrais vous poser.

Il la prit par les épaules et regarda au-delà d'elle.

— Il est ici, n'est-ce pas ? Vous êtes venu retrouver votre brigand de père.

Sans attendre de réponse, il l'écarta de son passage et se dirigea vers le fond de la salle. Grace lui courut après.

— Il n'est pas ici !

Elle l'attrapa par le pan de sa redingote.

— Il est parti avant que vous entriez !

Ethan se dégagea et continua à avancer. Il disparut par la porte de derrière, puis revint et monta prestement au premier. Après quoi il redescendit, alla à la cave et remonta quelques minutes plus tard en jurant. Il saisit Grace par les épaules, rudement.

— Je veux savoir où il est allé, par tous les diables !

— Je l'ignore. Et même si je le savais, je ne vous le dirais pas.

Il la fixa du regard et elle put voir la fureur qu'il contenait à peine.

— Je vais le retrouver, Grace. Vous feriez bien de vous y résigner. Je le verrai pendu.

Grace mordit sa lèvre tremblante et ses yeux s'emplirent de larmes.

— Il est innocent, Ethan. De grâce, laissez-moi au moins vous dire ce qu'il a découvert.

Mais elle vit qu'il ne l'écouterait pas. Pas maintenant, alors que la fureur émanait de lui par chaque pore de son corps. Elle aurait beau dire, il ferait la sourde oreille.

— Venez. Je vous ramène à la maison.

Il posa une main sur sa taille et la guida fermement vers la porte. Grace ignora la douleur qui lui serrait la poitrine et les larmes qui roulaient sur ses joues et le laissa la conduire à sa voiture.

Tandis que le coupé roulait vers la maison, Ethan chevauchait avec fureur. Il avait suivi Grace dès qu'elle était partie, mais elle n'était pas allée tout droit à son rendez-vous. Elle avait ordonné au cocher de suivre un chemin détourné, parcourant la ville en tout sens, infiltrant l'attelage dans l'abominable circulation de Londres.

Un moment, alors que le coupé approchait de Covent Garden, Ethan l'avait perdu de vue. Durant quelques minutes, il n'avait pu découvrir où il était allé. Puis il avait tourné au coin d'une ruelle et l'avait aperçu, rangé près de la Taverne de la rose, la destination évidente de sa passagère.

Si seulement il était arrivé quelques minutes plus tôt !

Cette pensée le courrouça de plus belle.

La voiture s'arrêta devant la maison et Ethan sauta aussitôt à terre.

— Occupez-vous de mon cheval, ordonna-t-il à un valet qui descendait les marches du perron.

Il aida Grace à descendre. Ils gravirent les marches en silence et entrèrent dans le vestibule.

— J'aimerais vous parler dans mon cabinet de travail, dit-il d'un ton crispé.

Elle se contenta de hausser le menton et le précéda dans le couloir, jusqu'à la pièce lambrissée de bois. Ethan referma la porte derrière eux et s'efforça de conserver sa rage intacte.

Prenant une grande inspiration, il se tourna vers elle.

— Depuis combien de temps êtes-vous en contact avec votre père ?

— Il m'a envoyé un message quelques jours avant la naissance du bébé.

Une rougeur courroucée envahit les pommettes d'Ethan.

— Le jour où vous m'avez fait parvenir ce faux billet. Vous avez dit que vous étiez allée voir Victoria.

— Je savais que vous n'approuveriez pas que je rencontre un homme que vous tenez pour un traître.

— Il a été jugé et condamné, Grace. Sa culpabilité a été prouvée et il devait être pendu. Sans vous, justice aurait été faite depuis longtemps.

Elle le regarda droit dans les yeux.

— Et s'il est innocent, comme il le proclame ? Qu'en est-il alors de votre justice, Ethan ?

— Il est coupable.

— Il est revenu à Londres pour prouver son innocence.

S'il était vraiment de mèche avec les Français, ne pensez-vous pas qu'il vivrait tranquillement en France ?

— Il doit y avoir une autre raison. Que vous vouliez ou non le croire, cet homme a trahi son pays.

— Mon père a découvert des informations qui…

— Je ne veux pas l'entendre, Grace ! Ce scélérat ne peut rien dire que je croie !

— Je vous en prie, Ethan. Mon père pense que si vous vous penchiez sur l'affaire, vous pourriez vous rendre compte…

— Assez !

Ethan serra inconsciemment le poing.

— Votre père est fou s'il pense que je lèverai la main pour l'aider. Il est responsable de mes mois d'emprisonnement dans une horrible geôle française et de la mort brutale de mes hommes.

— Je savais que vous n'écouteriez pas ! Votre haine vous rend aveugle à toute autre vérité que celle que vous êtes déterminé à croire.

S'écartant de lui, elle se dirigea vers la porte.

— Je n'en ai pas fini avec vous, Grace. Je ne vous ai pas donné la permission de partir.

Elle pirouetta pour lui faire face, ses yeux verts lançant du feu.

— Je n'ai pas besoin de votre permission, Ethan. Même si vous souhaiteriez peut-être qu'il en soit autrement, cette maison est la mienne, aussi !

Là-dessus, elle sortit en trombe de la pièce, claquant la porte derrière elle.

Ethan se laissa choir sur le canapé de cuir brun, la tête entre les mains. Il se passa les doigts dans ses cheveux ondulés. Il s'y était très mal pris avec sa femme. Mais il était si furieux de découvrir que Grace lui avait menti tout le long.

Il soupira dans le silence de son cabinet de travail. En un sens, il comprenait. Elle croyait son père innocent. D'une manière ou d'une autre, le bandit l'en avait convaincue. Il n'était pas de cet avis. Forsythe était coupable. Les preuves contre lui avaient été suffisantes pour influencer les tribunaux et tout le monde à Londres.

« Mais si tu te trompes ? » Les mots s'insinuèrent tel un serpent dans sa tête. « S'il est innocent, comme il le clame ? »

Pour la première fois depuis le procès, Ethan laissa cette pensée désagréable venir à la surface.

« Si le père de Grace n'est pas le traître que tu crois et que tu l'envoies à la potence ? »

Ethan se leva d'un bond, de nouveau furieux — contre lui-même de laisser les paroles de sa femme l'ébranler, contre Grace pour sa duperie. Sortant à grands pas de la pièce, il cria à l'un des valets de faire amener le coupé devant la maison. Il avait besoin de s'en aller, il lui fallait du temps pour réfléchir.

Il y arrivait beaucoup mieux quand il n'était pas auprès de Grace.

Grace entendit claquer la porte d'entrée et sa poitrine se contracta. Ethan était plus qu'en colère. Elle l'avait trompé, elle le trompait depuis des semaines. Mais elle n'avait pas eu le choix. Elle avait dû aider son père. Maintenant, elle craignait de l'avoir mis en plus grand danger encore qu'auparavant.

Seigneur Dieu !

Et qu'en était-il d'Ethan ? Le lien qui s'était lentement construit entre eux était sûrement détruit. Il ne lui pardonnerait jamais ce qu'il voyait comme l'ultime traîtrise. Elle avait choisi son père avant lui.

Prenant une inspiration tremblante, elle monta à la nurserie. Tenir son bébé l'apaisait toujours, l'aidait à éclaircir ses idées. Elle avait besoin de sentir son fils dans ses bras, avait besoin du réconfort qu'il lui apportait. L'amour du nourrisson était inconditionnel. Elle pouvait le voir chaque fois qu'elle contemplait son petit visage bien-aimé. Ce n'était pas comme Ethan. Qui la voulait dans son lit, qui tenait probablement à elle d'une manière indéfinissable, mais seulement quand elle obéissait à ses souhaits.

Ses yeux la brûlèrent. Elle aimait Ethan, mais il était clair qu'il ne l'aimait pas. S'il l'aimait, il aurait au moins écouté ce qu'elle avait à dire. Il ne l'aimait pas, et souhaiter qu'il en fût autrement ne le ferait pas arriver.

« Tant pis, se dit-elle. J'ai mon bébé à aimer. » C'était plus que n'avaient certaines femmes.

Elle continua à avancer dans le couloir, combattant la crispation de sa poitrine, songeant à Ethan, souhaitant avoir trouvé un moyen de l'amener à l'aimer. La saison des fêtes avait toujours été déprimante. Lorsqu'elle vivait avec ses parents, son beau-père devenait d'une humeur massacrante et sa mère se morfondait. Avec son propre mariage tout aussi lugubre, il semblait que la tradition dût se perpétuer.

Poussant un soupir, elle poursuivit son chemin. Elle avait presque atteint la nurserie, quand Mme Swann surgit en trombe de la pièce.

— Il n'est plus là, milady ! Dieu nous protège, votre cher petit bébé n'est plus là !

Grace attrapa la grande femme rousse par le bras, enfonçant inconsciemment les ongles dans sa chair.

— De quoi parlez-vous ?

Les yeux de la nourrice s'emplirent de larmes.

— Le petit Andrew. Il n'est plus dans son berceau.

Je suis sortie une seconde de la pièce, et quand je suis revenue, il n'était plus là !

Tremblant de tout son corps, Grace se précipita dans la nurserie. Elle courut au berceau, mais le bébé n'y était pas.

— Il doit y avoir une confusion. Phoebe a dû le prendre. Ou… ou un autre domestique.

— Je leur ai demandé. Personne ne l'a pris.

Pirouettant, Grace repartit en courant dans le couloir en appelant sa soubrette. Phoebe sortit vivement de la chambre où elle raccommodait des vêtements.

— Qu'y a-t-il, milady ? Que s'est-il passé ?

— C'est… c'est Andrew. On ne peut le trouver. Mme Swann… Mme Swann pense que quelqu'un a pu le prendre.

— Oh, non !

Grace essaya de rester calme, de penser clairement.

— Nous devons nous répartir. Demandez au reste des domestiques de nous aider à chercher. Si nous ne le trouvons pas dans la maison, nous fouillerons le quartier. Il faut le retrouver !

Les trois femmes partirent dans différentes directions, chacune appelant à l'aide. Des domestiques apparurent à chaque porte.

La cuisinière surgit de la cuisine.

— Bon sang, milady ? Qu'est-ce qu'on peut faire ?

— Aidez-nous à chercher, madame Larsen. Aidez-nous à retrouver mon petit garçon.

Les hommes furent envoyés dehors, fouiller les alentours, tandis que les femmes se répartissaient en groupes pour inspecter chaque étage de la maison. Mais il n'y avait aucune trace d'Andrew. Dieu du ciel, Grace souhaitait qu'Ethan fût là. Mais il ne se souciait pas du bébé. Il ne pouvait pas aimer le petit-fils d'un traître. Il serait peut-être même content que le petit Andrew ait disparu.

Malade de frayeur, Grace ordonna à un valet d'aller chercher un agent de police. Tandis qu'elle se tenait dans le vestibule, essayant de réfléchir à ce qu'elle pourrait faire d'autre, les domestiques s'agitaient autour d'elle, fouillant chaque recoin, pendant que les hommes inspectaient le voisinage. Elle avait envie d'aller avec eux, de passer elle-même les rues au crible, mais elle craignait de partir pour le cas où quelqu'un reviendrait avec des nouvelles du bébé.

Elle tremblait comme une feuille, arpentant l'entrée et luttant pour retenir ses larmes. Il lui fallut un moment pour enregistrer un bruit de pas venant du fond de la maison. Pirouettant dans cette direction, elle vit qu'Ethan était revenu et courut à lui.

— Ethan !

Il regarda l'agitation qui régnait dans la maison, les servantes qui s'empressaient frénétiquement. Les hommes qui s'étaient rendus dehors rentrèrent, le visage plein de regret.

— Par tous les diables, que se passe-t-il ?

Grace leva les yeux vers lui et fondit en larmes.

— Oh, mon Dieu, Ethan.

Il la prit par les épaules.

— Qu'y a-t-il, Grace ? Dites-moi ce qui est arrivé.

— C'est Andrew. Quelqu'un… quelqu'un a pris mon bébé.

Elle déglutit, la gorge nouée.

— Quelqu'un a volé mon petit garçon.

Elle n'aurait su dire comment cela se produisit, mais soudain elle se retrouva dans ses bras et il la tint farouchement contre lui. Elle pouvait sentir sa force comme un mur qui se dressait autour d'elle et elle se pressa encore plus contre son corps dur, essayant d'absorber un peu de cette force pour elle.

— Tout va bien, dit Ethan. Nous allons le retrouver. Nous ne nous arrêterons pas avant.

Grace le dévisagea.

— Je sais combien vous étiez en colère quand vous êtes parti. Je sais que vous me détestez d'aider mon père. Vous… vous ne l'auriez pas pris pour me punir ?

Il parut très affecté. Sa main tremblait quand il la lui porta à la joue.

— Je ne l'ai pas pris, mon amour. Je ne vous ferais jamais une chose pareille, quelle que soit ma colère.

La gorge de Grace se serra.

— Vous êtes sûre qu'il n'est pas quelque part avec l'un des domestiques ?

Elle secoua la tête.

— Nous avons regardé partout.

— Il faut que je sache comment c'est arrivé.

Grace se contrôla juste assez longtemps pour lui relater comment elle était montée à la nurserie après son départ, et comment Mme Swann ne s'était absentée que quelques minutes. Quand elle eut fini, les larmes s'amassèrent de nouveau dans ses yeux.

— Je vous en prie, Ethan. Je sais ce que vous éprouvez à propos du bébé. Je sais que vous ne le vouliez pas vraiment, pour commencer. Je sais que si je n'étais pas tombée enceinte, vous ne m'auriez pas épousée. Mais Andrew est mon enfant et il signifie tout pour moi. Je ferai n'importe quoi, n'importe quoi, si vous m'aidez à le retrouver.

Elle réprima un nouveau flot de larmes, le cœur si serré qu'elle pouvait à peine respirer.

— Je le prendrai et je retournerai vivre à la campagne. Vous pourrez reprendre votre vie comme avant notre rencontre. Vous pourrez divorcer de moi, épouser une autre femme. Quelqu'un de plus docile.

Elle battit des cils et les larmes roulèrent sur ses joues.

— Je ferai n'importe quoi… si seulement vous m'aidez à retrouver mon fils.

La pomme d'Adam d'Ethan monta et descendit, un voile humide fit briller ses yeux bleu clair.

— Ah, par Dieu, Gracie.

Il l'attira à lui et l'entoura de ses bras. C'était si bon d'être là. Elle l'aimait tellement. Elle ne voulait pas le perdre, mais retrouver son bébé valait n'importe quel prix.

Un instant, Ethan se contenta de la tenir. Puis il s'écarta légèrement et baissa les yeux sur elle.

— Andrew est mon fils aussi. Il est *notre* fils, Grace. Je le retrouverai pour vous, je le jure.

Il courba la tête et l'embrassa doucement.

— Je vous aime, Grace. J'aurais dû vous le dire plus tôt, mais j'étais inquiet de ce qui pouvait arriver. Je vous aime, vous et Andrew. Je retrouverai notre fils pour vous. Je retrouverai notre petit garçon.

Un dernier tendre baiser, et Ethan laissa partir Grace à regret. Elle signifiait tout pour lui. Tout. Et quand il pensa à son enfant, quand il pensa que son fils pourrait mourir, il se rendit compte qu'il avait été sincère. Il aimait le bébé comme il aimait Grace. Il ferait tout ce qu'il faudrait pour le ramener à la maison.

Le valet revint avec un agent de police et Ethan lui expliqua brièvement la situation. Quelques minutes plus tard, il quitta la maison suivi par le policier, deux valets, les deux cochers et deux palefreniers. Les hommes se déployèrent aussitôt dans le quartier ainsi qu'ils l'avaient déjà fait. Certains se mirent à frapper aux portes des voisins, espérant que quelqu'un ait vu quelque chose qui pourrait les aider.

Il allait faire nuit dans moins d'une heure. Ils devaient trouver la personne qui avait emporté l'enfant avant que le voleur puisse disparaître dans l'obscurité. Freddie resta à la maison avec Grace, même s'il était clair qu'il n'en avait pas envie.

— Elle est terrifiée, Freddie, lui avait dit Ethan. Elle a besoin de quelqu'un pour veiller sur elle jusqu'à mon retour. Je me fie à vous pour le faire, *lad*.

— Oui, capitaine. Je prendrai soin d'elle.

Ils cherchèrent toute la soirée et une bonne partie de la nuit, mais ne virent rien qui sortait de l'ordinaire.

Et aucune trace du bébé.

Quand Ethan revint, il était épuisé. Grace l'accueillit à la porte, l'air plus fragile et ébranlé qu'il ne l'avait jamais vue.

— Vous… vous ne l'avez pas trouvé ?

Il secoua la tête, puis la prit doucement par les épaules.

— Ecoutez-moi, Grace. Celui qui a fait cela veut probablement de l'argent. Ils enverront une note de rançon. Nous paierons ce qu'ils demandent et Andrew nous sera rendu.

Elle le regarda, les yeux pleins d'espoir. La poitrine d'Ethan se contracta.

— Vous le pensez vraiment ?

— Oui.

— Mais qui va le nourrir ? Qui va s'occuper de lui jusqu'à ce qu'ils nous le rendent ?

L'estomac d'Ethan se crispa. C'étaient les questions qu'il s'était posée une centaine de fois.

— Celui qui l'a enlevé a sans doute tout prévu. Nous

devons le croire, Grace. Nous devons être forts pour Andrew.

Elle redressa lentement le dos, et la force qu'il avait vue à bord du bateau reparut sur son visage.

— Vous avez raison. J'aurais dû y penser. Ils ont sûrement une femme pour le nourrir et le soigner. Je suis désolée. Je n'avais pas l'intention de…

— Vous n'avez pas à être désolée.

Il la prit dans ses bras.

— Vous êtes la mère d'Andrew. Il est normal que vous soyez inquiète pour lui.

— Nous allons le ramener, dit-elle, la voix un peu plus ferme.

— Oui. J'ai envoyé un billet à Jonas McPhee. Il sera là d'une minute à l'autre. Il connaît bien les bas-fonds. Il pourra peut-être découvrir où Andrew a été emmené.

Grace hocha la tête.

— C'est un très bon enquêteur.

Ethan savait qu'elle pensait au fait que McPhee avait découvert que c'était elle qui avait aidé son père à s'évader de prison.

— Il est excellent dans son métier et il nous aidera à retrouver Andy.

Il la serra plus fort contre lui.

— Tout ira bien. Demain, notre fils sera de retour.

Grace pressa son visage contre son épaule et s'accrocha à lui. Ethan entendit ses sanglots étouffés et sut qu'elle n'était pas entièrement convaincue.

Malheureusement, il ne l'était pas non plus.

25

Il était 2 heures du matin quand Jonas McPhee arriva. Grace était assise sur le canapé et Ethan arpentait le parquet. Bien qu'il fît de son mieux pour le cacher, Grace pensa qu'il paraissait aussi inquiet qu'elle.

Son soulagement ne lui échappa pas quand le majordome introduisit l'enquêteur dans le cabinet de travail. Malgré l'heure tardive, la moitié des domestiques étaient encore debout, consternés par la disparition du bébé.

— Je suis désolé de vous déranger au milieu de la nuit, dit Ethan au limier de Bow Street.

— Votre enfant a disparu. Je suis heureux que vous m'ayez fait appeler. Dites-moi ce qui s'est passé jusqu'ici, dans les moindres détails.

Ethan et Grace l'informèrent, relatant les événements de la soirée, depuis l'irruption frénétique de la nourrice et la mystérieuse disparition du petit Andrew jusqu'aux recherches qui n'avaient rien donné.

McPhee remonta ses lunettes sur son nez.

— J'ai besoin de voir la nurserie.

— Bien sûr.

Ethan le conduisit en haut et Grace les suivit. L'enquêteur examina la pièce, cherchant tout indice quant à la personne qui avait pu enlever le bébé et l'endroit où il avait pu être emmené. Il parla à Mme Swann, qui dormait dans la nurserie toutes les nuits. Elle était encore réveillée, mais ne put fournir beaucoup d'informations.

— Je déteste suggérer cela, dit Ethan à McPhee quand la nourrice fut partie, mais y a-t-il un risque que Mme Swann soit impliquée ?

L'enquêteur gratta sa tête chauve.

— Je ne crois pas. Elle semble sincèrement bouleversée. Mais je pense que quelqu'un d'autre de votre personnel a dû donner des informations au ravisseur. Probablement pour un certain prix.

Il alla à la fenêtre.

— Regardez ceci. La fenêtre a été ouverte de l'extérieur. Cet arbre se trouve assez près pour que l'homme ait pu l'utiliser afin d'atteindre le deuxième étage.

— Vous voulez dire qu'il a emporté mon bébé par la fenêtre ? demanda Grace, une pointe d'hystérie dans la voix.

— C'est ce qu'il semble, milady.

— Et quelqu'un a dû lui indiquer où se trouve la nurserie.

— Exactement, confirma McPhee.

Grace se tordit les mains, incapable d'imaginer quelqu'un de la maison faisant quelque chose d'aussi ignoble.

— Je ne puis croire que c'est un de nos serviteurs. La plupart d'entre eux sont là depuis des années.

Ethan releva la tête.

— Sauf le valet que nous avons récemment engagé.

Il pivota et se dirigea vers l'escalier. Grace entendit ses bottes résonner sur le tapis, puis remonter quelques minutes plus tard.

— Jackson est parti. Il est sorti avec nous pour chercher l'enfant, mais d'après Baines, il n'est jamais revenu.

— Ainsi, nous savons qu'ils sont au moins deux. J'aurai

besoin de toutes les informations que vous avez sur ce valet, et de sa description.

— Je vous les donnerai.

— J'ai encore quelques questions. Peut-être lady Sharpe serait-elle plus à son aise dans votre cabinet de travail.

Grace fut reconnaissante de l'attention de l'enquêteur. Ethan la prit par le bras et l'escorta au rez-de-chaussée, puis l'installa sur le canapé de cuir brun.

— Nous présumons que le bébé a été enlevé pour une rançon, dit McPhee quand la porte fut fermée. Y a-t-il quelqu'un d'autre qui pourrait vouloir vous faire du mal en prenant votre enfant ?

Grace secoua la tête.

— Pas que je sache.

— Et votre père ? glissa doucement Ethan. Andrew est son petit-fils. Se peut-il…

— Non ! Je ne crois absolument pas que mon père ferait une chose pareille.

— Même afin de marchander pour sa vie ? Peut-être a-t-il besoin d'un moyen de quitter la ville. Ou peut-être…

— Mon père ne prendrait pas Andrew ! Pour aucune raison.

Mais Grace put voir que son mari n'était pas entièrement convaincu.

Elle garda le menton haut.

— C'est peut-être l'homme que mon père tient pour le traître qui a enlevé notre fils.

Les yeux d'Ethan se rivèrent sur les siens.

— De quoi parlez-vous ?

— Mon père pense que le jeune homme chargé du ménage dans son bureau travaillait pour quelqu'un qui le payait pour réunir des informations secrètes.

— Et quel est le nom de ce « quelqu'un » ? demanda Ethan d'un air sombre.

— Le comte de Collingwood.

Les yeux noisette de McPhee s'arrondirent derrière ses lunettes.

— Collingwood ?

Ethan fronça les sourcils.

— C'est insensé. Pourquoi Collingwood trahirait-il son pays ?

— Pour la raison que vous avez imputée à mon père. *L'argent*. Mon père dit que si vous examinez les finances de lord Collingwood, vous verrez qu'il avait terriblement besoin d'argent à ce moment-là — et que, depuis, sa situation s'est redressée.

Ethan remua dans son fauteuil, visiblement mal à l'aise.

— Cet homme ne m'a jamais plu, mais cela ne veut pas dire que je le croie coupable de traîtrise.

— Quel que soit le cas, dit McPhee en se levant, nous devrons étudier toutes les pistes. Je garderai le nom de Collingwood à l'esprit. D'ici là, il est temps que je commence mes recherches. Dès que je trouverai un élément solide, je vous préviendrai.

— Merci, dit Grace en se levant à son tour.

Elle avait confiance dans l'enquêteur, peut-être parce qu'il avait découvert son rôle dans l'évasion de son père et que, à part en informer son employeur, il avait gardé le silence. Quoi qu'il en soit, elle éprouvait un sentiment d'espoir qu'elle n'avait pas auparavant.

Elle regarda son mari et son cœur se contracta. Il avait dit qu'il l'aimait. C'étaient des mots qu'elle rêvait d'entendre. Mais les pensait-il vraiment ? Peut-être essayait-il simplement de la rassurer. Elle aurait voulu le savoir.

Elle songea au serment qu'il avait fait de ramener leur fils sain et sauf, et son cœur se serra de nouveau. Quoi qu'il ressentît pour elle, Ethan était un homme de parole.

Ethan accompagna l'enquêteur à la porte.

— J'ai deux amis qui pourraient nous aider dans nos recherches. Dès qu'il fera jour, je préviendrai le comte de Brant et le duc de Sheffield de ce qui s'est passé.

— Bonne idée, dit McPhee.

— Et j'ai l'intention de continuer à chercher moi-même. Restez en contact. Grace a besoin de savoir que nous faisons tout ce que nous pouvons.

Le limier hocha la tête.

— Attendre est terrible. Je vous tiendrai informés aussi souvent que je le pourrai.

— Merci.

McPhee disparut dans la nuit et Ethan rentra dans la maison. A l'aube, Grace et lui étaient toujours réveillés, assis dans le cabinet de travail. Comme il l'avait prévu, il envoya un billet à ses amis et, dans l'heure qui suivit, la maison bourdonna de nouveau d'activité.

Cord arriva avec Victoria, qui alla aussitôt réconforter Grace.

— Je sais ce que vous devez ressentir. Je sais combien je serais terrifiée si quelqu'un avait enlevé mon bébé. Les hommes le trouveront. J'en suis sûre. Ils vous ramèneront Andrew.

Grace hocha la tête et pressa la main de son amie.

Dès que Rafe arriva, Ethan conduisit les hommes dans un autre salon.

— J'apprécie votre aide.

— Tu ferais la même chose pour nous, dit Cord.

Ethan acquiesça. Pour la seconde fois de sa vie, il se sentait impuissant. La première, c'était quand il était en prison. Maintenant, il était impuissant à retrouver son fils.

Pendant la demi-heure qui suivit, tous trois envisagèrent tous les mobiles possibles : la vengeance, l'intérêt et même la folie. Bien qu'une demande de rançon fût le plus probable, toute possibilité devait être envisagée.

— Grace a été en contact avec son père, déclara Ethan. Elle l'a rencontré hier à la Taverne de la rose. Je savais qu'elle mijotait quelque chose. Je l'ai suivie, mais je suis arrivé trop tard. Elle ne pense pas que le vicomte puisse être impliqué dans la disparition d'Andrew, mais c'est un homme désespéré. Il peut être capturé à tout moment. Il cherchait peut-être un moyen de marchandage.

— Bon sang, jura Cord. Grace n'aurait pas besoin de ça — le ravisseur s'avérant être son père.

— Il y a une dernière chose, poursuivit Ethan. D'après Grace, Forsythe jure qu'il est innocent. Il aurait découvert que c'est le comte de Collingwood qui a vendu les secrets aux Français après avoir payé l'homme de ménage du ministère des Affaires étrangères pour subtiliser des documents confidentiels.

Les yeux des deux hommes s'arrondirent.

Rafe fronça les sourcils.

— Le comte tournait autour de Grace. Autant que je m'en souvienne, quand vous étiez en mer, il est venu lui rendre visite plusieurs fois.

Il regarda Ethan, qui s'était rembruni.

— Grace ne vous l'a pas dit, apparemment. Elle ne l'a pas encouragé, si c'est ce que vous pensez, et dès que sa grossesse est devenue apparente, il n'est plus revenu.

— S'il est le traître, intervint Cord, cela pourrait expliquer son intérêt pour Grace.

— Peut-être pensait-il que son père pourrait se mettre en contact avec elle, dit Rafe. S'il est vraiment le coupable, il doit s'inquiéter que Forsythe soit sur ses traces.

Ethan y avait songé, bien qu'il n'en ait pas envie.

— Quel motif aurait-il eu d'enlever le bébé ?

Rafe alla à la fenêtre. Un gros écureuil à la queue en panache grimpa sur l'arbre près de la maison.

— Difficile à dire. Une rançon semble le plus probable.

— Je suis d'accord, acquiesça Cord.

— Moi aussi.

Inquiet pour la santé de son fils dans des circonstances aussi incertaines, Ethan pria que, si les ravisseurs voulaient de l'argent, ils n'attendent pas trop longtemps pour le demander.

La demande de rançon arriva moins d'une heure plus tard.

Tous les cinq — Ethan, Grace, Victoria, Cord et Rafe — se trouvaient dans le cabinet de travail, Grace debout près d'Ethan lorsqu'il lut le message à voix haute.

« Nous avons votre fils. En échange, nous voulons cinquante mille livres. Un autre message vous parviendra à 17 heures pour vous dire où remettre l'argent. »

Grace se mit à trembler et Ethan la fit asseoir.

— Bon Dieu, dit Cord.

— Au moins, nous savons qu'une rançon est le mobile, constata Rafe.

— Il faut… il faut rassembler l'argent, balbutia Grace. Pouvons-nous… réunir une telle somme ?

Elle regarda Ethan et la peur qu'il lut dans ses yeux lui serra le cœur.

— Nous le ferons, mon amour, dit-il doucement.

Cord s'adressa à sa femme.

— Pourquoi ne demandez-vous pas à Baines de vous servir un thé dans le salon, toutes les deux ?

Victoria lui jeta un coup d'œil, comprenant que les hommes ne voulaient pas bouleverser Grace davantage, mais qu'ils avaient besoin de mettre un plan au point. Verser la rançon ne pouvait garantir qu'Andrew soit restitué sain et sauf. Personne n'insinua que le bébé n'était peut-être plus en vie, même si chacun d'eux savait que cela se pouvait. S'occuper d'un nourrisson de six semaines affamé et agité causait simplement peut-être trop d'ennuis aux ravisseurs.

Victoria prit Grace par le bras et celle-ci quitta le cabinet de travail, engourdie. Ethan ne l'avait jamais vue aussi pâle ni aussi ébranlée. Elle avait toujours été si forte. Mais elle était mère, à présent, et elle avait perdu son enfant. Il se jura de le lui rendre.

— Bien, mettons-nous au travail.

Les paroles de Rafe tirèrent Ethan de ses pensées.

— Ethan devra s'occuper de l'argent. Cord et moi commencerons à chercher des informations, à voir ce qui peut ressortir. Nous nous retrouverons ici à 17 heures. Cela nous laisse du temps avant que le deuxième message arrive.

Ethan hocha la tête. Il était habitué à donner des ordres, mais sa famille était en danger, ses pensées brouillées, et il se félicitait de la solidité de Rafe.

Cord et Rafe quittèrent la maison, partant chacun de son côté, et Ethan alla rassurer Grace.

Assise avec Victoria, elle semblait aller un peu mieux, sa force et sa détermination commençant à revenir. Ethan alla à elle, mit un genou à terre et lui prit la main.

— Nous le retrouverons, Grace. Je veux que vous vous concentriez là-dessus et seulement là-dessus. Je vais aller parler à mon banquier sur-le-champ. Quand les ravisseurs auront l'argent, ils n'auront aucune raison de garder Andrew.

La main de Grace trembla.

— Et s'il pleure ? Les hommes n'aiment pas les bébés qui pleurent. Ils peuvent… ils peuvent…

— Chut. Andrew est un bébé très gentil. Il ne pleure presque jamais.

— Comment le savez-vous ?

Ethan lui décocha un sourire embarrassé.

— Je vais parfois le voir à la nurserie. Il sourit toujours quand j'arrive. C'est un très gentil petit garçon.

Les yeux de Grace s'emplirent de larmes.

— Oh, Ethan…

— Nous le retrouverons, mon amour. Il sera à la maison ce soir.

Elle se contenta de hocher la tête. Elle essuya ses larmes d'une main tremblante et Ethan pria de lui avoir dit la vérité.

Le message arriva à 17 heures précises, apporté par un gamin des rues que Cord tira dans le vestibule et que les trois hommes soumirent à un interrogatoire serré.

— Qui vous a envoyé ? demanda Ethan, tenant le garçon par le col de sa chemise déchirée.

— Un type m'a donné un shilling pour apporter le message, et je l'ai fait. Je n'ai rien fait de mal.

— A quoi ressemblait cet homme ? voulut savoir Cord.

— Il était maigre et laid, pas très grand. Il a dit que si je ne portais pas le message comme je l'avais dit, il me retrouverait et me couperait la langue.

Ils lâchèrent le gamin, qui détala par la porte d'entrée. Puis le petit groupe — les femmes comprises — se réunit dans le cabinet de travail pour lire le message. Bien qu'Ethan ait réussi à rassembler l'argent, la journée avait été décevante. Ni Cord ni Rafe n'avaient trouvé d'indice sur l'endroit où les ravisseurs avaient emmené le bébé. Jonas McPhee avait envoyé un billet disant qu'il n'avait encore rien découvert d'utile. Il avait proposé de les rejoindre ce soir-là, mais Ethan avait décliné son offre, pensant qu'à eux trois ils pouvaient gérer la situation. Il préférait que l'enquêteur utilise ses talents d'investigation là où ils pouvaient être plus efficaces.

Ethan déplia le message et le lut à haute voix :

« Rendez-vous à Freeborn Court, près de l'allée de l'auberge Gray's. Déposez l'argent à l'entrée de l'allée, près de la taverne à gin de Mose, à minuit. En retour, vous recevrez un message vous disant où vous pouvez retrouver le bébé. Venez seul. »

— Pourquoi ne font-ils pas l'échange sur place ? demanda Rafe, exprimant la pensée de tous.

— Bon sang !

Ethan se passa une main dans les cheveux.

— On ne peut juste leur donner l'argent… sans récupérer Andrew.

— Que pouvons-nous faire d'autre ? murmura Grace.

La mâchoire d'Ethan se durcit.

— Nous allons nous cacher dans l'allée et suivre celui qui viendra prendre l'argent. A trois, nous devrions pouvoir ne pas le perdre de vue.

— Il y a des chances qu'il ramène l'argent pour le partager avec ses complices, dit Cord, et c'est là que nous retrouverons l'enfant.

Ethan pria en silence que son cousin ait raison.

Le temps parut interminable. Alternativement, Grace arpentait la pièce et s'arrêtait pour regarder par la fenêtre, sans rien voir.

— Il est presque 22 heures, déclara enfin Ethan. Il faut que nous allions là-bas à l'avance, que nous inspections l'endroit et que nous trouvions des cachettes d'où nous pourrons observer sans être vus.

Grace quitta le canapé et alla le rejoindre.

— Je veux venir avec vous.

Ethan la prit doucement par les épaules et secoua la tête.

— Ce n'est pas possible, mon amour. Vous ne seriez qu'une personne de plus dont nous devrions nous soucier.

— Andrew est mon fils, aussi. Si vous le retrouvez, il sera peut-être affamé ou blessé. Il aura besoin de moi, Ethan. Je dois aller avec vous.

Ethan parut réfléchir, puis il secoua de nouveau la tête.

— Je comprends votre inquiétude, mais c'est simplement trop dangereux. Quand nous ramènerons Andrew à la maison, il aura besoin de sa mère. Si quelque chose vous arrivait là-bas ?

— Je vous en prie, Ethan.

Il se pencha et l'embrassa sur la joue.

— Je suis désolé, Grace. J'aimerais pouvoir vous emmener, mais je ne le peux pas. Je dois faire ce qui est le mieux pour Andrew.

— Il est temps d'y aller, dit Cord. Nous ne savons pas quel genre d'ennuis nous attend.

Sur ces mots, il tira un pistolet de la poche de sa redingote, vérifia qu'il était chargé et le remit en place. Ethan et Rafe firent de même avec leurs propres armes, puis Cord alla embrasser Victoria sur la bouche.

— Nous reviendrons le plus vite possible.

— Soyez prudents, dit Tory, levant la main pour lui toucher la joue.

Ethan rejoignit Grace.

— Je vais ramener Andrew à sa mère.

Elle hocha la tête. Sa gorge était serrée et sa poitrine nouée.

— Prenez soin de vous.

Ethan l'embrassa tendrement. Quelques minutes plus

tard, les hommes franchirent la porte et Grace resta seule avec Victoria.

Lentement, elle se leva du canapé.

— Si vous voulez m'excuser, Tory, je vais monter me changer.

Son amie lui jeta un regard méfiant.

— Vous changer ? Pourquoi ? Vous n'attendez sûrement pas de visite ?

— Je vais à la taverne à gin de Mose et je ne pense pas que j'y serai à ma place en robe de mousseline et de dentelle.

Les yeux de Victoria s'élargirent.

— Vous avez entendu ce qu'a dit Ethan. Vous serez juste une personne de plus dont les hommes devront s'inquiéter.

— Ils ne s'inquiéteront pas, s'ils ne savent pas que je suis là.

Tory se mordit la lèvre.

— Je suppose que c'est vrai.

— Ainsi que je l'ai dit à Ethan, Andrew aura peut-être besoin de moi.

Tory soupira, reconnaissant sa défaite.

— Bon. Je sais ce que je ferais s'il s'agissait de mon petit Jeremy, et vous ne pouvez certainement pas y aller seule. Je suis moi aussi un peu trop habillée pour me rendre dans les bas-fonds. Peut-être votre soubrette pourrait-elle me prêter quelque chose de plus simple.

Grace se pencha pour l'enlacer.

— Je n'oublierai pas ceci, Tory.

— De fait, après ce soir, j'espère ne plus jamais avoir à y penser.

Le cocher de Grace, James Dory, était assis sur le banc de son coupé. C'était un grand homme robuste au long nez et aux yeux aimables, et elle avait confiance en lui. Tandis que la voiture s'engageait dans les quartiers les moins fréquentables de Londres, elle se félicita de l'avoir avec elle.

— Ce n'est pas la partie de la ville que je préfère, dit Tory, exprimant les pensées de Grace.

Les rues pavées avaient disparu depuis longtemps et les roues parcouraient maintenant des allées étroites et boueuses. Les maisons étaient délabrées, les volets cassés pendant aux fenêtres, les toits affaissés, les planches des porches pourrissant. Un ciel nuageux bloquait les faibles rayons d'un croissant de lune, plongeant la ville dans l'obscurité.

Le coupé tourna à un coin de rue, pénétra dans Holborn et arriva dans une cour qui n'avait pas de nom, mais à mi-chemin de l'impasse, Grace aperçut l'enseigne de la taverne à gin de Mose.

— Continuez, dit-elle au cocher par le tuyau de communication.

La voiture roula un peu plus loin.

— Là, maintenant vous pouvez vous arrêter.

Dès que l'attelage s'immobilisa, Grace et Tory descendirent. Contrairement à l'impasse sans nom dans laquelle se trouvait la taverne à gin, le quartier d'Holborn, ici, était tranquille. Les deux jeunes femmes étaient vêtues de robes de drap et de capes chaudes qui les aidaient à se fondre dans l'obscurité. Inconsciemment, Grace toucha les perles dans sa poche, le précieux Collier de la Mariée. Si quelque chose allait de travers, si l'argent ne suffisait pas, le Collier convaincrait peut-être le ravisseur de relâcher son fils.

Le cocher vint se placer devant elle, son chapeau à la main.

— Vous voulez que je vienne avec vous, milady ?

Aussi tentant que ce soit de l'avoir avec elles, si elles

voulaient passer inaperçues, mieux valait être le moins nombreux possible.

— Je préférerais que vous attendiez ici, monsieur Dory. Nous aurons peut-être besoin rapidement de la voiture.

Le cocher hocha la tête d'un air sombre, visiblement inquiet et mécontent d'être laissé en arrière.

— Il faut que nous restions hors de vue, dit Tory. Il ne faut pas rendre les choses plus difficiles pour les hommes.

Grace acquiesça.

— Nous allons trouver une cachette assez proche pour voir l'impasse, puis rester dissimulées jusqu'à ce que l'argent soit ramassé. Les hommes suivront la personne en question et nous les suivrons à notre tour.

C'était un bon plan, et tandis qu'elles se cachaient dans des caisses devant une maison vide, non loin de l'allée, Grace pensa qu'il pourrait marcher. De leur cachette, elles pouvaient voir la taverne à gin et les clients ivres qui entraient et sortaient en vacillant. Sur la fenêtre au-dessous de l'enseigne, une autre pancarte annonçait : « Ivre pour un penny, ivre mort pour deux. »

Grace frissonna et resserra sa cape autour d'elle. Glissant la main dans sa poche, elle sentit la douceur des perles tandis qu'elle sortait une petite montre en porcelaine pour vérifier l'heure. Presque minuit et quart. Il lui semblait qu'elles attendaient depuis des heures.

Puis elle entendit un crissement de graviers, un bruit de pas qui résonnait dans l'allée, et ses épaules se raidirent. Elle entendit ensuite un frôlement, quelqu'un qui ramassait quelque chose. Elle supposa que c'était l'argent. Après quoi les pas s'éloignèrent et trois ombres sortirent de leur cachette.

Grace reconnut la haute silhouette d'Ethan, ses larges épaules, la légère hésitation de sa démarche, et son cœur manqua un battement. Il avait dit qu'il l'aimait et elle pria que ce soit vrai, qu'il retrouve bientôt leur fils.

Notre fils, avait-il dit, et ces mots lui nouèrent la gorge. Lorsque Andrew serait de retour, ils pourraient enfin former une vraie famille. Elle le souhaitait plus que tout.

Tory bougea alors que les hommes disparaissaient dans l'allée, suivant leur cible qui marchait silencieusement devant eux. Imitant son amie, Grace sortit de sa cachette et partit avec Victoria, sans bruit, derrière les trois hommes. Elles prirent le chemin emprunté par Cord et Rafe, veillant à rester assez loin pour ne pas être vues.

Un rat détala dans l'obscurité et Grace frissonna. Les odeurs de pourriture qui montaient dans l'allée lui firent plisser le nez. A côté d'elle, Tory releva l'ourlet de sa jupe pour éviter une flaque d'eau stagnante. Elles échangèrent un coup d'œil dégoûté et continuèrent à marcher. Grace venait d'atteindre le coin d'une maison quand elle entendit jurer quelqu'un.

— Je l'ai vu partir par là, dit Cord en indiquant une direction, mais il a disparu derrière cette pile de tonneaux.

— Il n'y est pas, déclara Rafe en le rejoignant.

— Par où est-il allé ?

— Je ne sais pas, répondit Rafe, la mine sombre.

— Bonté divine, nous l'avons perdu.

— Espérons qu'Ethan est toujours sur ses traces.

Fouillant l'obscurité du regard, Cord jura comme il ne l'aurait jamais fait, s'il avait su que les femmes étaient à proximité. Tapie contre un mur de brique non loin de là, Grace regarda Tory, les entrailles nouées. Si les hommes perdaient le coursier, ils ne retrouveraient peut-être jamais les ravisseurs et elle ne reverrait jamais son fils.

Les nuages s'écartèrent un moment, et la lune éclaira la nuit.

— Là ! chuchota Tory, à quelques pas. C'est lui ! Regardez, il porte le sac !

— Vous avez raison, c'est lui !

Relevant sa jupe, Grace se mit à courir.

— Gracie, attendez ! Il faut prévenir les hommes !

— Nous n'avons pas le temps ! répondit Grace par-dessus son épaule, et cette fois ce fut Tory qui jura.

Courant vers le petit groupe qui se dispersait à la recherche du coursier, elle agita les bras et se précipita vers Cord.

26

— Par tous les diables…

Cord fixa la petite silhouette féminine qui accourait vers lui dans l'obscurité. Il siffla entre ses dents quand il se rendit compte que c'était sa femme.

— Bon sang ! Au nom du Ciel, Victoria, que faites-vous ici ?

— Nous n'avons pas le temps de parler !

Elle inspira une goulée d'air, essayant de reprendre son souffle, et tira frénétiquement sur le bras de son mari.

— Il faut se dépêcher ! Grace a vu le garçon et est partie après lui. Il faut la rattraper avant qu'elle aille trop loin !

Crispant les mâchoires, Cord s'empressa de suivre Victoria, qui le conduisit dans la direction d'où elle était venue.

— Je jure que quand je vous ramènerai à la maison, je vous donnerai une bonne rossée !

Tory sourit largement et leva les yeux au ciel, pas effrayée le moins du monde. Rafe rejoignit Cord en courant et, un instant plus tard, Ethan sortit de l'ombre.

— Je l'ai perdu, annonça-t-il. Une minute il était là, et la suivante…

Il s'interrompit en voyant Victoria.

— Par Dieu, qu'est-ce que votre femme fait ici ?

Il sursauta en comprenant que, si Victoria était là, Grace devait l'être aussi.

Il transperça Victoria d'un regard noir qui aurait fait frémir une femme moins courageuse.

— Où est-elle ? demanda-t-il tandis qu'ils continuaient à avancer.

Cord répondit à la place de sa femme.

— Grace a aperçu le coursier et est partie derrière lui.

— Bon Dieu !

— Elle ne voulait pas le perdre, ajouta Victoria. Elle est partie par là.

Elle indiqua un pâté de maisons décrépites à peine visibles dans l'obscurité. Seul le faible clair de lune passant entre les nuages éclairait leur chemin.

— Venez ! Nous devons nous dépêcher !

Ethan suivit Victoria dans l'ombre, sa peur pour Grace lui glaçant le sang. Maintenant, sa femme et son fils étaient tous les deux en danger.

Ils atteignirent l'endroit où Victoria avait vu Grace pour la dernière fois, mais tout ce qu'Ethan aperçut fut la nuit noire. Sa femme était invisible.

— Dispersons-nous, commanda-t-il. Il faut la retrouver.

Cord et Victoria partirent à gauche, Rafe à droite et Ethan continua droit devant lui. Son cœur tambourinait dans sa poitrine. Il devait la retrouver. Il ne supportait pas l'idée de la perdre.

Ils cherchèrent un long moment, les minutes passant. Mais il n'y avait nulle trace de Grace ni du garçon qu'elle avait suivi.

*
* *

Grace emboîta le pas au gamin des rues maigre et ébouriffé, vêtu d'une chemise sale et de grossières culottes brunes, et le vit disparaître dans une volée de marches en terre battue qui descendaient vers ce qui avait été jadis une porte d'entrée. Maintenant, la porte gisait par terre, en pièces. L'entrée conduisait dans ce qui semblait être une pension en piteux état. Grace frémit en songeant au genre de locataires qui devaient vivre là.

Elle attendit un moment, regardant par-dessus son épaule, espérant que Tory et les hommes apparaîtraient. Mais elle ne pouvait se permettre d'attendre longtemps. Quelques secondes après le garçon, elle descendit les marches et se courba pour passer sous l'entrée en ruines, pénétrant dans une pièce sombre.

Il faisait très noir, la seule lumière venant du sommet d'un escalier branlant, de bois. La pièce sentait le moisi et le renfermé. Des toiles d'araignées tombant du plafond bas frôlaient le visage de Grace. Elle s'efforça de ne pas imaginer quelles créatures pouvaient se cacher dans l'ombre et garda les yeux fixés sur le gamin, qui monta les marches et disparut.

Elle le suivit vivement, posant avec soin un pied sur chaque marche, se crispant chaque fois qu'une planche craquait, certaine qu'on allait l'entendre. En haut de l'escalier, elle s'arrêta, cherchant le garçon du regard. Elle le vit un peu plus loin, en train de gravir un autre escalier qui menait au deuxième étage. Dès qu'il fut hors de vue, elle s'élança derrière lui, grimpant les marches avec plus d'impatience encore et souhaitant qu'Ethan arrive, priant qu'il devine où elle était.

Si les hommes ne venaient pas bientôt, se dit-elle, elle déterminerait la destination du gamin et retournerait les chercher.

Un long couloir s'ouvrait devant elle. Des lambeaux

de papier peint déchiré et fané pendaient aux murs et le sol était inégal, les planches usées. Elle entendit un bruit de conversation dans une des chambres qu'elle longea, suivi par le rire aigu d'une femme.

A l'autre bout du couloir, une porte se referma et elle alla dans cette direction. Elle souhaita avoir un pistolet ou au moins une arme quelconque, mais elle n'avait jamais pensé partir seule, elle voulait simplement être là quand Ethan retrouverait Andrew. Elle pria encore que Tory amène les hommes et se dit qu'Ethan allait apparaître derrière elle à tout moment.

A la place, alors qu'elle longeait le couloir, une ombre se détacha du mur et elle entendit le déclic d'un pistolet.

— Eh bien, eh bien, regardez qui nous avons là.

La peur lui crispa l'estomac et de la bile lui monta dans la gorge. Elle se tourna lentement vers la voix, et vit un petit homme au visage très laid et aux dents gâtées.

— Qu'est-ce qu'une dame de la haute société fabrique dans un endroit comme celui-ci ?

Grace se redressa, déterminée à ne pas montrer combien elle était effrayée.

— Je suis venue chercher mon fils.

— C'est ce que je pensais.

Du pistolet, l'homme lui fit signe d'avancer dans le couloir et elle obéit. Ses jambes tremblaient sous sa jupe de drap. Au bout du couloir, il ouvrit une porte, puis s'écarta pour la laisser passer devant lui.

Alors qu'elle allait franchir la porte, elle vit le garçon qu'elle avait suivi fourrer une pièce dans sa poche et sortir de la chambre. Il lui jeta un coup d'œil, regarda l'homme qui pointait le pistolet sur ses côtes, et détala vers l'escalier.

Le vilain individu ne fit pas attention à lui et se servit du pistolet pour faire avancer Grace.

— Continuez.

Elle déglutit et se mit à marcher. Son cœur était contracté par la peur, ses paumes moites. Elle se répéta que, d'une manière ou d'une autre, Ethan la trouverait, mais à chaque pas qu'elle faisait, c'était plus difficile à croire. Le repaire était trop bien caché. Si aucun d'eux ne l'avait vue entrer, il était impossible qu'ils devinent où elle était.

Elle rassembla son courage. Quand elle franchit le seuil, un mouvement accrocha son regard et elle vit qu'il y avait un autre homme dans la misérable pièce. Elle retint une exclamation lorsqu'elle reconnut le visage familier qui lui souriait méchamment à l'autre bout du plancher nu.

— Vous !

Les lèvres de l'homme s'incurvèrent en un demi-sourire cruel.

— Oui, c'est moi. Willard Cox, à votre service. Et quelle surprise ! La poule du capitaine qui me rend visite en personne.

Les genoux de Grace flageolèrent. Willard Cox, le second matelot du *Démon des mers*. Elle se le rappelait bien. C'était un homme froid, calculateur, impitoyable, et à cause d'elle il avait reçu vingt-cinq coups de fouet.

Elle se força à hausser le menton.

— Où est mon bébé ?

— Où est votre mari ? rétorqua Cox.

— Ethan est juste dehors, mentit-elle. Il sera là d'une minute à l'autre.

Cox rit.

— J'en doute. Je parie qu'il ne sait même pas que vous êtes ici. Autant que je m'en souvienne, vous êtes une gueuse intrépide. Votre nature emportée vous a presque tuée une fois.

Grace garda les yeux rivés sur son visage. Cox n'était

pas laid, si l'on pouvait ignorer ses yeux gris dénués de sentiment.

— Qu'avez-vous fait de mon bébé ?

Avant que le marin ait le temps de répondre, un bruit vint de la pièce voisine et elle reconnut les sons familiers propres à un bébé, son petit Andrew, qui commençait à s'agiter et à pleurer. Son cœur bondit dans sa gorge.

— Son braillard se remet à pleurnicher, dit le petit homme laid. Il m'a tenu réveillé toute la nuit avec ses maudits hurlements. Je vous ai dit qu'on aurait dû se débarrasser de lui.

La poitrine de Grace se contracta de peur. Elle serra si fort les poings que ses ongles pénétrèrent dans ses paumes.

Cox regarda le sac posé par terre devant la porte.

— Du calme, Gillis. Maintenant qu'on a l'argent, je me moque éperdument de ce que vous ferez du bébé.

Le dénommé Gillis eut un large sourire qui exposa ses chicots. Avec une expression ravie, il se dirigea vers la porte donnant sur l'autre pièce.

— Non !

Grace se jeta sur son chemin.

— Laissez-le tranquille ! Ce n'est qu'un bébé !

— Otez-vous de mon passage !

Il poussa Grace si fort qu'elle heurta le mur et atterrit par terre dans le coin. « Ethan, pensa-t-elle, aidez-moi à sauver notre fils. »

Se remettant sur pied, elle courut vers la porte par laquelle Gillis avait disparu. A l'autre bout de la chambre, le bébé était couché sur un tas de chiffons qui lui servait de lit, sa petite couverture bleue loin d'être assez chaude dans la pièce glacée.

Gillis se tint entre elle et son enfant. Désespérée, Grace mit la main dans la poche de sa jupe de drap et en sortit le collier de perles. Sa main tremblait quand elle le tendit au ravisseur.

— Vous voulez de l'argent, prenez ceci. Il vaut une fortune. Laissez-moi juste prendre mon fils et partir, et ce collier sera à vous.

Les yeux noirs du petit homme brillèrent d'excitation. Il hocha avidement la tête.

— C'est bon. Donnez-moi ça et vous pourrez avoir votre braillard.

Il attrapa le collier des doigts de Grace et le fourra dans sa poche, mais, au lieu de quitter la pièce, il poussa Grace de toutes ses forces contre le mur et se dirigea de nouveau vers le bébé.

Juste Ciel, il n'allait pas les laisser partir ! Elle aurait dû s'en douter. Mais il avait eu l'intention de les tuer tous les deux, et elle avait dû tenter sa chance. Parcourant frénétiquement la chambre du regard, elle chercha une arme quelconque. Un balai de paille usé était appuyé contre le mur. Grace l'attrapa, fonça à travers la pièce avant que Gillis pût atteindre le bébé et se plaça entre eux.

— Je ne vous laisserai pas lui faire du mal.

Gillis eut un grand sourire.

— Vous avez du cran, la fille. Je vous l'accorde. Dès que je me serai débarrassé du lardon, je verrai comment vous vous comportez avec un homme sur vous. Et quand je serai rassasié, Cox pourra avoir son tour.

Gillis s'avança, mais au lieu d'agiter le balai comme il s'y attendait, Grace l'empoigna par la paille et brandit le manche devant elle comme une lance, chargeant sur le petit homme. Elle le toucha en plein ventre, lui arrachant un hurlement de douleur et le faisant tomber à la renverse. Il glissa de plusieurs mètres sur le plancher, lâchant une bordée de jurons.

Derrière elle, Grace entendait pleurer son fils et cela

l'aiguillonna. Prestement, elle prit le balai dans l'autre sens, saisit le manche et se mit à battre Gillis avec la paille, le frappant à la tête et au visage. Il leva les bras pour se protéger des coups, mais elle continua à l'attaquer. Elle devait sauver son bébé. C'était sa seule chance.

— Vous allez me le payer, la fille, piailla Gillis. Je vais vous donner une bonne raclée et ensuite je vous prendrai.

— Vous ne la toucherez pas, sale vaurien.

La dure voix masculine fit sursauter Grace et elle tourna vivement la tête vers le seuil.

— Vous ne ferez jamais plus de mal à ma famille.

Un sanglot noua la gorge de Grace et ses yeux s'emplirent de larmes.

— Ethan…

Il s'avança à grands pas, avec l'air du pirate qu'il était quand elle l'avait vu pour la première fois, la mâchoire contractée de fureur et les poings serrés. Il avait le souffle court, ses yeux étaient du bleu le plus glacé qu'elle avait jamais vu et étaient fixés sur le petit homme.

Gillis sauta à terre et courut vers Grace. Il lui arracha le balai des mains et la frappa si fort qu'elle perdit l'équilibre et s'écrasa contre le mur. La tête lui tournait et elle fut prise d'un vertige. Elle entendit le grondement furieux d'Ethan et le bruit de son poing s'abattant sur Gillis avant de sombrer dans l'inconscience.

Ethan donna à Gillis un tel direct à l'estomac que l'homme se plia en deux. Puis il empoigna le ravisseur par sa chemise, le fit pirouetter et le frappa puissamment à la mâchoire, le mettant à terre. Ensuite, il le releva et lui expédia de nouveau son poing dans la figure, et du sang jaillit de son nez. Gillis tenta de rendre les coups, mais

Ethan les esquiva aisément et le frappa encore lourdement au visage, lui fendant la lèvre. Le petit homme lutta pour se libérer, mais Ethan continua à le frapper, aveuglé par une fureur plus grande que ce qu'il avait jamais ressenti, jusqu'à ce qu'il tombe sans connaissance.

Le regard d'Ethan se porta sur Grace, affalée sur le plancher, et son cœur se serra. En se précipitant vers elle, il la revit telle qu'elle était lorsqu'il était arrivé, brandissant le balai usé comme un sabre, se battant comme une tigresse pour sauver son enfant.

Il savait déjà qu'il l'aimait, mais jusqu'à cet instant il n'avait pas mesuré combien. Puis il aperçut son petit garçon, le visage bleu de froid, la bouche grande ouverte tandis qu'il hurlait de faim. Un gentil bébé habituellement heureux et souriant, un enfant qu'il en était venu à aimer bien qu'il eût essayé de résister.

A ce moment-là, il sut que sa soif de vengeance s'était tarie, réduite en cendres par l'amour qu'il portait à sa femme et à son fils.

Priant que Grace aille bien, il s'agenouilla près d'elle, la souleva un peu, et ses paupières battirent.

— Ethan… ?

— Gracie… mon amour.

Elle tendit les mains vers lui, se coula dans ses bras et, pendant un momen, il se contenta de la tenir. Il vit le bleu qui commençait à se former sur sa joue et la rage l'envahit de nouveau.

— Vous êtes saine et sauve. Andrew est en vie.

Derrière eux, le bébé se remit à pleurer et il sentit Grace se raidir.

— Andrew !

Ethan l'aida à se relever et ils s'empressèrent d'aller voir leur fils, tous deux s'agenouillant près du tas de chiffons.

— Est-ce qu'il va bien ? demanda Ethan d'un ton inquiet pendant que Grace l'examinait.

Elle hocha la tête, visiblement soulagée.

— Ils devaient avoir une femme qui s'occupait de lui. Il est au sec, mais il a faim.

Elle jeta un coup d'œil par-dessus son épaule, vers l'autre pièce.

— Et Cox ?

— Il ne nous ennuiera plus. Cord et Rafe sont en train de lui régler son compte.

Grace déglutit en drapant la petite couverture bleue autour de son bébé, puis elle le prit dans ses bras et l'installa sur son épaule. Quelques mots tendres et il commença à se calmer. Elle posa un baiser sur sa tête et il se blottit contre elle, renifla et se tut.

Grace leva les yeux vers Ethan.

— Je ne pensais pas que vous pourriez me trouver. J'étais tellement terrifiée…

Il lui prit la main et la porta à ses lèvres.

— J'aurais cherché sans fin, s'il l'avait fallu.

— Comment avez-vous su où j'étais ?

— Le gamin qui a récupéré l'argent est venu nous trouver. Il avait dû nous voir chercher.

Le jeune garçon était sorti de l'ombre, ses culottes déchirées, les cheveux en broussaille.

— Vous cherchez la jolie dame aux cheveux cuivrés ? avait-il demandé, notant la tenue coûteuse d'Ethan.

Ce dernier l'avait pris par les épaules.

— Vous l'avez vue, *lad* ? Pouvez-vous nous montrer où la trouver ?

— Je le jure, patron, je ne savais pas qu'ils avaient le bébé. Ils voulaient juste que je ramasse le sac. Mais la dame — elle est venue chercher le petit. Ils vont lui faire du mal, si vous n'arrivez pas vite.

Ethan s'était raidi.

— Montrez-moi où elle est.

Le gamin les avait conduits jusqu'à la pension délabrée et les avait accompagnés au premier étage.

— Par là, avait-il dit en indiquant l'escalier qui montait au second. La porte au bout du couloir.

Quand il avait commencé à s'éloigner, Ethan l'avait saisi par le bras.

— Je suis le marquis de Belford. Venez me trouver et je m'assurerai que vous soyez récompensé de la bonne action que vous avez faite cette nuit.

— Oui, sir.

Ethan frémit à la pensée de ce qui aurait pu se passer sans le jeune garçon, et passa un bras autour de Grace et du bébé. Ils n'avaient fait que quelques pas vers la porte quand des coups de feu retentirent dans l'autre pièce. Pressant sa femme et son fils contre le mur, Ethan les protégea de son corps tout en tirant son pistolet.

— Cord ? appela-t-il. Rafe ? Allez-vous bien, tous les deux ?

— Oui, répondit Cord.

La voix de Rafe s'éleva.

— Malheureusement pour M. Cox, il a décidé de tester mon pistolet plutôt que d'affronter la potence.

Non, Cox ne serait pas pendu, constata Ethan en pénétrant dans la chambre. Il était mort, un petit pistolet de nacre serré dans la main, ses froids yeux gris fixant le plafond, sans vie. Du sang coulait d'une blessure à la poitrine. Rafe et Cord le dominaient — Willard Cox, le dernier homme dont Ethan aurait pensé qu'il lui avait volé son fils.

Un instant plus tard, la porte du couloir s'ouvrit brusquement et Victoria entra en trombe, brandissant un gros morceau de bois devant elle.

Cord tendit la main et lui prit doucement son arme de fortune.

— C'est bon, ma douce. Tout le monde va bien.

Les épaules minces de Tory se détendirent.

— Oh, le Ciel soit loué !

Son mari la fusilla néanmoins du regard.

— Je croyais vous avoir dit de rester où vous étiez.

— J'ai entendu des coups de feu. Je craignais que vous puissiez être blessé.

Cord soupira et la prit dans ses bras.

— Si je n'étais pas aussi fou de vous, je vous étranglerais.

Ethan jeta un coup d'œil vers l'autre pièce.

— Il y en a un autre là-bas, dedans.

Son regard s'adoucit quand il contempla Grace.

— Il est vivant. Je l'ai sonné, mais ma femme l'avait déjà mis joliment mal en point.

La bouche de Rafe s'incurva légèrement.

— Je vais m'occuper de lui.

S'éloignant à grands pas, il passa dans la chambre voisine. Ethan l'entendit déchirer les chiffons, puis perçut quelques grognements tandis qu'il ligotait et bâillonnait l'homme. Le duc de Sheffield revint quelques minutes plus tard et Ethan aperçut l'éclat familier du collier de perles et de diamants dans sa main.

— Je crois que ceci est à vous, dit-il à Grace.

— Oui… merci.

Elle leva les yeux vers son mari.

— Je pensais que je pourrais en avoir besoin pour marchander.

— Apparemment, ça n'a pas marché, dit Ethan d'un ton sec, en songeant au combat de sa femme contre le ravisseur et en réprimant un accès de fureur à l'idée de ce qui avait failli se passer.

— Peut-être pas.

Grace glissa les perles dans sa poche.

— Mais après tout, nous allons tous bien et le bébé est sain et sauf. Il se peut que le collier ait parfaitement fonctionné, finalement.

Cord baissa les yeux sur Victoria et ils échangèrent un regard. Ethan ignorait ce que signifiait ce regard, mais il était aisé de reconnaître l'amour dans les yeux de son cousin tandis qu'il contemplait sa petite femme aux cheveux sombres.

Ethan se pencha pour poser un baiser sur la petite tête de son fils. Puis il prit la main de Grace.

— Rentrons à la maison, mon amour.

Elle se contenta de hocher la tête. Ethan se demanda si elle pouvait lire dans ses yeux le même amour que celui qu'il avait vu dans ceux de Cord. Il n'aurait jamais pensé que cela arriverait. Pas à lui. Il espéra que Grace comprenne ce qu'elle signifiait pour lui. Il lui avait dit qu'il l'aimait, mais il n'était pas sûr qu'elle l'ait cru.

Avec le temps, il trouverait le moyen de la convaincre.

27

Il était presque 4 heures du matin quand ils rentrèrent chez eux. Rafe s'était porté volontaire pour livrer le prisonnier, Gillis, au poste de police le plus proche et informer les autorités qu'elles trouveraient un cadavre dans la pension de l'allée de l'auberge Gray.

M. Dory, le cocher, attendait avec la voiture quand Grace et Ethan étaient revenus, et son soulagement avait été visible.

— Prêt à retourner à la maison, milord ?

— Plus que prêt, monsieur Dory, avait répondu Ethan, heureux que ses amis aient leur propre moyen de transport.

Lorsqu'ils atteignirent la maison, la moitié du personnel apparut en bas quand la nouvelle se répandit que le bébé était sain et sauf. Mme Swann pleura en voyant le petit Andrew, essuyant un flot de larmes avec la ceinture de son tablier plissé.

— Un petit garçon tellement adorable, dit-elle. Dieu soit loué, vous l'avez ramené à la maison.

Grace et la nourrice emportèrent le bébé dans la nurserie. Grace le changea et Mme Swann le nourrit, puis sa mère le prit dans ses bras et le berça jusqu'à ce qu'il s'endorme.

— Il est content d'être rentré, dit la nourrice. Mais il

va être fatigué. Il va probablement dormir pendant des heures.

Elle regarda Grace.

— Vous avez besoin de repos aussi, milady.

Grace hocha la tête. Mme Swann avait raison. Elle était si fatiguée qu'elle eut du mal à parcourir le couloir. Ethan l'était aussi, elle le savait, et elle était sûre de le trouver endormi. Mais quand elle entra dans la chambre qu'ils partageaient, maintenant, elle le vit assis dans un coin, vêtu de sa robe de chambre, fixant la porte d'un regard anxieux.

Il faisait chaud, dans la pièce. Des flammes jaunes et orangées léchaient la grille et éclairaient la chambre d'un éclat accueillant. Ethan se leva dès qu'elle franchit la porte.

— Comment va-t-il ?

— Il dort. Il est épuisé. Je pense qu'il est content d'être à la maison.

La bouche d'Ethan s'incurva légèrement.

— Et sa mère ?

Il alla à elle, la prit par les épaules et la fit pivoter. Elle sentit ses doigts commencer à défaire les boutons de sa robe.

— Sa mère est également épuisée.

— Son père aussi.

Ethan l'aida à ôter sa robe de drap humide, disparut dans la chambre de la marquise et revint avec une chemise de nuit en linon blanc. Il retira la camisole de Grace et lui enfila la chemise par-dessus la tête, puis, adroitement, il noua le petit nœud rose sur sa gorge. Ensuite, il la fit tourner et entreprit de lui ôter ses épingles à cheveux.

— Dois-je les natter ? demanda-t-il, passant les doigts dans les lourdes boucles auburn.

Elle secoua la tête.

— Je suis si fatiguée qu'à mon avis je ne bougerai pas assez pour les emmêler.

Ethan se baissa et l'embrassa très doucement.

— Venez, mon amour. Dormons un peu.

Grace le laissa la conduire jusqu'au grand lit à baldaquin, se glissa entre les draps et il s'installa à côté d'elle. Tandis qu'elle était allongée au creux de son bras, elle sentit la chaleur de son corps, le frémissement des muscles de son torse et de ses épaules, ses longues jambes nerveuses quand il bougeait. Il avait un corps magnifique, pensa-t-elle, mince et musclé, avec une peau lisse et mate. Sa cuisse effleura celle de son mari. Ses poils la frôlèrent et son corps se mit à la picoter. A sa surprise, sa fatigue commença à s'estomper.

— Je pensais que vous dormiriez à mon retour, dit-elle dans le silence de la chambre.

— Je voulais être sûr qu'Andrew et vous alliez bien.

— Nous allons bien tous les deux.

Elle passa une main sur les muscles de son torse, sentit des boucles douces s'enrouler au bout de ses doigts.

— Etes-vous certain que c'était la seule raison ?

Il poussa un soupir las.

— Je me sentais agité. Je suis fatigué, mais je n'ai pas sommeil.

Grace éprouvait exactement la même chose. Les événements de la nuit les avaient peut-être laissés trop tendus pour qu'ils puissent dormir. La terrible rencontre de Grace avec Cox et Gillis et sa peur pour le bébé, en particulier. Quoi que ce soit, elle avait besoin de se détendre.

— Je peux peut-être trouver un moyen de vous aider à vous endormir.

Elle se pencha vers Ethan, pressa ses lèvres sur son torse, passa sa langue autour d'un mamelon cuivré. Il émit un son sourd, de plaisir, quand elle embrassa son cou, la ligne de sa mâchoire, puis posa sa bouche sur la sienne et se servit de sa langue pour le taquiner et le goûter comme il le lui avait appris. Se redressant, elle releva sa chemise de nuit jusqu'à sa taille et s'installa sur lui, chevauchant ses hanches minces.

Il murmura entre ses dents.

— Gracie… mon amour…

Elle saisit l'ourlet de sa chemise et la fit passer par-dessus sa tête, laissant ses cheveux crouler sur ses épaules nues. A la lumière du feu, elle vit les yeux bleus d'Ethan la parcourir et s'obscurcir quand il fixa ses seins.

— Vous êtes si belle…

Il tendit la main pour saisir un globe ivoire. Son pouce en caressa la pointe, qui se durcit et se mit à la lancer de désir.

— J'ai besoin de vous, Grace, murmura-t-il en glissant une main sur sa nuque et en attirant sa bouche à lui pour lui donner un baiser profond, pénétrant.

Il était terriblement excité. Grace sentit la dureté de son sexe entre ses cuisses, et trembla quand son corps se crispa. Il l'embrassa longuement, complètement, sema des baisers le long de sa gorge et sur ses épaules. Il baisa chacun de ses seins, les prit tour à tour dans sa bouche et les suça, doucement au début, puis avec plus d'avidité.

Un petit gémissement échappa à Grace quand elle sentit le contact de ses lèvres, de sa langue, de ses dents sur ses mamelons. Le désir s'amassa dans son ventre et une chaleur intense l'envahit jusqu'aux tréfonds de son être. Sa féminité était moite quand elle commença à prendre son sexe durci en elle. C'était ce qu'elle voulait, elle voulait s'unir à lui. Cela lui semblait important cette nuit-là, plus important que jamais.

Ethan l'embrassa encore, un baiser torride qui fit réagir ses seins et lui embrasa le corps, et elle se mit à bouger.

Soulevant ses hanches, elle monta et descendit, le prenant encore plus profondément en elle, désirant posséder de lui tout ce qu'il pouvait lui donner. Le souffle d'Ethan se fit sifflant sous cette sensation brûlante, et les muscles de son torse se contractèrent. Encore et encore, elle s'empara de lui, le chevauchant hardiment, laissant croître la tension et grandir le plaisir.

Elle sentait ses muscles se raidir tandis qu'il s'efforçait de garder son contrôle. Elle s'empala sur lui et, en poussant un grognement, Ethan saisit son postérieur pour la tenir en place et la posséda sauvagement.

A chaque assaut, la volupté traversait Grace, cette chaleur intense, ce besoin et cette sensation farouches. Elle atteignit l'extase et s'envola. Quelques secondes plus tard, le corps d'Ethan se crispa et il la suivit dans le contentement suprême.

Alors, Ethan se retira et Grace s'étira comme une chatte sur le matelas à côté de lui. Elle lui correspondait si parfaitement, pensa-t-il en l'installant au creux de son bras. Tandis qu'elle glissait dans le sommeil, il repoussa ses magnifiques cheveux auburn et posa un baiser sur son front.

Toutefois, aussi satisfait qu'il fût, Ethan n'avait toujours pas sommeil. Quelque chose le tourmentait, quelque chose que Grace avait dit à Jonas McPhee.

Il somnola un moment, puis finit par s'endormir profondément.

Quand il se réveilla, Ethan savait ce qu'il avait à faire.

Allongé dans son grand lit, il fixait le plafond, attendant que Grace se réveille. Elle ouvrit les yeux et lui sourit avec douceur.

— Bonjour.

Il se tourna sur le côté et lui passa un doigt sur la joue.

— Bonjour.

Elle s'assit dans le lit, remontant le drap sur elle et s'adossant à la tête de lit. Ethan se redressa à côté d'elle.

— Nous devrions nous lever, dit-elle en étouffant un bâillement. Il faut que j'aille voir Andrew.

— Je suis déjà debout, rétorqua-t-il en plaisantant.

Elle comprit ce qu'il voulait dire et rougit. Son appétit pour elle était insatiable. Par chance, cela fonctionnait des deux côtés. Mais ils ne feraient pas l'amour ce matin.

— Nous irons le voir tous les deux dans une minute, reprit Ethan. Mais avant, j'ai quelque chose à vous dire.

Elle lui jeta un coup d'œil méfiant.

— De quoi s'agit-il ?

— J'ai pensé à votre père, à ce que vous avez dit à McPhee. Je veux que Jonas fasse des vérifications au sujet du comte de Collingwood. D'après vous, votre père croit qu'il est l'homme qui a vendu des secrets aux Français.

— Oui... Mon père pense qu'il peut être le responsable de ce crime.

— La nuit dernière, quand je vous ai vue dans cette chambre sordide, luttant pour sauver notre fils, je me suis rendu compte que me venger de votre père n'était plus important. Je veux le rencontrer, Grace. Je veux entendre sa version de l'histoire.

Un instant, Grace le fixa comme si elle ne pouvait croire ce qu'elle venait d'entendre. Puis elle poussa un cri de joie et se jeta sur lui, enlaçant son cou et pressant des baisers sur son visage.

— Oh, Ethan, je peux à peine le croire !

Elle se rassit en souriant.

— Je suis certaine que lorsque vous aurez entendu ce que mon père a à dire, vous saurez qu'il est innocent.

— J'ai dit que je l'écouterais. Je veux entendre sa version et essayer de savoir si elle est vraie. Mais je ne ferai pas d'autres promesses.

Elle se pencha sur lui et l'embrassa doucement.

— C'est tout ce que je vous demande. C'est déjà plus que ce que beaucoup d'hommes feraient.

Ethan la prit dans ses bras et la tint contre lui. Il la sentait trembler et pensa de nouveau combien elle comptait pour lui, combien il l'aimait. Très doucement, il l'embrassa. Il n'avait pas l'intention de faire plus, mais soudain elle lui rendit son baiser et il se retrouva en elle, Grace bougeant sous lui et murmurant son nom.

Ils firent l'amour tendrement, mais ne s'attardèrent pas. Il fallait qu'ils voient leur fils, s'assurent qu'il allait bien. Dès qu'ils se furent habillés, Ethan prit Grace par la main et la conduisit à la nurserie.

Mme Swann salua Ethan à la porte de la nurserie, lui adressa un sourire respectueux, puis porta aussitôt son attention sur Grace.

— Il a déjà tété, milady. Le pauvre petit agneau dort de nouveau à poings fermés. Il est épuisé.

Ethan accompagna Grace jusqu'au berceau et vit que le bébé dormait tranquillement sur le côté, son pouce dans la bouche. Grace tendit la main et remonta tendrement la couverture sur ses petites épaules.

— Prévenez-moi quand il se réveillera, voulez-vous, madame Swann ?

— Oui, milady.

Ethan guida Grace hors de la pièce et ils descendirent dans son cabinet de travail. Dès que la porte fut refermée, il se tourna vers elle.

— A propos de votre père, Grace… Je pensais ce que j'ai dit. Je veux le rencontrer. Savez-vous comment le joindre ?

Il surprit une lueur d'incertitude dans ses yeux. Bonté divine, que faudrait-il pour qu'elle ait confiance en lui ?

— Ce n'est pas un piège, Grace. Je souhaite lui parler, rien de plus. J'irai seul, et ensuite je ne dirai à personne que je l'ai vu. Je vous en donne ma parole.

La tension des épaules de Grace sembla diminuer. Au moins, sa parole signifiait quelque chose.

— Je peux lui envoyer un message. Je lui dirai que vous voulez le voir, mais j'irai avec vous. Je n'enverrai pas ce billet si vous n'acceptez pas.

— Bon sang, Grace, rencontrer un homme recherché par la loi peut être dangereux.

— Ce sont mes conditions, déclara-t-elle en haussant le menton. Je viens, ou il n'y aura pas de rencontre.

Il ne voulait pas l'emmener avec lui, mais il comprenait combien c'était important — et pourquoi elle était nerveuse. Depuis qu'il était rentré en Angleterre, il avait été l'homme le plus décidé à voir le vicomte pendu.

Il soupira.

— Entendu, vous pouvez venir.

Elle se détendit.

— Une fois que mon père recevra le billet, il nous dira où nous pourrons le rencontrer.

Ethan n'insista pas. Il voulait entendre ce que Forsythe avait à dire et, pour cela, il devait lui garantir une fuite sans risques lorsque l'entretien serait terminé.

Dès qu'ils eurent fini leur petit déjeuner, Ethan écrivit une note à Jonas McPhee. Lorsqu'ils étaient rentrés dans la nuit, un valet avait été envoyé à Bow Street avec un message informant l'enquêteur que le bébé avait été retrouvé. Ce jour-là, Ethan lui demandait de continuer à se renseigner sur les affaires du comte de Collingwood. Il voulait qu'il recherche tout ce qui pouvait relier le comte au vol des secrets d'Etat ou le mettre en contact avec les Français.

Plus tard dans la journée, Grace lui annonça qu'elle avait écrit à son père et qu'elle attendait sa réponse. Les roues du Destin avaient commencé à tourner. Ethan s'était juré de retrouver le traître qui les avait vendus, lui et ses hommes. Il était prêt à faire face à l'homme qui pour lui était responsable, mais il s'était mis à espérer qu'il se trompait, qu'un miracle se produirait et que le père de Grace serait reconnu innocent de ce crime.

Pour Grace, il espérait que le traître soit quelqu'un d'autre qu'Harmon Jeffries.

Grace attendait impatiemment la réponse de son père. Elle ignorait avec quelle fréquence il venait chercher les messages laissés pour lui à la Taverne de la rose sous le nom d'Henry Jennings, mais tôt ou tard il apprendrait qu'Ethan était prêt à le rencontrer.

Elle pensait qu'il serait excité par cette nouvelle. Il était avide de prouver son innocence. Avec l'aide du marquis de Belford, peut-être trouverait-il enfin un moyen de le faire.

Grace évoluait dans la maison, les nerfs plus tendus au fur et à mesure que les jours passaient. Même si les pièces étaient décorées de rameaux de pin et sentaient la résine, même si de nombreuses bougies éclairaient chaudement la maison le soir, elle n'était pas dans l'ambiance des fêtes de fin d'année.

Dans le salon, du houx ornait la cheminée et du gui était accroché au plafond en prévision de Noël. Les domestiques montraient un peu plus d'entrain, mais Grace se sentait tendue et elle pensait qu'Ethan ressentait la même chose.

Et puis, le mercredi, le billet tant attendu arriva. Elle le lut avant de le porter à Ethan.

Très chère Grace,

Enfin, mes prières ont été exaucées. Dites au marquis que je le rencontrerai ce soir à 21 heures à l'auberge de l'Oiseau dans la main, sur la route d'Hampstead Heath. Priez pour moi, ma très chère.

Eternellement redevable envers vous,

Votre père.

Grace lut le billet et inspira profondément. Le serrant dans sa main, elle se rendit dans le cabinet de travail d'Ethan. Il leva les yeux quand elle entra.

— Qu'y a-t-il ?

— La réponse de mon père est arrivée.

Elle alla jusqu'au bureau et lui tendit le message, qu'il parcourut rapidement.

— Ce soir, donc, dit-il sombrement.

L'estomac de Grace se contracta quand elle vit son expression. « Mon Dieu, pria-t-elle, dites-moi que j'ai fait ce qu'il fallait. »

Elle l'avait fait, se dit-elle. Ethan avait donné sa parole et il ne la renierait pas.

Néanmoins, elle se sentait agitée et effrayée. Pourvu que tout se passe bien…

L'auberge de l'Oiseau dans la main était propre et accueillante, la salle à manger et la salle commune doucement éclairées par des chandelles, une agréable auberge de campagne emplie de clients du village voisin, pour la plupart des fermiers, ainsi que quelques hobereaux du coin avec leur femme et leurs fils. Elle était décorée de rameaux de pin et de houx dans l'esprit de Noël, et une odeur de résine flottait dans la salle à plafond bas.

Dans un coin, au fond de la taverne, un grand homme mince se leva, avec une barbe grise et de petites lunettes cerclées d'argent. Grace le vit et son cœur se mit à battre très fort.

— Par ici, dit-elle à Ethan, qui lui prit la main et se laissa conduire.

Tandis qu'ils traversaient la salle, elle jeta un coup d'œil à son mari, dont le visage était rigide, la bouche pincée. Elle percevait la tension qui l'habitait, et qui s'accroissait à chaque pas.

« S'il vous plaît, faites qu'il écoute », pria-t-elle en silence. Puis elle s'arrêta quand ils arrivèrent devant la table.

— Merci d'être venu, milord, dit cérémonieusement le vicomte, avec un signe de tête poli.

— J'ai dit à Grace que j'entendrais ce que vous avez à dire, déclara Ethan d'un ton raide. Je souhaite écouter votre version de l'histoire, rien de plus.

— C'est tout ce que je demande. Asseyons-nous et je vous dirai la vérité de mon mieux. Je prie que vous reconnaissiez l'honnêteté de mes paroles.

Ethan ne répondit pas. Une servante arriva et ils commandèrent de la bière — juste pour éviter d'attirer l'attention. La servante revint avec des pintes et, dès qu'elle fut partie, le vicomte commença son récit.

Brièvement, il rappela les informations qui avaient été révélées aux Français, y compris les plans détaillés des activités des navires, les lieux de rendez-vous, ainsi que les noms des hommes qui travaillaient secrètement pour le gouvernement britannique sur le continent.

— Vous parlez de corsaires et d'espions britanniques, dit sèchement Ethan. Vous étiez une des rares personnes à connaître le nom de ces bateaux et de leur capitaine — comme le *Sorcière des mers*. Vous connaissiez les noms des Anglais qui travaillaient en France et saviez où les trouver.

— En tant que président du Comité des affaires étrangères, j'avais accès à toutes sortes d'informations importantes concernant la guerre. Je n'ai pas révélé ces informations. J'aurais sacrifié ma vie plutôt que de trahir mon pays.

Un muscle se crispa dans la mâchoire d'Ethan. Grace ne put dire s'il croyait son père ou non.

— Continuez.

— Après mon évasion, quelques amis proches m'ont aidé. Je me suis servi de l'argent qu'ils m'ont prêté pour me nourrir et me loger, mais aussi pour découvrir qui avait accès aux informations conservées dans mon bureau et le nom de l'homme qui les a vendues aux Français.

— Et ?

— Et il y a toute chance que le traître soit Martin Tully, comte de Collingwood.

Le vicomte poursuivit en parlant de Peter O'Daly, qui faisait le ménage dans son bureau à Whitehall. Le jeune homme avait été trouvé et interrogé, et il avait avoué avoir lu les rapports secrets contenus dans le bureau de lord Forsythe.

— On pensait que ce garçon était illettré. En réalité, il a pris des notes et les a vendues à lord Collingwood. Selon ses dires, il ignorait pourquoi le comte voulait ces informations, il était seulement bien payé pour réunir tout ce qu'il pouvait et garder le silence.

— Où est-il, à présent ?

Le vicomte soupira.

— Eh bien, c'est une partie du problème. Après son interrogatoire, il a réussi à s'échapper. Personne ne l'a vu depuis.

— Plutôt commode pour vous.

— Pas du tout. Si Peter O'Daly pouvait être joint, vous pourriez découvrir la vérité vous-même.

Ethan parut réfléchir.

— Quoi d'autre ?

— Au cours des mois précédant le vol des informations, lord Collingwood était apparemment très endetté. Ces difficultés ont semblé disparaître après le vol. Enfin, la résidence principale du comte est un domaine situé à Folkestone, une région connue depuis longtemps pour des activités de contrebande. L'endroit est truffé de grottes que les Français utilisent depuis des années. Il serait assez facile pour le comte d'arranger des rendez-vous secrets.

Ethan but une gorgée de bière, se donnant le temps de soupeser les déclarations du vicomte. Il reposa sa chope sur la table.

— Autre chose ?

— Pour l'heure, c'est tout. Comme j'ai pratiquement épuisé mon argent et que je ne suis pas libre de mes mouvements, j'espère que vous, milord, pourrez réunir les pièces manquantes, afin que je puisse prouver mon innocence.

Ethan but encore et reposa la chope presque pleine.

— J'étudierai l'affaire. C'est le mieux que je puisse faire.

Il repoussa sa chaise, se leva, et aida Grace à se lever aussi.

— Je peux vous promettre une chose : si, au cours de mes recherches, je découvre que c'était vous qui étiez de mèche avec les Français, et non Collingwood ou quelqu'un d'autre, vous serez pendu.

L'estomac de Grace se contracta. Le vicomte ouvrit la bouche pour répondre, mais à ce moment-là la porte de l'auberge s'ouvrit violemment et ils se tournèrent dans cette direction. Une douzaine de soldats en uniforme rouge firent irruption dans la salle.

Grace pirouetta vers son père.

— Courez, père !

Mais d'autres soldats surgis par la porte du fond étaient déjà sur le vicomte, lui mettant les bras dans le dos et pointant des pistolets sur sa tête.

Un officier familier, aux cheveux d'argent et aux boutons brillants sur sa redingote écarlate, s'avança.

— Vous êtes en état d'arrestation pour trahison envers votre pays, sir. Le châtiment auquel vous avez échappé une fois sera exécuté au matin, dans quatre jours.

— Nooon ! cria Grace. Il est innocent !

Ethan la saisit par le bras et la tira du milieu, mais elle se dégagea brusquement et lui fit face.

— Vous ! C'est vous qui avez organisé ceci, n'est-ce pas ? Vous m'avez menti ! Vous avez menti à mon père ! Vous avez renié votre parole et je ne vous le pardonnerai jamais !

Pirouettant pour s'éloigner, elle releva l'ourlet de sa jupe et se mit à courir vers la porte de la taverne.

— Grace, attendez !

Ethan s'élança derrière elle, ses longues enjambées lui permettant de la rattraper alors qu'elle traversait le porche et se ruait dans l'escalier. Il la saisit par le bras comme elle arrivait en bas.

— Ecartez-vous de moi ! Je vous hais ! Vous êtes un menteur et un traître et je ne vous pardonnerai jamais ce que vous avez fait !

Elle se remit à courir, mais ne fit que quelques pas dans la nuit avant qu'Ethan la rattrape et la fasse rudement pivoter vers lui. L'obligeant à reculer, il l'adossa au tronc d'un arbre.

— Je ne leur ai rien dit, bonté divine ! J'ignore comment

Pendleton a su que votre père était ici, mais ce n'est pas moi qui l'ai informé !

— Vous mentez !

Elle lança son poing vers lui, mais il attrapa son poignet. Elle leva son autre poing, mais il l'arrêta encore. La pressant plus fermement contre l'arbre, il immobilisa ses deux poignets au-dessus de sa tête et la maintint en place de son corps puissant.

Grace lutta contre lui, les yeux brûlant de larmes de colère.

— Laissez-moi partir !

— Non. Je ne vous laisserai jamais partir, Grace. Vous êtes ma femme et je vous aime. Je n'ai pas averti Pendleton au sujet de votre père. Je vous ai donné ma parole et je ne l'ai pas trahie. Je ne vous mentirais pas. Je ne ferais jamais rien pour vous blesser.

Petit à petit, elle cessa de se débattre. Elle leva les yeux vers lui et vit son regard plein de turbulences.

— M'avez-vous entendu, Grace ? Je n'ai rien dit à Pendleton ou à quelqu'un d'autre à propos de votre père. Je vous ai promis à tous les deux que je ferais ce que je pourrais pour découvrir la vérité et c'est ce que je vais faire. Je vais aller voir McPhee. Je lui dirai ce qui s'est passé et lui demanderai d'accélérer son enquête, d'engager plus d'hommes, de faire tout ce qu'il doit faire pour découvrir la vérité. Je demanderai à Cord et Rafe de nous aider. Collingwood est un pair du royaume. Ils peuvent peut-être trouver quelque chose.

Ethan relâcha lentement ses poignets et elle se laissa aller contre lui. Il la prit tendrement dans ses bras.

— Nous avons quatre jours, mon amour. Nous mettrons chacun d'eux à profit.

Elle ne put que hocher la tête. Elle était au bord des larmes, le cœur douloureux de chagrin pour son père.

Derrière elle, la porte de la taverne s'ouvrit et le groupe de soldats sortit, entourant le vicomte et l'entraînant au bas du perron. Un coche attendait pour le ramener à la prison de Newgate.

— Père…, murmura-t-elle, le cœur brisé.

Ethan resserra son étreinte autour d'elle.

— Vous ne pouvez pas l'aider ce soir, Grace.

Quand elle hocha enfin la tête, il la lâcha et posa une main sur sa taille.

— Demain, nous nous mettrons à chercher. Pour l'instant, mon amour, il est temps de rentrer chez nous.

Elle perçut sa force tandis qu'il la conduisait vers leur coupé. Sa mâchoire était crispée, son expression dure. Elle reconnut le pli déterminé de sa bouche, la tension de ses larges épaules, mais ce fut la lueur protectrice qui brillait dans ses beaux yeux bleus qui la convainquit qu'Ethan ne lui avait pas menti.

Il ne les avait pas trahis, ni son père ni elle. Quoi qu'il advienne, elle pouvait compter sur lui pour l'aider.

Elle rassembla son courage et le laissa la ramener à la voiture.

28

Grace s'éveilla sonnée et désemparée. La nuit dernière, ils étaient rentrés tard et malgré son épuisement elle avait eu du mal à s'endormir. A présent, un pâle soleil de décembre brillait aux fenêtres, la tirant de ses quelques heures de sommeil lourd. Elle sonna Phoebe, qui s'empressa de venir l'aider à s'habiller et à se coiffer, puis elle descendit au rez-de-chaussée.

Les domestiques s'affairaient, préparant la maison pour l'inévitable afflux de visiteurs pendant la période des fêtes. Bien que Grace ne fût guère dans l'ambiance, le reste de la ville attendait avec impatience le festin traditionnel qui aurait lieu le lendemain soir, donnant le signal des douze jours de Noël. Grace et Ethan avaient été invités chez Cord pour le dîner. Toute la famille du comte serait là, y compris Sarah, le mari de cette dernière, Jonathan, et leur petit garçon Teddy.

Il y aurait également d'autres convives. Les parents de Grace avaient été invités, mais ils avaient décliné l'invitation, ce qui avait dû ravir son beau-père et décevoir grandement sa mère : un marquis, un comte et un vicomte à la même table, pour ne rien dire de leurs épouses.

Grace avait très envie de refuser aussi, mais ce ne serait pas juste pour Ethan. Elle irait donc, se dit-elle. Elle essaierait de ne pas penser à son père, souffrant dans un cachot humide. On ne lui avait même pas permis de payer pour une cellule dans la partie de la prison réservée aux « hôtes de marque ». Les humeurs étaient trop à vif ; le vicomte avait échappé trop longtemps aux autorités.

Grace prit une grande inspiration pour se calmer et se força à ne pas penser aux quatre courtes journées précédant son exécution pour trahison — le pire des crimes. Il était condamné à être pendu et écartelé. Mais en ces temps modernes, il serait seulement pendu. Cette pensée lui fit monter la bile dans la gorge.

La matinée passa et, bien qu'il fût encore tôt, Grace se retrouva dans le coupé avec Ethan pour se rendre à Bow Street. Ethan avait envoyé un billet à McPhee le priant de les recevoir dans son bureau. Quand Grace avait demandé à son mari si elle pouvait l'accompagner, Ethan n'avait pas discuté, même si l'idée lui avait visiblement traversé l'esprit. Il s'était contenté de hocher la tête.

— Je sais combien c'est important pour vous, Grace. Venez, si vous voulez. Vous pourrez peut-être ajouter quelque chose qui sera utile.

Et ils étaient donc là, montant les marches et pénétrant dans l'étroit bâtiment de brique, accueillis par Jonas McPhee, qui les conduisit dans son petit bureau encombré. Il les fit asseoir dans des fauteuils de bois et prit place derrière sa table.

— Dites-moi ce qui s'est passé, déclara-t-il.

— Beaucoup de choses, Jonas.

L'enquêteur avait été mis au courant de la libération d'Andrew. Ethan en parla brièvement, lui donnant les détails manquants.

— Ainsi, c'est votre second matelot qui a enlevé l'enfant et ce crime n'avait aucun lien avec le vicomte.

— Non. C'était une question d'argent — et de vengeance.

Quelle ironie, pensa Grace. La vengeance était quelque chose que son mari connaissait fort bien. Peut-être que ce qui s'était passé avec Willard Cox avait en partie conduit Ethan à accepter une rencontre avec son père.

— Il y a autre chose, je suppose, dit le limier.

Rapidement, Ethan lui relata son rendez-vous fatidique avec le vicomte, la veille au soir, à l'auberge de l'Oiseau dans la main.

— Je n'ai aucune idée de la manière dont Pendleton a su comment le trouver.

— Les autorités le traquaient depuis des mois. Tôt ou tard, sa capture était inévitable.

— Je suppose. En tout cas, durant notre brève conversation, le vicomte Forsythe a continué à protester de son innocence, comme il l'a toujours fait. Il a répété que pour lui le comte de Collingwood est le traître et a donné un certain nombre de raisons pour parvenir à cette conclusion.

Ethan les énuméra pendant que McPhee prenait des notes abondantes.

— Nous n'avons que quatre jours avant la pendaison, conclut-il. J'ai besoin d'être sûr que les autorités détiennent le vrai coupable.

— Vous n'en êtes plus certain.

— Il est possible que le vicomte soit innocent. Ma femme croit à sa version des faits. Ainsi que je l'ai dit, je dois découvrir la vérité.

L'enquêteur se leva.

— Après notre dernière conversation, j'ai vérifié les affaires financières de lord Tully. Lord Forsythe a raison de dire que le comte a traversé une très mauvaise passe. Ce n'est plus le cas, apparemment, mais jusqu'ici je n'ai pas pu découvrir la source des fonds qui lui ont permis de payer ses dettes.

— Continuez à chercher.

— J'ai un homme qui y travaille. Avec votre permission, je vais également faire savoir qu'il y a une récompense pour tout renseignement concernant Peter O'Daly.

— Ne lésinez pas sur le prix, dit Ethan.

Jonas joua avec une feuille posée sur son bureau.

— Je trouve intéressant que le vicomte ait mentionné la résidence de Collingwood à Folkestone. Ainsi qu'il l'a dit, la région est connue pour ses activités de contrebande et fournirait certainement un lieu de rendez-vous pratique avec les Français. C'est une piste que je n'avais pas songé à explorer et pour l'instant nous n'avons pas grand-chose. Mais si je pars ce matin par la malle-poste, je peux être de retour dans deux jours. Je pourrai peut-être découvrir quelque chose d'utile à Folkestone.

— Prévenez-moi dès que vous rentrerez.

— Bien sûr, milord.

Ethan aida Grace à se lever et elle décocha un regard plein de gratitude à l'enquêteur.

— Merci, Jonas.

— J'espère pouvoir vous aider, milady.

Ils quittèrent le bâtiment et, en rentrant chez eux, Ethan ordonna au cocher de s'arrêter d'abord chez Cord et Victoria, puis chez le duc. Les deux hommes acceptèrent de voir ce qu'ils pourraient découvrir, mais le délai était bref. Les magistrats ne perdaient pas de temps. La pendaison était prévue pour le surlendemain.

La veille de Noël arriva et il n'y avait toujours pas de nouvelles de Jonas McPhee. Le lendemain était le dernier jour avant l'exécution. Au lever du soleil le jour suivant, le père de Grace mourrait et elle n'aurait jamais vraiment eu la chance de le connaître. Elle avait passé si peu de temps avec lui. Le peu qu'elle savait de lui provenait des lettres qu'il lui avait écrites au fil des années, et cependant, dans son cœur, elle était certaine qu'il disait la vérité — qu'il était innocent du crime pour lequel on le condamnait.

Grace s'habilla et se prépara pour le dîner de fête comme si c'était elle qui faisait face au nœud coulant, et non son père.

Vêtue d'une simple robe de velours bleu nuit, ses cheveux nattés en couronne autour de sa tête, elle était assise devant sa coiffeuse en essayant de trouver le courage de quitter sa chambre, quand Ethan entra. Il vint se placer derrière elle, se pencha et l'embrassa sur la joue.

— Nous ne sommes pas obligés d'y aller, mon amour. Nous pouvons rester à la maison si vous préférez. Je sais combien ceci est difficile pour vous.

Grace soupira.

— Je me sens mal, où que je sois. En outre, il se peut que Cord et Victoria aient découvert quelque chose d'utile.

— Rafe sera là aussi, avec sa mère. Il aura peut-être des nouvelles.

Elle hocha la tête, mais elle savait que leurs amis les auraient prévenus s'ils avaient eu du nouveau. Néanmoins, elle se leva, déterminée à tirer le meilleur de la soirée pour Ethan. C'était Noël, après tout. Dieu ferait peut-être un miracle pour son père. Arborant un sourire pour son mari, elle inspira profondément et se dirigea vers la porte. Il la retint par le bras.

— Attendez. Je pense que vous devez faire quelque chose.

La faisant pivoter, il défit le collier de saphirs assorti à sa robe, ouvrit son coffret à bijoux et en sortit le collier de perles et de diamants.

— Il me semble que ce soir vous devriez porter ces perles, déclara-t-il en fixant le collier autour de son cou.

Peut-être vous porteront-elles chance, comme elles l'ont déjà fait.

Grace réprima des larmes au souvenir du sauvetage de leur fils.

— Oui, merci. C'est une très bonne idée.

Elle se tint immobile pendant qu'il attachait le fermoir sur sa nuque, y posant un baiser, puis il la conduisit hors de la chambre. Lorsqu'ils atteignirent le bas de l'escalier, elle se sentait déjà un peu mieux. Mais elle ne pensait pas que ce soit dû aux perles, plutôt à l'attention de son mari.

Quoi qu'il en soit, lorsqu'ils arrivèrent chez Cord et Victoria, elle sut qu'elle pourrait tenir la soirée sans encombre.

Etonnamment, la présence d'amis et de parents l'aidait plus qu'elle ne s'y attendait. Sarah et Jonathan se montrèrent aimables et heureux de la voir. La duchesse de Sheffield, la mère de Rafe, était une dame enjouée et intéressante à écouter. Et à la grande surprise de Grace, sa belle-sœur Harriet Sharpe était là, et elles s'étreignirent chaleureusement.

— C'est si bon de vous voir ! dit Harriet, ses cheveux blonds relevés en un chignon bouclé, et paraissant très jolie dans une robe en taffetas écossais gansé de velours rouge.

— C'est merveilleux de vous voir aussi, Harriet. J'ignorais que vous deviez venir.

Harriet regarda par-dessus son épaule.

— Je n'étais pas sûre d'y arriver, mais David a insisté. Il pensait que cela me ferait du bien, et il avait raison. Venez. Il faut que vous fassiez sa connaissance.

Grace fut présentée au hobereau fortuné dont Harriet semblait si éprise et il lui plut aussitôt. C'était un grand homme à l'allure de gros ours, beau, avec un sourire agréable et d'aimables yeux bleus.

La soirée aurait été magnifique, si elle n'avait pas été obscurcie par la pensée du vicomte, isolé dans sa cellule. Seuls Cord, Victoria et Rafe étaient au courant de la terrible tristesse que Grace s'efforçait de cacher. Seuls ses amis savaient que le vicomte Forsythe, l'homme qui devait être pendu le surlendemain, était son père, mais chacun se montra plein de sollicitude et essaya de lui donner de l'espoir.

— Ma gouvernante, Mme Gray, a parlé à la vôtre, Mme Winthorpe, déclara Victoria. Mme Winthorpe lui a dit que vous cherchiez ce jeune homme, Peter O'Daly, et Mme Gray pense avoir un ami qui saurait où le trouver.

— Oh, Tory ! Ce serait merveilleux.

— Nous en saurons plus demain.

Grace hocha la tête. C'était le premier rayon d'espoir qu'elle entrevoyait depuis l'arrestation de son père.

Rafe l'attira à l'écart et lui confia qu'il avait un ami banquier à la tête de la succursale de la Banque de Londres où Collingwood avait ses comptes.

— D'après Denworth, le comte a fait d'importants dépôts juste après le procès de votre père. Malheureusement, il ne sait pas d'où provenaient les fonds, mais il dit qu'il s'agissait d'une belle somme en espèces.

— Comment avez-vous obtenu qu'il vous le dise ? demanda Grace. Un banquier est censé être discret.

Les lèvres de Rafe s'incurvèrent.

— Quand on est duc, ma chère, il n'y a pas de limites aux faveurs que l'on peut demander.

Cord lui parla également de Peter O'Daly.

— Si nous le retrouvons, je le traînerai personnellement devant les juges. Je m'assurerai qu'il puisse raconter son histoire.

— Merci, dit Grace, une boule douloureuse dans la gorge. Quoi qu'il advienne, vous êtes de merveilleux amis.

Ainsi, le dîner de Noël ne fut pas entièrement un désastre. Et même si rien de ce qu'elle avait appris n'était suffisant pour sauver son père, c'était assez pour donner de l'espoir à Grace. Cela, ajouté à l'aide et au soutien de son mari, lui permettrait d'affronter la difficile période à venir.

Le dernier jour s'écoula sans nouvelles de Jonas McPhee. La nuit arrivait et ils n'avaient toujours pas de message de l'enquêteur. La pendaison devait avoir lieu le lendemain matin. Grace s'était retirée dans sa chambre pour s'abandonner à son chagrin et Ethan n'avait pas le cœur de la déranger.

Assis à son bureau, incapable de se concentrer sur les bordereaux d'expédition étalés devant lui, il soupira. Après tous les mois où il avait recherché le vicomte, il n'aurait jamais cru qu'il souhaiterait voir son exécution retardée.

Mais il lui fallait encore du temps, il voulait vérifier chaque fait, avait besoin d'être certain que l'homme qui serait pendu le lendemain était bien celui qui avait commis le crime.

Or, cela n'arriverait pas, même avec l'aide d'un duc et d'un comte. Il n'y avait pas de véritable preuve que le vicomte était innocent — Ethan lui-même n'en était pas sûr. Et avec l'argent et le temps que les autorités avaient consacrés à rechercher lord Forsythe, la moitié de la ville attendait impatiemment le spectacle de sa mort.

Il était tard quand Ethan monta. Il envisagea de laisser sa femme seule dans sa chambre, à son chagrin, mais depuis des semaines maintenant ils partageaient le même lit, et plus il considérait cette idée, plus il était certain que rester seule était la dernière chose dont Grace avait besoin.

Il se dévêtit, passa sa robe de chambre bourgogne et se rendit dans la chambre de Grace.

La pièce était silencieuse et obscure, sans feu, bien qu'il fît froid. Sans bruit, il ôta sa robe de chambre et se glissa dans le lit à côté d'elle, puis s'approcha d'elle.

— Je préférerais rester seule, Ethan.

— Pas ce soir.

C'était le ton qu'il utilisait sur son bateau.

— Ce soir, je dormirai dans votre lit, si vous avez l'intention d'y rester.

Un instant, elle se raidit. Puis il entendit son soupir résigné.

— Si vous insistez.

— J'insiste.

S'approchant encore, il l'attira contre lui, même si son corps restait raide et inflexible. Il baisa doucement le côté de son cou.

— Endormez-vous, mon amour. Rappelez-vous simplement que je suis là si vous avez besoin de moi.

Pendant un moment, elle demeura distante, puis un sanglot étouffé lui échappa et elle se tourna vers lui, passa les bras autour de son cou et se mit à pleurer sur son épaule. Il n'essaya pas de la calmer. Elle avait besoin de pleurer, besoin de lui, et il était heureux d'être venu.

Au bout d'un certain temps, ses pleurs diminuèrent et finalement elle se tut. Son corps était détendu, maintenant, souple quand il la blottit contre son côté et, peu après, elle s'endormit.

Ethan souhaita pouvoir dormir aussi, mais le sommeil le fuyait. Le père de Grace mourrait au matin. Il désira que le jour ne se lève pas.

— Au nom du Ciel, que pensez-vous faire ?

Debout au pied de l'escalier, Grace leva les yeux vers son mari. Comme toujours, son cœur bondit en le voyant.

— J'y vais, Ethan. N'essayez pas de m'arrêter.

Elle le regarda descendre les dernières marches, sentit sa forte présence l'envelopper quand il posa doucement les mains sur ses épaules.

— Ecoutez-moi, Grace. Croyez-vous vraiment que votre père voudrait que vous le regardiez mourir ? Pensez-vous qu'il souhaiterait que vous vous souveniez de lui de cette façon ?

— Sa femme ne sera pas là — elle n'a pas ce genre de courage. Ses enfants auront trop peur du scandale. Je veux qu'il sache qu'il y a quelqu'un qui croit en lui, quelqu'un qui se soucie de ce qui lui arrive.

Un muscle se crispa dans la mâchoire d'Ethan. Un moment, il eut l'air de vouloir lui interdire d'y aller. Puis il hocha la tête d'un geste bref.

— Si vous êtes aussi déterminée, je vous emmènerai.

Grace hocha la tête à son tour, la seule chose qu'elle pouvait faire sans pleurer.

— Merci.

— Vous en êtes sûre, Grace ? Vous êtes certaine que c'est ce que vous voulez faire ?

— Je dois être là, Ethan. C'est mon père.

Ethan pivota et s'adressa au majordome.

— Monsieur Baines, envoyez un valet faire amener la voiture.

— Oui, milord.

Baines leur lança un coup d'œil et Grace se demanda ce que les domestiques savaient exactement de sa relation avec le vicomte. Il était difficile de garder des secrets dans une maison de cette taille, et après ses questions sur Peter O'Daly, elle était certaine qu'ils en savaient plus qu'ils ne le laissaient voir.

Cela n'avait pas d'importance, au moins pour Grace.

Elle ne se souciait plus que l'on sache que lord Forsythe était son père. Elle ne croyait pas qu'il soit un traître et n'avait pas honte de lui. A l'auberge de l'Oiseau dans la main, elle l'avait appelé « père » et après coup Ethan s'était inquiété que le colonel Pendleton l'ait entendue. S'il savait qu'elle était la fille du vicomte, elle pourrait être soupçonnée de l'avoir aidé à s'évader.

Mais rien ne s'était passé et Ethan en avait conclu que les autorités, satisfaites d'avoir repris Forsythe, ne pensaient plus au reste.

Le coupé se mit en route vers sa sinistre destination, la rue pavée devant la prison de Newgate. La pendaison était prévue pour 8 heures du matin. Ils avaient tout le temps d'arriver là, tout le temps de se joindre à la foule qui attendait avec une impatience avide de voir payer pour son crime l'homme dont elle pensait qu'il avait trahi son pays.

Bien que la circulation fût dense à cette heure de la matinée, les rues pullulant de chariots et de fiacres, ils arrivèrent à Newgate bien avant 8 heures. Ethan fit arrêter la voiture dans une rue voisine, parmi une file de riches attelages débordant de membres de la haute société, venus pour l'excitation de voir un des leurs connaître le sort qu'il méritait.

Quand Grace descendit du coupé, elle ravala des larmes soudaines, n'étant pas préparée au spectacle qui s'offrait à ses yeux. Une mer de Londoniens s'étendait devant elle, une foule bigarrée de pickpockets, de prostituées, de muscadins et de dandys, de dames bien nées et de gentlemen du monde. Il y avait partout des vendeurs de pâtés ou de pains d'épice, des marchands de fripes. Une femme qui faisait rôtir des pommes vantait sa marchandise. On dansait et on riait, on mangeait et on buvait. A l'exception des soldats armés de piques qui se tenaient au bord, c'était une célébration des plus animées.

Grace prit une inspiration tremblante et Ethan tendit la main pour la soutenir.

— Tout va bien ?

Elle hocha la tête. Contrairement aux gens qui portaient du velours et des fourrures, elle était vêtue de noir de la tête aux pieds — une robe noire, des chaussures noires, un bonnet noir et un voile noir.

Son cœur était drapé de noir, aussi. Elle était venue ce jour-là pour son père, un homme qu'elle avait juste commencé à connaître. Néanmoins, elle avait l'intention d'être à son côté, comme elle l'avait fait dès le début.

Elle tordit le cou pour voir au-delà de la foule amassée devant la potence, que des chevaux avaient tirée devant la prison. Un instant, le public parut enfler en une vague, la repoussant en arrière. Avec détermination, elle avança et entendit Ethan jurer derrière elle.

— Bon sang, Grace, vous n'avez pas besoin de tant vous approcher. Vous avez plus fait pour votre père que n'importe qui d'autre.

— Je veux qu'il sache que je suis là.

— Ne vous infligez pas cela, mon amour. Je peux vous le dire d'expérience, ce genre de souvenir vous hante le reste de vos jours.

Elle le regarda et lutta pour ne pas pleurer.

— Je dois le faire, Ethan. Je n'ai pas le choix.

Se détournant de lui, elle se remit à avancer, essayant de trouver un endroit d'où son père pourrait la voir. Ethan marchait à côté d'elle, l'aidant à se frayer un passage dans la foule, restant près d'elle pour le cas où elle aurait besoin de lui.

— Par ici, dit-il, la conduisant à une place au sommet de quelques marches, devant un bâtiment voisin.

Elle sentit ses mains sur sa taille, lui prêtant son soutien, et elle pensa que si elle ne l'aimait pas déjà, elle l'aimerait sans bornes en cet instant.

— Ils arrivent, murmura-t-il, et elle suivit son regard vers une porte qui s'ouvrait dans le sinistre bâtiment en brique dominant la rue.

Il n'y avait pas d'autre pendaison ce jour-là. L'exécution d'un traître, un vicomte, rien de moins, un homme qui avait échappé à la potence pendant près d'un an, était un événement suffisamment important en soi.

Le cœur de Grace se serra douloureusement quand elle regarda au-delà de la foule qui jubilait de façon grotesque, vers l'homme qui sortait de la prison, les chevilles enchaînées. Il ne portait plus sa barbe, constata-t-elle, ni les lunettes dont il se servait pour se déguiser. Et il était vêtu avec élégance, en gentleman, de culottes marron foncé, d'une redingote au col en velours et d'une chemise immaculée. Il tenait la tête haute tandis qu'il se préparait à affronter les dernières minutes de sa vie.

La gorge de Grace se noua et des larmes brouillèrent sa vision.

— Père…, chuchota-t-elle.

Elle sentit la main d'Ethan chercher la sienne et mêler ses doigts aux siens, sentit sa présence rassurante comme il se rapprochait d'elle.

La foule poussait des cris, à présent, lançant des projectiles à l'homme qu'elle tenait pour un traître, l'insultant. Il gardait les yeux rivés devant lui, aristocrate jusqu'au bout, et le cœur de Grace se gonfla de fierté à l'idée d'être sa fille.

Le groupe s'arrêta devant la porte de la prison et on ôta ses chaînes au prisonnier. Un instant, la foule se porta en avant et Grace ne put voir ce qui se passait. Tandis que la vague humaine reculait, elle aperçut la silhouette familière d'une femme et inspira vivement.

— Tante Matilda ! cria-t-elle.

Elle descendit les marches, essayant de rejoindre la vieille dame et son amie qui fendaient la foule.

— Lady Tweed !

Les deux femmes levèrent les yeux en entendant leur nom et Grace agita frénétiquement la main.

— Restez ici, lui ordonna Ethan. Je vais vous les amener.

Quelques minutes plus tard, elle étreignit sa grand-tante, toutes les deux en larmes, lady Tweed tamponnant ses joues rondes.

— J'aurais dû savoir que vous seriez là, dit tante Matilda, ses cheveux gris brillant dans les minces rayons du soleil matinal. Ma très chère enfant, vous avez un tel courage. Vous me rendez si fière.

Grace s'accrocha encore un moment à sa tante, ni l'une ni l'autre ne voulant se lâcher.

— Comment avez-vous appris la pendaison ? demanda-t-elle. Il vient juste d'être arrêté. Comment êtes-vous arrivées si vite ?

— Nous étions déjà en route pour Londres. Nous sommes arrivées hier soir. J'ai reçu une lettre d'Harmon disant qu'il était en ville et j'espérais le retrouver, voir si je pouvais faire quelque chose pour l'aider à prouver son innocence. Et j'espérais vous voir aussi, bien sûr, ainsi que mon arrière-petit-neveu Andrew. Puis, à mon arrivée, j'ai appris la terrible nouvelle.

— Oh, tante Matilda, je sais combien vous l'aimez. Je peux à peine croire que cela arrive. J'aimerais que nous puissions faire quelque chose.

— Vous en avez fait plus que ce que n'importe qui aurait pu demander.

— Je suis si heureuse que vous soyez venue.

Grace ravala une boule de larmes.

— Je voulais qu'il sache qu'il était aimé, et maintenant il le saura.

Elle prit une inspiration tremblante. Elle devait être forte. Pour son père et, à présent, pour la femme qui l'avait élevé.

— Il est innocent, dit Matilda, les yeux s'emplissant de larmes. J'espérais tellement qu'il parviendrait à le prouver.

Grace ne dit rien. Sa gorge était douloureuse, le nœud qui l'obstruait lui rendait difficile de parler. Elle hocha la tête.

— Si seulement nous avions eu plus de temps.

Elle prit la main de sa tante et la serra tandis que son père était conduit à la potence. Les hommes atteignirent les quelques marches et le vicomte se mit à monter, le pas résolu, la tête haute, le regard fixé devant lui. Sur la plateforme, un pasteur se tenait près du bourreau. Il parla brièvement au condamné, mais la foule était trop bruyante pour entendre ce qu'il disait.

Tenant toujours la main de sa tante, Grace regarda vers la plate-forme et durant un bref instant plein d'émotion, les yeux de son père se posèrent sur son visage. Il l'avait vue, elle le savait, avait vu tante Matilda et lady Tweed, les femmes qui l'aimaient, présentes pour lui prêter silencieusement leur force.

Le bourreau leva le nœud coulant et le passa au cou du vicomte. Dans quelques secondes, il serait mort. Grace lutta pour dominer la souffrance aiguë qui lui oppressait la poitrine et lui serrait la gorge, et pria que sa fin soit miséricordieuse et rapide.

Les hommes prirent leur place sur la plate-forme, le pasteur marmonnant des passages de la Bible ; un homme mince et chauve, vêtu d'habits sombres, qui présidait à la pendaison ; le bourreau, habillé de noir. Grace ferma les yeux et se mit à prier.

Elle était encore en prière, quand elle entendit du mouvement derrière elle. Regardant brièvement dans cette direction, elle fut stupéfaite de voir arriver Cord Easton, qui traînait un grand jeune homme maigre par le col de sa veste. Quelques pas derrière lui, elle reconnut Jonas McPhee, marchant hâtivement à côté d'un petit homme corpulent qu'elle n'avait jamais vu.

— Bonté divine ! Ils ont trouvé quelque chose !

Ethan la prit par les épaules.

— Restez avec votre tante et lady Tweed jusqu'à ce que je revienne.

Grace ne pouvait rester, bien sûr. C'était la chance qu'elle avait appelée de ses vœux, leur dernier espoir de sauver son père.

— Que se passe-t-il ? demanda la baronne.

Grace pointa le doigt sur les hommes qui se frayaient un chemin vers la plate-forme.

— Ce sont mes amis. Ils essaient d'aider père à prouver son innocence. Je dois le rejoindre. Je pourrai peut-être faire quelque chose.

Tirant sur les rubans de son bonnet, elle écarta son voile noir et jeta le tout. Puis elle releva ses jupes et se mit à pousser la foule amassée devant la potence. Du coin de l'œil, elle aperçut deux autres visages familiers qui allaient dans la même direction. L'espoir l'envahit quand elle reconnut le duc de Sheffield et l'homme qu'il forçait à avancer vers l'estrade du bout de son pistolet — le comte de Collingwood en personne !

— Excusez-moi ! S'il vous plaît, laissez-moi passer !

Parvenant à faire quelques précieux pas en avant, elle regarda vers la plate-forme et, un instant, son regard se joignit à celui de son père. Elle vit que le vicomte contemplait le groupe avec, dans les yeux, le même espoir que celui qui brillait dans les siens.

« Je vous en prie, mon Dieu, faites qu'ils aient la preuve dont nous avons besoin ! »

29

Passant sur le côté, Ethan atteignit la plate-forme au même moment que le groupe qui convergeait vers la potence.

Rafe força lord Collingwood, le visage pâle et la bouche serrée, à gravir les marches de l'estrade.

— Je vous implore d'arrêter cette pendaison !

Rafe poussa le comte en avant.

— Nous venons de découvrir la preuve irréfutable que l'homme que vous allez exécuter est innocent.

Cord monta à son tour en traînant derrière lui Peter O'Daly et le poussa face aux trois hommes debout près du vicomte. Le jeune homme était plus âgé qu'Ethan l'avait pensé et beaucoup plus dur. Son visage était un masque buté exprimant le défi. Il avait vendu sa jeunesse pour de l'argent. Il y avait de fortes chances qu'il ne profite pas de ses vieux jours.

— Le duc a raison, intervint Cord. Nous avons des preuves suffisantes. Nous avons juste besoin de temps pour que vous nous écoutiez.

Jonas McPhee gravit les marches, l'inconnu juste derrière lui.

— Cet homme se nomme Silas McKay, déclara-t-il. C'est un habitant de Folkestone, un endroit dont la côte est connue depuis longtemps pour abriter des activités de contrebande. M. McKay est venu témoigner contre le comte de Collingwood. Il dit qu'il a vu à plusieurs reprises le comte rencontrer secrètement des Français.

— C'est absurde ! se défendit Collingwood.

L'un des juges du procès de lord Forsythe se tenait au bas de l'estrade. Il gravit les marches pour rejoindre le groupe.

— Si cet homme, McKay, possède de telles preuves, pourquoi n'est-il pas venu témoigner plus tôt ? Pourquoi a-t-il attendu si longtemps ?

— Il avait peur pour sa famille, milord, répondit Jonas. Il semble que le comte jouisse d'un grand pouvoir à Folkestone. Je lui ai assuré qu'une fois que la vérité serait connue, sa famille n'aurait pas à en pâtir. Ils n'auront rien à craindre du comte ou de quiconque associé à lui. Je lui ai dit que le marquis de Belford garantirait lui-même leur sécurité.

— C'est exact, monsieur McKay, dit Ethan en montant à son tour sur l'estrade. Vous avez ma parole que votre famille et vous serez protégés.

Cord tira Peter O'Daly devant le juge.

— Dites-lui ce que vous m'avez dit. Autre chose que la vérité, et je vous abattrai sur-le-champ.

O'Daly grommela un juron. Il avait les mains liées devant lui et Ethan pouvait voir ses ongles sales. Il fit un signe de tête vers Collingwood.

— C'est lui. Il m'a payé pour voler des informations dans les dossiers du vicomte. C'était une belle somme, plus que j'avais jamais vu. C'est lui, répéta-t-il avec un nouveau signe de tête. Je ne savais pas que ce maudit scélérat vendait les secrets aux Français, mais Collingwood — c'est votre traître.

Alors, tout arriva à la fois. Ethan aperçut Grace qui se dirigeait vers le bas de l'estrade juste au moment où

Collingwood bondit en avant, faisant tomber le pistolet de la main de Rafe. Il ramassa l'arme, dévala les marches et attrapa Grace en passant devant elle.

— Tenez-vous tranquilles ! commanda-t-il en tournant la jeune femme vers le petit groupe.

Il passa un bras autour de sa taille, la ramena brutalement en arrière et pointa le pistolet sur sa tempe.

— Faites un mouvement et lady Belford mourra.

La poitrine d'Ethan se contracta. Bonté divine, il aurait dû savoir qu'elle ne resterait pas là où il l'avait laissée. Il aurait dû l'amener avec lui, il aurait dû…

Il secoua la tête. Ce n'était pas le moment d'avoir des regrets. Grace était en danger. Rien d'autre ne comptait. Il concentra son attention sur le comte, empreint de calme.

— Lâchez-la, Collingwood. Vous ne pouvez vous échapper. On vous retrouvera, où que vous alliez.

Le comte l'ignora.

— Laissez-moi passer ! ordonna-t-il à la foule, qui était devenue presque silencieuse. Livrez-moi passage ou je tire sur la dame !

Le public s'écarta comme la mer Rouge, le laissant passer, et Ethan suivit lentement, descendant les marches une à une, gardant les yeux rivés sur lui. En lui-même, son estomac était noué d'une peur qui le rendait malade. Extérieurement, il paraissait aussi calme que si des menaces contre sa femme se produisaient tous les jours — ce qui avait été le cas dernièrement.

Sa façade impassible était un tour qu'il avait appris en prison, une façon de se préserver qui demandait un contrôle intense. Il s'en servait à présent, gardant une expression soigneusement neutre, priant que le comte ne devine pas la terreur pour Grace qui lui gelait l'estomac.

— Lâchez-la.

Il prononça ces mots lentement, avec une menace tacite. C'était le ton qu'il employait sur son bateau, un ton glacial de commandement qui promettait de sévères sanctions, si ses ordres n'étaient pas suivis.

Collingwood recula, entraînant Grace avec lui, et Ethan avança d'autant, telle une panthère prête à se jeter sur sa proie.

— Vous feriez bien de vous arrêtez où vous êtes, avertit le comte, la voix légèrement tremblante, en tenant l'arme pointée sur la tête de Grace. Je vais la tuer, je le jure !

— Tirez sur la gâchette et vous serez un homme mort, rétorqua Ethan en s'avançant encore. Posez ce pistolet et écartez-vous.

— Que je la tue ou pas n'a pas d'importance. Ils me pendront de toute façon, nous le savons tous les deux. Je préfère tenter ma chance.

Ethan combattit la rage glacée qui courait dans ses veines.

— Vous êtes un voleur et un traître, Collingwood, pas un assassin. Posez cette arme.

— Reculez — je vous préviens !

Le comte recula de nouveau et Ethan le suivit obstinément, les yeux fixés sur son visage.

Il continua à reculer et la foule se fendit, certaines personnes murmurant, la plupart muettes. Un autre pas, un autre, Ethan avançant toujours d'autant. Du coin de l'œil, il aperçut Rafe et Cord qui se faufilaient au bord de la foule, essayant de passer derrière le comte.

Collingwood continuait à reculer. Il avait presque atteint une rangée de voitures garées de l'autre côté de la rue, quand son pied heurta une pierre, et il chancela. Grace saisit l'occasion pour se libérer. Le cœur d'Ethan se contracta quand il la vit donner un coup de pied en arrière, frappant le comte au tibia, et s'élancer loin de lui.

Avec un grondement sourd, Ethan plongea en avant et arracha le pistolet à Collingwood, lui assénant un coup de poing qui lui rabattit la tête en arrière et lui fit perdre l'équilibre. Il tomba sur les pavés.

Ethan pressa le pistolet sous le menton du comte, la haine le submergeant, si dense et si noire qu'elle l'aveugla presque.

C'était Collingwood, pas Forsythe. C'était le comte qui l'avait trahi.

Des images de ses hommes sur son bateau lui apparurent, les cris et les hurlements, le sang et l'agonie. Enfin, il tenait sa chance de se venger.

Son doigt se crispa sur la gâchette. Dans un instant, ce serait fini et il serait libéré du serment qu'il avait fait. De la sueur perla sur son front et sa main trembla.

— Ethan…

La voix douce de Grace transperça la brume de sa fureur. Il secoua la tête, essayant de se débarrasser de ces images, et le pistolet hésita.

« Fais-le ! » lui cria son esprit.

Mais une autre part de lui pensait à sa femme et à l'avenir qui l'attendait. Il songea à son fils, qu'il en était venu à tant aimer.

Sa main frémit et il resserra son emprise sur l'arme.

— Le tuer ainsi sera trop rapide, dit doucement Cord, à côté de lui. Ce scélérat mérite d'être pendu.

Ethan pressa le canon plus fortement dans le cou du comte et ce dernier se mit à trembler.

— Il n'en vaut pas la peine, Ethan.

La voix de Rafe lui parvint de sa gauche.

Collingwood le regardait, la peur lui mettant les larmes aux yeux. Ethan frissonna, déglutit et écarta le pistolet. Le donnant à Cord, il se releva. Il inspira profondément et se tourna vers Grace.

Elle était là, debout au bord du cercle de personnes qui les entourait, les yeux pleins de larmes. Il avança vers elle. Deux enjambées et il la prit dans ses bras.

Il enfouit son visage dans ses cheveux, qui s'étaient dénoués, et inhala son parfum familier.

— Dieu du ciel, j'ai eu si peur. Je ne supporterais pas de vous perdre.

Elle leva les yeux vers lui et ses larmes roulèrent sur ses joues.

— Vous ne l'avez pas tué.

Il secoua la tête.

— Le tuer ne comptait plus. Vous êtes tout ce qui compte, Grace, vous et notre petit Andrew. Je vous aime si fort, tous les deux.

Elle déglutit.

— Je vous aime aussi, Ethan.

Ses lèvres tremblèrent.

— Parfois, j'ai l'impression que je vous aime depuis toujours.

Elle se coula dans ses bras, se cramponna à lui, et il la serra contre lui, le cœur battant presque douloureusement de l'amour farouche qu'il éprouvait pour elle.

Il inspira pour se calmer et reporta son attention sur la scène qui se déroulait autour d'eux. Forsythe était innocent et il vivrait. Collingwood affronterait un procès qui se terminerait sans nul doute par une pendaison. C'était fini.

Il aurait sa revanche, mais cela n'importait plus. L'amour, avait-il appris, était la seule chose qui comptait. C'était une leçon durement apprise, qu'il se jura de ne jamais oublier.

Une demi-heure plus tard, l'excitation retombée et la foule dispersée, Ethan conduisit sa merveilleuse épouse et son père, sa tante et lady Tweed à sa voiture.

Le vicomte Forsythe l'arrêta un instant alors qu'ils approchaient du coupé et le tira à l'écart.

— Il n'y a pas de mots pour vous exprimer ma gratitude, pour ce que Grace et vous avez fait.

— C'est votre fille qui mérite vos remerciements. Je n'aurais jamais accordé une pensée à votre innocence, sans elle.

Le vicomte jeta un coup d'œil à Grace et son expression s'adoucit.

— Je suis très fier d'elle.

— Je l'aime, dit Ethan. Je veux que vous le sachiez.

— C'est évident chaque fois que vous la regardez.

Ethan hocha la tête, certain que c'était vrai. Lorsqu'ils rejoignirent les autres, il prit la main de Grace pour l'aider à monter dans la voiture et leurs yeux se rencontrèrent un instant. Un regard plein de chaleur passa entre eux, une promesse d'amour et d'avenir. A ce moment-là, Ethan se rendit compte qu'il se sentait vraiment libre pour la première fois depuis qu'il était sorti de prison.

Il porta la main de Grace à ses lèvres et baisa le bout de ses doigts, la remerciant en silence du don précieux que son amour lui avait fait, se jurant qu'il lui rendrait ce cadeau chaque jour aussi longtemps qu'ils vivraient.

Épilogue

Londres, Angleterre
Avril 1806

C'était l'événement de la saison : les fiançailles de lady Mary Rose Montague, fille du comte de Throckmorton, avec Rafael Saunders, le puissant duc de Sheffield.

Toute la haute société londonienne était présente pour l'occasion, un bal donné dans la résidence de Mayfair de lord Throckmorton, une soirée de gala pour annoncer les noces fixées à six mois de là. Tandis que la musique d'un octuor flottait à travers la salle de bal — les huit musiciens vêtus de la livrée jaune vif du comte —, Grace leva les yeux vers Ethan et vit qu'il la regardait.

— Qu'y a-t-il ? demanda-t-elle.

Inquiète d'avoir enlevé la légère couche de poudre de riz dont elle s'était servie pour empêcher son nez de briller, ou de s'être décoiffée en dansant un rondelet, elle leva la main pour toucher son chignon bouclé.

— Je pensais juste combien vous êtes belle.

Elle rougit. Il disait rarement ce genre de chose, même si ses étonnants yeux bleu clair l'exprimaient en silence.

— Merci. Vous êtes très beau aussi, ce soir.

Le regard d'Ethan s'obscurcit et elle sut ce qu'il pensait.

C'était un homme viril et sensuel et son désir pour elle ne semblait jamais s'affadir. La rougeur de son visage gagna sa gorge et sa poitrine tandis qu'une flèche de désir la transperçait, suivant le même parcours.

Il abaissa les yeux, qui semblèrent brûler le corselet de sa robe de brocart doré, et elle sentit une chaude tension s'accumuler dans son ventre. Un coin de la bouche d'Ethan se releva, comme s'il devinait ses pensées. Embarrassée, elle détourna les yeux.

Déterminée à ignorer l'intérêt brûlant qu'elle avait vu dans le regard de son mari, elle fixa le sien sur la piste de danse, observant Rafe, qui invitait sa fiancée à une valse — avec la permission de son futur beau-père.

— Vous froncez les sourcils, dit Ethan en suivant son regard vers le couple qui évoluait sur le rythme de la musique. Vous n'appréciez pas cette union.

Rafe était grand, ténébreux et élégant, Mary Rose petite, blonde, au teint clair. Elle était jolie et menue, élégamment vêtue de soie rose pâle, ses cheveux blonds parfaitement coiffés, et cependant la puissante présence du duc semblait la rejeter dans l'ombre.

— Ils ne sont pas bien assortis. Elle est une jeune fille timide complètement fascinée par lui. Elle ne sera jamais son égale et dans très peu de temps elle l'ennuiera.

— Quelque chose que je n'aurai jamais à craindre, dit Ethan avec un léger sourire.

Grace passa les doigts sur son collier, effleurant les perles lisses, les arêtes des diamants.

— Rafe a été un bon ami, un ami loyal. Il nous a aidés à sauver Andrew. Il m'a aidée à sauver la vie de mon père. Je souhaite plus que tout qu'il trouve le même genre de bonheur que celui que nous avons trouvé ensemble.

Ethan lui prit la main et la porta à ses lèvres.

— Il y parviendra peut-être.

— Il ne l'aime pas. Je ne pense pas qu'il l'aime un jour.

— Rafe a aimé une femme, une fois, mais elle l'a trahi avec un autre homme. Je ne crois pas qu'il se laisse aller à aimer de nouveau de cette façon.

— Il y a peut-être un moyen de l'aider.

Ethan baissa les yeux sur elle, son regard se promenant sur le collier.

— Vous parlez du collier.

Elle le regarda, espérant qu'il comprenne.

— Cela vous ennuierait-il terriblement si je lui donnais les perles ? Un présent qu'il offrira à sa jeune épouse lors de leur nuit de noces.

— Ce ne sera que dans six mois.

Le regard d'Ethan devint intense.

— Vous pensez que le collier le guidera peut-être dans son choix, lui montrera le vrai chemin vers le bonheur avant qu'il soit trop tard.

— Je sais que c'est ridicule. Je ne crois même pas à la légende.

Bien qu'elle ne pût s'empêcher de se remémorer la vieille femme du château, ou la joie qu'elle avait trouvée avec Ethan et le petit Andrew.

— Rafe est notre ami et je veux qu'il soit heureux. Le collier l'aidera peut-être à trouver la voie du bonheur.

Ethan courba la tête et posa un baiser sur ses lèvres.

— On l'appelle le Collier de la Mariée, n'est-ce pas ? Le fait de le posséder lui permettra peut-être de faire le bon choix.

Grace fronça de nouveau les sourcils.

— Il se peut que ce ne soit pas possible. Maintenant qu'il est fiancé, c'est peut-être trop tard.

— A lui de voir. Donnez-lui le Collier, si vous voulez.

Elle lui sourit, se pencha et l'embrassa légèrement.

— Merci.

Le regard d'Ethan retourna à la courbe de sa poitrine au-dessus de sa robe.

— Cord m'a parlé une fois d'une chambre du deuxième étage, ici, assez à l'écart et rarement utilisée. Je ne pense pas que nous manquerions à quelqu'un si nous disparaissions un moment, n'est-ce pas ?

Le pouls de Grace s'emballa. Elle ne put détacher les yeux de son regard brûlant, ni de la courbe sensuelle de ses lèvres. Ils étaient bien assortis, songea-t-elle, et de parfaits partenaires en amour. Son esprit dériva vers ce qui allait arriver dans cette chambre.

— Non, je ne pense pas que nous manquerons à quiconque.

Le regard d'Ethan se fit encore plus intense. Il jeta un coup d'œil à la foule qui les entourait.

— Venez, ma chère, dit-il à voix haute, pour se faire entendre. Il fait un peu chaud, ici. Si nous allions nous promener dans le jardin ?

Grace réprima un sourire.

— C'est une très bonne idée, milord. Je crois que la nuit est assez claire pour voir les étoiles. La Grande Ourse et le Petit Lion doivent être visibles ce soir, et j'aime tant les observer.

Le sourire d'Ethan contint une trace d'amusement qui disparut sous une expression terriblement sensuelle.

Jetant un dernier coup d'œil aux fiancés qui dansaient, Grace remarqua le sourire figé de Rafe et son expression absente, et elle toucha inconsciemment le Collier. Elle pensa au cadeau qu'elle tenait à faire à son ami et prit la main d'Ethan.

Elle lui sourit et le désir déferla dans ses veines, tandis qu'elle le laissait la guider vers l'escalier qui menait à la chambre du deuxième étage.

BestSellers

A paraître le 1er janvier 2010

Best-Sellers n° 406 • suspense

Dans l'ombre du bayou - Lisa Jackson

Lorsque Eve Renner accepte en pleine nuit le mystérieux rendez-vous fixé par Roy, son ami d'enfance, elle n'imagine pas qu'elle met le pied dans un véritable guet-apens. Car elle découvre son ami poignardé, le chiffre 212 tracé sur un mur en lettres de sang. Pis encore Cole, son fiancé, se trouve sur les lieux du crime et tente de la tuer elle aussi. Trois mois se sont écoulés depuis, et Eve se remet difficilement de la trahison de Cole, mais aussi de ses blessures devenue amnésique, elle ne parvient pas à comprendre ce qui a pu se passer lors de cette nuit de cauchemar. Jusqu'à ce qu'un mystérieux courrier l'incite à chercher dans ses souvenirs.

Best-Sellers n°407 • paranormal

Les griffes de la nuit - Rachel Vincent

En apparence, Faythe Sanders ressemble à n'importe quelle étudiante américaine. Qui pourrait croire qu'elle est tout autre et qu'à certains moments, elle se transforme en panthère noire ? Mais Faythe rêve de vivre comme tout le monde et elle refuse de se plier aux exigences de ses parents et de sa caste de félins. Pourtant, son destin est d'être une féline et d'assurer la descendance de sa lignée comme toutes les femelles de son âge. Mais peut-elle aspirer à la liberté sans renoncer à ce qu'elle est profondément ?

Best-Sellers n°408 • suspense

Passé obscur - Suzanne Forster

Au sommet de la gloire, Lane Chandler, fondatrice de *The Private Concierge*, une société de services très prisée par les célébrités de Los Angeles, est soudainement éclaboussée par le scandale l'un de ses clients est retrouvé mort dans des circonstances suspectes. Prête à tout pour sauver sa réputation et celle de son entreprise, Lane fait face à ceux qui la montrent du doigt. En particulier Rick Bayless, un ancien officier de la police obstiné et charismatique qui connaît son passé sombre et honteux. Un passé qui la poursuit impitoyablement et qu'elle aurait préféré oublier.

Best-Sellers n°409 • suspense

L'île des ténèbres - Heather Graham

Caer Cavannaugh, une jeune infirmière, quitte son Irlande natale pour raccompagner à Rhode Island Sean O'Riley, un riche armateur frappé d'une mystérieuse maladie lors de ses vacances. La tâche se révèle plus difficile que prévu quand elle découvre la tension malsaine qui règne dans la luxueuse maison familiale où vit l'entourage de son patient. Et lorsque s'ajoute à ce climat de menace insidieuse une étrange disparition, Caer, avec la complicité du détective privé Zach Flynn, va devoir se fier à ses dons de prémonition pour protéger la vie de Sean.

Best-Sellers n°410 • roman

La maison de la baie - Sherryl Woods

Par une belle journée de printemps, Abby O'Brien reçoit un appel paniqué de Jess, sa sœur cadette l'auberge qu'elle a presque achevé de restaurer et qui doit ouvrir ses portes quelques semaines plus tard est menacée de saisie. De retour à Chesapeake Shores pour venir en aide à sa sœur, Abby retrouve Trace Riley, son premier amour. L'homme à qui elle avait dû renoncer dix ans auparavant en fuyant sa douloureuse histoire familiale.

Best-Sellers n°411 • roman

L'écho de la rivière - Emilie Richards

Artiste peintre mariée à un avocat et mère d'une petite fille, Julia Warwick est un pur produit de l'aristocratie de Ridge's Race. Cette femme à qui tout semble sourire voit pourtant son monde s'écrouler lorsqu'elle perd la vue de manière inexpliquée. Les médecins ayant conclu à une cécité psychosomatique, Julia entreprend de fouiller son passé à la recherche d'un traumatisme qu'elle aurait pu enfouir au plus profond de sa mémoire. Ce faisant, elle ouvre peu à peu les yeux sur son mari, sa famille, et surtout sur elle-même. Faisant bientôt émerger, avec l'aide de Christian Carver, son amour de jeunesse, des secrets que beaucoup ont intérêt à ne jamais voir divulgués.